许辉散文典藏

生活的船 Shenghuo De Chuan

时代出版传媒股份有限公司
安徽文艺出版社

许辉，安徽省作家协会主席，中国作家协会全国委员会委员，中国作家协会全国散文委员会委员，安徽大学兼职教授，曾任茅盾文学奖评委。著有中短篇小说集《夏天的公事》《人种》等，长篇小说《尘世》《王》等，散文随笔集《和地球上的小麦单独在一起》《和自己的淮河单独在一起》《又见炊烟》《涡河边的老子》等。短篇小说《碑》曾作为全国高考、高校考研大试题，中短篇小说《碑》《夏天的公事》等被翻译成英、日等多国文字，收入大学教材。作品多次获国内文学大奖。

许辉散文典藏

生活的船

Shenghuo De Chuan

许 辉 ◎ 著

时代出版传媒股份有限公司
安徽文艺出版社

图书在版编目(CIP)数据

生活的船/许辉著. —合肥:安徽文艺出版社,2016.1
(许辉散文典藏)
ISBN 978-7-5396-5537-6

Ⅰ. ①生… Ⅱ. ①许… Ⅲ. ①散文集-中国-当代
Ⅳ. ①I267

中国版本图书馆 CIP 数据核字(2015)第 223347 号

出 版 人:朱寒冬
责任编辑:何　健　　　　　　　　　装帧设计:徐　睿

出版发行:时代出版传媒股份有限公司　www.press-mart.com
　　　　　安徽文艺出版社　www.awpub.com
地　　址:合肥市翡翠路 1118 号　邮政编码:230071
营 销 部:(0551)63533889
印　　制:安徽新华印刷股份有限公司　(0551)65859551

开本:880×1230　1/32　印张:18.75　字数:360 千字
版次:2016 年 1 月第 1 版　2016 年 1 月第 1 次印刷
定价:48.00 元(精装)

(如发现印装质量问题,影响阅读,请与出版社联系调换)

版权所有,侵权必究

目录

1983年
光辉诗卷长存人间 / 001

1984年
平原槐林 / 002

花生园 / 004

闲地 / 005

1985年
杜楼记行 / 007

轻罗小扇扑流萤 / 008

夜行 / 010

辣椒园 / 011

平原秋兴 / 012

哭泣 / 014

湿漉漉的秋天的早晨 / 015

过日月山 / 017

1986年
种蚕豆 / 019

"扬州出美女"及其他 / 020

江南 / 022

清明前后 / 023

树下丝瓜 / 024

集市 / 025

苦闷 / 026

丝瓜 / 028

大江落日 / 029

田野的帆 / 030

在西部石油探区 / 032

生活的船 / 036

皇藏峪 / 039

"的"字结构 / 040

谈恋爱 / 042

一个词 / 043

意外的收获 / 044

平淡的姑娘 / 045

一类人 / 046

"女人是机器" / 047

新境界 / 049

葡萄花儿开 / 050

秋思 / 051

选择 / 052

单口相声 / 052

1987年

蒙城五题 / 053

荒园 / 057

民风淳厚　浓若佳茗 / 058

高山牧场 / 059

1988 年
抢炮 / 061
奇妙的红芋 / 063
4 月 30 日的奇观 / 065
秋天的风景 / 067
四里河的秋天 / 069
秋之黄昏 / 071

1989年
毛毛雨 / 073
秋天以及"春天" / 074

1990 年
杏花村的初春 / 078
盛夏的"空调" / 080
秋日漫笔 / 082

1991 年
又到中庙 / 084
乡村冬日里的一些风景 / 086
入了冬, 我很怀念雪 / 089
乡村一瞥 / 091
吊兰的语言 / 093
读书的难境 / 095

肥东灾区简记 / 097

关于"人"的梦 / 099

黄荡湖灾区记 / 101

沙地上的村庄 / 104

河埂·河滩 / 106

目光触动的一点想法 / 107

银色的大鸟 / 109

同学 / 111

清凉的大别山 / 113

秋天的休整 / 115

四月 / 117

我看戏曲 / 118

1992 年

冬日的读书 / 120

想念春天 / 122

时序的更迭 / 124

草花小记 / 126

挂兰及其他 / 131

耕作图 / 133

尴尬 / 134

独对一本书 / 136

楼下 / 137

南国女孩 / 140

街头实录 / 143

看地图 / 144

看录像 / 146

阳光 / 149

草花二记 / 151

疯 / 153

自在的境界 / 156

变化 / 159

雾 / 162

狗的叫声 / 164

岁月留痕 / 166

处女作和我结识的第一位编辑 / 168

剃头 / 171

女青年 / 174

"个体"初记 / 177

1993 年

穿城而过 / 180

语言,真是个奇怪的东西 / 181

这年头,头值钱了 / 182

我想去卖雪糕 / 183

摸奖 / 187

粮票退休了 / 188

有奖电影晚会 / 189

孩子是我的老师 / 190

阳光里的书 / 191

红芋 / 192

雪 / 193

女儿的老师 / 195

粥 / 197

向妻子隐瞒些什么 / 199

三月花事 / 200

返回 / 201

我所挚爱的生活 / 202

凌晨返家 / 206

活春 / 209

停电 / 211

骑自行车旅行 / 212

卖杂志 / 215

一个人的桂林 / 216

开会 / 219

出门在外 / 222

宝义 / 225

吸烟 / 227

百色的鸡笼 / 229

风油精 / 230

痴迷的气功 / 231

到中庙去 / 233

度夏 / 236

菜市 / 238

民族乐器 / 240

吆喝 / 242

到广阔的天地里去 / 244

在越秀公园里 / 246

买苹果 / 248
统计与性 / 249
骨架 / 251
和计算机对话 / 253
追索另一种生活 / 255

1994 年

游趵突泉 / 257
潮湿而沁凉的夜晚 / 258
地方报纸 / 260
最后两天 / 261
月亮升起 / 263
一年四季里的牛仔衣 / 269
静 / 270
情事·人事·杂事 / 273
麦收记忆 / 275
不在意的花,不在意的草 / 280
自制的邮品 / 281
女儿的后背 / 284
夜虫 / 285
永远的一天 / 287
老面孔 / 290
盛夏在杏花村读《水浒传》及其他 / 292
旅途 / 296
丰乐之旅 / 299
身边的朋友 / 300

过年 / 301

游合肥包公墓、包公祠 / 305

乘车的经历 / 307

深秋的瓦埠湖畔 / 311

午餐的回忆 / 313

生命的梦想 / 315

白山 / 316

仲秋在四里河老梁庄读几本书时的随想 / 318

进入钢琴的境界 / 320

加急电报 / 322

小鸡 / 324

仙人掌,仙人鞭 / 328

老车 / 331

1995 年

衣饰及其联想 / 334

睡懒觉 / 336

关于过年 / 339

贺卡 / 341

挽留时间 / 343

攀登 / 345

在家 / 347

春·茶 / 349

手,左手 / 351

刘克,仍在病中 / 354

周志友:《黑麦》/ 355

匠人 / 356

黄色出版物 / 359

淮北纪事 / 361

对一条小鲫鱼的回忆 / 366

黄泥捏人 / 368

客厅艺术家 / 370

商旅之梦 / 371

与三峡无缘 / 373

自制的邮折 / 375

白露 / 378

时间与黑塔镇 / 380

钓鱼台 / 382

秋气 / 385

读张家港 / 387

冬天的大雪 / 389

碑 / 391

吃肉与吃蟹 / 394

为别人的文字 / 396

心友 / 398

衰老的开始 / 400

锻炼 / 403

关于死 / 405

青山之阳 / 407

1996年

赶集 / 409

风景谈 / 413

买油记 / 415

偷球记 / 419

越墙记 / 423

晒太阳 / 426

小艳阳天 / 428

嘉山涧溪 / 431

结婚 / 433

野菜故土 / 436

扁豆 / 439

一夕三梦 / 441

床上 / 443

过年日记 / 445

广州 / 465

泥鳅 / 467

牛肉与羊肉 / 469

吃与喝的快乐与苦恼 / 471

旅途的愿望 / 473

保持信心 / 475

吃饭 / 477

嘴脸 / 480

给我一条山沟 / 482

长临河 / 484

晓天 / 486
山王附近的高坡 / 489
寻访龙泉寺 / 490
大别山被追记 / 494
周日的补偿 / 496

1997 年
4月6日的笔记 / 498
珠海 / 501

1999 年
晃 / 503
游肥西紫蓬山记 / 505
游肥东浮槎山记 / 508
听女儿弹钢琴 / 511
闹着玩 / 513
池河 / 514
荒废园记 / 515
微缩田野 / 517
合肥中菜市的故事 / 519
笛 / 521
天气凉爽下来了 / 523

1996—1999 年读书随笔 / 525

1983年

光辉诗卷长存人间

下乡插队的时候,喜欢看书,无奈那时书亦难觅,箱子里所带的少得可怜的几本书中,有一本《毛主席诗词》。

毛主席的诗词,相当一部分是在戎马倥偬的战争环境里写下的,又因为作者是一位文才横溢、博大精深的伟大思想家、政治家,作品的气势和深度,借助精致的艺术表现手法,纯熟地表现出来了,这当然是作者的人品、才智的结晶。我想这也就是毛主席诗词之所以反复诵读而不厌的根由。我带下乡的那本书虽然纸张、编印、注释都不怎么理想,甚至还有偏颇、疏漏和讹错的地方,但我一直把它放在枕边和案头,在夜晚伴着昏黄的油灯学习几首,劳动的时候带在身上,休息时,大声地诵读几首,一部《毛主席诗词》,寻觅着中国革命横渡河流、跋涉草地、翻越雪山的足迹,更加形象地理解了"前途是光明的,道路是曲折的"的真理。诗言志。一部《毛主席诗词》,是毛主席伟大思想、开阔胸襟、乐观精神、高尚人格的写照。毛主席的诗词给了我做人的教诲,也给了我文学的营养,这是我永难忘怀的。

我怀着一种崇敬的心情,把这本书放在书橱的一个常可见到的地方,心里想,它毕竟是一种纪念,一种见证,一种可贵的遗产。岁月的灰尘难以掩盖它的光辉。虽然我的书现在比那时要多得多,然而我这本《毛主席诗词》是永远不丢弃的。

1983年12月27发表

1984年

平 原 槐 林

　　可以说淮北是刺槐之乡,在村庄的四周,在沟畔路旁,当桃杏落英、绿树叠翠之时,你处处都可以望见它们的芳姿。有一年暮春,我在灵璧县尹集北的濉河岸边,见到了一帧难得的胜景。那时正是4月下旬,阳光暖暖地照耀着。出了尹集向北,立刻有一道白光横过眼前,定睛一看,原来是堤岸上的刺槐林花开正盛,在大平原上织成了一条素缟,飘飘逸逸,连绵不绝。过濉河桥,步入林中大道,顿时感到一股浓郁的花香,裹着习习的春风,潺潺远远,回旋于身前肩侧,那串串银花,像挂着无数小铃铛,在春风里晃动。

　　刺槐的品格,书本上多有详述,倘要真正认识刺槐的筋骨,我以为,能在7月里去淮北一游,必有所得。那一年的夏天,我去泗县北部农村,下了汽车,也是顺着河堤走,刺槐夹道,刺槐树的枝枝丫丫上,挺着一根根紫刺。7月的风吹过平原,刺槐林涛动起来,无数只绿叶的舌簧,一齐喧嚣鼓噪,声势甚是浩大。在这种大潮势里行走,不禁令人想起平原上无数大无畏的民族战士、革命英雄。正走着,忽地电闪雷鸣起来,我连忙躲进看林人的小屋。出乎意料,看林人是个20多岁的年轻人,交谈之后才略知,他以前赶过马车,有一次惊了马,他奋不顾身去拦,结果一条腿弄残废了。想想吧,正当青春年华,遭到这种不幸,年轻人的心里得承受多大的痛苦!但这个平原农民的儿子,没有丧失生活的信心,搞责任制以后,他们家承包了这一大片树林,他就成了看林人,现在正自学着林业知识,订了好几种报纸杂志,并且经常写信到外地去求教,邮购书籍。乡邮递员经过这,时常带给他一些大包小件的。我赞叹他的毅力。这时,狂风在天地间横冲直扫,天色顿时转暗,在闪电中,刺槐的身形,更加分明。风很猛,呼啸有声,持续地向刺槐林施加压力。但是,刺槐林用带刺的枝条扯破了风的手脚和衣袖,那呼呼的声音,恐怕就是风的喘息声和惊叫声吧。闪电频频照耀,雷也一阵接一阵地怒吼,增强了雨的威势,天地间混沌一片,小屋在激荡的风雨中战抖。我从窗洞望出去,时而担心,时而惊叹,时而有所思想……

过了约一个小时,雨止了,风、雷、闪电都已远遁,太阳照在大平原上,一片明亮。我告别守林人,走下河堤,赤脚踏着湿漉漉的小草前行。越走越远,偶一回头,仍看见那一道道刺槐林涌着绿浪。哦,刺槐!你们傲立在这广袤的平原上,风推不倒,雷打不断,你们是非常不起眼的,但叫人远远一见,就觉得有了依靠,有了保证,就有一种乡情、乡音的亲切和力量灌注心胸,使人产生信心和勇气,使人坚定起来。哦,你这平原上的刺槐林呀……

1984 年

花 生 园

在沉甸甸的秋天,人们把成熟了的花生从地下起出来,扑打掉泥土,堆放到手扶拖拉机上。

我走过花生园,热情好客的农民向不相识的路人发出邀请:尝尝吧,这是自家种的。

吃着多汁饱满的花生,望着落日将西的田野,一种乡土的情绪浮现在心中,波动着的灵魂被秋的透明宁静的气韵抚平了。

虽然今夏遭了旱灾,但花生总的来说都好。卖了花生,得想着盖砖房的事了。

我告别了憧憬着的农民,重新回到乡村大道上。秋意沉甸甸的,使人感到充实、踏实。极目四望,到处都是秋熟的庄稼,都是明亮闪动的秋日将暮的阳光。

秋天在人的心中,是永恒的。

1984 年 4 月 18 日发表

闲　　地

　　4月初了,脸面前的一块地闲着,老刺眼。栽种些什么呢?琢磨了半个月,一开门看见它,心事的桩就往下沉一层。趁阴雨天,买一把辣椒秧来,中午和妻子一道,要把它们栽下去。

　　因为下了雨,地里的泥还有些粘手。我拿了锹,想挖出一道沟儿,第一锹下去,就看见一个黑里吧唧的肉蛋蛋在我眼下一滚。

　　我吃了一惊,仔细看,才明白是一只冬眠的蛙类。这种蛙既不是癞蛤蟆,也不是叫作田鸡的那种青蛙,它身上的颜色不好看,涂满了黏糊糊的液,但皮肤却光洁,没有起起伏伏的"青春疙瘩",个头也不大。

　　它被翻到温暖的4月的雾雨中,似乎还不大明白,还有些懒散的贵族气,它的抱在肚皮上的四肢略微活动一下,怕冷似的蜷起来了。

　　我想都4月底了,它这么睡着,难道要一气儿睡过第二个冬天吗?它身上储存的脂肪会不会不够用呀!

　　我有些不知所措,不知道该怎样处理这个"自然之子"。也许该唤醒它了吧!

　　我又想任何事物都有自己的生存环境和规律,我何必冒充英明,将自己的不过了了的对社会和自然的认识强加于它,从而有意无意地破坏生命的和谐呢?

我重新将它置于泥土中。妻子把水端来,我们在周围的其他地方,栽上了辣椒。

1984年7月18日发表

1985年

杜 楼 记 行

我们在宿县杨庄乡杜楼村东下了汽车,迤逦往河堤走。左边是林子,右边也是林子。走了数百米,眼前一亮,林子闪开,现出一座水闸。水闸的后边,挡住视线的是如涛如澜奔涌的刺槐林海。

"这里总共有多少棵树?"

"恐怕数不清。像海里的水珠。"

水闸右首的土堤上,有两间小草屋,住在这里的看林老人气色不衰,我们问他高龄多少,他伸出两个手指头说:"60啦。"

还真看不出!这,也不奇怪,人的容颜经绿色的空气一洗,能不返老还童?

走进小屋,见桌上竟放着笔墨纸砚,大张的白纸上,工工整整地抄录了陶渊明的《桃花源记》。我们十分惊奇,没料到僻远之乡还有喜爱弄墨的"雅士",恐怕是受这林海的清幽和安宁气氛的影响吧?他告诉我们,杜楼村重视植树,这身前身后河滩河堤上密密麻麻的刺槐树,全村每人能分到300棵,粗略地一算,仅此一项,一个四口之家就有万元以上的产业。可以这样说,杜楼村家家都是万元户。

握别老者,一行人迤迤逦逦地在林中穿行,绿荫冉冉,日影斑驳,迎面扑来的,尽是碗口粗的刺槐树……

1985年6月18日发表

轻罗小扇扑流萤

萤火虫是我们每个人的朋友。

夏夜，带着蹦蹦跳跳玩耍的孩子，在环城路散步的时候，常可见到闪烁着的晶莹的光，在灌木的枝条间，在草地上，飞来飞去，时停时走。这时，活泼的孩子就会高兴地叫着："萤火虫，萤火虫。"迈动小腿，跑到路边的草地上，聚精会神地捕捉，捉到一个，就气喘吁吁地跑回来，高高举着叫道："萤火虫，亮亮。萤火虫，亮亮。"有时在你散步的时候，萤火虫到了你的身上，而你并不知觉。回到家中，在书桌边坐下来，心情有些烦乱。这时你一低头，发现了这只发光的萤火虫，便轻轻把它捉来，放在掌心，看着它一闪一闪地发出柔和的光，心情不知不觉就平静了。

萤火虫是一种有益的昆虫。它在幼虫时期，是有名的肉食者，吃的是伤害农作物、传染疾病的蜗牛、螺蛳等比它大得多的动物。在捕捉蜗牛的时候，它先给"俘虏"注射一针毒汁，使它失去知觉，然后萤火虫便开餐了，它吐出一种消化酶素，把蜗牛的肉分解成液体，好像稀薄的肉粥，然后再用那管状的嘴巴吸到肚子里去。萤火虫又是一种有趣的昆虫。据书上说，在南美洲森林中旅行的人，用两个透明的盒子，捉几只萤火虫放进去，扎在脚上，就能把路照得明晃晃，走路也方便了。西班牙和墨西哥的妇女，喜欢把萤火虫包上薄纱，插在头发上，就像戴花一样好看。我国古代的文人，也常把萤火虫作为吟咏的对象。唐代杜牧的"银烛秋光冷画屏，轻罗小扇扑流萤"，宋代陆放翁的"老翁也学痴儿女,扑得流萤露湿衣",都是有名的诗句。

孩提时代,大概是受了古人借萤光苦读的故事的影响吧,夜晚捉来几只萤火虫,放在用纱布缝制的袋中,把电灯关了不用,拿一本书凑在布袋跟前看。但那光线效果并不好,几分钟后,我已经丢了书本睡熟了。

萤火虫发出的光是冷光,非常适合人们的眼睛。每天夜晚,当它们抱着小小的灯笼,闪闪烁烁地出现在草地、河堤上,出现在微风轻拂的夏夜里,点缀着人们的散步的路途,给孩子们欢呼雀跃的时候,紧张了一天的心情就在不知不觉间平静下来,也能怀着美好的情绪思索许多事情。

1985 年 8 月 14 日发表

夜　行

　　风太干了。但毕竟已是 8 月之末,秋夜的风含了一些清爽。月光粉饰着田畴,玉米和高粱都被野性的风儿拥抱得发响。啊,田野!你在无垠的、没有人察觉的夜晚完成着繁衍的程序吗?

　　——田野是干的呀。今夏是在高燥中度过的,除去耐旱的芝麻以外,还有什么作物能获得意外的更好收成?我茫然了。我不禁替村民焦虑起来。

　　——傍晚在集市上我买了最后一个农民的最后一个西瓜。瓜是甘甜的呢!甜得叫人龇牙。看,农民红土般的脸面上,也没有什么不可解的愁绪。他们或许有更多的生活之路可以前行,他们不再把生计押注在某一条干旱少雨的"革命路线"上了呢!

　　我走下白花花的乡村大路,走到白花花的月光照透了的黄豆地里(和谐的乡村之秋夜,白花花的,竟有水波荡漾的感觉)。我在豆棵上摸了一摸,感受一下叶子的质地,一股乡情蓦地浸润全身。我站起来喊:乡村,我回来了呀!回来了呀!

1985 年 9 月 19 日发表

辣 椒 园

是什么把矛盾、对立着的色彩统一在一株植物上？是什么人种下了这一片比他的想象力还要浩大的辣椒的森林？

走进辣椒园，你就逐渐辨不出太阳升起的和融落的方向，阡陌牵着你走向另一些似曾相识的阡陌。你蹲下来，就看见一滴滴放大的血滴汇成的丹红的底潮；你站起来，又看见赏心悦目永恒的生命的瀚绿。

你转不出辣椒园，你就想难道世界的各种颜色都沉淀成了红和绿这两种本色？你又想，原来是对生的渴望与捍卫生的那种触目惊心的决心和谐地在这里统一了。

这是专业户种的？难道这也能促成一个或几个万元户的诞生？难道这又是农民土生土长的幽默、祈愿、坚忍、信心和大自然的造物寓意的一次偶合？

十亿人，每人一枚辣椒，包括牙牙学语的孩子，我身边的辣椒园足够了！难道这园子的主人是要让每个人胸腔中都跳动着一颗放大了的纯洁的血滴，让人们在这草本茄秋植物的刺激下，梦中也保持惶惶不安的警觉？

是什么人种下了这一片比他们的想象力还要浩大的辣椒的森林？是什么力量把矛盾、对立着的色彩统一在一株植物上？

1985 年 9 月 19 日发表

平 原 秋 兴

秋雨下个不停,我走在雨中,心里想:整个夏天都干得起火,种黄豆耽误了季节,种红芋、种花生也耽误了季节,传说在龙王爷干死的那个下午,秋雨哗啦啦泡湿了田野,把乡村的男男女女锁在堂屋里,灌输给他们一个冗长的、龙王爷也因人际关系的牵制而受贿行雨的故事。

自行车被黄泥锁着,退也不是,行也不是,干脆一任哗啦啦的秋雨淋个浸湿,慢慢地推着车儿走,在风风雨雨的大平原上"逛风景"吧。

这雨下了两天两宿了,洼地里已有了水。开着白花的芝麻、成熟了的花生和别的晚秋庄稼,又处在一个关口上哪!老天爷赏的饭碗,还端在许许多多农民的手上哩!

路边有一些村庄,水塘里粉白色的荷花,在雨中呈美女含笑状;一条鱼在水面上摆了一下尾翅,又潜入水中;狗伏在棚子下,瞪着眼瞅啄毛的母鸡。敞开的门里,男人们分拣着烟叶,女人们撕着棉花桃儿。后脑勺上留着一撮毛的男孩,抱一抱用花生秧喂牛棚里的两头小牛和一头驴。一个穿红背心的小伙子正捆扎自行车后座的柳条筐,窑厂的红砖蹲在席子下边。渔网在河上抖开了。收音机在小板凳上唱着。

乡村既没有被旱死,也不会被沤料!乡村现时有了更多的路通向生存和富足,乡村的致富趋势是任何自然的与人为的恶势力都无法阻挡的。乡村像路边、河畔的野草一样,烧了砍了,蹂躏了，随心所欲，无法无天地在上面撒野施淫，但还是顽强地长出来了，组合成春天、夏天、秋天……的风景，组成地球的本色！

我在雨中走着，在大平原上走着。秋雨从头到脚淋湿我的全身。我在心中歌唱正在奋起治穷的乡村，也歌唱乡村的明天、歌唱科学的富民政策！

1985 年 10 月 15 日发表

哭　　泣

上车非常挤,座位也十分紧张。我在靠车厢一端的座位上坐好的时候,列车就在乐曲声中开动了。

列车刚一开动,我旁边站着的一个十八九岁的姑娘突然伏在车厢壁上哭起来,她虽然哭得没有声音,但我们坐在附近的几个人都看见了。大家面面相觑,不知她是怎么了。

是因为没有座位吗?

大概不会。站着的人多着哪,谁会因为没有座位而哭泣呢?

那是因为什么?

她哭得很动情。她的脸埋在胳膊里,谁也看不见,但她的肩膀却剧烈地抽动,胸脯也剧烈地起伏。

我的邻座说:

"刚才有个人来送她,那人下车了,车一开,她就哭了。"

我突然震动了一下。我突然感觉到了女性的深不可测的力量。我没有向邻座打听送她的人是男的还是女的,是年岁大的还是年轻的,但我想,不管送她的是什么人,女性的爱都是真挚的、不可模拟的。这也是女性的深远的魅力之一。

她哭了一会,就慢慢地收住,从小挎包里找出一张旧报纸,铺到地板上,坐下了。

她又拿出一本书,头也不抬地看起来。其实她根本看不下去:她的书页很久都不翻动。

1985 年发表

湿漉漉的秋天的早晨

我到小梁乡已经好几天了。小梁乡是泗县境内一个偏僻的乡集,地方很小,虽然有一条垫着尖尖利利的石块的土公路,但还不通长途客车。我住在乡政府后院的招待室里,后院十分安静,长着粗大的泡桐树,把泥土的大院遮得挺潮湿。除去那位喜欢文学的通讯报道的乡里的小伙子(他又兼管招待室的事情)外,没有什么人来打扰我。

从乡政府出去,也许走不上200米吧,就是田野跟庄稼地了。这儿没有工业和太多的人,照我看来,它完全是个村子,而且不比淮北平原上略大些的村庄大,甚至要小得多,是个最典型的融化在田野里的乡集。我每天走到很少有人的田野庄稼地里去,呼吸平原的新鲜空气和乡野风景,感到了一种许久未有的放松和享受。

因为晚上熬夜,所以早晨我一般都起得有点迟。这一天清晨,我正做着梦,被一阵敲门声惊醒了。在到小梁乡的这几日里,我还没遇到这种事情,谁会这么早就来敲我的门呢?我起床开了门。呀,外头的雾气好重,在流动着的雾气里,站着一个笑嘻嘻的青年。

他是那种最普通的淮北农村青年,穿着一件花花丽丽的拉链衫,一条带黄道的绎色运动裤,一双带蓝道子的白球鞋,一脸的憨厚相,手伸出来的时候,一眼就看出来是劳动者的手,粗糙、毛孔大,有些不规整。

"俺是来领结婚证的呀。"他说着手里就有一支烟递过来,笑露着白牙齿。他手里的烟肯定是在敲门的时候就准备好了的。他的头发都叫雾气给打湿了。

我不能推辞,这是支喜烟哪。我连忙告诉了他领结婚证的地方,我想那一定是在前院的乡政府办公室。我又说,现在这么早,恐怕不会有人的。我送走他之后,回来重又躺在床上,但怎么也睡不着了。

我忽然想要追上去问问他住在哪一个村子里,他的新娘又是怎么样叫人羡慕的姑娘。我连忙爬起来,穿上衣服,走出乡政府大院,走到田野里。

田野里一片雾蒙蒙的,离开几步远就什么也看不清了。黄豆、芝麻、绿豆、红芋,都舒展开叶片,叫雾气打得湿淋淋的,它们甜蜜、安详得似乎有些醉意了。整个田野都被雾笼罩着,浓浓淡淡,清新静谧极了。

这时天还很早,偶尔有一些极简单的声音传来,使大雾笼罩着的乡村的土地显出了极度的深厚、深远和深沉来,使人对远古就存在着的这些土地,刹那间就有了更切身的体会和理解。

突然,脆脆的、响亮的一声自行车铃响,从前边浓雾间的什么地方传来,接着是掩住嘴却又忍不住的一阵姑娘的咯咯笑声。是他们了!我抬脚就要追去,但是想:能在大雾弥漫、安详甜蜜的秋晨结一次婚,一生有什么遗憾呢?我走进了田野深处……

1985 年秋

过 日 月 山

  从西宁坐车到哈尔盖,过了海晏,就望见日月山了。关于这山,有一个令人难忘、令人感怀的传说。相传唐代文成公主为和亲而入藏,经赤岭时,勒马停于山上,回首长安,路远人遥,不禁潸然泪下,想到和亲重任,毅然对镜理云鬓,并将慈母赠予的日月宝镜弃于赤岭之上,继续西行,赤岭遂更名为日月山。

  这样的传说令人心碎,因为在 1000 多年以前,从青海到长安,或从长安到青海,未必能说来就来,说走就走,一旦离别,说不定就是永诀了。文成公主深居宫苑,在父母的荫庇下,生活顺遂,不一定有独自远嫁"蛮荒"的思想准备,这样的残酷现实,对于一个做着少女梦的姑娘来说,是想都不愿想的吧。

  看着黄褐色的山,想着千年前发生的事,不禁感慨万端。历史和生活也许就是这样发展的。美丽的少女梦总要在不得已而如此的现实面前击成碎片,为了更多人的利益和幸福,就得牺牲少数人,就得牺牲如花似玉的美少女,想到这些,就觉得有泪盈眶。

  但文成公主的和亲西藏,也还有壮丽的粗犷的一面。1981 年夏天从青海回来后,为写一首长诗,我曾写信请西宁市文联的同志惠寄一本《雪莲》来,因为在《雪莲》上有一幅《文成公主进藏图》,这幅插页我至今还保存着:和亲的队伍停立在西部的大山上,山高水远,从人却并不多,一片悲壮苍茫。这种历史的浑厚有力和西部自然的浑厚有力,形成了特有的西北的沉甸甸的东西,压在人心上。

　　过了日月山,就望见了青海湖,与青海西部不同的东部的绿草盈盈、广阔壮美开始展现在眼前了。

1985 年发表

1986 年

种 蚕 豆

我的家,住在一幢三层的楼房里。

秋天的时候,我翻起了楼后的一小块荒地,我想城市的土地那么紧张,不把它利用起来,可惜了。

种什么呢? 我选择了蚕豆。听说蚕豆耐得住冷落,也耐得住贫瘠,所以我选中了它。

这是一片什么样的土地呀! 这块土地畏缩在大楼的阴影里,连太阳都见不着。但蚕豆却奇迹般地长出苗儿来了。

到了冬天,楼后刮着刺骨的寒风,一丝暖气也不在楼后停留,雨后就是一地冰凌。我以为它冻死了,可蚕豆却奇迹般地又挺过来了。

少数嫉妒的"芳邻"时常往地里抛罐头瓶、倒煤渣灰,天灾好过,人祸难躲,由它们去吧。可一到春天,却发现它们都蓬蓬勃勃地返青了。

春天是怎样好的日子呀! 每天阳光都在蚕豆地里逗留半个小时、一个小时。蚕豆有了这一点小小的恩赐,长得愈加精神了。

1986 年春发表

"扬州出美女"及其他

最近读到一篇文章,专谈扬州的"女人"。文章在讲到"扬州出美女"时,引用扬州人朱自清的话说:"但是我长到这么大,从来不曾在街上见过一个出色的女人。"阅读至此,不禁愕然,窃以为朱老先生怕不是搞错了吧。再读下去,朱自清又说:"不过从前所谓'出女人',实在是指出姨太太与妓女而言;那个'出'字,就和出羊毛、出苹果的'出'字一样。"原来,扬州在明清时代,即有买进贫家小女,教以琴棋书画,待长成后,再卖与阔人为妾、为婢之风。看到这里,我才恍然大悟,知道扬州出美女的背后还有一段辛酸的注释,跟一般人的理解是大不同的。

写了上面这段话,我并不是想讨论扬州怎样怎样,或扬州人怎样怎样,倒是想起了文史研究方面的一些事,引出了几点感想。其一,切不要歪曲事物的本来面目。文史研究要广征博采,去伪存真,去粗取精,实事求是。但历代地方志的编写,往往褒大于贬,甚至全然无贬。这虽有其历史的、社会的原因,但也反映出一些文人趋炎附势的阿谀之气。鉴于此,有识之士总结出地方志的撰写,应讲究内容翔实,秉笔直书。其二,文化积累是个长时期的过程,应时时注意避免以讹传讹,谬种流遗,还要注意剔除那些黄色的、低级庸俗的和危害社会文明的东西。这对民族文化的健康发展起到一种保障作用,对民族文化的积累,也必定会起到净化的作用。我想,"扬州出美女"一语初出时,可能带有调侃或避讳的意思,但传到不知其所以然的人的耳朵里,性质就变样了。这是值得我们引为鉴戒的。

1986 年 1 月 21 日发表

江　　南

　　列车慢慢驶离了芜湖,在初春的江南缓行。我倚在车门边,望着蒙蒙雾雨的江南,想着美丽的有着两只水汪汪大眼睛的芜湖;想着来也匆匆、去也匆匆的芜湖怀抱中温馨的一夜;想着亲切博识的老者的盛情款待、与血气方刚的友人的彻夜畅谈;想着列车即将开出时,一位朋友从站台的一端寻找着走来,一直走过我的窗前,于是我使劲敲打车门上的玻璃,呼喊她的名字。我想,她也许是来送别人的,但我又想她为什么不能来送我呢？列车启动了,几秒钟之后,我又看见了她,她站在月台上,两手插在衣袋里,神情怅然、若有所失地盯着车轮。我等她抬起头来,那样我们的目光也许会撞在一起,但这最后的机会竟失去了……回忆这一切时,我就想,江南是天然多情的、温柔的,这种多情和温柔会使男人产生一种使命感和责任感。这也许就是江南的情调吧。

　　列车在亦雨亦晴的江南大地上奔驰……

1986 年 3 月 18 日发表

清 明 前 后

清明前后,住在小城市里的人,都在房前屋后,找出一小块土地,种上瓜种上豆。

种瓜得瓜,种豆得豆。城市里的人,难道就为了得那个瓜、几粒豆?

有的人愿意在春天的阳光和空气里活动一下腰身,松弛一下双眼,然后再有新的思路、新的收获。

有的人是想得到一些果实,也可省一些菜钱。

有的人见邻居家种了,自己不种面子上不好看,怕别人议论,所以也种了。

有的人怕别人家的瓜蔓爬到自己这边来,占了自己的空间,所以才先下手为强,免得自己吃了亏。

每个人都有自己的品性,品性自然地流露出来,反映在每一次的言谈举止上,谨慎行事的人也难免要露出端倪。

我愿意种瓜种豆,愿意得到春风春雨,愿意得到果实,愿意舒心顺意。因为我心中没有龌龊,所以我坦然。

1986 年 3 月 20 日发表

树 下 丝 瓜

  我在两棵杨树下种了几粒丝瓜种子,想借杨树的躯干作为丝瓜发展的很好的支柱。过了几天,丝瓜出土了,长出叶子和茎干来了。

  但是有一天晚上,我突然发现两个很年轻的恋人站在杨树下喁喁私语,还不时有一些肢体的动作。我实在担心我的嫩芽儿被踩死,但我又怎么对社会的骄子们开口呢?

  后来我实在忍不住,就仓仓皇皇地趋前几步,好像办了什么错事似的,用道歉的口气:"对不起,这下面,种了丝瓜。"

  那一对恋人像打量外星人似的打量我一眼,继而又像嘲笑无知似的毫无顾忌地哈哈大笑道:"还有什么比爱情更重要呢?"

  我无言以对,狼狈地在恋人的指戳和讥笑中溜回了家。

1986 年 3 月 20 日发表

集　　市

都把赶集视为另一样生活。盘算好了要卖点什么,又盘算好了要买点什么,前一天晚上就满世界串联了的:明儿个结伴去嘛。

姑娘们一拉溜的自行车,脚上蹬着在城里买来的红绒布坡跟鞋(上车时脚跷得那样高);男孩子们更是大胆地炫耀自己,把裤管卷起露出紫红的塑料凉鞋,露出深灰色和带花纹的锦纶丝袜儿,向他们展销男性的时髦。

媳妇们都坐男人的车子,在路上说了个笑话,嘴一咧,又赶紧抿上(男人在前边是看不见你的牙齿的);胆小的大娘还是要坐毛驴车:逍逍遥遥晃着呗。

"商务"在身的汉子把车子骑得飞快,身后有根鞭子赶着吗?他们今天得跑两个集哩,他们简直是身怀绝技啊!

各方面的交流都涌到集市上来了,农民和科普服务站之间的,跑运输的和种植专业户之间的,养毒蛇猛兽的姑娘和兽医之间的,买牲口和卖牲口之间的,业务通信员和区广播站之间的,听众和说书艺人之间的,女孩子和男孩子之间的,眼神和稍有间隔的回答的另一个眼神之间的……狭窄的老式街道被这各种交流推挤成几间东倒西歪的屋,政府就不能拿出钱来弄个像样的?

赶集不再是一种奢侈。但赶集还是另一样轰轰烈烈撩拨人心的美好生活。

苦　　闷

当你寻找新的突破口的时候,当你面对纷至沓来的大量的生活现象而感到千头万绪无从下笔的时候,当你面对新观念暂时无法将原有的生活积累和新的生活体验纳入这种新观念和新的审美框架中的时候,当你试图打破旧有的模式,建立属于自己的新发现、新创造体系并为此而进行艰苦的然而是别出心裁的新构筑的时候……你苦闷。

苦闷是转折的一个关口,是突破的前奏,是一种结晶的过程。

如果因志向的不明确、意志的不坚定或观念的不现代而放弃了苦闷,无疑是放弃了一个新征服、一个新高度甚至一连串的成功;如果在苦闷尚未澄清、大鱼尚未浮出水面的情况下就为一个小小的新发现而草率中断了苦闷,那无疑只能有小的收获,因此而养成的一种急于解脱的惯性也将在今后的创作活动中不断危害你。这时候倒不如全身心进入苦闷中去,摆脱俗务的缠绕,尽量少接触人,以免无意中伤害了别人的感情,用你特有的方式去整理这种苦闷,在苦闷中寻觅闪光的点、线、面,让"创作野心"驱使行动,去摘取隐藏在思维最深层的那些宝石。

苦闷的结束,也就是作品的诞生。苦闷的质量与收获是成正比的。

像少男少女的青春期一样,苦闷期既危险又神秘,充满诱惑和希望。

所以苦闷又是一种机会。

1986 年 8 月 13 日发表

丝　瓜

　　房前有一小片空地,父辈的农民意识又在我脑中复发:赶在种瓜种豆的时节,翻了地,点种了藤萝植物——丝瓜。

　　邻家的鸡儿结队而过扫荡一切可以食用的东西,碍于情面,只有种上丝瓜,它能攀爬到棚架上,让鸡们望"棚"兴叹去。

　　丝瓜长起来了,倒也旺盛。它们用细小的思想去探索环境中的支点,抓牢了,再向前延伸,一点点地铺张开。

　　后来又开了花,在一家人的期待中,结了一个、两个颀长的果实。

　　到了秋天,我们都觉得它们气数将尽的时候,却突然发现叶缝间又坠满了新的果实,摘去了,过几天又结出许多,就这样一直结到冬至……

1986 年 8 月 24 日发表

大 江 落 日

客轮在长江上航行,离开南京港已近6个小时了,舱里的光线渐渐暗淡。于是我离开铺位,到后甲板去看大江落日。许多诗人名家都歌吟过这种景象,在我的想象里,那一定十分美丽。

后甲板上站了一些人,我兴致勃勃地加入他们中间去。落日、大江、白鸥、初夏的海岸线……确实很美,但我又觉得并不如想象中那般出众。我有些扫兴,看了一会,就转身离去。在我转身对着客舱的一瞬间,我猛然发现一面镜子——是拉上了窗帘的一个舷窗。落日的金黄色的光线斜照在镜面上,五彩缤纷;镜子里有一对年轻人的剪影,他们正伏在栏杆上指指点点;回旋的微风把姑娘的几缕发丝吹得拂动,她把头轻靠在男伴的肩膀上;江鸥一会儿疾飞而过,一会儿上下升降,做流连状;被夕阳照成碎锦的江面只裁下了一小块遗在镜子的一角……这面镜子使我目瞪口呆,我四面环顾,想要喊我身后并不认识的旅客,与他们分享我的发现。但我没喊,我怕一个偶尔的变动破坏了画面和心境的极度和谐。10分钟以后,我离开甲板走回客舱。也许,真是罗丹说得对,不是生活中缺少美,而是我们缺少发现;缺少一种发现美的愿望、心情和诚意。我回到舱中躺下,观赏落日的旅客也陆续回来了……

1986年8月27日发表

田 野 的 帆

我走在小河边长满荒草的小径上。秋雨滴滴答答下了半个月,现在天空开始现出亮色了,这是晴天的预兆。难以察觉的风吹了一个晚上,吹了一个上午,田野可以走人了。路边的一丛丛野草都渐枯而柔韧,脚蹚过去,秋蝗如星四迸。突然,有几只黑油子(一种蟋蟀)在我脚下一晃,接连着钻进一蓬狗尾巴草旁边的土洞里。

我悄悄蹲下,蹲在洞的北部,天空的亮光仍然可以照在洞口上。

这个土洞像青蛙在河岸边坐出来的洞,它斜出地面,下半部分是个弧,上半部分是个平面,最宽处大约有4厘米。

我屏住呼吸,眼睛看着洞口。我觉得它们还会出来的。

田野很安静,汽车在很远的地方爬着。

又过了一会,两根互相触碰、互相探询的细细的黑须子,摸索着伸出来了,一只滑溜溜、腊壳似的圆脑袋,犹犹豫豫地向外移动。

太阳从云缝处射出来,田野间的潮湿和郁闷开始向生活的边缘流散。这只大个儿的黑油子抵御不了阳光的诱惑,匆匆爬到洞外,在狗尾巴草旁边,用劲蹬了蹬长满细密的硬刺的后肢。

刹那间,洞子里碰头绊脑地挤出了好几个腊壳似的脑袋,我惊讶地数着,一只、两只……十二只,总共十二只。它们爬出洞穴,分散在狗尾巴草和马齿苋的近旁,迎着阳光张开翅膀。翅膀汇集成一片透明的帆,在流动的阳光里快乐地航行,任什么也不能毁坏这种具有生命活力的美和迎接阳光的渴望!

哦,田野的生命的帆呀!

1986 年 11 月 11 日发表

在西部石油探区

1981年夏天我到青海冷湖镇的时候,提出到青海最西部靠近新疆的石油探区去看看。《柴达木石油报》的朱记者当即表示要陪我去,并端着酒杯站起来,和我碰了一杯说:"到了青海不到柴达木,等于没到青海,到了柴达木不去西部石油探区,回去你绝对不能炫耀你到了大西北。"

朱记者30来岁,长得很黑,个子不高,可是相当壮实,嘴很大,颧骨和腮骨像焊得疙里疙瘩的粗钢筋。

第二天,我们坐长途车向西部石油探区出发了。我和朱记者坐在最靠前的一排位子上。青海东部地区和柴达木盆地的景色是完全两样的,东部有大片大片的草原、高山牧场和湖泊,那种柔和的、广袤的绿色和蓝色能把人融化掉。但是在柴达木盆地,越往西走,越感觉到戈壁的无边无际。从车窗里望出去,除了一小片一小丛苍绿色的骆驼刺外,几乎都是灰褐色;公路两旁看不到人迹,汽车开上一两个小时,才偶尔能看见公路道班的几间孤零零的房子。

"啊呀,太大啦!"我看着窗外惊叹。

"越往西越这样,都是戈壁,李季的石油诗就是在这里写的。"

"《石油大哥》吗?"我们谈起来,"你祖籍哪里?"

他告诉我,他祖籍河北,20世纪50年代父母就到冷湖来了,一直没有离开柴达木,所以他算是地地道道的戈壁人了。他原在西部石油探区的钻井上干活,那里枯燥单调得难以想象。新鲜蔬菜很少很少,从外地来的邮件要很长时间才能到,羊肉能吃到一些,不过高原上的羊肉有一股酸味。电影都是很早以前的旧片子。有急事到西宁去,把你急死了也得辗转好些天。他17岁开始上钻机,到现在也干十几年了。

"你真的不想离开吗?"我打断他的话问。

"也想。"他思索了一下,"以前想过,想跟你们一样去上大学,也想上西宁去逛逛塔尔寺,现在无所谓了。"

"为什么?"我又问。

"西部的好多油井都出油了,所以更不想离开了。想在这里找个老婆,干一辈子。"他略微苦涩地笑笑,忽然用手往后边一指,说,"起风沙了。"

我把目光转向车后,果然起风沙了。戈壁的风沙气势非凡,从地平线的那边,拉开一条无边无际的战线,迅疾地向前推进,烟尘滚滚,十分骇人。10分钟不到,风沙已经追上我们,把弹丸一样的长途汽车包裹在沙尘里,小的沙粒打击着车窗,发出一阵嘈杂的啪啪声,大些的沙石在地上滚动,尘沙的速度看得十分清楚,它们迅速地向前推进,一望无边。

我在石油探区待了两天,每天都安排得满满的。我们坐卡车到花土沟去看泵房,看采油树,访问采油工的简而又简的家庭,去打钻的地方和钻井工人抽烟闲聊,去钻井工人的活动板房,和上夜班睡觉刚醒来的健美的西部姑娘说几句开心话。一走进戈壁上的男人和女人组成的有粗犷性格的人堆里,朱记者立即成为引人注目的角色,咋咋呼呼地回答人们提出的一切问题,显得精力无穷。

第二天下午,风沙完全平息了,午后又落了一阵在戈壁上罕见的雨,但大部分雨点未到地面就消失在空气中了。朱记者突然问我:"你没有高山反应吧?这几天看起来你的身体不错,咱们到井架上看看吧。"

"好!"我立即答应了,能从高空中看看大戈壁,看看高原,是我渴望的。我们抄近道从戈壁上一直到钻井边。朱记者从机房里拿来两顶铅头盔,我们戴在头上。钻机轰轰地响着,脚下一阵阵地颤动。往上爬了约20米,他在一个小平台上停下来,伸手拉我一把:"行了,初次上来的人不能爬得太高,否则身体会有反应。"其实我当时感觉十分正常,我有点遗憾地停下来。

这时再往四面看,眼界更开阔了,天极其大,地极其阔,胸怀也随之宽广起来。往北能看见阿尔金山的齿形的峰峦,因为高原海拔本身就很高,所以这些地球上最有名的山脉倒不显得怎么高峻了,只是绵绵亘亘显得气势宏大,南边是昆仑山,北边格孜湖西缥缥缈缈的水线也能看见。往西大概就是新疆了,往东是我们过来的方向,那里有大柴旦、小柴旦、鱼卡、茶冷口和冷湖镇。朱记者看了一会儿,有些激动,转过和央,背倚着栏杆,看着东边说:"我自己的事情从来不对别人说,你是从外地来的,我把心里的东西倒一倒,好受些。"

原来他在大柴旦曾经有个女朋友,是个护士,一个月以前,他们吹了。因为1981年,正是改革开放的初期,喇叭裤和三步舞也传进了戈壁,就因为这些,女朋友跟他吹了。这件事情对一个戈壁青年来说是非常重要的,在那种交通极为不便、文化生活单调、选择和交流范围又极小的环境里,女朋友就意味着精神支柱,家庭和生活的未来呀。

我想找几句话来安慰他,他好像已经看透了我的心思,咧开嘴笑起来,虽然笑得有些勉强,但笑声却有力,和他的外貌相同。

他又把身子掉过去,用手撑着栏杆说:"那都过去了,好汉不论当年,我相信自己的能力和耐力,看以后的吧!"

我在他肩上拍了一掌,我们都哈哈大笑起来,在大戈壁上不哈哈大笑似乎就与天和地的雄浑广袤格格不入。在笑声中,刚才的不愉快心情也就随之烟消云散了。我们呼吸着高原上清新的风,极目远眺自然界的博大精深。

"我母亲就埋在冷湖那边,"他对我说,"她20世纪50年代在钻井边死的,她算得第一代开发柴达木的英雄了。"

我使劲点点头,我们都一语不发地看着东边的地平线,我在心里想,让柴达木人都幸福吧!让柴达木这块坦荡、裸露、气势雄大的土地上成长起来的男人女人,都有疼着自己的人吧!这也许是最没有"觉悟"的想法,但直到今天,我还这么祝愿着!

1986年11月12日发表

生活的船

那年,节气将入仲冬,我从五河坐小机船,上溯浍河到园宅集去。那小机船是水泥铸成的,不是很大,船尾装着柴油机和舵,船头较为宽敞,可以堆放货物,中间是客舱,里头搭了几块木板,就是座位。

船从五河码头开航,是个体户的船。因为上货耽误了不少时间,走了三分之二的路程时,太阳就偏西了。

太阳的热力一减退,冬日的寒气就逼上来。宽宽的河面,静悄悄的,枯苇在水道两边组成了宽而厚的苇墙,船一驶过,柴油机的工作声就被苇墙渲染并且放大,反复地回响,很可能会传到很远的地方去……阳光照耀时在河面上打漂漂的"章鸡儿"也消失了踪影……暮气渐渐弥散,寒气更加袭人。

这时在船头上,一位农村妇女,敞开棉袄,坐在一小堆白菜和红芋边上,露出微黄肤色的奶子,奶怀里的一个孩子。河面上的风吹着她,吹着她的奶子,她也不下到舱里去。她的绛紫色的方巾,扎成一堆放在身边,里头露出了黄黄绿绿的花筒(做头发的东西)。我有些好奇,觉得她用不到这些东西,就随便问了她。

她说:"替俺妹子买的。"

我点点头,笑笑,不再问什么。我抬起头来看前方宽宽荡荡的水面。我曾经有过不算太短的农村生活的经验,我知道如果她是生活在田野上的,那她就有可能在春天耕作的野地里,在一阵又一阵疯笑声中,把黄肤色、带黑晕圈的奶子,硬塞进想要扒她们裤子、占她们便宜的同村男人的臭嘴里去的,她们用那种粗烈的方式来抒发一种存在的活性。

这时,暮色和寒气更浓重了一些。小机船开始减速了,船上的一个汉子,把手圈在嘴上,对着河湾大声吆喊起来:噢——噢——噢——,奶孩子的妇女也翘首望着远方。河湾里慢慢现出一只泊着的大船的身形,从大船上敏捷地跳下来一个胖胖的女孩子,她跳到大船下系着的小舟上,操起横放着的竹篙,解了系绳,像一个男孩子一样叉开腿,站得稳稳的,把小舟飞一样地撑过来。

两只船在河心里并到一起,白菜和红芋,都卸到小舟上去,奶孩子的妇女也跳到小舟上去,坐在舟头。小舟被人和货压得陷在水里。

两只船又分开,越离越远。暮气立即就来填补了这空间。寒气更深地深入,连芦苇的沙沙的颤动好像也平静下去了。

我一直盯着远逝的水面和小舟。这时我想:在大河湾那只孤零零的船上,她们一家是过着怎样的生活呢?她们白天下网、捕鱼;晚上呢,因为没有电,所以不可能一家人围在一块看电视的,又因为远离了人家,也不大可能会有亲戚朋友来闲坐的。夜一降临,天地就缩小到一只船上,那会是什么样的一种生活呢?

我又想:那个奶孩子的妇女,她们一家人,肯定都在心里焦急地等着她回来。那些白菜、红芋、花筒,或许口袋里还有一些简单的糖块,会给船上的每一个家庭成员带来不同的新鲜和兴奋吧?

她们的生活之船,就是这样行驶的吧?

暮色完全弥合了,寒气在淮北大平原上,集结了,又扩张开去。园宅集的远远的灯光,已经依稀可见了……

1986 年 12 月 2 日发表

皇 藏 峪

　　皇藏峪很有特点。皇藏峪有一种野趣。

　　慢慢往山里走。一大片林子，不是松，也不是柏，是一种树干发灰的树，枝枝丫丫的，零乱地托着天空。上山的路没有一块条石，像水踩出来的，地上都是圆的碎石。孤单的树，这一棵，那一棵，插在崖上、巨石缝里，粗大的树根被大山猛挤出来，顿时显出几分失血的灰白，疙疙瘩瘩有些难看，又有些耐看。崖上十几棵古树。有个穿红衣裳的农家女孩儿，用一个竹耙子搂枯叶，哗啷哗啷的声音在山间响得幽远。她一下子一下子搂得专心，出谷间的游人都抬脸看她，看那些古树，想一千几百年以前的人、金戈铁马、荣辱兴衰。

　　瑞云寺的后院落满了黄色的银杏树叶。拾一把装在兜里，据说能防史籍生蛀。皇藏洞还在山更深的地方。

　　注：皇藏峪，学名黄桑峪，在皖北萧县境内。据《清统一志》载，楚汉相争，汉高祖刘邦曾在此避难，故更名皇藏峪。瑞云寺地势险峻，传吕后来此寻夫，见山中白云冉冉，据此找到了刘邦。皇藏峪在山上峭壁间，传说为当年刘邦藏身处。

1986 年 12 月 19 日发表

"的"字结构

我在前年秋天到黄湾农村去,一个人在很温厚的季节里,在很温厚的土地上旅行,心情很好。

客车从县城开出去,开到高高的视野宽广的大河堤上。车上有几个农村中学的女学生,从她们相互间的言谈中,我知道她们是趁秋忙假的空暇,上城里玩儿的。

车子正明明媚媚地开着,间隔很远的粗大壮实的梧桐树,一棵又一棵地闪到车子后边去。有一个戴海军帽的小男孩,突然神经质地猛地一站,手指着窗外喊:"撒鱼的,撒鱼的。"

果然有个撒鱼的站在大水边。他穿着一身胶皮衣服,像个大水鸭子。

一个脸蛋胖红的农村女学生,把头凑近同伴,小声说:"这不是'的'字结构吗?撒鱼的,开车的,耕地的。"

我的生命猛一停顿,我突然体会到生活火花的无所不在,而且有一种古典文明和现代情绪的明媚的混合,在10月的平原的广袤安宁中丝丝流动。

在黄湾住下来了。小镇平和宁静,没有任何人随意打扰别人。午睡后我到田野上去。阳光照着闪闪发亮的椭圆形叶片的野三棱草,照着用翅膀唱歌的长脚蜂。有一个捧着书本穿大红外套的姑娘,吹着简单的口哨,把几只雪白的羊儿赶了又赶,赶到长着短草的斜坡上去。有几个更小的小男孩蹦蹦跳跳地喊着:"放羊的,念书的,念书的,放羊的。"从冒着绿芽儿的麦地边上跑过去。

  阳光照在姑娘的身上,幻化成无数可感的宁静明丽的音符。我看不见她的脸,不知道她是不是客车上的那位"'的'字结构"。

1986 年秋

谈 恋 爱

　　我的一个很知心的朋友告诉我,他在 28 岁的时候,在夏天的时候,谈了一个女朋友。女朋友只有 21 岁,很迷人,也很大方。

　　他莫名其妙地做起了梦。他想尽快地(越快越好)跟她结婚。

　　他把这想法说给女朋友听,女朋友像西施那样美妙地叹了一口气。

　　"唉,谈恋爱真难。谈,不容易,爱,就更难了。"

　　他安慰她说:"结了婚就好了,两个人的力量总比一个人大,至少可以互相安慰。"

　　"结婚?"她说,"谈恋爱是互相欺骗,结婚,不就是自尽吗?"

　　我的朋友用敬佩的口吻谈着这件事。他至今还相当怀念她。

1986 年

一 个 词

J属于那种说不出来她的好处的女孩子。J很健谈,初次见面,我们相对地坐在方桌边,我听她讲话。

那时正是"四月的无韵诗"的季节。"四月的无韵诗"就是月季。最早开放的那些月季我都称它们为"四月的无韵诗"。月季开在院子里,敏感的人能"感觉"到它们的存在和开放。

J冷不丁说了个极有表现力的词——在她娓娓不倦的长谈中,她说了些什么,我都记不起来了,但唯有这个词,令我心头一震,于是我对她的印象全活起来,我立刻想到:

交往的时间长短确属无关紧要,关键在于交往的质量。

我又想到:

一个人毫无必要去做出一种风格、一种风度、一种模样来,那是徒劳的。一个人的风格甚至就是基因在起作用,这是装不出来的。

通过这一个词,我们就能感觉到同一层次的交流的心心相印了。我想我能运用这个原则去"感觉"我的熟人、我的关系、我的友情和我的精诚友爱了。

1986 年

意外的收获

江淮之春是短促的。冬日刚过去,寒流还频频来袭,突然有了几天秀丽的日子,接着就入夏了。

在匆忙的明媚日子里,也还会下几场有暖意的春雨。那时我客居庐州西郊,落雨的夜晚,顿感无限寂寞,就跑到私人书亭去买几本流行杂志回来看。

我头发淋得湿透,书亭前已经阒无一人了,卖杂志的女孩还放着节奏猛烈的音乐,独坐亭间。

"这么晚了,还不关门吗?"我一边翻找杂志,一边说。

"等一会散电影的大学生还来买好些杂志哪。再说回家又干什么去?"她热情地看了我,又说,"我很喜欢跟你们大学生谈谈,能学到很多东西。"

我有些惊讶。我原来以为她也跟其他做生意的女孩一样,只管挣钱哩。

"我知道你们喜欢什么样的书。"她毫不炫耀地迷人地说,"我很喜欢能跟大学生随便聊聊,所以我才在这里开了书亭。"

我马上被她吸引住了。我站在书亭边跟她说了好一会话。

身后的春雨一阵紧一阵松地下着。等我冒着雨跑回我客居的地方时,我的一切寂寞和孤独全都没有了,我觉得这一晚上有非常意外的收获,对世界也有了一个非常意外的新发现。

1986 年

平淡的姑娘

在皖南的某山庄,有一位姑娘使我十分惊奇。她的名字似乎叫菁。她的一切都好像是很平淡的。她挺好看,但她从来不在别人,特别是男性跟前炫耀这种好看;她落落大方,但她也从来不在男性跟前抢先发表高见,以显示女性的魅力。她就是那么自然而然,平平淡淡地工作、生活、娱乐,完全是个平平淡淡、毫不夸张的姑娘。

但是令我惊奇的是,所有的男性都强烈地感觉到了她的存在和她的存在的不可或缺,所有的男性都对她抱有好感,都把目光对着她。如果她回家去度假,有几天不在山庄,那么肯定会有相当一部分男人觉得乏味无聊、失去生活的趣味的。

我从未和她深谈过,但我感觉到她的平平淡淡的举止、平平淡淡的作风,有一种超越现实,超越具体,超越人本身、社会本身、自然本身的形而上的东西,有一种哲学的力量。这种力量,这种东西,肯定是非人工的,是不可模仿的。

1986 年

一 类 人

有一位女孩,很丑陋。她长着一张扁平脸,脸上毫无光泽,时常水肿。和她坐在一起交谈的时候,类似一种酷刑,总是心情烦躁地想要早点结束那种折磨。有一次她坐在我对面说话时,声波一阵阵地袭来蒜臭,从那以后,每次她和我说话,我都觉得有蒜臭袭击,恶心想呕。

但如果有一段时间不见她,不和她交谈,我就心神不宁起来。我每天上班下班都要从她家门前经过,每次经过时我都想要下车敲开她的家门,去看看那是怎样一个家,去和她随便谈谈。但每次我又都因为有来日方长的念头而擦门而过。我为什么要和这样一位女孩藕断丝连地交往呢?难道世界上各种各样的女孩还少吗?

这种状况持续了10年之久。后来当她结婚离去的时候,我突然感觉到了我在这个世界上的孤独。我想找人说一句心里话,都得斟酌半天而难下决心。我认识许许多多少女、姑娘、少妇,但我发现我和她们全都无法彻底沟通。一个人只能和某一类人彻底沟通、彻底理解,世界上的这一类人,也许只有我们两个。

在她离去之前,我对她一直是平淡的。那时候也意识不到,不知道这个宽阔的世界,竟是如此狭小。

1986 年

"女人是机器"

有些女人是这样的女人:她们的感觉真好,她们知道该在什么时候对你说什么话,说什么话可以使你产生共鸣。她们有一种先天的调节能力,有一种无与伦比的分寸感,她们可以使你一下子觉得距离消失了,成为推心置腹的朋友了。这种女人是人类社会的千古绝唱。

我到一个僻静的小商店去买拉链衫,女营业员正一个人坐在柜台里织毛线衣。我们突然都认出了对方,因为我们曾在一个朋友的结婚喜宴上见过一面。

开头只是说了些无关紧要的寒暄话,但是我猛然发现我已经进入了她的魅力圈,正自然而然地围绕她旋转。她说:"你看,时间就这么吝啬,从结婚有了孩子以后,就老是匆匆忙忙,老感到时间不够用。可是你忙完了家庭还不算,还得跟男人一样到社会上闯荡,我忘了谁说过的,女人是机器。那时我真能举出一千条少女的、姑娘的理由来反驳他。可现在我知道了,人的确是机器,女人更是机器,是机器的机器,是超级机器,是可供男人快活的、用来点缀社会的、代表了机器发展新潮流的理想的多用机器,是机器之最。"

我立刻发现了这个女人最优美、最优秀之处。我觉得如果一个女人能在某一方面征服男人,那么这个女人就是最完美的了。

1986 年

新　境　界

　　我每天到医院给我生病的母亲送饭,都要经过内科902—907病房,每天经过的时候,我都看到靠门的病床上,坐着一位姑娘。她斜坐在床上,上身穿淡青色的西装,里边是大花衬衣,很优雅。她热情洋溢,讲述的表情专注,我一看就被她吸引了,心情的压抑减少了许多。因为所有的病人都被墙壁挡住了,所以我一次也没看见她的病人是个什么样的人。也许是她的男朋友吧?我想,只有热恋着的人才有这样的热情和光彩吧?

　　后来有一天她突然不在了,可想而知病人也已经出院了。我问从病房里出来的一位面熟的小护士:"这张床的病人出院了吗?"

　　"出院了。昨天下午出院的。"护士说。

　　"陪他的那位姑娘……"

　　"她吗?她是病人的同学。"

　　噢,她们是同学。我觉得我又发现了一个新境界,女孩子非常吸引人的新境界。这是完全不同于有家室的成年人的新境界。女孩子多了,世界也就变得纯洁起来了。同时我也敏感地感觉到我被排斥在这种新境界之外了,为此我有些悲哀。我想,我能在哪些方面吸引她们呢?我能在哪些方面与她们的魅力同步呢?不时我就想到了建立功业的问题。

1986 年

葡萄花儿开

前年栽的葡萄,第二年就结果实了,今年结得更多。

因为地的肥力好,冬天又请技术高超的园艺师剪了枝,所以到四五月份的时候,芝麻大的花就簇拥着开了满枝,密密匝匝的像鱼卵,看一眼就满足得不得了。

天天有一群上业余体校的女中学生走过这里,她们总要停下来,在篱笆外边,眼巴巴地望着开淡黄色花儿的葡萄树,叽叽喳喳地议论一番再走。

"什么时候才能结成果儿呀?急死人啦。"

"就算结了果儿你又能怎么样?不是你栽的,你有权利享受吗?"

"前人栽树后人乘凉嘛,咱们来得多了,人家一定会感动的。"

看着她们青春矫健的背影,我暗自想,她们毕业以后不知要到什么地方去呢,不知要走过一段什么样的人生路呢,她们能等到果子成熟吗?到那个时候她们还会这样天真活泼地唱着跳着路过我的园子,在篱笆外边眼巴巴地瞅着吗?

但我想我的园子能给她们留下美好的记忆,能在她们心中播下美好的种子,这不也就是我一生中所能做的最成功的事情中的一件了吗?

我每天都目送她们走出去好远。

1986 年

秋　思

　　这些天我一直被人生的意义这一难题所困扰。人的痛苦是无止境的,人的烦恼是无止境的,人的追求和希望也是无止境的。作为一个健康的人,没有一天,没有一分一秒可以离开希望,可以离开期待。我们等上午的邮递员来,希望得到一封信,看到当天固定要看到的一张报纸,如果有一天落空了,心灵的平衡就会被打破,情绪的升降就失去规则,这些希望和期待构成了人生,构成了历史,空虚和烦躁也常生于此。如何平衡空虚、烦躁、痛苦和希望与追求的关系,对现代人来说也许是至关紧要的问题。我一直因此而颇感困扰。

　　那房前院后的七八棵泡桐树已经生长五六年了,我每天从那里路过,都要看一眼。树干丰满多汁,一年比一年粗,像少女膨胀的大腿。这种事情也常有一定的功利目的在里面,因为国家的规定是谁栽树谁得益。虽然树栽在地上可以绿化环境,但如果规定长成以后由别人拿去,栽树的人大概就不会那么精心了。我想起七八年前对于诗歌的纯真无邪的爱情。超功利的行为从根本上来说也许是没有的,是不符合人性的……如果能在正常的道德规范之内,以不损害他人的利益为前提而下此结论,或许能够成立。但同时又出了新的矛盾、新的疑问。因为从根本上说,不损害他人的利益似乎也是不可能的。

1986 年秋

选 择

年少的人对成年人可能都会有一种"景仰"的心性——我指的是成年人的神秘感。我上中学时,就有一件事老是弄不明白:为什么成年人说起话和写起文章来,总是滔滔不绝,难道他们真是无所不知的吗?后来有一次我姐姐的几位朋友来我们家玩,我那时刚刚喜欢上文学创作,正好他们也喜欢,他们就跟我谈文学,他们说的许多话我都没记住,但有一句话却令我一震,他们说:人不管是说话还是写作,都有选择性,选择他熟悉的说,或写。听了这句话,我好像一下子明白了许多道理,在某种程度上我似乎也知道了大人们之所以能滔滔不绝的原因:他们并不是无所不知的,他们的滔滔不绝只是因为他们选择了自己的"强项"。

1986 年

单口相声

　　有许多时候我写散文、随笔总觉得自己是在说单口相声,是在自己对自己说单口相声,自己对自己说话,自己给自己埋伏笔,自己调教自己,自己逗自己玩,自个儿任意作为,不受别人的羁绊。

　　单口相声比对口相声简单、灵活,操作起来随意性更大些,不论是小故事、小笑话、小情趣,都可以拿来就说,听众也不会嫌它过短,但对口相声因为是两个人说,总得与两个人的分量协调些,因此就不那么随意了。

　　有时候我觉得我写散文、随笔追求的就是两个字:随意,或者说是"散漫",想到哪里就写到哪里,零七碎八都愿意成为笔下的材料。但因此这也就并不容易,我常常为此而"卡壳",甚至经常感觉它是可遇而不可求的,也就是说是不可追求的。于是我上述的追求就似乎又失去了一些意义。

1986 年

1987年

蒙 城 五 题

"故里"之争

庄子故里究在何地？历来众说纷纭，各方争论不休。据《史记》说："庄子者，蒙人也，名周；周尝为蒙漆园史。"但中国地名曰蒙者甚多，古称漆园者数处，所以庄子为何地人氏，即成悬案，如果编者注意的话，也可以编入通俗的《中国文化之谜》一书中去。最近看了中国人民大学编选的一本文集，在《逍遥游》后边的注释里，还说庄子为河南蒙泽人。1979年，蒙城文化部门的夏茹冰同志，多方调查、考证，写了专题论文，发表以后引起学术界的争鸣，也得到许多学人的赞同，认定庄周故里，漆园的旧址在安徽蒙城。这一认同的一个结果是此说载入了国家文物局主编、上海辞书出版社出版的《中国名胜辞典》中。

庄周故里"争夺战"从表面看似意义不大，但这种争论反映了一个社会的文明程度，反映了一个社会物质的富裕程度和社会的文化气氛。争鸣、争论的过程实际上就是文化发展的过程，是社会整体文化的一个组成部分，精神文明不就是这件事和其他每一件"这件事"的总和与积累吗？哲学家、思想家、文学家庄周的故里能在蒙城、在淮北、在安徽，作为一个淮北人，从狭隘的乡土主义出发，在本能上我是极认同的。2000多年前的一位淮北人,他的思想和观念还在不断地俘虏着众多的现代人,还在影响着"寻根"的文人们,那么在今天的淮北人群中,难道就没有可能再出一个、两个或者半个庄周?

古战场与高级食用油

　　淮北平原自古为名战场,从春秋战国,到陈胜、吴广起义,到刘邦、项羽争天下,再到捻军起义,再到解放战争时期的淮海战役,战火历史悠久,平民造反亦有传统。其原因可用以前常用的一句话来概括,即"穷则革命"。造反有历史,穷困也有历史。穷困作为一种源流浸渗到生活的各个领域,并对人们的精神文化生活有着一定的影响,确实不是一时半会能彻底改变的。蒙城县多维油厂生产的多维油,是目前世界市场上最为理想的高级食用油,营养素含量高、成分多,可防治高血压、心血管病、脚气病,还可调节脑功能、抗癌等等。产品色佳,但新设计出来的商标却简单、土气,印刷也不讲究,这对多维高级食用油的推广无疑是大不利的。淮北平原要在省内乃至国内树立自己的光辉形象,治穷治土应该是放在重要位置上的事情。

文化人

　　住在蒙城漆园宾馆,漫游了几天,漫谈了几天,曾私下里探问过蒙城文联的芦干友,不知可否去漆园故址看看。芦干友说,故址已看不出多少名堂了。这话使人怅然。
　　史书记载,庄子"尝为蒙漆园吏",干了不甚长的一段时间之后,庄周就辞职不干了。后来他曾隐于濮水(今蒙境芡河)之上,楚威王慕庄子贤,遣使送聘金聘礼,请他去做楚国宰相,庄子辞不就,还以祭祀时用作牺牲的牛作喻嘲之,把来使搞得很狼狈。

这一类故事,历来被传为藐视权贵的佳话,这是对的,但似乎不能概括事物的全部。我觉得至少还有两点可以提问:其一,当时诸侯混战,争霸天下,搞得民不聊生,有抱负、有才能的庄周,为什么不"打入"上层,改变历史进程,结束混战局面?其二,即使不与赃官为伍,若真有雄心的话,也应"发动群众"起来造反、革命,推翻赃官的政权。但庄周却兀自河上钓鱼去了!

对历史人物苛求似乎有点过分。传统的藐视权贵的评语也反映了一种消极清高的概念。我觉着,庄周的辞官不干,是他作为一个文化人、一个思想人的必然。实际上他的文章和思想功利性颇淡,纯文化意识更浓,这点与孔子是不同的。

怅然之余,转而又想,文化人不掌人权,所遗者,除去作为民族支柱的精神和思想之外,还能有什么呢?也就释然了。

嵇康亭

嵇康亭在漆园宾馆北,三面环水,一面临墙。我们去拜望的时候,是从一条曲径到达的。到了亭下,却被一道泥水沟所阻,先上去几位"壮士",而后才将一群人一个个拉拽上去。亭是新亭,据蒙城文化部门的材料介绍,此亭建于1984年。亭旁遍植垂柳,上亭下亭都得躬身行于柳下。嵇康亭在嵇山上,"嵇山夜月"为蒙城八景之一。吃了晚饭,想趁夜阑市静,再登嵇康亭去看这一胜景,但又想起不是"月出于东山之上"的日子,只能作罢,是为一憾。

涡河

　　涡河也是淮北的一条大河,古时的名气直追浍沙和濉河,都是古战场,又都是靠战争成名的。

　　黄昏的时候站在涡河岸上,望着碧波绿树,船儿都挤在水滨,秋意也渐漫上来了,才醒悟到涡河晚渡的意境还留在这里。

1987 年 1 月发表

荒　　园

房前有一片园地。

春天的时候,草儿萌芽了,互相勾着脑袋张望着。主人上哪儿去了呢？主人见女朋友去了。

夏天的时候,草儿猛长起来,搭肩搂膀、熙熙攘攘地挤了一园。主人上哪儿去了？主人和未婚妻跳舞去了。

秋天的时候,草籽儿沉甸甸地悬在草的节节上,地上落了些黄叶,泥缝里也埋藏了明年的生命。主人上哪儿去了？主人和新娘度蜜月去了。

冬天的时候,大雪覆盖了一切,太阳出来,麻雀也扑着翅膀到园中觅食。别人家的园子都翻了一遍,让寒风冻一冻,让太阳晒一晒,让雨雪润一润,待明年开出好的花儿,结出硕果来。可是这园子还是没有动静。主人到哪儿去了呢？主人正和新娘在房子里说悄悄话呢。

这园子荒芜了。

1987 年

民风淳厚　浓若佳茗

大别山,山里人家家备茶,因为茶、水、柴在山里都取之颇易,而山区出门就爬山上坡,流汗不止,无茶甚觉不便。那一次我翻的是大山,一二十里没人家。过了一座山头,见青青的竹林里,藏着几间瓦房,当时又累又渴,便三脚两步走下去讨茶喝。从里间屋出来一位大嫂,穿对蓝褂,腰间系了一方碎花素兜,显得精明能干。她热情地搬凳让坐,又从茶壶里斟出半碗茶来,双手平端给我,我连忙起身接了。

哎,真是好茶!那味道,似乎把门外的大山、屋旁的竹林、叮咚的山溪、嘲啾的雀鸣,一股脑儿全囊括了。半碗下去,顿觉心旷神怡、耳聪目明、乏累全清。只是大嫂半天也不来倒第二碗。

我端着空碗纳闷,心想,当年武松饮酒的"三碗不过冈"的酒店,该不在这附近吧?我虽然穿得一般,两碗茶钱也还付得起,为何如此小气?犹豫了一会,实在熬不过,大着胆子再要一碗。不料大嫂十分爽快,答应着,走来将茶壶和暖瓶一并放在我面前,说:"自己倒吧,喝多少倒多少,这是山里的规矩。"

原来山里的规矩就是客人进门半盏茶,再要喝则自己请便。主人不知客人的需求量,故不加干预,随客人酌情斟用。这种实事求是、不讲花套、按需而取的习惯,我觉得真是太好了!

告别大嫂。又过了几道溪、几层田。回头望去,只见那青青的竹林,似绿色的云,浮在山坞里。

1987 年 6 月 10 日发表

高 山 牧 场

有一首青海民歌唱道:"在那遥远的地方,有位好姑娘……"这歌词和极为悠远的曲调,到了高原上、高原的草场上,才令人有最深刻的体会。高原上那种开阔、广袤、粗犷是其他地方所无法比拟的。我在乌兰县招待所留宿时写的日记中,这样表达了自己的感受:我的心呀在高原,在高原,人变得豪放起来,胸膛被辽阔的高原撑得开阔,感情像山岭般起伏。

这种感受是在青海湖附近得到的,是在从天峻县城到乌兰县城的途中得到的,是在高山牧场上得到的。高山牧场在当地牧民的嘴里又叫夏窝子、夏季牧场。在西宁时我就听说,青海南部和东南部的牧场更漂亮、更广阔,但因为路途太远,且不顺路,没有去成。

从天峻县到乌兰县,我坐的是部队拉军用物资的卡车,车队约有15辆,清一色的解放牌,司机都是小伙子。我坐的那辆车的司机姓孙,河南洛阳人,21岁。

车队在翻越青海南山的时候,越往上走,天气越凉,窗玻璃摇实了,凉气还不断挤进来,冻得人直哆嗦。当时是盛夏7月,但路边不远处的牧民帐篷旁边,站着的牧民们还都穿着袍子。山坡是缓缓地上升的,一直上升到视线的尽头,毫无阻拦。远的山坡上的羊群,像一片片啃桑的蚕,散缀在草地上,以它们纯白的毛色,衬托了草地的柔和的绿。草场的广阔也是我在其他地方从未见到过的,坐在车里就感到一种实实在在的有质感的净化作用,觉得在这样的地方不放声唱悠远浑厚的调子,实在是难以想象的。

　　车子开在山顶,全停住了,司机们都下来伸懒腰。山口的风特别大、特别凉,但转到避风的地方,太阳的暖意就十分明显了。我顺着山坡往上走了几十米,离羊群更近;和以前在电影上看到的差不多,牧羊姑娘确实是半躺或坐在草地上的。草地上开着一片一片黄色的碎丁丁的金晶花,我俯身去摘了一朵,在抬起头来的一瞬间,我突然感觉到我被融化了,天空、草地和远处的湖泊合谋,以绿色融化了我。厚茸茸的草托着我的脚,也使我产生了如在梦中的那种极其逼真的幻觉。

　　我回到车边的时候,十几个司机围在一个大石崖下,原来有一只刚扎上绒毛的小高原鸟从石缝里掉到公路上了,风很大,很凉,它冻得直哆嗦。小孙和别的人正嘻嘻哈哈,开心地搭成"人"形梯,把雏鸟送回窝里去。

　　这个地方也许还不是最典型的夏季高山牧场,也许只是高山牧场的边缘,但它给我留下的印象已是极深了。车从山上往下开,越开越快,越开越远。我却实实在在地感到,我的心已经留在那里了,我的心在高原,在夏季牧场,我在高原上放歌。

1987 年 9 月 15 日发表

1988 年

抢　　炮

　　男孩都喜欢爆竹,两个孩子就能演一出"炮戏"。从父母那里"缠"了钱来,买一挂电光炮,欢天喜地跑到枯草上,拆散了,插一个在土里,点着火,叭的一响,尘土飞起,两个孩子应声仰面翻倒。路过的我看到后胆战心惊,可孩子们倒因为戏演得成功而哈哈傻笑。只有男孩子才能随机应变地演出这类妙剧,女孩子就不行,女孩子怕炮,听见炮声就尖叫、捂耳朵,过了最初的"适应关"之后,不怕了,但自个儿绝不去点火。今年环境和心境都好,况且又来了几笔稿费。有了钱,花起来就大方,对烟花也突然有了兴趣,抱着孩子到小摊子跟前,蝴蝶花、奔月旅行、火焰山、冲天雷、风水轮、天女散花,沉甸甸地买了一包带回家,饭前饭后,高兴了就引火燃捻,噼噼啪啪,喜气洋洋。

　　火焰腾空的一刹那,我无缘无故想起十几年前的一些往事。那时,孩子们口袋里空空如也,一过年,就跑到街上凑热闹,抢人家放过了没炸的"哑巴豆"。机关单位门前,一挂炮点着了,噼噼啪啪炸着,硝烟弥漫。孩子们不怕,从四面八方围过来,一手护住脑袋,侧着身子往烟火里冲,脚在地上乱踩,把捻子踩灭就归自己了。有时候炮捏在手里又炸了,炸得掌心一片焦黄,火辣辣地疼一个多星期;有时候一颗炮正飞在领口里,叭的一声,脖子上准得掉一层皮。抢了十几颗,喘口气,胜利了似的钻进人堆,往别的地方转移。正走着,几个大男人一齐在后边喊:"着火啦!"自己没反应过来,好心的叔叔早扑过来,往背上吐唾沫,这才知道火攻到自己身上了,棉袄已经开了天窗。满脸硝烟回到家,免不了挨一顿骂,但手还紧紧按着口袋。几分钟过后,小伙伴们又聚在院子的一个角落,互相炫耀抢来的小炮。多乎哉?不多也。能抢到一个大雷子,那必定要昂首挺胸,高兴个十天半月。

　　午时了,千家万户都点燃了鞭炮,天地间一阵阵响亮的齐鸣,有一种改天换地的气势。在鞭炮声中走进书屋,记下这段感怀,一边写一边想,愿每个孩子的口袋里都鼓鼓囊囊地装满烟花,愿每个孩子都能满足自己的小小心愿,愿我们的后代一代比一代幸福,愿我们今天的生活、明天的生活,更加丰富、美满、多姿多彩!

1988 年 1 月 28 日发表

奇妙的红芋

合肥的烤红芋也很多,天寒地冻时,不少街头巷尾,都嗅得到红芋香喷喷的味道,孩子们不用说,大人也常常抵御不住那种热气腾腾的诱惑。

红芋是一种相貌不惊人的土物。我记得在十几年前的淮北平原,它简直"泛滥成灾"了。那时候"好面"不多,而红芋结得多、长得快,牵三连四的,于是红芋和各种红芋制品,红芋干、红芋面窝窝头、红芋粉丝,等等,一跃而成为农家主食。早上吃,中午吃,晚上也吃;人吃,猪吃,狗也吃。在农村,用那种部队行军式的大铁锅,煮大半锅,大人孩子各垒起来一碗,夹一筷子粉丝烧白菜或者几块咸萝卜干,端到向阳的墙角下,蹲着,边唠边吃,把肚皮塞得满满的。

红芋是一种奇妙的东西,对孩子仿佛都有特别的吸引力。在小城市家庭的早餐中,稀粥里总爱放几块红芋,甜丝丝的,勾引人的食欲,粥里的那几块红芋,也必定成为孩子们明争暗夺的对象,大家争先恐后,大点的孩子吞食得快,小点的孩子觉得吃亏了就哭闹,得叫大人哄半天,许下愿来,才算了结。而在农村,小孩子滚圆的挺起来的肚皮里,更是塞满了红芋。农村营养薄些,条件差些,全靠红芋这一类东西把孩子们撑起来,使他们长成壮小伙。1983年秋天我们刚结婚不久,一天晚上喁喁私语散步到郊外,就曾经做了一次偷儿。她放风,我潜入红芋沟子,心潮澎湃地扒起了几块红芋,揣在兜里,回到家中搞了一顿夜餐,那种美妙的享乐真叫人永生难忘。

  红芋确是一种具有魅力的东西。但是再过 10 年、20 年,这个社会里的大部分人或许不再会有关于红芋的种种奇妙的感觉、心理和记忆了,甚至都不再知道大地里还孕育过这样的一种物产,这样一种至少曾经给千百万农民以温饱的安慰的土物。但是,我的骨骼和血液,都将记着它。

1988 年 1 月 28 日发表

4月30日的奇观

1988年4月30日,是一个很平常很平常的日子。

这一天似乎什么都平常,现在回忆起来毫无特别的人、事或其他印象闯入心怀。已经入夜了,好的电视节目大约也都过去了,我的妻子和女儿都睡熟了。这时我从灯下起来,开了门,到外面去伸伸腰,活动一下四肢。

我暂居的这个地方在郊区,是平房,门前有一大片空地,荒着,4月底草已经长出来很高了。我一走出门,立刻被一种宏大的月华的氛围所包围并且震慑了。夜空极其纯洁、蔚蓝且宽广无比,在无边际的天幕上有那轮月亮,光华明丽,那种光恐怕是人类所能接触到的最有益无害的一种光。我当时就这么想,因为那种光既不让人感觉到有热量存在,又不让人有任何冷的联想或感受;既不可能让人发出暗淡或微弱的私怨,也不可能有认为它过分了的念头。当时我注意到城市之夜竟这般寂静安宁,仿佛整个城市、整个生物界(特别是人)都不再是任性的、烦躁的了,仿佛他(它)们都被一种来自宇宙深处的现在尚未破译的神秘信号所安抚,悄然进入了人类社会的各项组织功能所不可能调节达到的那种境界。那时我突然感觉到风很大,是的,风确实很大,风把树枝都刮得弯向一边了。那种风完全像是从宇宙的深处刮来的,毫无声息,连树和其他被风刮向一边的东西都没有任何声音。我站在月光和大风中不能走动,我感受着这种来自宇宙最深层的神秘的暗示和触动。我立刻看见我的视界里有一幅明晰的画图,看见了人在宇宙中的位置,人在人类自身历史中的位置和人(个别的人)在人类中的位置。我也看见了那种无形的宇宙对地球、地球对人类和人类对地球、人类对宇宙的各种制约、作用力和反制约、反作用力。宇宙中的一切包括每一分子,都互相关联融成一个整体,这个整体是环环相扣的,难以分解。

　　我感觉着这一切,并且把这一切都印在脑子里。若干分钟后,我回到居室里,关了门,关了灯,上床睡觉。那一夜我非常安稳,非常踏实,但却久久不能睡去。久久地,我睁着眼,望着窗外的月光,感觉着窗外宇宙风的雄劲地刮动。

1988 年

秋天的风景

　　同事们在办公室里吃西瓜,挺大,切开来却有些"老"了。因为这段时间西瓜越吃越少,所以大家都"奋不顾身"地吃。吃着吃着,不知谁冒了一句:"这恐怕是今年吃的最后一个瓜了。"听了这句话,我心中一动,才猛然醒悟,感觉到了秋天的来临。

　　秋天实际上是宇宙赠给地球的一帖镇静药。在反复无常不堪忍受的夏日里,地球上的生物都因烦躁不宁而走向一个危险的临界点。秋天,则成为一片宁静而细碎的海滩,成为一片深绿色带有迷人的女性暗示般的缓坡草地。我想许多人也会和我一样,从芜杂繁缛的心理纠缠中挣脱出来,漫步到有着浓郁而清新的冥想气氛的树林里吧。这样世界也就宁静多了。

　　怀着这样的心情,才找到这样的秋天的风景:稻儿都渐次黄去,终止于一片鲜黄,一把树叶在近傍晚的算是明媚的大风里乱翻。那竟是一群雀子!调子真明丽!风愈来愈大,而后又忽大忽小,难有定型。河湾里半黄的芦苇直不起腰来,让秋天的季风吹得扑向一边。那群雀儿想落到芦苇的梢头若即若离地振着翅膀,好长时间,都立不了足……

　　这样的风景在夏天是看不到的,在城市的中心也是看不到的——那都是没有进入秋天的魅力圈的缘故。我从地上的草隙里找出一颗熟落的葡萄,我把它摆在手里,想了想。我想起无花果的谜一样的核心。不管怎么说,新的一年一度的历史性的季节已经来临,秋天本来就应该是宇宙之神安排的一个缓冲期,是一连串融洽和谐弹着筝的沉静厚实的日子。生命、季节和宇宙的组合是难以言说的,生命、季节和宇宙的组合像一张透明的纸一样,无论从哪个角度看去,它的因素的丝丝入扣都难以言说。

黄昏过后,新星一颗颗弹射而起,在任意作为的无垠空间里,闪耀得很。这都是新的开端,是秋天的了不起的风景。

1988 年 9 月 15 日发表

四里河的秋天

停了十几天的电,生活得怪别扭的,因为一切与电有关的东西:彩电、冰箱、风扇、电饭煲、电熨斗、放像机、收录机、电灯等,都暂时成了废钢铁,毫无用处,吃的东西也不敢多买。虽然天气日渐凉爽,但食物仍然不能久放,到晚间我们就在秋凉里外出去看夜场电视,以打发情意绵绵却又失去了娱乐的生活。

秋意的凉爽确是十分明显了。秋意逐日加深,渐渐从田野间渗入市郊的结合部,再渗入到城市里去。在我们住房的前前后后,夏日里茂盛至极的野草明显地瑟缩下去,房前一大片空地本来是个"小草甸子",现在呈现出凋零的无奈了,像一个达到了生命活力顶峰的女人,衰退下去的速度竟是异乎寻常的,几日里就显出其老态龙钟了。房后的空院里却是一派极具秋之色彩的热闹和昌盛,自发地生长起来的梅豆和丝瓜,现在正是鼎盛时期,它们笼罩了邻家的房顶和墙壁,笼罩了整棵整棵的树和空地上衰落下去的草,黄色的和淡蓝色的小花开成无数,开成铺天盖地,小小的果实也这里一串、那里一个地结得喜人,它们如此发展下去,会昌盛到深秋呢!

那种无所不在的"龙虾"也有惹人注目的新广告。后院的洼地我曾用锹挖了小坑,春末时我们果然发现里面有星星点点嫩皮的"小龙虾"在活动,不禁大吃一惊,不知道它们是从哪里来的,着实想不出来,那小水坑也就成了它们理所当然的乐园。现在我们再到小水坑旁的时候,我们看到的可就是硕大的红壳的大虾了，它们攀爬在水草上狩猎，或是从洞穴里落出半堆略为发紫的硬壳。朋友告诉我们，秋日虾肥，但到深秋它们就会打洞遁逃得不知去向。我们因此而有所犹豫，不知是该把它们全钓上来美餐一顿，还是让它们自己决定去留。这犹豫到现在也还没有结果。

　　这就是合肥西北郊四里河老梁庄的秋天的片断。我们从这里的一草一木、一举一动，感觉到了宇宙规则所引起的人类生存环境的不可逆变的深刻和不平静，也感觉到了科学发展所引起的人类生活方式和不可逆变的深刻和不平静。到夜晚，我们外出归来。点燃蜡烛，处理完琐事，吹灭蜡烛躺在黑暗里倾听房外的秋声时，这种感觉尤其强烈，尤其深刻。这也就是合郊四里河秋意的表面下所蕴藏的精义吧？

1988 年 12 月 2 日发表

秋 之 黄 昏

　　秋之黄昏的暮霭渐渐从城市的背后升起来,升起来,成为城市的意味浓厚的大背景。暮霭升上来以后,城市里的人、车、汽笛和自行车的车铃,五颜六色的城市黄昏里的一切,都显得更为忙乱,更为行色匆匆。是的,时节渐入秋之腹地了,过了傍晚,到了黄昏,暮气上来的时候,秋凉跟着就漫上来了,城市里的大部分人,都想着赶在秋凉漫上自家的台阶之前,进房子里,把门关起来,和亲人聚在一块,畅所欲言,获取一种可人心意的自我满足和宽慰。

　　秋之黄昏的暮霭是先从郊外的田地间升起来,聚合在一起浸入城市的。郊区的生活节奏受到自然界的影响,似乎快了半拍。在傍晚,太阳刚要落下去的时候,一个黑炭样的壮实的农民在地里忙活着,几个小孩站在田埂上啃高粱秸,啃得津津有味。靠路的那一家大院边,青青的豆角被摘到一个竹篮里,暮归的孩子们在铺着草的路上逛得很悠闲……在不易察觉的时候,暮霭就从田地里升起来,愈来愈浓地上升到显得较为宽广的天空中。一群在城市难得见到的大鸟刺穿暮霭,从城市的边缘滑过去,它们有力的身体律动着渐次消失在荫翳的暮气里。风还在地面上滑行,并且把已经浓郁了的暮霭搬运到城市的中心去,郊区就平静下来,城市也渐渐地平稳下来,进入了夜生活。

　　秋之黄昏不动声色地实践了它的覆盖,没有任何人想要拒绝或能够拒绝它的从容的到来。大部分人都或多或少地归于安静，想想生存、生活和发展的问题，想想物价、工作和收入的问题，代黄昏而来的秋夜实际上就因为这些问题的存在和思考的存在而变得沉甸甸了。

秋夜既已来到，秋之黄昏就理所当然地应该退去，成为已经发生过的事情。秋之黄昏在务实的大部分人那里也就变得无足轻重，变成一种偶尔的回忆了？秋之黄昏真的也就逐渐地隐去了……

1988 年 12 月 2 日发表

1989 年

毛 毛 雨

　　有时候心情突然特别好,在各个方面都感觉很轻松,对社会的许多丑陋也看得不那么重了,这是很奇怪的。假如这时候正好是春天,是开着杏花、下着霏霏薄薄的丝丝春雨的三四月,我就会走到春雨里去,连伞也不打。
　　杏花春雨的季节,心情是容易好起来的,但杏花春雨的日子毕竟很短暂,人也就格外珍惜这样的季节。
　　好几年前的一个春天,我就是怀着这样的心情,漫步在毛毛细雨的草地上的。
　　那时正在大学里学习,也正在想着毕业后的人生的路。草地上的嫩草叶儿渐渐就把我的裤角给弄湿了。
　　有一柄花伞突然在前边的几棵小树间一晃。我站住了。
　　我想:假如从我到那女孩子之间的距离是我一生将要走过去的路,假如这柄花伞以及伞下的姑娘,是我的理想,那么我一定会兴致勃勃想方设法克服困难走完这段路的。
　　有人在春雨飘飘的前方等你,你是幸福的。

1989 年 2 月 25 日发表

秋天以及"春天"

——关于中篇小说《焚烧的春天》

一、写作

1987年的下半年和1988年的上半年,我为了许多事情而疲于奔命:家庭、户口、住房,各种生存和生活的必要的关系和关节,为了保持不辍笔而抛出的数量不少的大部分未经过深思熟虑的小作品(短篇、散文、散文诗及评论文章)等。值得庆幸的是,这些奔命都还很有成效,这样就解除了我面临的和潜在的许多后顾之忧。另外,虽然疲于奔命,经常黔驴技穷,但它们毕竟还是体力上或生存智力内的事,而不是创作上、思想上和情感上的,所以,我并不感到心力衰竭,相反,却体会到一种休息的快意。创作是一种很可怕的耗尽心血的工作,相对于此而言,许多挣钱的、争权的、交际的以及成名的半工作半游戏的行当(或者行为),简直就是太轻松、太享受、太引诱人并且太值得一干了——这就是我至今仍未死心塌地地决心在文学创作的行当里干一辈子的一个原因。

1988年的7月底、8月初,我从皖西的六安地区回来。在外面跑了半个月,身体很疲劳,但精神却很好。当时,我住在合肥市西北郊四里河的老梁庄一间租住的民房,前后都是大片空地,十分安静。我彻底休息了一段时间,除了半天上班以外,余下的时间我几乎全在床上度过。我每天躺在床上看电视,床上放着许多书,而且都是互不相干的,《凡·高论》《西方美术史纲》《动物的建筑艺术》《世界征服者史》《第三帝国的兴亡》《事物的起源》《战国史》等。在那样的日子里,我觉得我在某一方面的负担骤然减轻了,世俗的、功利性的、生存的自责感却逐渐加重:我突然产生了抛弃以往的一切作品的强烈念头,这也许是我那段时间睡眠过多所致。以前都是些短作品,唯一的一个中篇《蝗》也才2万字多一点。另外,有一个1985年的长篇的初稿被一家出版社压住了,所以,它根本不能算数。我现在想到这一点就感到奇怪:在1988年8月的那段日子之前,我很难把作品写长,它们大多在三五千字、五七千字左右徘徊,好像有一个无形的计量单位在限制我。就像现在的我,写小说,字数大多在两三万字之间踟躇,很难写短,也很难超过3万,超过3万时,它一定是人工操作的产物。当字数到达2.33万至2.4万字时,那种不可变更的要走向结束的惯性,绝无拖延的余地,它能使笔尖改变方向,能使手指酸胀,能使肩背痛苦,能使大脑杂念横生,如果这时能顺应自然走向结尾的话,那结尾往往不错,至少在心理上产生一种创作上的愉快,这真是说不清楚的一件事情。也许说明我是一个有惰性、不灵活、顽固和适应性不强的人。

  我想,我得另起炉灶,我得抛弃以往的全部作品。我立刻决定在温软的秋天里再写几部中篇,因为秋天对于我总是最适宜、最彻底、最厚实的季节。于是,我在去年9月中旬动笔了。我开始写一个女孩。淮北农村的一个女孩。我在淮北的城市和农村生活了25年,是纯正的淮北人,我对那里有着一种根深蒂固的、宗教般的情绪。我在那里工作的时候,当宿县地区有三个县被划走了的时候,我曾私下里黯然神伤了许多日子,其实关我什么事?那种狭隘的小农式的土地观念也真是要命的事情,但那其实是一种泛国土情感。我认识到,在文学创作中,我需要它们,我的这份情感是土地培养起来的,它们有根茎,而我又很真诚,我想我的大部分根须都在那里,都在灘浍平原的那些地块里。

我开始写那个女孩子了——小瓦,我不认识她,但我知道很多淮北农村的姑娘,我其实也是在写我长年积攒的一些感觉,这些感觉在我以往的许多短诗和一首长诗《还乡》里早已存在,我现在要做的只是把它们具体化、形象化和情节化,这也许就是韵文和非韵文的唯一的和根本的区别。我开始认识并且熟悉她了,我开始能感觉到她在草甸子上走动和晚间在我的耳边吹气的响动了,我开始在她看不见我,我却能看见她的地方注视她了。我看见她从杨树下走过时,杨树的最后一片秋叶落在她的肩上,并且有风吹来撩起她的衣襟以及她肩上的秋叶的情景了……这一切多么清晰、有趣并且使人惊奇呀!

二、发表

在开始写的时候,我就有一种单相思式的可笑的认真念头,我一边写一边想:我这一篇是为《上海文学》写的。虽然在这之前,《上海文学》的吴泽蕴已经退了我两年的稿子了。而我为什么非要上《上海文学》,或者为什么要以《上海文学》这个具体的纯文学刊物为我创作的潜在动力的一部分,我说不清楚。也许是它的纯文学的档次(假如有档次的话)?也许是它的台阶作用?也许仅仅是我的本能的占有欲望?但我有一种感觉,我写得很兴奋。这时候,我的"野心"有点大了,我一边写一边想,《焚烧的春天》写好后,我还要再写一个。于是我又有了一个中篇,题目叫"惊慌"。接着,我又写了一个中篇。《焚烧的春天》写完并且抄好的时候,我突然获得了一次到上海出差的机会,这对于我真是再好不过了。

我带着小说稿到了上海。那时正是11月初,阳光煦暖,秋意深厚。我充满信心,我相信《上海文学》能接受我的这部小说,我的信心之所以比较足,是因为我感觉即使《上海文学》因为某种原因不能接受,其他杂志也会接受的,但这只是我的一种自我鼓励。我把稿子送去了,吴泽蕴老师很热情,但我知道,这完全不能说明稿子的命运。我们约好了第二天在编辑部见。我走到大街上,在人流里很兴奋地穿行。我觉得我卸下了一个包袱,对我来说,技术性的工作已经完成,稿件已经进入了它自己的发展逻辑之中了,能否成功,那是它的素质问题了。

第二天上午,我来到《上海文学》编辑部,心里毕竟没底。我在椅子上坐下,吴泽蕴讲的第一句话是,你这篇写得不错。我真是感激她连夜看完了我的小说,但我什么话也没讲出来。她说,稿子马上送给领导看,等有结果时,立刻就写信告诉你。不过,她说,题目可能要改一下,《杀人的春天》不太好,想改成《焚烧的春天》或者……我说,您看着办吧……

两年后,我到上海为《焚烧的春天》领奖,在华亭宾馆认识了我的新的责任编辑卫竹兰女士和《上海文学》编辑部的几乎全部高手。吴泽蕴老师已经退休,但她也到会了,我们谈了很多。在断断续续的交谈中,周介人先生说,拿到你的小说后,我是连夜把它看完的。听到他的这些话时,不知怎么的,我突然想到我的小说所经历的两个夜晚,那两个夜晚都是别人无私奉献的,那两个夜晚对它来说也许都是至关重要的。我还能说什么呢?我开始进入了一种相对稳定的平衡的状态之中了……

1989 年

1990年

杏花村的初春

　　杏花村及其周围,是合肥市区硕果仅存的几个"城市里的村庄"中的一个。现在刚入初春,元宵节的余韵还没有散去,零星的爆竹声在远远近近的一些地方响着。连续的阴雨天气突然散去,早上起来,初春的阳光已经颇为明媚了,天空湛蓝,一些没有"户口"却久居在城市里的鸟雀,正飞在村庄附近的菜园地上,嗓音生硬地唱着初春的第一支曲子,村庄的主人已经开始在菜园里忙活了,他们揭去菜地玻璃上盖着的草席,让春天的阳光给玻璃下的菜蔬增加温暖和成长的动力,他们分散在菜地的各处,埋头工作,这大概是合肥市区所能看到的最典型的乡间生活了,一种城市化了的默默无语的乡间生活。路边的杏桃花事虽还没见动静,杏花盛开所带来的那种气氛却已有了几分。

　　随阳光而来的温暖和舒适,极为明显地增加了初春的魅力和广告作用,许多人开始从屋子里走出来,去开始新一天的甚至就是新一年的生活。有不少板车、三轮车和自行车从村庄的各处拉出去或骑出去,它们的目的地是城隍庙和别的商业区。杏花村的居民来源在合肥市也许是最广泛的了,有许多种方言在这里显示着它们的陌生和表现力,那种南国风味的普通话总是那样独到、冒险并且或多或少地含有着热辣辣的味道。也许就是在元宵节,我们的邻居已经从浙江的祖居地辗转返回了,这次他们是带着不满周岁的孩子合家来肥的,不管今年的生意势头怎么样,他们大约是要把去年的买卖勇敢地继续下去。这想必已经成了一种新的惯性了。正如一部小说所说:也是哩,到了春天啦,关不住男人哩,再幸福的人,也会被吸引到远方去哪。

这是春天的诱惑和失去,失去的将是那种使人留恋的单调闲适的平静,代之而来的就可能是朝气蓬勃、春意勃发的骚动、不宁静和创造的精神。又何止是男人!

1990 年春

盛夏的"空调"

不知道什么时候入伏的,也不知道什么时候能出伏,只知道小屋里的墙壁和家具,一天比一天烫手,人在这样的时候就不觉得好过了,就往地上转移,在地上铺一张凉席,挨着暑夏。

风扇送过来的都是热风,窗外的天幕上总是过眼烟云,天气预报图上的那条高温等温线,又总是不分青红皂白地把这个地区圈进去——人就觉得没有什么指望,就躺在凉席上,擦着汗,有一句没半句地讲些过去的事情。

讲到上小学、初中时暑假回农村老家去,午时也并不怕骄阳酷暑,几个一般大的孩子都背了草箕上野地里割草去。野地是没有边的宽广,野地里有庄稼,有野草地,有林子和水流,还有野"马扑"——一种很小的瓜果类的东西,也能吃,但太小,又有苦味……到了傍晚,太阳将落未落,风已从野地的深处起来了,风也是野风,吹起来便止不住,野着吹,没有边际。人站在草埂子上或沟边上,由那风来扑,暑气便眼见着往天边上退了去,天空跟天地之间,渐就清明爽朗,不留半丝杂念,坦率而且廉洁了。风势又猛,野地里的庄稼、人物、牛、羊、狗,得了清廉之气,精气神都为之一振,内里的少许郁结之气顿时化为乌有,整个的大野地里,便渐长渐浓了人欢鸟叫的声音和庄稼拔节而长的声音,纷纷扬扬的,止歇不住。天渐就暮了,却并无多少燥热,割草的都往庄里去了,能干的背着一大草箕儿青草,趁溜儿玩的只割了一草箕青草,都往庄里去,风推送着他们,没有边际。

这样讲着、说着,有一句没半句,身上就觉得凉了许多,心里也觉得凉了许多,难挨的暑气似乎退得离我们远了些,在一定的程度上,暑热成了别人的事情。

也许,这种回忆或者说憧憬就是我们盛夏的"空调"吧。在高温酷暑的日子里,有很多久已忘怀的往事都从记忆的深处泛上来了,点点滴滴,明明灭灭,支撑着酷暑里的日子。

1990 年夏

秋 日 漫 笔

去年下半年,也就是深秋时节,讲不出来是什么缘由,不觉间竟跑了七八个乡间的区镇。第一趟是嘉山的女山湖镇,第二趟是嘉山的涧溪镇、潘村区和原来的淮河码头小柳巷,第三趟是寿县的大镇正阳关,第四趟是寿县的瓦埠镇和小甸镇。往外跑得多了,周围的同事、朋友也就有了些印象。文学院的一位长辈,在说笑间,便拿我与一位古人相比道:

司马游名山大川

许辉跑乡村小镇

我却有了一个横批,曰:一天一地。因为到名山大川去旅游,在今天自然是极时髦的事情,且都是有一定经济基础的角儿,跑乡村小镇大多是来头较小的贩夫走卒类,这就必然是一个天上、一个地下的事情了。把这种解释说与文学院的诸位听,大家自然又是一阵谈笑,自娱的氛围更浓了。

两趟嘉山、两趟古寿春,都是我一个人单遛,这期间又去了一趟肥西的三河镇,却是由省散文学会组织的一行,浩浩荡荡十来个人,甚是热闹。车到三河,已是秋晚 11 点来钟。三河的文艺朋友三五十人,正等在镇工会的大厅里,我们一行便消融进去,歌舞诗话,至夜深才去旅店歇息。

于这夜间便有一种幻想出现:一座古色古香的水镇,四面八方的人都来这儿集散,舟楫往来,渔歌唱晚,河畔的青石板上自然是水色极好的当地女子,或浣或濯,全无定型。

我讲不出这种幻想的来由。第二天,陪我们的县文化局的魏君,于参观的一路上,讲了许多三河昔日的水色、女子与繁华,那繁华自然是常有《清明上河图》的风格与意味的,使人起怀古之幽思,也使我眼里的三河有了立体的厚度,这便是历史的作用吧?

嘉山匆匆,寿春匆匆,三河也匆匆,正如往昔的一个诗人所说:匆匆的我来,正如匆匆的我走。匆匆地去来,总好像有什么事情在前头等着。其实什么也没有,只是心情,只是一种向往罢了。

今年却没有去年的那种机会了。此时又近秋深,独独地立于窗前,谛听室外秋阳流动的声音,脑海里却仅剩下那乡村的小集镇。幻觉里望见的一个人,却是在秋风秋日里,独独地来了,撷取了些看不见且不中用的什么东西,独独地又走了,但并不显出孤单来,却是一派宁静致远的沉思所在。心里是点点类于悲壮的情绪了,也便凝成了一种历史。

1990 年秋

1991年

又 到 中 庙

　　这次我到巢湖中庙去,正值秋末。1980年学校放寒假时我去过一次,还冒充报社记者在姥山岛上白吃白住了一晚,转眼已过去了10年。

　　中庙在巢湖边上,离合肥有两个小时的路程,行政上属于巢湖地区。下了合裕路,路就不好走,是那种碎石铺成的路面——这倒成了一种规律,离统辖政府较远,且又不在交通线上的,修路的钱就难有人出。

　　到了中庙,住了一夜。第二天马上起了雾,天略有阴晦。我昨晚睡得晚,早上就起得迟,起来后便啃了个大苹果,出门往巢湖边上去了。

　　中庙的集市,还是以简单的几条老街为主,港湾里的船,倒像是多了不少。中庙这地方,是陆地伸进巢湖里的一个小小的半岛,地势较高,风景优美,很有些滨水旅游区的条件。

　　在老街闲转一会,不由得便起步往白衣寺去了。白衣寺建在湖边的一处高地上,也是三面环水,那三面环水的高地,是很高的突入湖里的一个岬角。我缓步而上,渐渐地,自个儿也高了起来,能望见来路的许多事物,都在俯视之下了。

　　白衣寺已经破败了,只有一个看寺的人,四五十岁,瘦精精的,开了寺门,跟我讲有关寺的旧事,又搬来些清朝的灰砖,叫我看砖上的那些文字。

　　那些文字很模糊了,都显出了朝代的更迭的痕迹;还有些图案,其中有三环连套的一种,我很有兴趣,翻来覆去地问,那看寺的人,却答不上来了。我谢过他,径直往岬角的尖头去了。

岬角的尖头,是深插入湖里的一角陆地,又是全石的一块,东边半个湖的风浪,都涌拍在这巨石上,发出轰隆隆的震响。

我立在最后的陆地的边缘上,眺望浩渺的大湖。这时的大湖,风催浪涌,却有一只大盆,在风浪里浮游,那两只腿,岔得开开的,看上去并不好看,似有点罗圈,却顶用,能稳稳地立着;那两只胳膊和两只手,也不好看,却都有力,能摇动桨,把大盆在水里划成一条湖鱼,窜动并且骄傲。一个年轻些的,蹲坐在盆的另一头,从那两条岔开的腿间,去望湖天风浪的世界。

那就是我,那就是1980年寒冬我从姥山岛回中庙时的一幕。

从岬角上下来,我又回到旅馆的房间,在摊开了稿纸的桌子前坐下。我的笔又开始工作了……我想起我刚才走过时看见的那一大片杨树苗和厚厚的草地——我下次来,还会见到它们的吧?

1991年1月26日发表

乡村冬日里的一些风景

正值仲冬之末,我忙完了手头各种烦琐逼人的事务之后,就想到乡村去走走。天气也好起来了,我从晚间的电视画面上看到:在周围地区乌云的紧锁的气象条件里,华东和中原地区却如台风眼一样地现出了晴朗天空的蔚蓝色,令人欣喜异常。因为冬阳对于人类来说总是很宝贵的,而冬日里的乡村风光对于久居城市的人来说,也特具一种提神醒脑的诱惑力。于是,我乘长途客车去了一趟淮北平原,撷取了乡村冬日里的一些风景,献给读者朋友。

原野

乡镇的风有些粗糙,那风景也便有些粗糙。在我身边的土公路上,有不少穿着棉袄或棉裤的农民,有年轻的,有年纪大的,有10多岁的小姑娘,也有二三十岁的少妇,有骑自行车的,也有步行的,他们来了,或去了,虽然人不算少,但在乡野的广大地方,就显得很零散。我在一条不宽的土公路上步行,往一个镇上去。这段路有10多公里。

太阳暖暖地照晒着,天上连一丝云彩都没有,接近中午的时候,人走在一望无际的原野里,真感觉是到了春天了。小麦在酥软的田地里,虽然还没到返青的季节,但那苍绿的颜色里已显了一点鲜亮出来。有几个使犁的农民,正吆着牛耕地,那地都是冬闲地,恐怕是要在开春后种玉米或别的庄稼的。村庄都显得较远,都还没脱去冬天的灰黑的颜色,哪一片树多的地方都有红瓦红墙的砖房。我就在这样的气氛里,一步步往原野深处的镇子走去。

乡镇

镇子也不大,是一个新兴的集市,又是区所在地,已经有四五幢三层左右的楼房矗立在街道两边了。

私人也有一幢三层的小楼立在十字街口,下面是饭铺、门面,上面是旅馆,位置好,也有几分气派,这户人家一定是大大的有钱啦!

进了旅馆,便有一位20来岁的姑娘接住,接到二楼的一个单间里去。从二楼上下来,下到一楼的饭铺里,问在案上忙碌的另一个女人:晚上吃什么?吃水饺。那女人40岁上下,看起来能干,对人也热乎,说:吃饭喊你,歇着去呗。

上楼歇着了。歇了一时,那20来岁的姑娘来喊了,喊道:下去吃饭啦。乍一听,我就觉着是在自个儿的窝里,有一股热饭热菜和柴火的味道,便下了楼。楼下原来已经是几桌人了,都划拳喝酒,说着当地的方言土语;还有一台黑白电视机,放在最高的一个柜子上,蹦蹦跳跳地播着新闻——乡下的信号接收肯定还不怎么好,好在大家只顾吃自个儿的酒,讲自个儿的话,那电视里的声音和图像,都只作为一种背景存在着。

饺子真热乎!两碗下去了,有种酒足饭饱的感觉,我便乘兴出了门,往街上随便走两步。

街真小,却有新潮发廊诸物,廊内传出来的歌曲,却也极赶时髦,是电视里刚播放的《婉君》和《渴望》里的插曲。一个是"有一个女孩名叫婉君",单这一句歌词,就能叫七尺男儿去奋斗,去拼搏;另一个是毛阿敏那有点喑哑的腔调,如歌如泣,叫一个30多岁、有了点生活体会的城里来的人,起了不少感慨。

冬夜里起了一点寒气,却并不逼人。明天准又是个艳阳天——夜里的星都出齐了,一粒一粒的,都极分明。

1991年2月28日发表

入了冬,我很怀念雪

时序才入初冬,我站在6楼的阳台上,极力往很远的地方望。我之所以这么望,是因为入了冬,我想望出一片白皑皑的雪原来。

雪原是怎样的一派情景呢?这么说吧:一群还靠着肢体和肌肉的力量去谋生的动物,在避风避雪的洞穴里,拿略带呆滞的目光,望着千鸟绝迹的洞穴外的白茫茫无垠的荒原,盼望着春暖花开的日子的到来。这其实便是内心深处的对春天的向往,是一种思想凝聚的过程,是打远古的先祖那里遗传下来的对自然界的惊服、慕恋以及渴望。对严冬里大雪的回忆和怀念,也许就是对花开蝶来的潜在幻想的一种序幕吧?我是真的希望纷飞的大雪能如期而至,带给每个人——以至儿童——欢愉、沉思、恢复和絮语的一年一年的珍贵的契机。

而合肥这地方的雪,却总显得吝啬了些,不如北方。我所说的北方,是淮河之北的那一块"北方",是濉河、沱河、浍河相列而东行的叫作"淮北"的那一片平原。一河之隔的淮之南和淮之北,在气象和文化上的许多差别,竟是十分明显乃至完全不同。正所谓"橘生淮南则为橘,橘生淮北则为枳",这都是乡土间的人在世世代代的具体琐细的生活中得到的文化积累的结晶,不是客居的人一朝一夕所能体会和吸收的。

而此时,我站在才入初冬的6楼的阳台上,望着远方,期待着漫天大雪的到来。这也就是所谓的乡情吧。想到这一层,我自个儿竟迷惘了。我也许并不是那种愿意囿于一时一地的人，却怎有了这种缠绵的情绪了？我问着自己，站在6楼的阳台上，拿心望着北方……

1991年发表

乡 村 一 瞥

春天也总是在寒暖的争执中时髦并且过时的。真正的艳阳天并不很多、很明显,特别是江淮之间、淮河南北,稍一疏忽,那种春心萌动的季节就过去了,难以追回和无缘咀嚼。

城市里的春天和乡村里的春天又不甚相同,城市里人工化的生活环境已经越来越多地淡化了土地和气候对人的影响,而在乡村,那种相对而言的原始自然化倾向更明显,阴阳消长的痕迹更多。在乡村,也有很多特色化的东西,显示了乡村人工化的发展和趋向。我在乡村已经跑了近一个月,我注意到乡村靠路边的宅院的砖墙上涂写的一些口号和标语——在城市里一般是不允许的,它们也许会影响市容——这些口号和标语使人增长知识,也是宣传的一种方式,并且带有乡村的特点。我简单地记录了其中的一部分,觉得很有意思,很新鲜。

"3月12日是植树节。"——一下子就知道了植树节的日期,比在城市里看报纸印象深刻多了。"危险的信号:全世界每年增长一亿人!"——加黑边的大字触目惊心。"2000年人人享有初级保健。"——使人一下子联想到国家的状况和某种目标。"四苗防六病。"——四苗,可能是卡介苗等四种疫苗的简写,知道了四种疫苗可以预防六种疾病。

还有门联:眼看淑女成佳妇,从此奇男已丈夫。

还有汽车玻璃上贴着的幽默:不干,半点马列主义也没有。

这些或许都是农村正在启动着的步伐的一部分,乡村的质朴和半透明显露无遗。我不知道这叫不叫时代气息或时代特点，但我想它们是农村现实的一部分，哪怕这很表面。

1991 年春

吊兰的语言

单位里一位老师送我的一盆吊兰,在经历了隆冬的萎靡、初春的恢复和缓慢的拔节生长之后,突然在一个细雨纷纷的仲春日子里开出了第一朵米黄色的小花。那花小巧淡泊,惹人怜爱。

我才从乡间回来。我在书桌边陷入了关于语言的思索之中,窗外时有雨声消长的讯息。现在也许是一年中最好的季节之一。这时我突然发现了吊兰茎茬上那朵米黄色惹人怜爱的淡泊的小花。我惊喜地走过去看它。我想,这就是吊兰这种植物的语言吧?它是典雅并且正式的,有如外交照会。它是在说明或者宣布什么吗?是生命的语言吧?是关于季节和气候的广告吗?它们置身于花盆的有限基础中,也会感应到大自然土膏脉动的牵连吗?这时我想起我在田间拾到的那些有生命活力的语言,那些语言真的有着泥土的味道。有一个农民说:他因为没有外胎(其他收入),所以家庭经济不是很好;一个给我指路的农民说:这条路不近,20里不卖,你单身空手,又不骑脚踏车,死抱住大路走做啥;一个卖小吃的农村妇女说:粮票现时搁乡下,也打不起精神来……这些植根于泥土中的人,也如植物一样,是用他们的从泥土中直接生长起来的语言,来说明他们对周围土地中营养的吸收,来宣告他们生命的活性吧?

春雨纷纷。我的家人都快要回来了,我将向她们报告阳台上的第一大喜讯、第一大春讯。凡有泥土处,都有生命的鲜活的语言吧?虽然它们语言的方式和音量不同。我看到了吊兰茎茬上的一簇簇花蕾,那些花蕾都小巧、淡泊而且典雅。我想,它们在春天所剩不多的日子里,还会喁喁着更多的生命的语言吧?它们还将作更拥挤、更热烈、更惹人怜爱的恋春憧憬的私语吧?

            1991 年

读书的难境

此刻已在午夜,张眼望去,城市的窗棂,大多已入佳境。少数的灯盏明着,我的这盏也在其中。正是如往的豪雨之后,清凉泛起,夜色可人。记得曾在哪一张报纸上看到一篇文章,说羊年与水星相对,所以今年夏天将会阴寒多雨。我真有点信这个。其实深究心理,当时可能是希望夏天不至于太酷热吧。但入夏之后,雨水真的勤而又勤,这倒成了一种印证。

我闲读着一本书,那其中的佳句时时出现在眼前。我这段时间忙于对付各样身外之事,身心都觉疲惫,现在有这样的闲暇,又是夜阑景疏的时候,心绪真就入了书中,看见那书中的句子是:

宠辱不惊,闲看庭前花开花落。去留无意,漫随天外云卷云舒。

这是洪应明的《菜根谭》,是叫人修养性情的。又有:

律己宜带秋气,处世宜带春气。

这是张潮的《幽梦影》,与吴从志的"志在豪华,趣在淡泊"一样,都谈了生命的哲理与生活的艺术,读时令人陶醉,又觉着身心都干净了,是一种好舒服的感觉!

读到微乏时,听见大雨点又来敲窗了,这时抬起头望风雨又至的窗外,心间却是一惊:每天的新闻全都介绍着汛情、灾情,这些已烙入我的记忆中。风雨依然如故,心境却不同了,顿然又觉面前的书本离我甚远,是一种飘然如梦境的恍惚。读书的难境或许就在这里吧。这兴许又只是中国读书人与中国现实之间独有的难境之一。我推了书站起来,真的想走入室外的风雨里去,走进我以前曾十分熟悉的农家,走上那水边的圩埂……

这,也许是我的一点性情吧?

1991 年

肥东灾区简记

我们是7月11日到肥东的,在店埠镇,听说肥东县领导和抗洪抢险的主力都在全力以赴,以死保卫巢湖大堤和肥东最大的圩区——姚埠圩,于是立即冒雨驱车前往。才出店埠镇,即得到消息:姚埠圩及其他几个圩子,都已被大水漫破,巢湖大堤(肥东段)前后受水,人员都已撤出。——这是7月11日下午3时左右。

第二天我们从撮镇乘船沿店埠河南下,一路望去,浊水横流,汪洋一片,洼处的农房已被冲毁或淹没,较高处的则都在房前垒起了小土坝,水拍浪涌,危在旦夕。房内大多都已积水,有些房屋内的积水已深至小腿。圩埂上的农户,因为前后左右都受到洪水的冲击,鸡、鸭、鹅、猪、人挤于一处,柴草及燃料大多被水冲走,十分匮乏。在南淝河入湖处的施口,湖水倒灌,与南淝河的泄水相顶相涌,形成起伏不定的水势,使那里的灾情更难卜定。电已经不通,煤油等物也已断绝,白天尚可应对,若夜晚漆黑一片,四处皆泽,水再涨涌上来,那种可怕的困境是可想而知的。

沿途寻一些有船停泊的农房慢慢靠过去(防船浪将仅存一线的埂堤冲破),下船涉水进入民房。船一停住,船上的人在那种场合,都真的顾不得哪是泥,哪是水,有赤脚的,有连鞋下去的,听到、看到、感受到的,都绝难使人无动于衷。同船来的市委施副书记、组织部杨部长和县政府李副县长,已经在抗洪的现场数日数夜了,他们的脸上都已经显出了疲乏的影子,介绍灾情时,语调嘶哑。水区救灾船上的工作人员也都是连续工作。圩区内的数万亩稻田毁于一旦,数千亩精养鱼塘付之浊流,数万人成为灾民,正常的生活秩序被无情摧毁,生命受到威胁……人们听着、看着、问着、记录着。要解救他们——这是每一个人最简单、最朴素,也是唯一的想法。

当天晚上,肥东县连夜召开了五大班子联席会议,全面制定落实救灾措施。第二天,我们去肥东县北部的黄荡湖灾区采访,一路上我只想着两点希望:第一点是希望我们所无法控制的雨势能缓一缓,第二点是希望每一个人都能尽力救助自己或救助别人。遥祝那一切被大水所侵扰的人,平安!平安!

1991 年 7 月 22 日发表

关于"人"的梦

我总是梦见无尽的荒野,那都是处女地,是一望无际的莽莽苍苍。大海冲刷着裸露的岩石,音响都是天籁,形体都极朴厚。我总是梦见无机物在我的梦境所能达到的极限之内的单调的运动。我的梦似无止境,它永远是苍莽的,富有朴素的源泉性的哲理意味。

我梦里那怜香惜玉的情肠,无原则地便又浓了。于是,那"人"的声音便浑厚起来。我望见他们如雨后野草一样从各处石缝莽林中挣破出来,在各样的地形上奔走、呼号并且繁衍。我知道他们不再孤独。我离开我的位置,去做别的理性的思考。我知道整个梦境都是我的,我可以在我的梦里随心所欲,创造或改变一切。但是在某个时刻,我被一种嘈杂所惊扰,我仇恨某种类型的嘈杂,于是我回到原来的位置上。

我看见那种叫人的生物正成为不可计数。他们拥塞在自己的创造和制造里,做着他类所不能理解的事情。他们拥有了我的梦境并且在努力地试图指挥我的梦境。他们攀附在我梦境的网络上,做些儿童式的试探,他们用气味和尘粉刺激极眼处的梦壁,他们使我的梦收缩。我几乎醒але我容忍了他们,在我的梦里我不该计较他们。他们是我的梦的衍生物。

但我的梦的境界正在破碎。我听见他们切割梦壁的声音,看见他们挥舞的锐器并且听到了他们咄咄逼人的呼喊声。梦境里的气味也开始变馊,各种尖硬的棱角胡乱地刺穿我的心情,争执和吵闹此起彼伏,如野火烧荒,蔓延无度……

在这种情况下我有权收回我的梦,我可以把我的梦境像打包袱一样地收拢并且扔到我的全自动洗衣机里去甩上个把小时,再摊晾在7月世界人口日的骄阳下暴晒一天。控制人口数量,提高人口素质,一个令人警醒的话题!

我想进入另一个梦境或者我再创造一个梦。但天已经亮了,室外响起了建筑工地声音和别人家的夫人吵孩子的声音。我叹了口气,告别了可能出现的新的梦,翻身下床去做一天里最初的清理。我看见厨房的桶里盛满了垃圾,我下楼去把它们倒掉。然后我到化工厂去上班,8小时里保证排掉300吨废水,晚上才能吃饱喝足再去制造一个梦。早上的空气还算干净。自行车车流如潮,向前推涌而去。

1991年7月18日发表

黄荡湖灾区行

肥东县北部的黄荡湖,是合肥地区也是安徽省受灾最早,可能也是受灾最频繁的区域之一,这一地区的村庄和农田,分别于6月12日到15日、7月3日到5日、7月6日到8日、7月9日到11日四次被大水袭击、淹没和围困。其中响导乡屋倒了数十间,厨房倒塌达800余间;作物受灾7942亩,经济损失在100万元以上。许多农民无家可归。

我们是7月13日去黄荡湖灾区采访的。大水已经退去,但洪水肆虐的印记仍在,触目惊心。土坯成墙的房屋大多都已坍塌,断垣残壁历历在目;砖砌的墙上都留下了土黄的水痕,有些地方水痕在2米上下。我们在响导乡看到一户人家的山墙已经与整个墙体脱离,仅靠几根木棒支撑着,这户人家里还有个刚分娩的产妇,睡在匆忙抢救出来的杂物之间。一些人把没有倒塌的猪圈腾出来做厨房。一位叫祁顶山的农民,带着3个孩子住在仅存的一小间土房里,土房已经四分五裂,看上去极其危险,同去的响导乡党委郑书记用命令的口吻要他立即带孩子搬出,先住到塑料棚里去,以免发生危险。还有一户农民,住房全被冲倒,仅剩半间厨房,她丈夫死得早,她带着几个孩子住到了亲戚家里,每天在幸存的半间小厨房里做饭,她见到我们就泣不成声。天气酷热,住在亲戚家里也不是长远之计,盖房又没钱,政府的救济现在也还只能维持在一个有限的水平上。

这是灾区的真实情况。相对来说,黄荡湖地区的洪水,来得猛，走得也较快。这里是客水，一泻百里，直入女山湖、洪泽湖。水冲上来时，情势危在旦夕，天上暴雨，地上洪水，区、乡、村各级党政组织和部门都发挥了极大的作用。上面说到的农民祁顶山，他老婆离家出走了，他又身患重病，领着3个幼小的孩子，乡和村的领导派应急民兵小分队去把他们抢救出来，出来后不到一小时，他家房子就倒了。响导乡有个副乡长，叫许在年，四次洪水期间，他一直坐镇大余村，指挥抗洪抢险，冲在第一线。老百姓讲：要讲登报他能登报，要讲上电视他最有资格上电视。马王村一位村干部，家有80多岁老母亲，家里四次上水，他都没回去，乡里派人去把他母亲抢救出来，她说：儿子，不要去家里了，救人去吧！救出的灾民曾一度安置在一所小学校里，时值端午节，县政府的领导亲自把绿豆糕送到灾民手里，鼓励大家振奋精神，重建家园。

黄荡湖灾区面临的仍然是艰难的行程，个人和家庭的困境，如上所述，也许不是一时半会就能缓解的。离开时，我们心里都沉甸甸的。郑书记说：这几次洪水来势猛，受灾面积大，灾民数量多，靠政府的救济是远远不够的，必须开展生产自救。他们根据当地情况，鼓励农民多养鸭、多养鸡、多养鱼（有水必养），大种胡萝卜，并组织民工到南方去做工挣钱补贴家用。这些措施都已落实，可以期望在数月之后就能见到初步的成效。

返回的路上，我们看到从岗区下来的农民，正有组织地向灾区运送柴草、干牛粪等燃料。这份兄弟情谊，在物质上和精神上都会给灾区人民以很大的安慰和鼓舞吧。我们离开了灾区，在肥东县的其他一些区乡，看到的是正常的生活秩序和长势良好的夏秋作物。处于一个整体之中，人们就有了依靠和力量。

1991年的这场洪灾，对我们或许还有别样的启示，万事从长计议，这也是一个新的起点吧。

1991年9月发表

沙地上的村庄

那村庄是奇妙的村庄。我往那村庄去时,太阳已经落西了,它半倚在高挑的刺槐树光枝上,红红的,做短暂仲冬里的白日梦,见不上多些精神。

忽地发现脚下原来是沙土地,并不是砂,并不是那种做建筑材料用的砂,只是乡下过年过节时拿来炒花生,或是给个把两个月的小孩子垫尿布的那种沙。忽地又发现了一轮新月……原来是个清真寺,立在沙地里,清真寺后头,是个回民小学,孩子的长相也不外乎汉人模样,见不出半点差别来,回民小学的再后边,便是要进庄了。

进庄前,扑地一眼,却望见一个整片的竹园,无竹的地方便成了路。自然都是那种沙土路,极干净,并无半分污染。路都在竹园里曲行,转眼便望见一户人家:那人家房子造得宽,有门廊,且不说门廊也就是拿几根硬槐木撑持起来的;房左是猪圈;门廊底下挂着些咸肉串、咸鸭片和玉米串子;房上的草老厚,显得赘,房脊一端用草捆成个物件,却不让人认出是什么,猜吧,也只能猜成个吉祥物——大约错不了的。

屋后和屋右都是竹阵,密密匝匝,冬日里望过去,甚是醒目,有生气。打家边过去,渐就深入了庄子。庄子也有规律:都靠右手;左手一条路,一家跟一家往前去,竹园随行;若竹园断时,则必有菜园。那些人家都一样:房屋肿赘,屋左是猪圈,门廊底下挂着成串的咸鸭、咸肉、玉米、干红椒,没有例外的。

似走不尽庄子。渐便生出一种愿望,是巴望庄子能走尽了,或走出个空当来,以便往庄子右手的史河去,去望望那从大别山里流出来的史河的模样。然而就是走不尽庄子,也走不出空当来,这时心里更觉出了一样怪事:庄里各家门都大敞着,圈里的猪也半哼着,咸货、干货也都挂晾着,却就是见不上半个人影,哪怕是个满地屙屎的毛孩子也好。心上顿时起来一层毛,脚下的步子也紧了,一路往前奔去。

奔过了十多家,庄缝间现出一条往右手去的沙路,脚下想都不想,自然便转了过去。转过去后,右手路边也是人家,打门前走过去时,见那户人家门也大敞着,能望见屋里靠墙摆的通红大衣橱、大衣橱上的花暖瓶、地上一个烤火用的生铁地炉——还是见不着半个人影。心间又想:这倒奇怪,也没个看家的,也没有半条狗,门也不锁着,真是怪事。

话没想完,蓦地就见墙角暖处蹲了一匹牛样的大狗:肥健、鲜黄、两眼炯炯、收腹挺胸——顿时起来一层冷汗:它要是真扑咬过来,这庄间连个喝止它的人也没有……赶紧轻了步子,装成若无其事的样子走,只斜眼瞅它的动静。

那狗却半动都不动,叫人疑心它是收狗的拿狗皮塞成的一个。眼前豁然一亮,却已经出了竹园,来到史河边上了。这时才望见夕阳还没落去,还挂在老远的河对畔的刺槐树枝上便立住了,心间,也透了一口气。

1991 年 9 月 4 日

河埂·河滩
——霍邱叶集左近的史河

望见了史河。却是两道河埂、两片河滩。

埂、滩上,都是老厚一层沙土。

我慢慢从有脚印窝的地方走下去,走在河滩上,河滩只生长一些匍匐的蕨类。这里却是个有人的所在了:人都在滩地间一处灌木围成的大园子里,零散地弯腰拾草,也不像有组织的样子。

望见我来了,老的都当作没望见的样子,女孩子却都参差地直起腰,目光在我身上、脸上停住三五秒,而后又低下身子,干自个儿的活去了。

我多少有些扫兴,想:这地方的人都有些个性,民风算是浓厚了。心间便出来一些"文化",脚便往更里的那道河埂上去了。

喘息间上了第二道沙土河埂。上来了,心里猛地一闪,才知道这里头是真的河床、河滩了。河床有三五百米宽。适才在庄边望见的对岸的一抹树梢,现时能望见大部了。那刺槐林疏淡的地方,显出来一些暗灰的房屋和墙影,一时间便叫人想到了古人的眼光:隔岸三五家,出墙红杏花——都是真能兑现的事情。

沿了堤埂,一路尽往前走了去。却是一步三回头,望天、望地、望滩、望水、望隔岸的三五人家、望天地间的一种模样,却似望也望不尽——都有心情在里头。

1991 年 9 月 4 日发表

目光触动的一点想法

愈往南走,那望去遥远的一道桥,便愈是近了。堤埂间、河滩上,人活动的踪迹,也愈是多了。

河滩处有五七顶塑料棚,都是一头封死了,另一头由人出入。

塑料棚麇集一处,便像个吉卜赛营地:一个四五十岁的男人,在埂脚处挖成一个土灶,灶上架一口黑铁锅,放大了火烧,只是不知锅里烧的什么好吃的;看他那耐心甘受的样子,叫人觉得棚里他老婆是刚生产过的。棚群间一个女人,也是四五十岁模样,手里拎一把乌白菜,正回了脸与那男人讲什么,虽听不清,却叫人猜是家居方面的琐事。

再往前走,四五头牛宽的滩地上,摆满了白茬茬的麻秸。那麻秸摆得很是讲究:都把梢头处扎牢,平铺在地上,另一端却摊开,酷若扇面。几个半大的孩子,尽十一二岁的样子,各趴在一处扇面上做功课。谁见过这样做功课的?几人各呈几种形态:有把两腿收在屁股上的,有把两腿摞在一块的,有拿一只手撑下巴的,有翻过身脸朝天做散漫状的,真是不一而足。

我望见他们那些样子时,忽地便知道了:美国人福克纳写《喧哗与骚动》时,哪有什么新技巧?他写的便是他感受到的真生活。他感受到的那种新生活,写出来,便成了一种新技巧了。他有他的一亩三分地,就如这左近沙土地上的庄子、竹子,跟别处到底就是不一样,变都变不掉。

倒不知(滩地上的)他们,是些什么人,是干什么吃的,怎么这样子住了,又像是要长期住下去的样子……都不得而知。

望一时,我又往前走了。晚阳真像要掉下去了。史河的河床,倒显得更宽了,跟对岸的间隔,也像有三五个世纪了。那隔岸的三五家,怕也该汲水造饭了,甚或那锅里的米粒,都半香着了呢。

我也真把庄子、河埂、河滩,都走完了。——都是沙土的,也真别致!

1991年9月4日发表

银色的大鸟

闷热了两天,现在终于出来了一丝风。风给在闷热中煎熬的人带来一线活跃,带来一些盼望。我半赤裸着走到阳台上,这时我才发现天气的形势已经完全不同于我倒在凉席上浑身大汗地睡去时的状况了,我惊讶空中云势的巨大,也庆幸这种难熬的巨变是在我所浑然不知情况下完成的。我看见空中的云势正从西部发展而来,云层重重叠叠,颜色浓黑,翻卷而至。黑云对于熬煎于闷热中的人来说,绝不是一件什么坏事。它们已经压到高楼的西头了,正在以一种庄严、沉重的态势稳步而来。我眼睁睁地看着它们的逼近是一堵墙的厚实的推进,它们推过一栋楼的时候,那栋楼就消灭了,不存在了。它们推过一棵大树的时候,那棵大树就剧烈地摇摆起来,继而也就消灭了,不存在了,那剧烈的摇摆是它最后的挣扎。我瞠目结舌地真切地看着黑云厚实的墙的沉重推进,我听见那墙后面的一种巨大的喧哗。在我还没明白那沉重的墙后面的喧哗是什么的时候,我突然看见厚实而乌黑的推进的墙前,有一道银光一闪,再定睛看时,才看清那是一种银色的鸟。我实在又一次惊讶了,这不是在大海上或大湖上,没有海鸥、湖鸥或者什么别的水上的鸟来击风搏雨。在我们的这个城市里,平时见到一只天然的大鸟,是并不容易的。现在,在这种不太一般的时刻,却见到它的独特的身姿和风范。这也是一种奇景:一边是沉重而浓黑的推进着的乌云,一边是闷热的半亮的天空,那只银色的大鸟,就在那乌云之墙的墙面上翻展升降,这真是我生平没见过的奇观。

　　云墙已经推进到右边的窗户了,云丝吱吱地在耳畔飞掠,银色的鸟离我愈来愈近,继而被云墙推到东边去了。杏大的雨点倾盆而下,眼际里什么也望不清了。我连忙退回室内,关了门,隔窗观看那云势、雨势。云势、雨势推进的沉实而稳重的脚步声,可以感觉得实实在在。窗外更黑浓了,这时什么也望不见了,雨的喧哗声一片,万物莫辨。那只银色的大鸟更不可望得,它仍在浓黑的云墙前,引导(或竭力地阻止)着沉重的云墙隆隆地推进吧!

1991 年 10 月

同　　学

　　我突然接到一个电话。对方欣喜地提高声音,"我在××公司工作。我姓方,是你同学呀。"在我的记忆里,××公司似乎并没有我的同学,姓方的同学我也想不起来是谁。"我的同学"大概感觉到了我的沉默的含义,他显然有些难过地降低了声音说:"你真是贵人多忘事,咱们从幼儿园上到初中,都是在一起的,咱们还在一个大院里住过几年,咱们和王×、刘××、李××经常一起玩的。"但我还是想不起来,只好干笑着说:"我的脑子不好使,您的名字叫……""我是方××!""啊!"我大叫一声。我想起来了!想起来了!这么熟的人,怎么能忘掉呢!

　　那时候正是"文革"时期,我们都还在上小学。到冬天下了大雪,早早就从家里跑出来,叫哥哥、姐姐们帮着,堆起个极大极大的大雪人。在那样的大雪的日子里,我们把家里和煤用的小铲子拿来,从雪人的底基处,开一个口子,在雪人的肚子里,挖一个大洞。三五个孩子吃了晚饭就溜出家门,蹲缩在低矮的雪洞里,点着蜡烛,打扑克,抽从父亲的桌上偷来的烟卷,烟雾把小小的洞穴弄得混浊不堪,感觉上倒温暖,充满趣味。

　　夏天我们逃学。我们上野外逮蟋蟀。晚上也逮。张大嘴咬住手电筒,用捅条从侧面把叫得最"嗡"的蟋蟀捅出来,两手相合关住了,再放到纸叠的筒里去。白天我们就斗。床底下摆满了瓶瓶罐罐,蹲着蹭到床下,拿最辣的辣椒喂它们。姐姐无意中踩死了一只逃出来的,就哭哭喊喊跟她闹了几天,买了本削价出售的《少年昆虫学家》给我,才算罢休。

  秋天呢,我们跑到河畔去,在陡峭的地方挖回来极黏的黄泥瓣瓣,用水浸透了和成泥,照着书上的样子做成各种手枪,枪的把上钻个洞,穿过枪把背在身上,那模样自个儿觉着十分英武。后来父亲被起用到水利工地上去,秋天我跟父亲沿正开挖的河走,走前选了一支最心爱的泥枪背上,一路走一路用枪拍着屁股,见到村里的野孩子围上来看,就满脸严重地把枪攥在手里威胁他们……

  我想起来电话还握在手里,连忙大声疾呼地说:"哎呀,是你,你还活着!最近怎么样?"我感觉到对方松了一口气,响亮地说:"想起来啦!电话里说不清楚,讲好了,后天下午6点到我家,有你、我,还有刘××、王×……我住在……"他说完把电话挂上了。我呆在电话旁边。是啊,问什么呢?家庭吗?工作吗?处境吗?烦恼以及其他吗?也许都该问,但不管怎样,我们不应因生活道路的坎坷而一味沉浸到往昔的追忆里去,也不应因拼搏得到了最初的报偿而遗忘过去。少年的记忆永远美好,即使那时有几颗酸涩的青果!

1991 年

清凉的大别山

于两次去灾区写灾情文章的间隙,跑了一趟大别山区,匆匆地起程,又匆匆地返回。一则是因为前一段时间工作的紧张和合肥的酷热,再一则是想看看大别山里的水情,第三则是因为11年前的这个时候,我曾一个人背着包,在大别山里转过一个月,地名我都还记得清楚。

沿途一路酷暑。先到了磨子潭水库,又到了佛子岭水库。大水都已消去,水库里的水重又澄澈如碧,但库坝之下宽陡的山谷水道里,还残存着大水劫洗的痕迹:两岩石壁上的黄泥水印,清晰可见,是泄洪之水势的佐证;石滩上连绵数里,都有大树的骨骸,皮剥叶消,骨形白森,顺水之劫势而零碎于尖石块上,用"骨骸"二字确是再恰切不过了。其景凄惨,使人想起植物也该是有生命的,它们在被大水剥皮拽叶时发出的绝望痛呼,人所不闻,两侧山上的绿叶都该能闻声而颤瑟,度过一个个绝同类而已寒的不眠之夜吧!

现在大水已过,大别山已有了平列、清凉的早和晚。我在流水边倚石而坐,山清水秀,水上清风徐来,有两三个打鱼的人,划着小盆,于水上去去来来,做一些外行所不熟悉的捕鱼动作,给山间的暮晚做一个令人流连的注脚。水畔石边,也有三两个大人小孩,拿自家做的鱼竿、鱼钩,在水里钓呀钓的,虽不见有什么收获,但那股悠长的韵味也够人品尝的了。远山上有公路盘旋而去,夕阳下青葱间如一条白曲带,有一些上山的和下山的小三轮,在山间清清楚楚地响着,11年前我来时,私人的这些都还没有,上山全靠徒步,山区的并不很快捷的发展,这也是一个方面吧。

　　清清凉凉的大别山的早晨和清清凉凉的大别山的迟暮,给了我安定和抚慰,我觉得我的劳顿都在山与水的清凉里化解了。但我掌上留有水畔石上洪水带来的沙土,它们提醒我人生的世事,使我再难重返16岁或18岁的花季。我收拾了行装,带着女儿,从大别山里乘车蜿蜒而下。出得山来,暑又酷了,人间还有多少难事得一点一点地从头做起?车轮滚滚,闭了眼,去梦11年前和11年后的两个大别山,心间合成了一份踏实的感觉,有一种醇浓的厚势打胸间泛起。千里之行,始于足下。何时都有起点,去做吧!

1991年11月9日发表

秋天的休整

　　这次带了女儿到淮北的父母家来，是打算了好久却始终未能成行的一件事。这期间的一个大的原因，就是从6月份开始，合肥的许多地方都遭受了洪涝灾害的袭击，我们搞编辑工作的几位同志，都在物质上和精神上做了充分准备，分别赴一些灾区县，帮助当地做文字宣传工作去了。

　　时日匆促，转眼已经到了秋里，我们的工作也暂且告一段落，回淮北的念头便又活动起来，愈活动愈激烈，终于下了决心，带了女儿回来，要好好地休息几天。

　　或许是心情使然，或许是季节使然，我们回来时，天气凉爽，人在身心上都觉舒畅。父母住处是一个休养所大院，四面都是花草树木，安静幽然，环境甚佳，这环境对我更好，况且又是奔波了几个月的。晚间拿了一大沓报纸上楼去看，很长时间没能认真地看报纸了，现在一下子有了这么多，心里兴奋得很。看到《参考消息》，就觉得又和世界联系上了，又加入了全球生活的进程之中，看到了别的许多报纸，那么多的信息扑面而来，才重又感到世界是立体的，社会是流动的和五彩缤纷的，才实实在在感到人有时陷于某种局部里，是多么不容易跳出来。

　　读着报纸、杂志、旅游指南以及别的随便什么读物，做着节奏舒缓平稳的构想，身心的休整是难以言喻的。过些日子再去灾区，再去干别的什么工作，精神里肯定会很明确、很冷静的。

初秋的这些休整的日子,真令人难忘呀!

1991 年 11 月 20 日发表

四　月

　　我总是时断时续地想起来一位姑娘,这位姑娘的名字叫四月。她的好处和妙处就在于说不出来,表达不出来,因为一说出来,她就很平常了。

　　我一想起这位姑娘,就想起校园里的野蔷薇。到四月的时候,它们星星散散地开,开得挺乱,挺任性,叫人捉摸不定,那种蔷薇色的花香也星星散散地撞,叫人忘不了。

　　四月又像四月里北方的大风沙,她火热刚烈席卷男性的高高低低的旷野,于是到处都爆发撕裂的、痛快淋漓的、深深进入的绝响和绝唱。

　　四月在这种绝响和绝唱中才叫四月。这时我立刻就强烈地感受到了四月的蔷薇色的北方大风沙的强有力的诱拐,我觉得这种诱拐是难以抗拒的,这甚至就是纯粹的生理性的绝唱和绝响。

1991 年 11 月发表

我 看 戏 曲

　　我女儿喜欢戏曲,这很奇怪,如果电视里有这一类节目,她能看得忘记一切。我小时候生活在淮北,那里有泗州戏、河南梆子、皖北大鼓等戏曲样式,我并不特别喜爱,但无意中受到它们的熏染,刻印在大脑里,成为抹不去的记忆的一部分。

　　倒是长大后,成为所谓的青年作家前后,对戏曲,尤其是家乡戏,有了一种特别的感情与关注。今年到淮北农村去,在淮北农村一个叫老庙的乡集上,偶然撞见一出庙会——这对一个城市居民来说,是非常难得的。庙会时上演的是传统戏《包公》,乡间的戏班子,乡间特色的竹搭舞台,乡村的观众,我立在麦场槐树下,兴致勃勃地看了两个多小时。又是今年上半年,在淮北农村的一个乡镇上,听见一个磁带摊上号出来的皖北大鼓调,就走不动了,就去挑了两盒《劝孝》,带到合肥家里,家里人都笑我,但我一个人待在房间里,躺在床上,也能听得有滋有味。

　　我这些举动,其实跟通常说"喜欢戏曲"有不尽相同的内容,我是喜欢那地方的风物人情,也才特别喜欢那地方的戏曲的,并且我更想从里面探出一种文化的渊源来,探出一种人群发展的轨迹来。戏曲的不景气,已经议论了很久了,要是照我的直感的看法,我觉得它们本来自民间,吸取民族文化的营养,发展昌盛,形成了固定的概念和模式,这就是衰微的开始,它的走向,一是变化了形式,形成新的状态,生长、发展,再衰微下去;二是它的本体将重返民间,成为民间口头文化的一部分。

但不管怎么样,戏曲已经融入历史,成为历史的一部分了。我在读(听、看)它们的时候,我感到我是在与历史对话,是在挖掘历史。戏曲的发展和变化都是必然的,其实它不可能有终极的结果,因为它和万事万物一样,都是在演变着的。这就像一个人,儿子是从父亲那里来的,父亲是从祖父那儿来的……虽然父亲不在了,祖父、曾祖父和无数前辈都不在了,但他是从他(她)们那儿来的,他逃不出"人"这个格局。

1991年5月发表

1992 年

冬日的读书

今年天气冷得早,又冷得深,人对温暖的室舍就有无限的留恋之情,一般的活动都不安排在室外,可有可无的活动也尽量免去。由此可见,自然界对人的规范和限制是多么的深刻。

大雪纷扬,零下十几度的难得的低温,室内即使生了取暖炉之类,人也总有一种萎缩的感觉。这时候闲暇的最佳消费,当是读书了。前人曾经体味出"雪夜闭门读禁书"的快感,现在时代不同,只要手中有自己中意的好书、好刊、好报,甚至好的电视节目,那快感都是一致的,都难能可贵。

大雪封门时节,找什么样的书来读才好呢?须找那种季节喧哗、心绪骚乱时读不进去的典雅稳沉之作来读,才为最好。那种稳沉、典雅之作与贴身的飞雪的季节,最为吻合,心室易被触动,人体易于吸收,情操最能陶冶。若换了些杂芜来读,人心为之玷染、搅扰,烦腻顿生,又因囿困于窄狭而粘连倍加,人即膨胀于不良倾向之中而难以自拔。

冬去春来。冬天过去了自然就是春天。春天使人复苏、冲动、想象。春天使人解除禁锢而倾向于行动。得典雅、稳沉之气者,明了世事哲理,就能事半功倍,就获得了行事的能力,日日有丰厚的积累,日积月累,使别人都重视他;而那困扰于杂芜之间的,则万念纷乱,言行相悖,速于宣泄,急于求成,这样从春至夏、从夏到秋,一年过去了,收获的当然只能是失败或者失意。

所以冬日很是紧要,冬日的大雪也很是紧要,冬日是整肃的时节,冬日包含着得意、如意、失意,甚至杀机。冬日里的读书自然也很是紧要,万勿掉以轻心。世上万事万物,都有它的起源和发展,冬日及冬日里的读书,大约也是其间的一种吧?原来一年的时光和作为,并不是从春日倒是从第一片雪花的飘落开始的!生命、时间和思路的连环扣,竟是这样的相衔无隙!

1992 年 2 月 20 日发表

想 念 春 天

现在还在冬季里,我已经在深深地想念春天了。

其实想念春天以及规划春天,对我来说,早在初冬就开始了。是因为今年冬季冷得早,还因为别的,我说不明白。在整个隆冬季候里,我有一大半时间都花在读书上了。读什么书呢?读那些有定评的、风格强烈的长篇小说以及散文;读那些昨日叱咤风云或今日红光闪耀的人物传记;读那些与我的本职工作最无关的、闲散的、手边的读物;读我的朋友的或同乡的上下几十年的文字,读一切偶尔到手的东西。

整个冬日大约都在这些读物的来去之间逝去了。读它们的时候,我总不禁为人的不可思议的创造能力以及人的亲情而激动,为贴身的人世的暖意而感动。这时候我总想到我自己,我自己亲历过而现在已经远逝的我的过去。那些场景或印象———一片野草、一句特定环境里的话、一个深刻的面孔、一种感受、一个关键的时刻等等,都丰满而立体地浮漂而至,它们与我的小说融为一体,以致不知哪为小说、哪为记忆、哪为构想。或者整个的我都处于一种亢奋的虚幻之中,这时候,我自然地就想念着春天了。

春天那是一些按捺不住的实践日子吧。那亲情、温意乃至感动,都可能化为切实的现实。或者只有少量的亲情、温情以及感动,而多的是讨厌和烦人,那又有什么呢? 或又正如我今天在本子上写下的:更重要的是行动。行动着也就抵消了一些,抵消了那些讨厌和烦人，况且春天又总是那可以想象的有内涵的日子。

　　现在确还在冬季里，我却早已深深地思念着春天了。那许多后来长成的，都是打冬季里就酝酿着的。每年冬日里思念春天，在我竟成了一种固定、一种规则。因而我想那冷暖而又怂恿人的春姑娘，终不会全负了我吧？

1992 年 2 月 25 日发表

时序的更迭

天一天比一天黑得迟了,这与秋天的情况正相反。秋日来临,天一天比一天黑得早,季候往冬日里去了。

季候打冬里往春里去,一年便自始而启了,像人的生长,从幼儿到少年、青年、中年、老年;像树的生长,从小树到中树到大树;像大山的分解,从大山到石块到粉粒;像江河的聚集,从水珠到溪流到小河到大江大海……都是一种规则,摆脱不了。拿人来说,除去想象中的神鬼仙怪,谁又能摆脱人从婴儿到老年的规则呢?

季候的转换、更迭,循着它那规则,年复一年,月复一月,日复一日,都扣系得紧紧,没有半点松懈。季候的有规则的转换,叫我们有了饮食起居的规律,叫我们有了生养繁衍的规律,叫我们有了循序而进的习惯。而时序的转换与更迭,实则又在根本上是无情的。春去了便不再回来,来时便是另一个春了;秋时别了也不会重返,重返的那是别一挂果了。望去相似,质里却不同了。

人也是一样,有那恋情的、追忆的、珍惜的、缠绵的、甜蜜的,都值得你珍视,因为它们去了就不会再来,别了就永不再见;也是一样的道理,有那失意的、痛苦的、烦恼的、悔恨的,时序也都能纠正,都能把它们刷走,都能把它们的踪迹淡化,你离了那一时一地,就有别样的机会。

所以我说,秋是叫人一天一天往思索的深里去的季节,而春则是叫人一天一天往外露的地方去的季节。而秋与春,又是相衡得紧,叫人觉不出冬的威慑来,冬似乎只是过渡——打秋里来了,来在冬里,才想适应它,它又往春里去了。秋、冬、春(夏我们另讲它吧),都是很好的日子,感觉任何季节都好,感觉没有能挡住意志的东西。至于人的结局,管它去呢,那不是如季候的更迭、树的生长、山的分解、江河的集聚一样,早已安排好了的吗?

1992 年 3 月 17 日发表

草花小记

花草花草,我这里所谓草花,即草本花草的意思,其实更应该叫草草,即草本的草,因为我调养的家庭植物,大多是不开花的草本,只看叶子,是观叶植物——也不是不开花,是难得开花(温度的关系)。或开花不怎么样,或只在野生状态开花,家养时就不开了,总之都是极平常、初级、简单的家庭草花。

我养草花已经一年了,有了春夏秋冬的经验。草花本身不值钱、不金贵,我这篇小记也如是,只图个散谈闲话,如一小盆青葱,夏或者冬,置于主人案上,有兴致时忆它一眼,无兴致时就当没看见,但它在那儿,有意无意间能起半点调节色彩、控制情绪、净化空气的作用,也说不准。

水竹

水竹是我花4块钱打花市里买来的,起始用带孔的盆养,长得还不错,亭亭玉立的样子,一大簇,伞状的叶子,白天把它端了出去,叫太阳晒,晚上有风就把它端回来。有一次夜里起风,水竹在外头,风也不太大,但早晨起来就发现它折了几根,才知是娇嫩货,不是那种泼野、生命力贯横的种类。

水竹养起来时,买到一本养花的书,看了书,知水竹也可用无孔盆浅水养。我买水竹的原意,是想让它大水大肥长起来一大片,摆在层里的某个角落,能自成一体的。养了这几个月,它长得也好,却只从下面发出新枝来,已经长出来的枝子并不再长高,成了矮扑扑的一盆。书上讲的正对了我的疑问,大约是水肥不足的缘故,即去市场购得一无底孔的腌菜盆(卖者说也可和面,多用),半尺高,一尺宽,黄白两色,容积不小。买回家即遭妻子讥笑,说"乡土观念"浓厚,我也不答,只把那水竹移入去,上足肥,浇足水,期望它二三十天就有一番新气象。

时日慢慢便往下过。这期间却出现了一回事,即上头说到的有一次夜里起风,折了几根枝子。枝子折了后,扶也扶不下来,我想干脆剪了算了,便拿剪刀把折枝尽剪了去。到第二天晚上,水竹端在屋里,屋里是一盏日光灯,明亮亮的,无意间突然望见灯下那一盆水竹,颜面煞黄,一家人忙围上来看,都惊诧不已,那盆水竹怕是通人性,就如少女,叫什么伤害了,或叫什么东西恐吓了,颜面蜡黄,顿失了水色和韵调,显得干枯筋瘦。家人都断定是我动剪子吓住了它,是动剪子伤害了它,不是这个原因,又能是什么?可不,想想也再无其他缘故。这真令人心惊!

慢慢地调养,慢慢地生息,它渐又水润了,箭芽照发,腋芽也钻出了一些来。入了秋了,入了冬了,水竹长得也还很好,并不叫人起什么担心、牵挂。到大雪降临时,又把草花们集中一室,生了暖炉。室外零下15摄氏度,室内温暖如春,草们都长得很好,文竹还冒出个独茎来,遥遥直上。大雪寒冬差不多都过去了,阳历都到1月下旬了,正设想开春后的翻盆、添肥事,水竹却突然枯了,枯速甚快,又是整盆全枯,挽救都无法。我也不懂草本的生理之类,猜疑道:水竹不是一年生的?妻子当即说,她们单位有一盆,长得很好。我无话可说。又过了十天,眼看枯尽了,我拿了把剪刀,把土面以上的枯叶全剪去了,保留地下根茎,看看来年发还是不发。单位里的一位同事也对我讲了,他们家有一盆水竹,长得不错,来年开春我那盆要是不发,就去分他那一盆,我应着,算个退路。但我自己养的这一盆,要是开春了真不发,我还真有点那个,我相信是第一回动剪子那次,把它吓着了。

垂盆草

　　垂盆草是从省文联一位朋友家里掐来的,到初夏就发得很旺了。夏天天热,拿植它的花盆来顶门(防止风把门吹关上),拖拖拉拉的一地青翠,很是悦目。垂盆草管理粗放,贫富寒暖它都不弃,颇有随遇而安的大家风度。更在贫花季节,譬如冬季,隆冬腊月,室内室外已是凋敝一片了,置一盆盆草于几上,或书架上,或组合柜上,或垂挂于墙角,很能添些春趣。对我这样的懒人,垂盆草尤为适宜,忘了上肥——忘了就忘了吧,它照样长得颀长;忘了浇水——它也不很在乎,依然青翠如山涧之水;忽然又想起来了,或来了兴致,洪涝淹渍——它也能顶过去,依旧往蓬勃茂盛里长。到秋里放在书架上,它已经四面披散,迤逦左右了。

　　仲秋的时候,我出差回来,抬头看见它垂在书架上,毫不拘谨,只是有些苍白,我想可能是长期闷在屋里的吧。我干事往往一时兴起,外头秋阳正好,我一时兴起就把垂盆草端到阳台上,洒了水,赏玩一时,去做别的事了。

　　妻子下午下班回来,一声惊叫唤醒了我,我连忙跑到阳台上去看它,可怜的青翠的垂盆草因我的不负责任,已经被太阳晒得软绵绵,失了水了。连忙端回屋里,洒些清水,放在阴凉处,心里疼疼的,怕它回不过劲来。几天过去,有些枝叶干死了,但大部分都回了过来,重又青翠、生长、茂盛了。这对我也是个极大的教训,知道万事万物都须循序渐进,欲速不达,欲进反退。又觉花花草草,如以前养过的猫、狗等小动物一样,相处的时间长了,都有感情,但植物没有让人明白的语言,人更容易伤害它们,虽然是无意之间,明白时已是无可挽回了。

文竹

　　夏秋季买文竹连买了六七株,分栽于3个小盆里。文竹我原先并不特别留意,后在一本闲书上,看到它可以长得很大,寿命又长,且2年后开始攀缘,就对它有了兴趣。再后来又有了亲眼所见,一次在一位亲戚家,看到很大一盆文竹,看起来主人对它并不精心,只让它随便长大,它就能长得很大,蓬蓬一片;又一次在某办公室的窗台边看到一盆,已经攀缘了,细茎丝丝上绕,与平常所见的风格,全然两样。我喜欢较大型的观叶植物,买了文竹来,不是想要它的小盆景,而是要它日后的大结构,而一连买了六七株,是求大心切,春后数株合于一处,声势立即就旺了。

　　春尚未开,盆也还未合,上文里提到的,其中的一盆里,于冬里冒个独茎出来,扶摇直上,也不见分枝分杈,只往上长,长过了其他各枝的高度,仍往上长,到春节前,已长到30厘米以上了。它长得高了的时候,曾在一个时期里成为我们全家几双眼睛关注的焦点。滴水成冰时,饭前饭后,在温暖的房间里,时不时还能提到它,或立即前去细察一番,渐又注意到,它的淡青细嫩的梢头,还能弯曲,随昼夜交替,又弯向不同的方向。夜间天气寒冷,它弯向取暖炉;早晨通风打开,火势红烈,大约是热辐射强了些,它又弯向阴凉的墙壁;中午太阳出来,它又弯向玻璃窗,如此周而复始，充满了生命的奥义。

我记得女儿已经把这个小现象记到日记里去了。女儿上二年级，初写日记，不知道写什么好，开头的几篇，尽是生活的流水账。我启发她以后，她觉得有东西写了。大约她把这个小趣味写进去了。大约。

1992年5月发表

挂兰及其他

　　挂兰(吊兰)是单位里的一个同事送的,送我时已经成形了,他家阳台上花草多,他养花的时间又长,对挂兰这样的花已失去了兴趣,我连忙去带了来,等于拿回来一个宝贝。拿回来就可放在组合柜上供观赏了,一个冬天也没有危险——那年冬天甚是暖和,只是黄了几片叶子,便顺利入春了。

　　由春入夏,才到初夏,挂兰叶丛里便不断生出些匍匐茎来,茎上开白花,粒小,嘟嘟噜噜的招人欢喜,我曾作了一篇小文《吊兰的语言》纪念它。茎莛冒个不停,花期也甚长,一直不断,开到后来,也不稀奇了,人的兴味也锐减了,对它就不太在意,由着它长去。到盛夏时,茎莛已增至数根,茎莛顶端带气根的幼苗也簇簇拥拥,挤了许多。我原来设想是茎上生茎,一直垂挂下去,现在生了这许多,势必要分散营养,于是便拣那细弱些的,从茎生处剪去,剪下的叶簇气根,却又舍不得弃了,便植于闲盆中,偶尔浇些水给它们,十数天后竟又得了两三盆挂兰,一盆送人,两盆放家里。挂兰这东西真顽强,春天时妻子偶把一挂兰叶片埋于土中,二三十天后它就生根发芽了。那盆作为母株的挂兰,长到初秋时,梢叶有点失神,叶面也露出了菜黄的颜色,从养花的书上看,这大约是缺肥,又或是根系布满了花盆,该换盆换土了。正好才沤制好几盆闲肥,就给它换了大盆,加了底肥,换了自家沤制的肥土,浇足了水。换盆加肥果然有效,不几日挂兰叶片即墨黑油光,如一个胃口好的人连吃了几天大鱼大肉,看上去颜色真是好看极了。

　　自家沤制肥料是在阳台上进行的,那时已到秋天,我又正好有几个闲花盆,便略铺些炉渣灰,平时把菜叶、果皮之类投入,让它们慢慢腐烂变质,成为养分。有时宰鱼,鱼肚里的东西,由着我的固执,都埋在闲盆里,我想动物的尸体肯定能分解出更好的养分来。

　　腥味一到,蝇虫竞逐。原先我们家六楼非常干净,盛夏酷暑也没有半只蚊蝇,没想到入了秋了,苍蝇反而飞来飞去,扑打不尽了。它们在闲盆左右升起降下,做些人所不明了的勾当。时日消损,忽地有一天,闲盆盆壁和阳台栏杆上,冒出来一群一群的麻蝇,这是我先发现的,我自然即刻明了它们的来源,不敢对妻子说,找了蝇拍耐心地打,打得差不多了,眼界里麻麻点点的少了。可第二天起来,发现又复如斯,又打,自然是打它不完,在阳台上、厨房里飞来飞去,好不肉麻。妻子说:你干的好事。我才知妻子早知道了,她对家里的变化难道不如我心细吗?

　　如此层出不穷,却就是那鱼腥的闲盆,成全了蝇种。天渐凉了,我想不如把鱼腥盆里的货物用去,叫植物把那营养吸收掉,便给一盆年轻的挂兰换了盆,换盆时见那鱼腥盆里都是蝇卵,忙就在盆里按紧了,想:天也凉了,盆土也按紧了,挂兰的根系再盘裹了,蝇们只好闷死在里头了。却想不到事与愿违,五七天后的一日晨起,家人不约而同地发现室内雪白的墙壁上,溅成了无数个星星点点,细瞧那都不是别的,是初生的麻蝇的大聚集。花盆按实了的土面上,密密麻麻钻了洞眼,很是齐整,这可是心肠清瘦的我所始料未及的。怎么办?

　　收拾残局吧。

　　　　　　　　　　　　　　　　1992 年 5 月发表

耕 作 图

有一年夏天,我去长丰、定远农村,大太阳,我一人踽踽地走着。老远望见地里一头牛、一个人。那牛,一声不吭憨实地拉着犁往前走,那人,是乡间的一个汉子,也憨实地跟着牛和犁,一步步地往前走。那地,干焦铁板白茬茬的,实在不像个田地的样子。

依我的经验,那牛和那人,是一贯如此的,从不会计较那地能不能种,也不会计较大太阳能把一个好端端的青年晒成什么样的陋形,也不会计较喘歇时家里摆出来的不是精瓷小碟。那人和那牛,都很过时的,任什么都不会计较,只会一声不吭地拉着重物往前走——拉出些痕迹来,滞滞重重的,涂抹不去。

我站在路上望得呆了,这一个画面,也正注释了我平常朦胧间对自个儿的要求,像那牛、那人一样,只求一个实在的境界,虽免不了会失蹄或深浅不匀,但总是在雨雾太阳底下,一步一步地犁出来,心里踏实。

1992 年 6 月 18 日发表

尴　　尬

　　第一次乘火车卧铺是10年前去上海,记忆中铺位是17铺中。17铺的标牌是钉在铺位靠走道一边的,十分醒目,找到17之后,我立刻发现我的处境不妙,因为看不到上、中、下铺的标记。铺分三层,按道理讲,上即上铺,中即中铺,下即下铺,但我是第一次乘坐,心里没底,怕睡错了被别人撵起来,那实在是太难堪了,况且乘卧铺的除了我之外,看上去都是有鼻子有眼有身份的,我不能轻易丢这个"人"。车未开,车厢里有点乱,我稳住自己,把小包抱在胸前,学着别人在窗边坐下,装成心平气和的样子,暗暗观察。

　　每个铺位的毛毯都叠得方正,铺在靠走道的一头,摆得齐刷刷的。别的乘客都很从容自信,他们已经按照某种规则在自己的铺位上坐下或躺下了;许多人都把洗刷用品和茶叶茶杯之类的拿出来摆了一桌子,就像在自己的家里一样;还有人悠闲地点起了香烟,超然地看着车厢里的人和事。天慢慢地黑了,如果开车后我依然一个人孤单单地、无处藏身地、尴尬地坐着,那可就太丢人了!

　　也许我应该去问问别的旅客,但铺位上、中、下这个常识性的问题太简单了,怕别人蔑视我,我不敢问。别人都早已把包放下了,但我却愈来愈紧地抱着我的包,我必须装成我的包里有很重要的东西的样子,一刻也不能放手,其实我实在不知道该把它放在哪个铺上。开车了,车站上送行的乐曲使我焦头烂额。我现在疯狂地把希望寄托在两个铺位被占住了，那剩下的一个就是我的。但是可怕得很，上铺和中铺，既没有人也没有包，倒是下铺坐了三个人在有一句没一句地瞎聊，他们偶尔看我一眼，他们看我的时候我就心跳、烦躁，并且恨他们。我真后悔我坐了这么一次窝囊车。

尴尬的结束很简单，下铺的乘客把叠好的毛毯拉去盖腿，顿时，露出铺壁上的"下"字。这次我的智商够用了，我如法炮制，站起来若无其事地推开中铺的毛毯，果然是个"中"字埋伏在里面。我顺势脱了鞋上了铺，但很快我就拿着茶杯下来了，悠然地在车厢里游行示威了一趟。现在我们平等了，我觉得他们也都是大豆、高粱喂出来的人，跟我没啥两样！

人也许就是这样一种不断地处于尴尬或尴尬边缘的生物，一瞬间难关无渡，过后又觉荒唐可笑。现在想来，一切的尴尬在我们的经历中都是正常的，既不必怨天，也无须尤人。生活本来就是这样。

1992 年 8 月 5 日发表

独对一本书

面对自己的第一本书,独自地坐着,一个上午都陷在关于书和文学的逻辑之中。

有过"疯癫"的时候,上中学时突然知道了文学和投稿,就上课时下课时睡觉时吃饭时都无所不在地"创作和构思",真有欲乘风飞去的良好感觉,于是永远地毫无疑问地相信自己。

下放了,很少给家里写信,更多的时候却钻在防震棚里,涂抹意气风发的大自然的诗行。一句偶尔看到的"名言"泛滥成灾地跟定在笔端:20 岁的妙龄,胜过一切帝王的桂冠。——这就是生活的法宝,揣着它走到哪儿都高挺着胸脯。

在大学里又相信了自己的虚构:天生是颗流浪的种子。因此抵御外语、背书和上课,总是对着灵感发傻,想象自己能在天空飞翔。

现在面对自己的第一本书,才又一次觉出自己的生涩和浅显,印象里自己总没有成熟的时候,没有宠辱不惊的彻底的平静,没有回避喧嚣的热闹的气度,没有默默前行的宇宙般的壮阔,也没有海样的、天样的、粉碎了自己给别人的胸怀。

于是默默地独坐了一个上午,想着今后就照着刚才想过的路走。

1992 年

楼　　下

　　我住处的楼下是一片还没有改造的老居民区,从6楼看下去,灰瓦片片,此高彼低。片片的瓦阵之间,有些变化,或檐前房后,植一株树——泡桐、柳、梧桐,孤单单地从瓦阵中长出来,显出些生不逢地的样子,长得很勉强,无甚大精神,颇流露出无可奈何、得过且过、往下混一日少一日的脾气;也许植几株花,是月季,花色虽不甚秀气,但初夏怒放时,也很能热闹一阵子,有些招蜂引蝶的意味,但也就那一阵子,待后来再看时,却不再开了,这不太容易理解,因为月季月季,是一月开一回的,一年里除去冬季、初春,总也能开六七个月吧,何以这样快便"谦虚"了呢? 后来再看,却连那几株月季都失了踪影了,不知是叫人盗去了呢,还是叫主人送人了,还是它自个儿因了什么病虫害夭折了,还是主人家两口子为家务事吵架叫女主人一盆开水给泼死了,总之是再也不见了它的枝叶,再也不见了它的数日独秀。或瓦阵间现了些空隙,便成人走的路,路旁房前屋后地转,有时叫瓦阵给挡住了,有时自个儿就转迷路了,不知转到哪块去了,有时就是个死路。路上常有些大人小孩走,惹人眼目的是两类:一类是小孩,因为小孩生性活泼热烈,来来回回,都精精神神的,大部分时候还跑跑跳跳地来回,因之惹人眼目;另一类是少女、姑娘、少妇,她们穿红戴绿,颜色鲜艳明亮,于一片灰黑瓦阵间,突地来了个年轻的姑娘,那整个气氛便绝然不同,天地都为之生辉,气韵经久不息,因之也惹人眼目。要是年岁稍大些的妇女,那韵态也还有,从6楼上俯视,她们就十分稳重,一招一式,一抬手一迈足,都是个样子,是世上最好的妈妈,叫人肃然起敬。最不招眼的自然是那些男人,从楼上看,又看不见他们的奇开怪状的肌肉,也看不见他们的重枣脸、卧蚕眉、刚毅的嘴和棱角分明的颧骨,看见的只是与黑灰色的瓦阵毫无二致的毫无生气的混杂,味同嚼蜡,一点也不叫人惊讶、震撼或同情,有他们或无他们,也就无关痛痒、无足轻重了。

瓦阵间还有一样东西,是看不见形体的一样东西,就是歌号。是什么样的歌号呢?是野性的歌号。或者就在暮春的一日傍黑,一阵歌号直冲出来,跌在空气里。我那天正做着什么事,乍一听见那歌号,颇有些感触。那歌号号得半点顾虑也没有,是由着嗓子号的,听那声腔,号歌的是个做体力活的,年岁不超过十二三岁。怎么这样子讲呢?因为下面一片房子里,有一处地方,竖了两根烟筒,日日冒烟,那有烟筒的地方,是街道办的一个建筑队,有一回我搬东西回来,自己搬不上去,请了建筑队的一个小工人搬,那小工人自然是常干活的,年岁就不超过十二三岁,嘴上还不怎么有毛哩。再讲了,要是正式住家的,谁家孩子能扯了嗓子这般号,绝不会的,因此我便有了以上的认定。第一天罢了,偶然嘛,第二日傍晚又号了,号声嘹亮,并且还真好听,比舞台上那些什么场合都能上去凑个热闹的歌星(男歌星)不差到哪里去,并且更自然,发挥得更出色。我连忙到阳台上往下看,看能不能看到他,或许就在哪两个瓦阵的缝隙间呢。看了一时,啥人也没看见,倒把那歌号声找乱了,连哪个大致的方位都找不见了,只觉着楼下那一片片瓦阵,都号着歌呢,粗粗糙糙的,滚翻成一片。我连忙就离了阳台进屋,我知道我这人好暗自激动,还容易产生幻觉,要是因为那一大片歌号的瓦阵,引了我恍惚地去了,那我下回就再听不见这迷人的歌号了。

打那以后,每天的傍晚,那些不规则的面积挺大的老区瓦阵,都有一次共鸣着的、淋漓尽致的歌号。每在这时候,我便停了手间的一切工作,全神贯注地去听、去猜度,并且细辨每一块老化了的瓦片的不同的回声。我真是迷住了。但这时候我从不往阳台上去。我知道我自己。

            1992 年

南国女孩

"女孩"是一个流行的词,是姑娘或女青年的意思。这词是从哪儿流行来的?也是从南国吧?这词里包含了许多新鲜的时代的意义,既是对年轻女性的赞美、倾慕、尊敬,也是一种新的价值尺度;并且它与商人的精明、调侃和生意眼有关,是一种热络的人际关系;它更与年轻的旺盛的生命力有关,人生也变得开朗,润泽了早露与鲜花的芬芳。

而我这里所说的"南国",其实就是我以前从未去过的广西、云南等地,还不是指的广东和海南。我们先到了南宁,南宁是个温暖的城市,3月的南宁已经偶尔可以穿衬衫了呢。3月的南宁也是小雨霏霏的季节,街畔都是扁桃树、相思树,江桥侧的水果摊时时飘来芒果的特殊的浓香。那摊边的女孩,也许就在十八九岁,微黑的清秀的面孔,操着"啦啦"的广西白语告诉我们:芒果是前天才从越南进来的,越南的季候又早一些,人民币在那边很值钱啦。习惯于赞美美元的我们,突然也洋溢着骄傲的民族自豪感了。吃着芒果,仿佛自己就是半个南国人、半个广西人,一街一巷地乱逛,品味着蔬果芬芳的亚热带的温馨和体贴。晚上又去民族文物苑打油茶,入座前先前前后后转了一圈,看了壮楼,过了侗族风雨桥,听芭蕉落雨、小溪弹笙。天色渐暮,雨帘渐厚,便都上了竹楼,在堂间坐定,那来来去去接人待物的瑶家女孩,十七八岁的芳龄,貌相极美,白银的手镯、白银的耳环,服饰绚烂。那便是一席难忘的晚宴,竹楼外偶闻雨滴空落,南国暖风间或吹过棕竹叶隙,上来的一道道菜又都是从未吃过的:香嫩的瑶族竹板鸡、酸辣可口的侗族竹串肉、形态逼真的壮族蝴蝶过河……那貌颜惊人的瑶族女孩,以她并不纯正但别具风味的广西普通话,舒缓有致地向客人介绍一道道佳肴,她的一举手一投足,都带有热辣辣的南国风情风韵,令人叹为观止。

而后,我们到柳州、桂林、昆明。柳州和桂林都有极盛的夜市,夜间11点,我们在柳州的柳江大桥上看如过江之鲫的柳州女孩自行车大潮,向一个方向汹涌而去,那色彩斑斓万状,如花之面孔繁不胜收,真令人激动万分。夜的生活真正是属于南国的,夜的五彩的生活又真正是属于南国女孩的,哪怕是微雨之夜,那倒更添一种韵味在其中。我们去柳江江边公园旁听"刘三姐"与"李小牛"们的对歌,偷看塑料棚里按摩女郎娴熟柔软的操作。或者我们又去云南石林,随了一个叫"小桂"的"阿诗玛导游员"在石林的迷宫里穿行。小桂只有16岁,是撒尼族人。帽子上的红角告诉我们她是个理所当然的女孩,她幽默而风趣,大大的眼睛,红红的脸庞,我们像一群傻孩子跟在她身后,任由她指挥或者调理。她活泼又开朗,她与别的导游女孩并了肩摇晃着对歌,歌声在峰石的密林里传播回转,余韵悠长;她又鼓动我们在有草坪的大榕树下学彝族舞蹈"阿细跳月",大家手拉起手,男孩都是"阿黑",女孩都是"阿诗玛","嘿嘿"的歌声欢乐而明快,人都从心里年轻了10岁呢。

南国的女孩真正有一种热度,能让生活小小地发烧而且兴奋,南国的情绪也经常饱满并且高涨,使人不断地愉快并且丰富。悄然间,离了那里已10天、10个月、10年了吧;南国的霏霏细雨还是常飘常新吗?

　　风都细细地来,雨也细细地来,都来在我的心田里了……

1992 年

街头实录

一娇小女子骑自行车驮一硕大男人,颇艰难,路人皆侧目。

近岁末,公共汽车上人如群鼠,拥塞异常,有人乱挤。一男道:猪年未到,猪就窜出来拱了!另一男回道:狗年都快过去了,狗还汪汪叫!

与妻上街,街头一女郎,姿色极艳丽,疑为仙女。行人无不凝视,唯我昂首而过。妻说:今天表现不错。我说:违心矣。

一肥女轧马路,偶遇同事,叹曰:逛街真累死了。同事曰:你超重,还没收你养路费哪!

四农民上街,突遇一摸奖点,四农民凑齐两元钱,伸手一摸便是个大奖,中彩电一台、组合音响一部。农民当场即将组合音响换成三台黑白电视机,一人抱一台扬长而去。

一西装革履、港派风度人士正往小车里钻,某人指曰:此即10年前改革开放初期街头扫地裤大包头之流行"小痞子"。信否?已10年矣。

晚,四牌楼十字路口自行车停车线旁一棵女贞树上,数十只麻雀齐聚噪叫,每日如此。

秋日突起大风,落下豆大雨点,一街人尽散。街边几学童大唱道:刮大风,下大雨,前边来了个白毛女……街面已无半人。

1992年10月15日发表

看 地 图

　　这次到南方采访,几个朋友一起跑了一个多月。忽然有一天在一个招待所,一个朋友对我说:我一直在注意你,发现你迷地图,捧一本地图一看能看几个小时,那上面有什么?

　　我一愣,立刻承认。是的,我对地图有一种偏执的痴迷。要是有人问我:世界上你最迷什么书? 我可以回答,我最迷地图。这既是事实之一,又可避免挂一漏万的误解,况且地图没有"作者",我不会因为作者的其他言行或有关作者的传闻而受影响或改变对其作品的印象;再一方面,地图的魅力是永恒的,是一个人一生都读不尽的。

　　看地图看什么呢? 看那些不相同的地名。南方称寨,北方呼屯。呼和浩特是蒙古语,青城的意思;百色为壮语,意为"拍洗衣物的地方"。地名是千千万万人传递下来的,它们有民族的和地域的渊源,细细探究起来,它们各有九曲回转的背景。1981年夏,我只身在大西北游转,从兰州乘车去银川,一路上尽是些关于水的站名,那窗外却都是沙地,干黄一片——是腾格里沙漠的边缘吧——人对水是何样的渴望! 看地名还带给人探求的欲念以及新鲜神秘感。一个人常住此间,出门的机会不会很多,听说了某处地方,那里出产什么、时兴什么、景观怎样,从地图上看去,目测一下距离,心算一下走势,久而久之,对彼地神交深厚,既是一种知识的积累,又沉积了一种爱的情愫。

　　看地图还看山原的排列、经纬的纵横、村镇的交合。人是生长于土地上的,一方水土,自有它鲜明的地方。南方赤红,北方黝黑,东方青淡,西方淤浑……去过的你全知道了,没去过的你尽可从地图上揣摩,揣摩也不是无端地瞎猜,你便有了些相关的资料,相关的文字、图片,你走在一个偶然进入的车站里,便会从一张3个月未换的旧报上寻到半句地缘的知识,你翻到一本计划生育的小书,也便知道了某处人口稀疏与地理的关系。看久了心中也便有了无形的一根指针,出门在外偶尔迷向了但心里并不紊乱,还是那般胸怀全局的沉稳态势,山山岭岭,田田陌陌,高原平川,东纵西横,都是一本账。世界便是如此,既蕴佳纳秀,又潜含了危机,这还不叫你对万事万物有一个根本的把握?!

看地图还发挥了一种想象,想象那无尽的海水、无尽的岛屿、无尽的陌生面孔、无尽的风俗习惯、无尽的奇特异种、无尽的彼时彼地。起始你畏缩于那不可测的世界,渐渐熟悉了它,深入了它,又甚至起了一种征服的欲望:或者是踏尽它的土地吧,或者是博得一切地方的人尊崇吧,或者是从高处的安然的心态俯视那芸芸众生吧,或者是一种赞助与它的慷慨吧,都说不准的。地图培养想象的延伸,这想象使人高尚、博大、宏观起来,至少不会鼠目寸光,不会只盯住单位里自己的办公桌和几副平常看木了的面孔。想象还常枝节出一些构想来,新的设计、新的主意、新的打算,每每脱颖而出,这都是意外的收获。

我看地图真成了一种嗜好了,我亦庆幸我迷上了地图这无声的挚友。我一个人在家捧着地图做无声的交谈,常历两三小时而欲罢不能。我从地图那里得了多少东西了,现在算也算不出来。它是无价的宝吧!

1992年10月15日发表

看 录 像

今年我有些反常,凭空里添了许多癖好,例如看电影、看录像。电影我从 20 世纪 80 年代中期就很少看了,这有两个原因:一个是国产片节奏慢,又太严肃,看多了能把人累垮;另一个是看电影的时间性强,不洒脱。录像以前也看过几回,一回是在合肥看一部台湾的生活片,也许是当时我思想观念的原因,我觉得它卿卿我我,儿女情长,又"做作",叫人浑身难受,不舒服。另有一次是在郑州等车没事干,看广告上写着"放映录像《军妓》",以为是一部带颜色的,就买了票进去看。那录像室十分低级,墙隙处处,里头摆了几条在小饭馆里常见的条凳,检票的和看客也都有些来路不正,要么青头紫脸,要么膀肥油厚,叫人觉得不安全。我才坐下,手就在条凳上抹了一手浓痰,情绪糟透了,录像内容又是再正规不过的了,没看完就把我给气出来了。从那以后,我对录像室之类再也没有好印象,总觉得是藏污纳垢之地。可见先入为主的印象给人影响之深远。

今年倒不如此。先是在录像厅外的广告栏处看到《海湾战争实录》《核战秘闻》等资料片名,忍不住就买了票进去看,后来又在一家机关的放映室看了几部内部的故事片,觉着都不错,受益匪浅。再后来又到电影院,看了《山本五十六》《日本海大海战》等片子。这毛病一染上还真不容易改掉,在合肥不说,一到了外地,只要有闲,就想去电影院、录像厅。还是今年 8 月,在庐山,山上的一家电影院,一年四季天天放两场《庐山恋》,上山的当天晚上我就去看了一场,那真叫爆满,情绪热烈,在那种特别的场合,给人留下极深的印象。《庐山恋》是20世纪80年代看过的,留下的印象一是假;二是服装换得多,眼花缭乱,没想到这次再看,假的痕迹毫厘不存,反而显得亲切万分,自己倒莫名其妙地有了一种时代见证人的阿Q式的隐隐的自豪感。片子还是那部片子,是我们的心情改变了吧,时日迁移,我们已经能用一种历史的、宽容的、邂逅的、回忆的目光去看它。这也是时间赐给我们的财富吧。

与郑州的"浓痰录像室"相比,现今的录像厅真的是今非昔比了。室内装潢不说,放映设备也多为大屏幕投影、超大屏幕投影甚至所谓的镭射电影。买了票,进了录像厅,自然,我想,从面容、坐相看(一如电影里的好人坏人),社会上的"三教九流"依然不少,但女孩、夫妇、白头发的老太太及戴眼镜的看客也正日渐增多。录像对观众来说,有时间上的好处,录像都是循环放映,你什么时间有空了,进去消遣两场或者略坐半小时就出来都可以,人在精神上、时间上都是十分轻松而自由的。录像的场合有时也有着节日一般的气氛,今年在一处地方看《赌侠》和《富豪夜宴》,大牌明星甚多,看到热烈时,每出来一位明星,观众都自发地报出他或她的姓名,幕上幕下,此呼彼应,气氛十分热烈。

看录像的初期,我觉得总得有点起码的技术准备,那就是纯属轻松与消遣,准备接受它的欺骗。这时候大约不能装备评判的武器,那样自个儿先就累了。但是录像也不会不给你一点额外的好处:明星们的穿着打扮、言谈举止,都是我们生活中可以借鉴的;恶斗凶逐能让我们对今后不太可能出现的最坏的局面有些思想上的准备;人为的热烈和紧张使人处于激动和兴奋之中,有助于我们保持对生活的兴趣和信心。这都是从好的方面说的,我现在还迷在里头,说不出它的坏来,我的批判的时代还在不可知的未来一处地方。

1992 年

阳　　光

早上醒来一睁眼,窗外是明晃晃的阳光,这可是盼了许久而又许久都未得到的东西呀。今年的春节和立春是同一天,立春都过去一个多星期了,但春来的每一天,都阴寒湿雨,除去朋友来家里玩玩,别的什么事也干不成。在我们这地方,不南不北,冬天是个不很舒服的季节。要是在北方,寒冷深厚,寒冷的时间又长,便干脆做寒冷的处理,家家房中都有取暖的设备,房里暖融融的,虽然室外滴水成冰,但到了屋里,臃肿的棉服就可脱去;要是在南方,比如华南,阴冷淡薄,如同儿戏,且阴冷又易驱除,无须做防守的设想,北方零下三十几度时,它也还在十几度,室内室外,并不受季节气候多大的影响,手仍伸得开,大脑仍活跃。但在我们这里,暖不如南方暖,忽然一夜寒风来,千树万树梨花开,冷又不如北方冷,乍暖还寒,朔风仍可逼人。便是这种气候,自然可说是气候宜人了,可说为不冷不热,却也不好做倾向于一头的打算:或认真防守,或压根儿不用防守。北方来的人——朋友、亲戚等——都讲这地方冬天日子不太好过,室内室外一样冷,没有舒适的去处,人在这样的环境,思绪便凝固了,特别是对于我这类动脑执笔者,寒冬里纵有最优雅的情思,无奈手儿难伸,四肢躯干都想往热处去,也只好盼到春暖花开时,再做纸上的谋划了。但寒冬里的却渐积渐多、渐积渐厚,寒冬里不能做而又该做、想做的事,似乎都与春暖有关,而且愈是不能做,愈是想去做。一直想着的是花草,那盆龟背竹,盆儿太小了,与它的到秋深时已甚庞大的身躯甚不协调,那盆间的营养大约也用完了,植物无言,人当思之,前几日,龟背竹叶面上的黄颜色愈加扩大了,确是该换盆了。我担心再不换盆,或天再不晴暖,它会弃我而去的,但换盆必须春暖呀,苦寒春里换盆,换盆又得浇水,也许更毁了它呢。文竹也该换盆了,它们原先都长在小巧的坤盆里,但一个冬天它们都还在生长,若翻盆换盆,它们必定显得更欢旺,长成丫丫杈的一丛抱,那景观也够人赞赏一阵子的。又想着该去乡下的某处跑跑了,便是自费,便选一个晴暖的日子,便是单身一人,打本省地图上随意指点一处乡镇,去汽车站购票便走——这也成了我的一个顽癖,于我是又费钱又费时又费神,却是我一贯倾注的,其实全无什么目的,也无公务私务,但匆匆地去了,匆匆地又回了,煞有介事的样子,都说不出什么道理来。往常的人讲,无癖的人不可深交之,因其无真性情在,我大约是有真性情的,我的癖还不少呢!这只是其间一例。但癖多了又可交吗?癖多了还能成什么大出息、大气候呢?又想着去走动些成季不见的朋友了,季候不适,人便不想活动,人的心情受季节的影响颇深,雨雪泥泞,人的一点兴致又都叫泥泞寒潮给消耗掉了,说不定在公共汽车上因泥水事与人发生口角呢,那还能遗一丝丝兴冲冲的劲头吗?

阳光终于来了,天也该暖了,要在春暖里做的事还真多,真逼人呢,春天是真叫人骚乱、不安分呢。春时恨短,且春时又是寒暖交接的锋头,今日暖了,说不定明日又寒,但明日寒了,后日不就会再暖?做一事便先成一事,气候总是往暖里去的,只会越来越暖、春风浩荡、草茵无际的——只是暖过一个期度,便又是一个人所不适的季节了。这都是人力所不可抵抗的。

1992 年

草 花 二 记

前些时作了《草花小记》，记初养花草的一些经历，却未写尽，才有了这个小小的尾巴。

无意中所养之草花，集了两个特点。一是喜阴花居多，挂兰（吊兰）、棕竹、龟背竹、文竹、虎耳草、垂盆草、苔藓、麦冬等等，都是阴性草花，想来又不怪了，这类草花植物病虫害少，需阳光少，容易管理，无意（实则有意）对了我的特性，我初养草花时有几位预言过，说我养不好，因我无工夫、无耐心、无细心，怎能养好？现在养得还算好，却又应了另一样说法，即养花需懒人，太勤快的人，每日里浇水施肥，那还不把花草给腻死？

二是带竹的多，棕竹、水竹、文竹、龟背竹，等等，虽多为名不副实，并不是竹科植物，但既带了竹，怕多少就有了竹之品佳。其实我也并不尽知竹之品性是什么，高洁？清雅？等等。但历来人们都推崇竹，竹又是中国文人的传统密友，心理如此，习俗依然，总不是件坏事，我便据此诠释为我有高洁之气、素雅之风，不然又为什么无意中养了诸多带"竹"字的植物呢？潜在的心灵定是美的无疑了。

说起竹，倒想起另一回事，1991年夏带女儿去大别山佛子岭水电站小住，那里山山谷谷尽是野丛。有那种丛生的，望去极适宜盆栽家养，便去借了铁锹，挖了一些回来，那时正盛夏酷暑，天气极热，一同带回来的有野竹、麦冬与另一样山草。麦冬不愧贫瘠不争生命力顽强的豪杰，只它成活并于秋时打苞绽花，野竹与那另一样山野草,都挣扎一气而后枯去了。

竹有竹性,草有草癖,人有人痼;竹不能为草,草亦不能为竹,人更非草本木本禾本;勿失了个性,便是我得到的一个小结论。那生长的环境却又另当别论,有时是个人所反抗不了的——这又做了气馁的一个理由吧?!

1992 年 6 月发表

疯

现在的人多少都有些"疯癫"。听一位朋友说,他单位里有个同事,是搞政工的,往常稳重得很,喜怒不形于色,宠辱皆不惊,但近来却大不相同了,换了个人一般,或超常兴奋,或沉默不言,所为何事?据说是买了股票的缘故,大约他的心路历程正在股市的风雨里转弯或升降呢,在股海里沉浮,想把感情完全遮盖住,那还真不容易。这叫"股疯"。

邮市现在不很热了,但这次在庐山开笔会,听朋友说,有一位作家却反其道而行之,乘隙而入,玩签名邮票玩疯了。此公不论大会小会何种场合,一律捧一本邮册,请人签名(只要稍有名气),如此累积下去,数十年后,价不可估,这还不算签名者中有人突然蹿红、有人暴卒等意外增值。这叫"邮疯"。

不知不觉间,我也染上了一样毛病,那就是买报。买报是再平常不过的事,但我觉得今年的报潮来势甚猛,到街头的小书报摊看看,花绿斑杂,蔚为大观,星期刊、月末版、工商金融、社会新闻、足球、读书、世界信息、种花养草、棋牌垂钓、药膳旅游等等,渐有了眼花缭乱之感。关于报纸,以前有两件事我始终弄不明白。一件是怎么想象也想象不出来国内在新中国成立前的工商金融类的报纸怎么会有人看,怎么会有订户,往常为了考试老背政治经济学,觉得特枯燥乏味,现在非但不觉无聊,反觉有趣。大家都在讲商品经济,讲市场经济,强调商品的内容和市场的形式的和谐统一,不关心不行啊,不关心说不定哪天就窝囊了,就掉在赤贫线以下,成为社会发展的负面教材和累赘了,这件事亲身体验算是明白了一些。第二件事是20世纪三四十年代的"小报"怎么会那样赚钱、好销?"小报"后来转化成贬义词了,但我想,除去那些黄色低级的部分,小报的赚钱、好销必然有它的原因。现在街头零售的小报,多为四开四版,也有四开八版、对开四版的。就我个人的兴趣而言,我愿意买四开四版或四开八版的,因为这种报版面多,内容的选择余地大,信息面广、中小型文章多,标题醒目,适合我的"全景式浏览"的需求,这就叫适销对路吧。这些小报不像一些正经严肃的大报,它们的面孔比较温和、主动,大多施了淡妆,为读者着想,使人轻松愉快、赏心悦目、疲乏顿消,所以它们掏顾客的钱爽快,顾客掏钱给它们也爽快,两相情愿,真有一拍即合、相见恨晚之感。

我对小报的"疯癫",近来似有愈演愈烈之势,这和公费订书订报完全不同,这是拿自己的钱上自己的"当"、买自己的东西。开始是偶尔买一张两张,翻翻看看,形不成气氛,有时还不以为然呢!小报日渐增多,自个也逐渐"上瘾",竟致"走火入魔"。现在如果我不出差待在合肥,每日必上街一到两趟,远远近近各书摊报摊去搜购小报,少则三五角,多则两三元,这可叫"报疯"吧。

自个"疯"了,就想为"疯"劲寻一些存在的道理。首先觉着这些小报是润滑剂,它给社会机器的很多地方上了油,使它们不那样干燥、枯拉、不长粮食;其次,它使我们周围的生活时时充满一些小小的刺激、小小的悬念、小小的兴奋,使我们有一种处在"时代"中的真实感觉。所以每次看完报纸,我都情不自禁地想用动画片里小女孩那种嗲乎乎的腔调说:我真的学到不少东西哎!

人有各种各样的活法,找一样"疯"事,陶冶陶冶性情,钻研一些学问,增加一点收入,为自己和别人发些光热,未必不是个上好的选择。朋友,你也去"疯"一回呗!

1992 年 12 月 10 日发表

自在的境界

于广西地质博物馆内见一巨幅照片:广西象州热水村,热水温度为70℃至80℃,照片上热雾腾腾,居中三位女性,一穿水红靴,一穿皮鞋,一赤脚,各肩挑水桶两只,相貌衣着都似城镇女孩,不同处便是更粗悍、魁梧。热水自流钻孔就在田野里,那三位女性各有神态、姿态:前一女正弯腰接水,水将溢,该女奋力肩起,粗实和力度尽显了出来;中一女正立住了等着接换,那神态便平和、安详得可掬,一望便知道后面必是她的同胞姐妹,是一个大家庭里的手足,没的说;后一女长相似更姣美,正肩扛了水桶,稳步而来,嘴里像正嚼着一样物品,闲适而优雅。三女性合于一处,浓浓便现了一种境界出来,和平安宁又带了自信,也便是讲:这免费的热泉温水,便是大自然赐予我们的,谁也夺不走抢不走。这还不是一种自在的境界?

票号在硬卧车厢之一头,中、下铺及对面的几位都是爱睡安静之人。午间一觉醒来,播音喇叭正连续地播着一些古今中外的优美曲子。钻在毯子里半刻不动,心心相印地去聆听那些极优美的音律,意识里闪出来些往年的生活片断,往年的哲情哲理,往年的悲悲喜喜,往年的一件缠绵的牵连。我便想那丝丝乐乐都是咋样出来的。都是打生活与心的最底处流淌出来的呗,都是在一些季节最动人时幻化出来的呗,都是与那永不相见的明眸的一碰之间闪耀出来的呗,都是手拉着手儿欲别难别、欲分不分时呜咽出来的呗。听到情至了深处,心叫它抽动得颤颤。

那中、下铺及对面的几位,似也都正张着眼默默地听呢。这还不是一种自在的境界?

广西南宁微雨,小雨濡人,虽在寒暖难定的3月,低的纬度已早早地给了此地以春情春思了。微雨中漫行街头,也是一种舒坦,是一种神采飞扬,是一种儒雅、鲜活以及轻松。街角边一排卖水果的广西妹,有十数个,面孔都黧黑,额头都较突出,嘴唇都较丰润,神态都较热辣,各人面前是一堆水果,有菠萝,有芒果,有沙田柚。路人有来的,便热热地招呼了;路人有去的,也不计较,也不失望,也不恼恨,都是一种玩儿的心态,并不把生意的好坏、买卖的输赢、收入的高低押在哪一段累人的生活上。她们袅袅地立成一排,有前倾的,有后仰的,有左顾右盼的,各取佳态。小雨略大了些时,那些妹子便都取了给顾客装水果用的塑料袋,有红的,有白的,有橘黄的,有淡蓝的,各套在头上,嘻哈地乐,凭空给街市增了不少热度。这还不是一种自在的境界?

六安路口那清真小饭店,是铁皮搭盖成的一方口乐之地,面积不大,饭菜的生意似也不太好,若干年前,我们进去吃过一回,无非是红烧牛肉、羊肉汤之类,米饭也是凉的。却有一样拿手的买卖——卤牛肉,每至下午五六点钟,我们于街口对面办公的楼上,便嗅到那一阵阵极诱人的香气。打窗户望出去,那铁皮饭店的小卤摊旁,渐渐围了些主顾,来来去去,绝无冷清的时候,直至售完为止。上班的我们,被那特异的香气勾引得难禁,早没了工作的兴致,赶忙收拾了,也加入那围购的人里去,隔三岔五便掷几块钱与那老板。那店里的老板,30来岁的男人,个子也不高,面相也不奇,话语也不多,看他没有特点,却又摸他不透,只觉着他有了某些方面的声誉了,人也深了,也就胸有成竹了,也就神秘莫测了,也就不好战胜了,也就前景难测了。以前那价也便宜,每斤5块多钱,卖来卖去卖了好几年,渐涨到6块多钱、7块多钱、8块多钱、9块多钱,现在逼近10块了,却还是有人围住了买,热腾腾一锅出来,倒在砧板上,香飘四方。也还是那位老板,30来岁的男人(有40了吧),个子也不高,面相也不奇,话语也不多,买卖却经年不衰,生财有道,便愈觉他不夸张不变形的动作里,前景难测、神秘莫辨了。这还不是一种自在的境界?!

这自在的境界,便是安之若素的境界了?曾于湘漓分界的滚水坝处,望见那样多天南地北、花红柳绿的游客之中,有一当地乡间的老翁,穿着也不甚好,背又极驼,高不过三尺,挑了一大捆柴火,于游人相机间涉水穿行而过,无半分自卑自弃,亦无半分的失态不得体,径自涉水穿行而去了,哪怕有五七双眼望他,哪怕有一两对猎奇的游客闲人拿彩照摄了去。这自在的境界,便永远地留在心底了,挥之不去,挥之不去,永远地留在心底了!

1992年

变　　化

不知是因为什么,我现在的习性有了很大改变,以前不喜欢的,现在逐渐都喜欢起来。比如下厨做饭做菜,20世纪70年代后期在农村插队时,我已经学会了基本的食品烹煮法,但那里食品单一,经济拮据,又完全不讲究不提倡美食,加上远离父母不得已而为之,所以标准仅仅维持在做熟的水平上。古人有句话叫:君子远庖厨,或者我真是个君子了,或者我是想"当"个君子,或者只是想偷懒,近10年来我一直采取远庖厨的政策,敬而远之,淡而远之,避而远之,也为之吵过架拌过嘴,或在某种压力和环境下勉强为之,但终究非出自愿,心情并不愉快。

但现在我的这一痼习,却在不知不觉中有了改变,其实真讲不出个缘由来。我经常在写作或读书的间隙到菜市去,买一些肉食回来(我喜欢吃肉食,说穿了也就是一种花钱的欲望),特别是鱼,买那种五六两一条的,一次买回来五六条,每天中午都兴致勃勃地下厨去烹上一条,由着鱼在油里煎炸,我却举目透过厨房的窗户,去看窗外明媚和暖的秋空,心里感觉这样的境界也甚是高远,其中也有无数及无穷的内涵,也有无数、无穷的哲理的境况在里面,这正应了一种观点,叫思想无处不在。我现在煎鱼已经很拿手,在饭桌上我感觉良好,自认为我的烧鱼技术已经超过了妻子,真是不好意思。我是个现代人,古老的"君子远庖厨"的观念已经离我而去。

对于家庭养花养草,我以前也甚是不屑一顾,虽然我对农业、林果、植物一类的一直很感兴趣。但是从1990年下半年开始，也许是因为我有了一个离地十几米高的阳台的缘故吧，我开始注意起家庭养花来，并且有一种疯狂劲，当然我现在刚开始接触它们，水平还是很初级的，大都在草本的圈子里打转。我先是从熟人、朋友家里调剂余缺，到了朋友家里，我首先注意的就是阳台，如果可能，我总要搜刮一点，不论好坏、雅俗，一概来者不拒，多多益善。继而我又从花鸟市场购买，碰到喜欢的总要想方设法买下来，但这只局限在我的经济所能承受的范围内。有些花木售价五七十、一二百，我知道他们做这种生意都是大刀宰人的，我不去上大当，只上小当，好在我的爱并不专注，方向性也不强，不会死钻在哪一种植物上。我也喜欢买花盆，经常到花市去转，既然去了，出来时多少就得带一两个花盆回家，这好像又是一种毛病，是想获得一种花钱的愉悦，因为那些花盆有时并不需要，我们家放钱的抽屉业已告急，但我是真心地关注它们，对它们有兴趣。文人的这种陈腐，又被我沾染上了。

对秀丽风光、旖旎山水以及各文物保护区的文物、文字、建筑等等，我以前一律不感兴趣甚或反感，虽然每到一处我也去参观、观光或浏览，但那仅仅是为了"到此一游"的虚荣或为了某种礼貌而已，我觉着那都实在清软无当，毫无力度在里面。现在我的这种观念也在迅速改变，对那些文字、文物、古建筑，我现在颇感兴趣，并必加以揣摩和观察，结合自己的一星半点知识，从中得到乐趣和收获，它们现在很容易融化在我的血液里，被吸收掉，并且成为我的世界观的某种营养。那些山清水秀的所在，对我也产生了吸引力，秋天我到舒城县的晓天去，晓天在大别山里，老街犹存，也算是山清水秀了。我在那儿边休息边写作，没想到效果十分好，工作和生活都显得轻松多了，身体所承受的压力也小多了。

从上小学开始,我就喜欢读外国文学作品,后来上大学读得更多,大学毕业后也是只买译作,国内的文学作品,尤其是当代的,所购甚少,看电影盼望有译制片,看电视钟情于舶来品。从1990年夏天我在杏花村读《水浒传》开始,我发现我的趣味正在发生极大的变化,先是重读《水浒传》《三国演义》和《西游记》,继之又读《聊斋志异》《儒林外史》《镜花缘》《老残游记》和《封神榜》。读来读去读上了瘾,虽然未必就是一口气从头读到尾,未必就能讲出什么来龙去脉,但那兴趣却提上来了。现在每到一地,必去书店搜购这一类书籍,见到《荧窗异草》《淮南子全译》《尚书全译》之类,一定会毫不犹豫地买下,甚至又看过了头,连《麻衣神相真本》《地理全书》《白话神奇推背图》《痣斑命相大会》《中国古代民间方术》《风水源流》等不知为精华还是为糟粕的一类书也一概购进,充实我的书橱。

我正在一天天不知其所以然地改变着自己的喜好、兴趣以及观念,为什么呢?我不知道。也许是因为我老化了,也许是我逐渐改变了我以前的一些坏毛病了,也许是环境对我的影响占了上风,使我失去某一部分活力而得到另一部分陋习……但面对并且经历这些巨大的变化(对我个人来说),奇怪的是我并不困惑或者迷惘。人的变化、走向和延展都是自然而然的——这大概是唯一的深刻的答案了。

1992年

雾

连续几天都起雾了,每天早上起来都看到视界里湿漉漉的,在合肥,在合肥的冬季,这是一种不太经常见到的情景。昨天在朋友家里吃饭,谈到冬雾的现象,朋友念出了一段气象谚语,前面的几句我都没能记住,只记住了最后的一句:冬雾雨。但昨天是雾后的一天,却并没有下雨,只是一个不很明朗的凉渗渗的晴日,我们对此感到奇怪。不过,合肥的冬季推迟了,推迟到每一年的春季里,成了倒春寒,这是没有疑问的。比如1996年的春节,是公历的2月中旬(大概是17号),春节前后的那几天竟下起了雪,使人对春节的印象更为深刻。

在小城市里,雾的天气有其独到的特色:小街小巷里对面的来人来车(自行车),肯定都是看不见的,只能听到一声声自行车的铃铛响,突然撞个满怀也属正常,因为小城里的人有时候很倔,不去做提前的提醒或警告,撞倒之后,如果力量悬殊,弱者落几句骂就散去;如果力量均衡,那事态也许会有难以预料的发展。

在小城的雾天里,你云里雾里地正常地走着,面前可能会突然出现一片热闹的集市(菜市),犹如海市蜃楼,这都是小城的特点。

在乡村里,雾天给人的印象更深,那是另一种景观:天、地、人、村庄、土路、庄稼、河流、在河堤上行走的人、鸟、田野里一间孤零零的房子、湿乎乎的电线杆、日趋减少的狗吠声、静止的荷叶、潮湿但却一滴水都没有的横沟、古老的石桥、慢慢上升又缓缓下降的土坡、一眼井等等,都会不断显现在眼前,又不断隐去。

　　我想起很多关于雾的事情,在这种时候,我还想起在另一个城市,比如淮北平原上的一个城市,此时此刻是不是也有雾,或者此时此刻的天气情况跟我现在所处的城市是不是一样?我放下笔,拿起电话,接通了母亲和父亲的家——那里是很好的晴天,两地的天气情况很不相同。我放下电话,心里充满了另一样感觉:又听到母亲的声音了。在较远的地方,她的这一部分血肉正在思念着她,也思念着父亲。这种情感有时会像连续几天的雾一样浓。

1992 年

狗 的 叫 声

狗的叫声我以前是很熟悉的,那是在一二十年前,在较小的城市和乡村,特别是在乡村。

乡村里的狗也是五花八门和各种各样的,当然乡村里的狗绝大多数都是土狗,是没有经过基因提纯的狗种,但即使这样,狗的体形、肤色、性情等的差别也是很大的。经常,你在乡村的田野里走动时,会蓦然碰上一只孤零零也在田野里赶路的狗,这种狗大都不怎么吓人,体形较小,畏头缩脑,目光缺乏自信;还有些就是癞皮狗,你一弯腰、一跺脚或吆喝一声,它们就会吓得鼠窜;体形较大和较凶猛的狗都在村庄里,跟人在一起,平时不大露面,也轻易不惹是生非,这是符合一种自然的理性规则的:有实力的东西一般总是在必要的时候才会显示出来。再说,狗只是人的帮闲之一,如果它们不生活在自己的"领地"里,或如果不生活在它们的群体之中,它们无法与哪怕是单个的人相抗衡,村庄以及村庄里的狗群正好提供了以上的两个条件,所以有实力的狗就总会遵守人和狗之间的规则,不会与它们传统的规范发生冲突,在村庄里,它们是勇猛和有实力的。

在较大的城市里,现在只能偶尔地听到玩偶似的巴儿狗叹息般的叫声了。在我们曾经隔壁的邻居家里,有一段时间喂养了一只半尺高的白毛京巴,女主人无事,以它为伴,打发了不少空闲的时光。但是后来有一天,京巴失踪了。据猜测,它是自己跑下楼后找不到回家的路而失踪的。听到这件事后,我在各处走动时,都特别留意有没有这样的狗出现。我曾经两次看到有孤单单地在空地上张望甚至跟着我跑的白毛小巴狗,一次是在二里街文园,一次是在我们楼下的小巷里,但我立刻就告诉自己:不要去管它,它肯定不是邻居丢失的那只,道理很简单,时日旷久,失物也不会再回来,即使它还过得很好,那也早就换了主人了。

女主人是上海下放知青,京巴丢失了,她也带着儿子返沪了,个中的原因,并不是一两句话就能说得清楚的。一年半载后的一天深夜,女主人突然从上海打长途来我家,说她家先生喝醉了酒,在家里又哭又唱,我们是在6楼,她怕他出事,要我去门口听听,如有不对头的地方,赶快敲门进去劝一劝,但如果一切正常,就不用了,因为"他是很要面子的人"。她话中带哭,我赶快开门去她家门口听壁,结果这一夜,以及以后的许多个日夜,均平安无事。自然,她的电话后来也就不再打来。

京巴的叫声,也是很久都没有听到了。

1992 年

岁 月 留 痕

我想起了20多年前在大学里读普希金诗歌、读《叶夫根尼·奥涅金》时的心情。那是我们阅读的一个奇特的方面。普希金长着尖削的鼻子和卷曲的头发,至少从画像上看是如此。他一般给人的印象是一个敏锐、风流、好修饰和虚幻的人,不可能有任何人会把他同中国那种本分过日子的男人联系起来,但从一开始,我就认定普希金是个守信用、讲义气的老实人,不知道是因为什么。

从各种各样的角度来说,普希金的作品都难以成为当代诗爱者的偶像和楷模,乍一看上去,它们是那样直白、浅显和乏味,(经过翻译后)甚至连起码的含蓄都不讲究,就别说其他了。"我们的心是多么顽固/不久以前/我又为爱情感到痛苦"(《我们的心是多么顽固》),这一类的句子显然只能遭到当代诗人的厌恶和唾弃。但是奇特的是,普希金并不是以具体的诗句来侵蚀我们的。我们反复阅读了俄罗斯地图和俄罗斯正在发生的大大小小的社会和生活事件后,就更能感觉到普希金作品,特别是《叶夫根尼·奥涅金》对我们的冲击力量。

20多年前的经验和思考真的能影响我们很久吗?随着时钟的磨损,几十年前的经验和思考也在逐渐摊薄,最后似乎会淹没不见。但是当你坐下来(在一种新材质的沙发上)仔细推敲时,你的眼前会慢慢浮现出一些具体的事物:有毒的夹竹桃(可以入药),暴雨时嘈杂拥挤的大厅,大操场上壮观的拳击训练场面,以及皮肤白白的不戴眼镜的小个子姑娘(她后来成为你的妻子并且现在仍然是你的妻子)……这都是岁月的遗痕,像普希金的诗一样。

             1992 年

处女作和我结识的第一位编辑

我结识的"第一位"编辑是两位而不是一位。那是 1977 年、1978 年,当时我正在淮北农村插队,地点是灵璧县向阳公社大西大队大西生产队。到农村插队之前,我在学校里就开始向报刊投稿了,翻开那时候的日记,上面还有这样的记载:

1975 年 2 月 20 日

昨天上午将两首短诗寄往《文艺作品》,题目是:《公社的抽水机》和《挖河泥》。

今天将小说《雏鹰展翅飞》寄往上海的"红小兵故事丛书"。

我到农村插队是很自愿的,当时最主要的动机是走向社会、独立生活,去实现男孩子的朦朦胧胧的梦想。到农村后,我把自己的时间安排得很紧,白天使劲干活,把自己放在大太阳底下晒,晒黑(本来就不白),晒结实,晚上学《毛选》、学马列、写日记、搞创作,忙得不亦乐乎。

1976 年 10 月 20 日

到今天晚上,《毛泽东选集》第一卷通读完了(10 月 1 号开始)。准备将我认为重点的文章或段落再读一遍并做

> 出读书笔记，但是必须注意一点，就是要联系实际和思想，以期对生活有所教益，成为指导。你有远大的理想和抱负吗？那么请从现在起，学习文字叙述，钻研自己的专业，并做出成绩来，学习生活，即怎样才能生活得更好、更有把握些。

但是到了1977年的秋天，一切口号式的东西突然都离我而去了。秋天正是淮北平原上秋收秋种的繁忙时节，也是一年中平原上景色最美、气候最宜人的时节：高秆庄稼渐渐收尽了，大地一望无际，平和而沉静，柔软的风吹过，该种冬小麦了，田地耕耙得平整而细腻，耩麦的人两三个，在无垠的蓝天下和大地上只是很小很小的一点。我也是耩麦的人之一。有时我负责往耩子里倒麦种，耩子走了我就没事了，我是带着纸和笔下地的，我就坐在田头写短诗。晚上我借用队长家的防震庵子写，点灯熬油，一写就写到夜半更深。写好后，我把抄在会计记账纸上的短诗寄给《安徽文学》，那时投稿免贴邮票，稿件也一定会退回来的。

编辑部很快就来信了，不是退稿，是薄薄的信，也不是一封，是两封：一封是当时的诗歌编辑贺羡泉老师来的，另一封是编辑部的诗歌组长刘祖慈老师来的。他们在信中鼓励我，说我的诗很有泥土、生活气息（当时有泥土、生活气息还算不容易呢），鼓励我继续扎根生活，沿着这条道路走下去，并且告诉我，诗歌已经选留3首，很快就可以发表。

我又激动又感动，两位诗人在我心目中都是很有地位的，他们在20世纪60年代写的诗我读过不少，现在很遥远的名字一下子与我拉得这么近，并且一下子与我发生了直接的联系，真叫人不知怎样才好。

3 首诗很快在《安徽文学》1978 年 6 月号上发表了,编辑给加了个总题叫"田野散歌",作者姓名前加了"上山下乡知识青年"几个字,又做了题图:平原的夜,柳丝拂动,一盏灯以及人像剪影——以后再没有哪个作品发表能让我记这么清楚并且经久不忘了。1978 年稿酬制度刚刚恢复,稿费也来了:20 块钱。我把它们分送给关系最密切的亲朋,那完全是一种奉献社会的精神面貌。

这一年的 10 月,我考入安徽大学,来到了省会合肥。安顿下来后的第一件事就是到编辑部拜访两位老师。第一次去见到刘祖慈老师,他高高的额头,戴着眼镜,皮肤白皙,略胖,谈吐睿智,诗书气甚浓。第二次去见到了贺羡泉老师,那情景也令人难忘:他满首皓发,埋在写字台的稿堆里,留给人很深的印象。

20 多年过去了,我与两位老师一直保持着友好的相通的关系(贺羡泉老师 2002 年去世)。到了三四十岁,有时候在秋天,我一个人静静地想:我这一生有许多事情都已经固定下来,不可更改了,比如标有"上山下乡知识青年"几个字的处女作,比如我所结识的第一位(两位)编辑,比如秋天坐在田埂上写诗的 20 岁的我,比如再也不会重逢的那一年田野上的风和风景……我把它写下来,算是留给自己的定型的纪念吧。

1992 年 12 月 17 日发表

剃　　头

剃头又叫理发,剃头是一种俗称,也是淮北乡下人一种普遍的叫法,原先在淮北农村插队,谁要是管剃头叫理发,大家就觉得他酸得不得了,酸得一坛子一罐子的,听起来不习惯、不中听。可是现在呢,理发的叫法都已经过时了,城里人都叫美发,什么美发厅、发屋、发廊,20世纪90年代还有个电影叫《玲玲的发屋》,听起来嗲嗲的,电影本身却没有给人留下太深的印象。"理发"的叫法却处理到乡下去了,我经常背了小包在乡村土镇上转,注意到这一现象,乡野路边一间临时搭起来的土坯房,也会拿毛笔蘸了黑墨,在粗糙的白石灰墙上,歪七斜八地写上两个汉字:理发,或三个汉字:理发室。剃头的说法只在口头上流传着,也许在日新月异变化着的汉语言系统里,它还不会过早地消亡。

原先在淮北农村,剃头并不是一件很方便的事情,20世纪六七十年代,我上小学、初中时到泗县、泗洪县亲戚家住过,那时候农村十天半个月以上,才有个剃头的手艺人,挑着个一头沉的挑子——一头是个盆架,一头是个小木箱,里头装着胰子及剃头用的家伙——上庄里来剃头。剃头的师傅一般都是残疾人,腿残,点腿,走路一瘸一拐的,"好人"做这个的不多,因为"好人"一般都干重活,都在家里种地,打地里刨食吃,残人呢,残人干不了体力活,那年头又不提倡做小买卖搞商业服务,残人便学个手艺,混碗饭吃,也给生产队减轻点负担。

大多数情况下,剃头的师傅都是队里请来的,队里统一付酬,酬劳没有现钞,都用给粮食,或者先记账,等午收或秋收后一起计算的办法付酬。剃头的赶早到了村里,在队里的队屋旁边,或者在村里的大树底下,摆上家伙,便开始剃头了,庄里一传十,十传百,一庄的男人都来剃头,剃头匠就很辛苦,他打响午剃到晚上,当天剃不完,晚黑在庄里睡一夜,第二天接着再剃,直到把一庄男人的头都剃完为止。那时乡下人图省事,剃头大都剃成个光头、光葫芦瓢,头都刮得酸青,拿手打头前往头后一抹,光滑铿亮,这样干事情不碍事,又利落,头毛长起来也得三四十天。

我在亲戚家时,也被叫去剃过两次头,但因为我是城里来的孩子,因此亲戚不叫剃头的把我的头毛剃完,就剃成小平头就行了。乡下匠人剃成的小平头,两边陡直,形如悬崖,中间毛发稍长些,看起来很精神,但也有些怪异,剃完后跑去跟小伙伴玩,头上很轻,在乡下似乎也很合群。后来高中毕业下放农村,看不上村里来的剃头挑子,就隔三岔五地上县城剃头,县城有一家最大的理发店,里头摆了几十把木头椅子,去的时候也得排队等候,有时等到外头天黑了,才能把头理好。城里的理发店也理的是小平头,理好头出来,脸膛黑黑的,人又结实,碰到熟人,人家都说俺像公社的拖拉机手。

再后来上大学,到城里工作,时代也变了,先流行长发、留胡子,后来又流行大鬓角、风飘头,这些头我都留过,留到后来,留成了现在这样一种最省事的头,也叫不出名字,到发廊时总是跟小姐说,上头打薄,两边剪短。但总是觉得不够短,过十天半个月,头发又长起来了,费事不说,头发还容易存灰、发痒,我一直想再剪一次小时候那种两边陡的发型,甚至剪一次光头。但董静一直极力反对,从不支持,说孩子大了,我这样出去怎么见人,孩子也没面子。前年有一次下乡,行前就想好要在乡下的野铺子里剃一次头,剃得短短的,有少年风,到了乡下,却一直有公家人陪着,怕让人家觉得不尊重,在乡镇的理发铺外张望多次,就是下不了决心进去。另外,我现在比以前清瘦多了,还架了副该死的眼镜,如果再剃个近乎坏小子的发型,还能有预期的那种效果吗?难说!

1992 年

女 青 年

　　女青年的魅力真是无穷。前回出差,住在一个县级市里,那市里的街面上,尽走着些健美的女青年。其实这是当地一个十分突出的现象,本地人生活在其中,看多了,不太觉得,外地人初来乍到,目光清新,一眼就看出来了,而且这是客观存在,又是在大街上,不遮不藏,不由得你不看。倒不是看的人有什么非法的动机和不良的居心,这是正常现象。因为女青年把这座本来不怎么样的小城点缀得光彩了,要是推而广之地讲,外地人看了这景况,有了愉悦的心情,那来做生意的不就多了吗?来旅游的不就多了吗?经济自然而然不就发展了?社会自然而然不就稳定了吗?

　　回到旅社依然是女青年的话题,谈到兴奋时竟争相发言,以所见所闻所历之事实对女青年的魅力加以各方面的论证。其间一个说:有一年他去参加一个会议,与会的同行里有个女青年,二十一二岁,相貌极佳,修养又好,他们在会上认识了,闲谈时互知了老家、家庭、经历等情况,散会了也就各奔东西了,他对她也没有任何别样的想法,但就是忘她不掉,并且对生她养她的那个小县城产生了一种特殊的感情,几次找机会到那个县城去,在各处走动,心里充满了非常亲切的感觉。你说奇怪不奇怪?其实他们之间有什么呢?什么也没有,很正常。

　　另一个说:他有个朋友姓 d,小 d 谈了个女朋友,女朋友长相、为人、家庭各方面都不错,两人感情甚好,恋爱三年,甜甜蜜蜜,人称天生的一对,都觉得他们俩结婚是理所应该、自然而然的事情。女朋友有个同事,跟女朋友来过小 d 家两次,来之前小 d 与她并不认识,第一次来,三个人聊了一会她俩就走了,第二次来三个人又聊了一会她俩又走了,第三次是他女朋友的女同事自己来的,来了跟他聊了一会,站起来要走,对他说:我已经给了你两次机会了,这是第三次,也是最后一次,你决定吧。这太像电影镜头了。女同事走后,小 d 痛苦万分,左思右想,第三天骑车去找自个的女朋友,开门见山地说:我对不起你,我的魂已经被她(女朋友的女同事)勾走了,你多保重吧。半年后与原女朋友的女同事结了婚,现在过得很不错。你说这——人!

再一个说:有一次他到一个县里去采访,被采访单位派办公室里一位女青年陪他到一个下属部门参观采访半天。那女青年 20 多岁,皮肤很细白,也落落大方,一路上既做主人又做导游,使他受益匪浅。回来的时候正好路过她家家门,她就提议上她家看看,认认门,喝口水。到了她家他就觉得她有些异常,当然后来也就过去了,他们喝了半杯茶,就出来往单位去,走在路上她说:你信不信算命的? 算得还真是那么回事,昨天有个算命的,当着许多人的面,说我跟我丈夫过不长,过不到 33 岁。我跟我丈夫前些年经常为一些小事吵架,好几次闹到要离婚的程度,不过现在好一些了,算命的说那个勾我魂的人是从什么南昆仑过来的,你看灵不灵! 他吓了一跳,因为一个女青年要是当着一个男青年或者男人的面说以上这些话,那可不是闹着玩的,况且从他住的城市到小县城,中间确是隔了一道小山,并且当地人都叫它南昆仑什么的。可惜他第二天就按原计划离开了。

又一个说:有一次到云南昆明,参观云南民族村,在傣族竹楼里,看见楼里的傣族(也不一定是傣族)女青年,都体态窈窕,相貌娇美,且又都穿着近地筒裙,十分迷人。他们对那筒裙很感兴趣,都想给家里的夫人带一件,便拦住一位女青年,问她筒裙是在哪里买的。女青年小嘴薄唇,说不是买的,买不到,是自己做的,很简单,问怎么做,说买一米五长的裙料,缝成筒形就成。他们还是不懂,又问怎么穿、怎么做,那女青年含笑摇头,意思是说他们笨,不开窍,接着立刻动手从上往下解裙子。开始他们心里惊得怦怦直跳,这阵势他们还从没见识过。女青年边讲解边示范给他们看,讲得平平静静、仔仔细细,你想人在这种光明磊落的坦荡面前,还能产生什么邪念,那就真没有公理了,那社会也就真没救了。讲解完毕,女青年穿好筒裙,拜拜再见,他们肃然起敬,一直目送她走出竹楼。

这一晚上谈兴甚浓,举以上几个例子就可窥其一斑。女青年她们都是一种什么样的物产呀,她们润滑了社会,使社会的肌体不致粗糙、爆裂,她们对社会有一种抚慰的作用,她们才是正宗的真、善、美呢!

1992 年

"个体"初记

　　这些年断断续续接触了一些个体户,大都是见了面一场酒之间即以朋友相称,过后却很难再度相见,绝大多数都是一次性的。他有他的搏斗,我有我的"事业",隔行如隔山,天涯海角,萍水相逢,即兴投机,分门别类,众生芸芸,沧海一粟,并不要求承担什么,或烦琐地维持着,一次性地结交、收入或者付出,合了商品经济浪潮中新型人际关系的一种,多么轻松而且潇洒呀。

　　偶尔地来了,又偶尔地去了,并不是不留下些微的痕迹的。四年前我们去一个体户家参观,那家沿街靠路,有一栋三层的楼房,分设餐饮部、住宿部、商品部,后面又有一个很大的停车场和汽车修理厂,而且这修理厂很快又要与外资联营,将再建一栋大楼,一个大停车场,这家业也够大的了。交谈间那老板说:摔摔打打十几年过去了,我悟出个道理来,要干小事业你得有一帮朋友,你得靠这帮朋友出力,要干大事业你就得有一帮敌人,事情干大了,敌人自然就多了,敌人多了,就促使你把事情干得更大。这些话我写入一篇小说里去,有时在家间饭桌上谈起一些切身的人和事,自然想起这段话,觉得它是真理,是血汗的经验,在卧室里是想不出来的。

　　个体的经营者也扮演着双重的或多重的角色。有几个推销药材的,其中一个坐火车到云贵去,行程几千里没有座位,钻在座位底下过了两天两夜;另一个遭到当地痞子的围打,腿上被刺了两刀,钱被抢去3000;再一个女的,大热天带3万块钱上河南做生意,路上不太平,钱捆起来放在裤裆里,到地方钱都腥臊难闻了;又一个,发家初期,每天骑自行车驮四五百斤货往乡下跑,日晒雨淋,风刀霜剑,30 像 40,面相粗黑,皱纹又深又长。多多少少都发了些,有发得多的,上个月我们见了一个,他家在县城有一处大宅子,两进院,后院一栋三层楼,楼里装修都是当地最贵的,大理石墙面,水曲柳地坪,红木家具、健身房、电器之类不用说。酒酣耳热时,他执意要我们从他家打长途电话出去,打到哪里、讲多长时间都行;他家浴室比一个小厅还大,马桶盖部分包金,按摩床是特制的。他又领我们看他的枪,摆在床头的有五支,猎枪、小口径步枪之类,抽屉里有一抽屉子弹,有猎枪子弹,据说一粒就能把人头炸光,有小口径步枪子弹,有手枪子弹,都成包成盒,抽屉里还有自制的手枪,还有刀具,又拉我们到院子里看墙壁上的弹洞。另有一个也挣得多了,在当地盖了一个四合院式的大楼,里头吃喝玩乐一应俱全,专雇了两个人烧菜做饭,端盘子上碗;出来进去的两个女人,一个年岁大些,是他原配老婆,另一个年岁轻些,粉妆黛眼,关系颇为暧昧。赈灾抗洪他捐了些款,地、县都有纪念物给他,他都放在大大的客厅里的显眼地方,省、地、县的领导来过,他都叫人照相、录像,照片放成巨幅,挂在明摆着的位置,来人就看录像纪实,边看边讲解,颇为自豪踏实。一晚上他输过 5 万也赢过 3 万,天南地北他都跑过,名片本有半抽屉,名片有数百上千张,各行各业,各色人等都有。

  我见到的这些,其实并不非常特别,据说还有一些,是我们想都想不出来的。到这些"朋友"处,吃了,喝了(我们只有白吃的能耐),说了,走了,年深日久,发现竟也有相当的收益,不是别的,是对社会的感受和了解。不几天以前到一个县去住了个把星期,突然发现那里挣钱特别容易,见到的每一个农民,都说他家每年收入多少多少,收入五七千的最多,收入一两万的也不少,这才知道所谓的"万元户"早成一个中性词了,也可能我是掉进万元户窝里,产生错觉了,也可能现在钱贬值得很了,又可能是社会发展得真快了,不像我们经常埋怨的那样了。总而言之,往后得常出去跑跑了,见多识广,也好随时调整自己的思路和计划,也好想法子给自己留条后路,也好在出门上街公干行走时心间有个数,别犯了与社会的发展不协调的错误,丢了自个的面子或其他,概言之,跟上时代走吧。

1992 年

1993年

穿 城 而 过

有些经历是永远忘不掉的,哪怕微不足道。

大学期间,有一次我从外地回合肥。

回到合肥时已经是深夜两点多钟了,公交车早已没有,出租车之类的连想都不用想,那是20世纪70年代末,还不时兴这些玩意,再说即使有,我也不会去坐,身上银两无多,更重要的是没有那份雅兴,我的兴趣在穿城而过,走回学校去。

脚立刻就走动起来。那纯粹是一种年轻人的步伐,年轻人的状态。整个空旷的但却灯火通明的大街上,阒无一人,我独自雄赳赳气昂昂地往前走,大冷的天,我却走得浑身发热,痛快极了。我从平常人来人往的商店、公共设施跟前走过,现在它们都关门闭户或冷清万分了,整个城市都在沉睡,唯有我一个人豪迈地穿越着整个城市,就像天将降大任于我一样,我的感觉和心态都好极了。

我穿城而过,海阔天空地想着所有的一切走回学校。在一个多小时的行程中,我的心时时激荡不已,片刻也没有平静过。

那是多么微不足道的一次小经历、小体会呀,但我总想起它,想起我年轻时候的那种心态、那股气势、那种爆旺的生命活力。我想,不管到了何种年月,我都应该保持它,我都应该对自己说:呆子,你穿城而过吧!

1993年

语言,真是个奇怪的东西

语言真是个怪东西,特别是汉语言,它总能无穷尽地造出许多令人为之击节的游戏来。

这次大学毕业十周年聚会,老师又给我们讲"屡战屡败"和"屡败屡战",语序变了,含义也就不同,其中妙处令人惊叹。

我在乡下跑时,看到一家叫天然居的小饭馆贴了一副对联,叫"客上天然居,居然天上客",这可能是以前的哪个文人想出来的,其实也是语序变换,一个是从前往后念,一个是从后往前念,意思当不一样,还有一家称作"世界大书店"的铁皮棚乡村书店也有副对联,叫"世界大书店,书店大世界",与"舞台大世界,世界大舞台"等都有曲径通幽处。

语言还有幽默和警醒之例。报上曾登过这样的标题:睡眠越多,寿命越短。经济越热,裙子越短。前一例是模糊语,叫人不得要领,但看了就叫人打个激灵。后一例自包含了许多经验。我看到这样的标题后,依稀追忆前些年"经济过热"时的街头女郎形象,可不是真的,超短裙不就是那些年流行起来的吗?但那毕竟是过去之事,记忆也常做不了证,好在目下经济又在升温,今夏我们站在街头可否检验出女郎裙裾之短长呢?

1993年1月1日发表

这年头,头值钱了

以前总是固定地到一个理发店理发。我的头不值钱,档次低,理一次八毛钱。坐上椅子,眼一闭,随他(她)理去。大多数时候,理完了回家,家里人没反应,我提醒说:我理发了。家里人才往头上看,说:理不理差不多。如此这般,过几天我还得再理,又花八毛钱。上理发店的频率过高,也烦。

终于就推成了个小平头。省事,又长得慢,对理发员们来说,技术也不复杂,不管好坏弄短了就行,不用费心耗神,还惹顾客挑剔。

但价钱却涨上去了。理个头,一块六。咱又不是那种喜欢讲价问价的人:不好意思;谁叫你主动送上门来的,人家好好的又没请你。干脆,下次换地方,不叫她"宰"。

下回真换了个地方:新潮美发的。进去了,设备是好点,墙上尽贴着美妞,屋里香香的,手也软软的。5分钟下来,好了。还是小平头,值钱了,两块五。出来走在街上,想:凭什么就两块五?设备好,但带不走;美妞美,也只能看。或许这就是行情,算了,小平头就是小平头,低档货,玩不出什么花来,下次还上老地方理去。

下次真又回了老地方。5分钟下来,两块八了。出来走在街上,手在头上摸了又摸,想起了庄周梦蝶的故事:是头值钱了呢,还是手艺值钱了?又或还是钱不值钱了?真叫人糊涂得可以了。

1993年1月2日发表

我想去卖雪糕

又到了卖雪糕的季节了,楼下的女孩子像去年一样,重又竖了把阳伞,坐在大冰柜前,她的肤色依然白皙,面孔依然美丽,动作依然娴熟,但谁知道她的心里发生了怎样的变化呢?

她的生意依然好,天热的时候更好,人行道上走的行人,下车的旅客,骑自行车的人,放学的中小学生,都会掏出钱来买个清凉的,她的冰柜前总是顾客不断,有些时候,比如天气特热,赤日万里,她忙得简直不亦乐乎,都快忙不过来了!这时就有个帮手,年龄比她还小一些的女孩,来帮她处理那些急着要花钱的顾客。她的生意是多么好啊!多么令人羡慕!

令人羡慕什么?羡慕她赚钱的速度呗,也是在我们楼下,有个冷饮批发点,那墙上明码标价,机器猫每支8角,冷狗每支8角,花脸每支4角5分,批发点离她的零售点,不过100多步,而她的零售价呢,机器猫每支1元,冷狗每支1元,花脸每支6角5分,她每天能销售多少支,外人真难以计算的,这赚钱的速度还不令人惊讶吗?以前在一个偏小些的城市,听我妻子说,她有个同学的妹妹,一个夏天光卖雪糕冰棒,就买了辆日本进口的摩托车。一个夏天,两三个月吧(现在延长了),令人羡慕吧!所以我出来出去,看见那女孩的生意,禁不住时时萌发去卖雪糕的念头,卖一个夏天的雪糕,至少能为我赚来一台家用电脑吧,那时我再写起所谓的小说来,还用吭哧吭哧又写又抄,费现在这样大的劲吗?不过话说回来,要是真能用别的法子赚很多钱了,我还会来写稿子吗?

　　赚钱的又何止是卖雪糕,经常我们在家庭饭桌上议论做生意赚钱是多么简单、容易而且快捷。我经常背个小包到农村去,农村的小吃摊那生意也太简单了,你会做饭就能开小吃铺,最简单的还是在集市上下面条蒸大馍的。大馍谁不会蒸?以前农村家庭都大,哪家隔三岔五不得蒸几锅馍,供一家人吃几天的?就把家间蒸馍的玩意拿到街口,热腾腾地蒸上一锅,倒在一个馍筐里,自然就有赶集的农民兄弟来买。要么就买几筒挂面,不要好的,标准粉的就行,食客来了,问:"吃什么?""有什么?""面条。""来一碗。"把水浇开,撒几片菜叶,一筒挂面抽几根,下下去,熟了,盛出来,行了。"多少钱?""五毛。"一筒挂面四五毛钱,一筒挂面能下四五碗,赚不赚钱?简单不简单?容易不容易?

　　四五月份,草莓熟了,草莓是时鲜货,城里人都知道它的营养价值学,郊区的人都种,郊县的一个区还大面积种植,时候到了,草莓下来了,无形中在桥头附近形成一个批发市场,一车一车地来,一筐筐地批,价钱不定,时高时低,但大致上差不多。好点的,大的,鲜的,批发一斤一块五左右,小贩批发了,屁股一转,当场零售,两块、两块二一斤,一斤净赚五七毛钱,卖完了,转脸再去批,批来了再去卖,你说赚钱不赚钱?简单不简单?容易不容易?鱼市场有卖泥鳅的,两块六一斤,问她:"泥鳅是野生的还是家养的?""野生的。""哪有这么多野生的?天天卖也卖不完。""都是附近各县来的,到时候到车站迎去,批来卖。""批时多少钱一斤?""一块五六。""一天大概能卖多少斤?""几十斤呗。"几十斤,几十块钱,车站也不远,火车站、汽车站,转眼就到,买来就卖,大概不需要太多的技巧。从昆明坐火车到上海,我结识了一个浙江农村在昆明做服装生意的小伙子,小伙子年岁不大,24岁,问他上学情况,他说上到初中,问他买卖的事,他说容易,问他会不会赔,他说卖衣服,包赚不赔,问为什么包赚不赔,比如衣服卖过时了不就赔了,他说:"过时的衣服有过时的人来买。"就这一句话,我觉得他了不起,他读的书可能少,但他对生活的悟性绝对不差,我顿时觉着自己很白痴。还有卤牛肉的买卖。我们曾在杏花村住过一段时间,邻房来了个卤牛肉的,每隔一日拉一板车牛肉来,洗了,弄了,煮了,放一作料,便是卤牛肉,当时市场上鲜牛肉两块多一斤,他买得多,又是"下脚"之类的,正经大块肉不多,想必买时更便宜,块把钱一斤足可买进,去去损耗,两斤变一斤,等到卤菜摊上,七八块钱一斤,赚不赚钱?简单不简单?我妻子卤出来的牛肉,我觉得也很独特,口感也很好,这买卖我们不也可以去做?

也议论过多少回了,也眼红过多少回了,甚至我们还议论过星期天没事,把家里积存的各编辑部寄赠的刊物拿到市场上去卖,盘盘点点往乐观里计算也能卖它个几百块钱够一两个月花销的了。议来议去也都只是饱个口福,要真讲实践,下海,那还拉不下面子,吃不了那份苦,做不了那许多牺牲。那贩鱼的贩虾的我也见过不少回,在女山湖、瓦埠湖、正阳关、南照集都见过,五更起来,往湖边赶,饭是甭想吃热,觉也甭想睡好,天热了冷了,雨了雪了,赶了去,讨价还价,吵了骂了,成匀了,再死往城里赶。那零售的呢,零售的批发来了,全在市场里,整天守着,半步不能离开,来买的有说价高了,有说个头小了,有翻弄一气半条不要的,难听你也得听着,气你也干气,吵架还影响生意,寒来暑往,腥味一身,家也顾不上,社会地位也不高,又没有半点特权,乘车的车票也没有保留的必要和乐趣,挣几个辛苦钱,苦不苦?

那些卖草莓的小贩,也是"半偷半摸"的样子,随时怕工商税务的来了收他们的钱(当然他们应该按规定纳税交费),又怕天太热了,草莓转眼都烂了,又怕天不热,怕天气阴雨气候不好没人来买,又怕街头忽然流行一种新口味,他们只好失业,又怕在一起的同行太多,草莓供大于求,价格暴跌,挣几个辛苦钱,容易不容易?再说那在外地做服装生意的,初到时人生地不熟,各关各卡各种好汉都得低三下四地喂熟,喂熟了也只是一时熟一事热,碰到另一件事,在另一个时候,面孔又变,旧"情"不认,又得喂,拿钱在堵,永无止境。那街头时不时有些"二叶子",寻个岔,找个事,打自个老婆的主意,便得找个"黑道"的靠山,就找了当地最厉害的一个,最有势力的一家,学过什么什么功夫,连当地武警都不是对手,隔几日请到店里坐一时,好茶好烟好酒好菜好话,女人还得笑脸相陪,又怕中央政策变,政策变了,经济迟滞了,那买卖做得比吃屎还难,又怕刮大风下大雨连晴20天连阴20天,火灾水灾等等,有几天安稳日子过?这也不简单,不容易啊?!

  话说到这份上了,干哪行,容易?看起来容易,做起来难,又有个人的脾性,又有社会环境的限制,都容易,又都不容易。不过还是有个思想准备的好,真该上了,什么苦都能吃,什么福都能享,什么钱都能挣——这才叫男人啊!

1993年1月发表

摸　　奖

不知哪根弦绷紧了,从不摸奖的我,也随大流去摸了20块钱的奖。

在对号处一张一张地撕,一张一张地对,从未摸过奖的我,把钱扔到水里去了,连水响都没听到。

但对奖券带回家里收起来了,因为全部奖券对完后,还有二次开奖,说不定我的机会,在二次开奖里呢。

隔三岔五总得绕过去看看,一两个月了吧,摸奖处一天天都在,但摸奖的人却一天比一天少。

锁了车子去问工作人员:什么时候二次开奖呢?工作人员说:奖券售完了就开奖。问:什么时候才能售完呢,照目前这样的冷清的售法?工作人员说:那就靠你们的大力支持啦,你再买几张,他再买几张,售完了就可以开奖了。

我不上他的当,转身走开。但心里盼的,是别人都能去买几张,售完了,就可以开奖了,我的机会,说不定真在第二次开奖里呢。

1993 年

粮票退休了

粮票退休了,卖大米的地方真正地多起来了。离我们家不远的一个巷口里,就新开了两家粮行。

前些时候在一家粮站里,凭粮本买了 40 斤大米,没想到是个虫的世界,买回家放在橱子里,橱子里爬满了米虫,每次烧饭都得淘个三遍两遍,再用开水烫上一遍,烦死了,气死了,也好不容易吃完了,又到买米的时候了。

和妻子一块上街,脚不由得就到了老粮站门口。老粮站门庭清寥,人迹几断,全失了往日排队闹哄哄的场面。人都还有恻隐之心,报纸上总讲粮油市场的公私竞争,生意都叫私家挣去了,公家这些人也是人,也得吃、喝、玩、乐,在这种时候,我们自然同情弱者,另外,也说不定还能买到些俏货、巧货呢。

进了门往里去,七转八磨才找到售米的地方。人还是那几个人,面孔也依旧,爱答不理的。转眼我们就出来了。到私家米店,挑挑拣拣买了些白生生的大米回家。不知可是贵了些,但花钱既买了米又买了"尊重",何乐而不为呢?明儿个米吃完了,还是那能挑拣有人"侍候"的地方去——我这是用"户主"的身份在说话呢。

1993 年

有奖电影晚会

卡拉 OK 有奖电影晚会？没见识过。买票一家三口去看看呗，正好又是生日，改革开放了，新事物大量推出，做个历史的见证人，蛮好的。

真买了票进去看了。几个歌手，业余水平都还可以，摸奖时却总摸到边座的。影院里三五百人，边座的票不卖，是明摆着的。三等奖摸了，二等奖摸了，一等奖也摸了。领奖人只一两位，其中之一正坐在我们前排，领过奖了，他电影也不看，出去走了。我心里纳闷，暗想：奖也不是什么大奖，小玩具、绒毛狗之类，还不至于兴奋得连 5 块钱的电影都舍弃吧？说不定这里头真有些什么机关呢。

晚场的电影还好，镭射的，除去画面模糊些之外，声音挺清楚的；美国人，也都讲着一口蛮像样的普通话。

1993 年

孩子是我的老师

　　孩子是我的老师。孩子在出生前就做了我的老师,关于孕期营养、胎教、染色体、夫妻心理变化等许多知识都是在这一阶段学来的。孩子出世了,会笑了,牙牙学语了,学步了,长牙了,自己做游戏了,孩子莫名其妙地对着电视画面发笑了,孩子到处跑了,孩子知道有意识地闹人并且开始明知故犯地"讹诈"父母了,孩子上幼儿园了,孩子识字了,孩子知道世界上有好人、"坏人"了,孩子长到妈妈的大腿高了,孩子上小学了,孩子对老师的表扬和批评很在意了,孩子德智体全面发展但开始对自己的时间太少发牢骚了。孩子回家告诉我们一些笑话和幽默了:她说某位老师布置写日记,有个同学回家翻看了家长的《鲁迅日记》,于是他的日记内容许多天都只有三个字:晴,无事;她又说有个学校组织学生去参观长城,参观回来写作文,有个孩子成绩不好,写不出来,交卷时卷上只有一句话:长城呀长城,真他妈的长!……孩子成长的每一个阶段我都能因此而获得许多相关的知识和感受,使我像成长的孩子一样逐渐丰富并且成熟。孩子,是我的老师!

1993 年 1 月 18 日发表

阳光里的书

我看见一本书打开来放在阳光里。

阳光里的书真暖和,因为现在是冬天了。初冬的阳光使人陶醉,又使人振奋,阳光总是在寒冷时才最好。

我走过去看那本书。我拿起书从翻开的那一页读下去。阳光照在书上以及我的身上和脸上。

是什么书,什么内容,也许并不重要,重要的是由一本书、冬天的阳光以及一个人的平稳的心境构成的平衡的状态。

1993 年 1 月 20 日发表

红 芋

我买回来一些红芋,把它们放在米饭里蒸熟,女儿吃得津津有味。

我已经有十几年没有很像样地吃过红芋了。20世纪70年代中后期我在淮北农村插队,那时候在冬天红芋是很宝贵的,是主食,一煮就是半锅。

现在的小孩吃红芋只是图个新鲜。这种对比有些忆苦思甜的味道。但这是一种时代的回味,也许不值钱,但确有其滋味。社会总是由这些不同的"口味"组合而成的。

只有红芋永远新鲜而且甜美。

1993年1月20日发表

雪

早晨起来,窗外全白了,原来夜间落了雪了。

但雪不够大,薄薄的一层,盖在屋和楼的顶部。树上白干着的呢,只是零星的片断,半冰半雪的状态,风一吹过,它们就跌落在地上,复化为水,从街头人们的脚隙间流过,流到不为人们所知的地方去了。

城市的桥头有人在看雪景。雪在这儿落得似乎繁密些,塔松都白了,如西画的凝乳般的风景。河滩上无事的老人开垦的菜地,半青半白,若青若白,都呈着一种鲜亮的颜色,一片片地延伸了去。

观景的女孩子也都是红唇皓齿呢。她们着了瘦腰身的小羊皮靴,身上裹着流行的宽线条的包装,楚楚动人地站着,或小鸟依人地偎着,或淑女般慢慢从风景前飘过。她们的来或者去,都像雪天里的一个梦,梦给这个雪天里的城市增添了一份温馨的幻觉,人都在雪的梦里呢!

暮晚从朋友家归来,破例的,去的时候没有骑自行车,回来时一步步地从雪的迷蒙里漫归。打着一柄5年前买的黑色手动折叠伞,把自己裹紧在动物的皮里。城市的灯都亮了,一团团昏黄迷蒙的光。牵着我的手,带我回家。偶尔的一个曲子还在雪夜里轻吟:爱上了一个不回家的人……但今天晚上,下着大雪,你也该破一个例吧,爱着你的人,正盼着你轻轻的一声敲门,然后是无言的相偎,在飘着雪的冬夜里。

一个男孩子,站在街头默默地不语,前方的十字路口,正亮着红灯。

1993 年 2 月 10 日

女儿的老师

女儿从上幼儿园到上小学四年级,已经有过许多老师了。她的老师大多是女老师,女老师细心,待孩子又温软亲切,所以女儿对她们也亲近得很。曾经有一段时间我们把女儿送到一个单位的幼儿园里,中午我们都回不了家,女儿就在幼儿园里跟一位刚结过婚的老师到职工食堂打饭吃,那位老师也是因为家远回不去的。她们俩说说话、做做游戏,度过中午难挨的几个小时,直到其他孩子下午到来为止。

女儿小学的班主任也是位女老师,她们俩的关系好像处得特别好。上一年级时女儿看起来还是个小不点,学校放学过马路回家,小学生们都排成队走,老师拉着女儿的手走在最前面,汽车来了,她们一挥手,汽车停住,她们都一溜烟地跑过去了。有时候妻子送女儿去上学,半路上碰见了老师,老师立刻取代了妻子的工作,领着女儿,亲亲热热地走了。

女儿的老师中也有些很特别的。曾经有一段时间,天气很热,妻子中午回不来,我每天中午和女儿在家里吃饭,女儿就讲她们班一个临时代课的老师的故事。

上课时有个小朋友伸舌头,老师鼓励他:使劲伸,伸长了我们当滑梯玩。

有个小朋友上课没带作业本,哭了,许多同学都举手,报告老师:老师老师,他哭了,他哭了。老师说:他哭了喊我有什么用,喊我抱他?以后你们要这样说,"老师老师,他哭了,你抱抱他吧"！同学们都笑死了。

孩子们太喜欢玩。老师说：好，我以后要把这门课改成游戏课，你们回家把我的决定告诉你们的爸爸妈妈，你们的爸爸妈妈肯定会说"太好了，这下你们可以玩个痛快啦！多好的决定，多好的老师呀"！

老师说：你们写作业时可以故意做错一道题，然后请你们的爸爸妈妈检查、签字，如果他们检查得不认真，就检查不出来，这是对他们的考验。

临时代课即将结束，老师搞"民意测验"：让孩子们选举他们最喜爱的老师，每人只准举一次手。现在的孩子多聪明、多成熟呀，虽然有点为难，但他们知道该怎么选。结果她只比班主任少了一票。选举结束，老师高兴地说：没想到我代你们的课才这么短时间，你们就这么喜欢我，我很满意！

1993 年 2 月 19 日

粥

粥,在我们淮北平原老家那里叫稀饭,稀饭的做法及用料实在很简单,或者米,或者玉米面,或者米加红芋、麦面加红枣,甚至麦面加上红芋叶子,都能煮成稀饭,喝上去唏唏溜溜的,很有趣,也很有乡土味。

以前有句话,叫"忙时吃干,闲时吃稀",那是因为粮食匮乏才提出的口号,稀饭里粮食的成分少,不压饿,也难以产生高热量,农闲时维持人的基本机能,农忙时却顶不上去,在体力劳动者的食物结构里,它恐怕只能归于"假冒伪劣"中去了。

粮食多了的时候,特别是鱼肉太充盈、酒席太丰盛的时候,祖先们应时发明的稀粥竟也能显示出它扎实的功底,总是听到从盛宴上退下来的人们,用一种发自内心的声调说:谁想出来吃谁是孙子,山珍海味哪有家里的稀饭好吃! 真的,稀饭是素食类,长久吃下去除了叫人感到有些馋外,绝不会令人腻歪,也不会令人发"吃饱了撑的"一类有发嗲嫌疑的慨叹,稀饭总还是朴素的呀。

稀饭还有和胃的功能,十人九胃,因为吃进去的东西太多、太杂,有时也太贪,或不怎样检点,因此大家的胃都不怎么太好。这时吃点稀饭,软软的、半流质的,款款而入,温文尔雅,不争不抢,也不必计算吃亏占便宜的事,胃就觉得很和气,很舒坦,人的饮食文明也能体现在这里吧?

粥的文明和文化还体现在它的品种和品种的数量上,平常我们总是想：稀饭能有什么花样呢？不过二三十种吧，吃吃也就腻歪了。后来看到一本滋补养生的小书，里面介绍了五六十种稀饭的做法，有我们常见的菠菜粥、花生粥、枣姜粥、红薯粥，也有我们不常见或从未见过的鲤鱼赤豆粥、桑耳糯米粥、鸭汁牛乳粥等等。真是不看不知道，粥的种类如此丰富，窃想，谁要是开个粥店，专售各类稀饭三五十种，那就冲着对粥文化、粥文明的新鲜、稀奇和崇敬，也会有许多人登门品尝的——粥店老板准能发财！

1993 年 3 月 15 日发表

向妻子隐瞒些什么

意识里总觉得做丈夫的应该向妻子隐瞒些什么,虽然妻子是最亲近的人了。

在外面打麻将输了钱不要告诉妻子,哪怕只输掉两根香烟的钱,妻子也会把它膨胀放大几十倍来看,因为大多数妻子并不支持丈夫在外进行此类娱乐活动。你的输钱,不论多少,都会增加妻子对家庭的责任感、忧患感,同时也增加她的脾气。反过来你告诉她你赢了两根香烟的钱,撒个无伤大雅的小谎,这件事就过去了,你们一如既往。

但其实大多数情况下我们并不故意向妻子隐瞒什么,我们大家都是根据自己的环境、经验和习惯行动的,没有通行的准则,书上和报上的必读之类也并不重要。在最亲密的家庭一切都可以公开,都可以谅解,都可以在玩笑中化重大为轻小,化神秘为无关紧要,都只能成为夫妻感情的催生剂。而在那些危如累卵的家庭里呢,公开是困难的,而保密又更加危险,一切都在弦上引而待发。在那种情况下,书本和忠告,又能值几分钱呢?

1993 年 4 月 9 日发表

三 月 花 事

3月就该有许多的花都开了吧？最显眼的是油菜花,黄黄的,车行途中,眼里常有些鲜黄的片断闪过。但3月油菜的花事大约才只是开端,还远没到最盛的时刻,最盛时也许要到3月下旬和4月上旬,那时再往田野里来,它的主人般的自信,就将是铺天盖地了吧？

另一种黄色的花儿是迎春。在我父母的院子里,有两株迎春,不大的个头,也不显铺张,却都开满了黄灿灿的花儿。一夜过去,黄灿灿的花瓣落了一地,枝枝丫丫上的花朵却并不见少,枝上、地上,都是花,整个还处于冬末状态中的小院,都光灿灿、金黄黄有了亮色了。

还有些早勤的蜂子被吸引来,都正盘旋地绕着迎春灿烂的花事飞呢。

1993年4月15日发表

返　　回

"返回"指从外面回到家中,这样的次数难以计算,每次都有一种期待、希望或者祝愿。"返回"还指从外地回到家所在的这个城市,这么多年,出出进进,有时心情轻松,有时情绪沉郁,没有一回是完全两样的吧。

返回是某种过程的终结。人所说的叶落归根、亲情如海、故土难离,说到底都是这么个意思。返回是对家的走近,是对亲朋好友的走近,是对一种熟悉的气味的走近,是一滴水跌落并融化在海洋里。人看起来很大,看起来像能够成为世界的主宰一样,但其实人很小,人只有在返回之后才踏实并且真实起来。

像一首歌里唱的,一个人"想要有个家",大约就是想要有一种返回的自由和踏实吧。返回的自由和返回的权利其实真正是一种温馨、一种幸福,能够自由返回的人都在自然寿命的轨道上滚动着自己的生命。

疲乏和劳累时我们思念着"返回",哪怕是10分钟的松弛。经常看到有些在报纸的热闻版上玩累了的人儿,婉转地陈述着对返回的渴望。他们总是被过程的流水线卷起,没有终结和暂停,甚至连认识一个陌生人,注意一下他的目光的机会也被限制了,他们的心情到底是怎样的呢?

1993年4月16日发表

我所挚爱的生活

　　春节大团聚,妻子和孩子都去了淮北老家,留我一个人在合肥看门守户,收东拾西,看看电视,雨中去街上买回来一摞书、报、刊,在极暖的被窝里拥读不倦。忽然来了兴致,悄悄出门入站,乘将午的一班快车去淮北、宿州。时值大年三十,车上人影寥寥,看报抽烟呆望,又与邻座一疏齿带小孩之集镇模样的男人互换报纸阅读。这趟车似是为我们几位闲客而专发,再无往日的拥塞、骚乱、晚点——这车却站站早点,皆提前离站,到淮北、宿州,暖暖两餐。初一搭车返肥,又巧遇那集镇模样疏齿带小孩之男人,两人相认,尽皆惊讶,世界真如此之小乎?悠闲至庐宅,又是看报、看书、看电视、接电话,卤刚带回来的牛肉、猪肚之类,夜深暖暖拥被睡去,春节与立春并行而去。——此即我挚爱的生活。

　　工作之余,三五轻松好友,间或你来我往,尽聊些双方感兴趣的话题、人物,小开三五个玩笑,闲坐三五十分钟,对抽三五根香烟,各饮三两杯清茶,说走即走,要留便留,全无一些个应酬、交际的包袱,轻松随便,离工作甚远。忽又约好了,星期六上哪家玩儿去,对老婆只谎称有朋友请吃饭,要晚些回家。一玩玩到第二日早晨,归家必遭几声训斥,此时只消倒头便睡,家里空气定趋和谐。只要不玩女人,偶尔朋友间轻松轻松,小输小赢,老婆自然不会往心里去,这点自由还该是有的,男人嘛。——此即我所挚爱的生活。

经过摸奖点时常闻爆竹响,亦亲眼见有人将彩电、冰箱弄走,不觉心间奇痒难熬,便瞒了老婆,去伸头排队买了3张兑奖券。手捏兑奖券,心头忐忑不宁,去旁人腔后喘气定神,便对着大树上挂的中奖号码,一点点地撕出那兑奖券的号。撕时心想:得了彩电当场便换成现钞,彩电我家有了,要两个岂不浪费?若得了双门冰箱,我拉回家把家里那单门的处理掉;得了自行车就推了去孝敬老婆,叫她凭空里高兴一家伙;得了音响就给女儿。慢慢地都撕扯开了,都写了无奖、无奖、无奖,手气真是臭极了!慢慢便又稳定了情绪,心间虽气得骂娘,表面上最好不表现出来,表现出来丢人,再说身旁左右的人,得奖的能有几个?手里头狠狠撕碎那几片纸,牙缝间恶恶骂谁一句,偏腿上车,骑行三五分钟,心绪便又好了。——此即我所挚爱的生活。

星期天与女儿闲游环城公园,春时正好,红日高悬。突然发现柳丝都爆芽了,便折了些柳丝细看,心里很是兴奋,如自己一得意之作发表且又获奖一样。突然又发现草已青青,芽泛绿,便与女儿坐在草地上观新芽嫩枝。突然又发现旷林里有狗、猫、鸽、鱼、花、杂货市,便去游看,看了各种狗,狼狗、哈巴狗、猎狗,看了各种猫,波斯猫、杂交猫、土猫,看了各种鱼、各种花、各种鸽、各种书刊、各种小巧物件。忽抬腕看表,已午间11点半了,妻在家怕早已做好可口的饭菜了,忙骑车带女儿回家,问女儿星期天过得高兴不高兴,女儿说,下星期还来好吗?——此即我所挚爱的生活。

某次去乡村小住,暑热未退,夜间正背门对烛写字,忽一人直掏腋下,啊呀惊跳起来,回看时却是个陌生小伙。那小伙忙道歉说认错了,昨晚他一同学住此,没想到今天换人了,即请坐寒暄几句,却同是文学爱好者,颇投机,聊至深夜。第二日我又回访,于乡村小镇上散谈,并听树上大喇叭里的文学节目。两日后他骑车送我去另一乡镇,饮酒一场,再后便书信往来,缕缕不绝,想来真是充盈了某种玄机。——此即我所挚爱的生活。

某日骑车上街,心间烦乱,情绪甚劣。忽一年轻人超车而过,在我车头前借另一车夹我,我忙刹车,险些栽倒。我恼火至极,便脚下用劲,从后面超越,超车时亦如法炮制,借另一车夹击他。恶气稍出。正得意间,他忽又超越,借又一车夹击我。我气急,见他虽年轻,但形体小于我,面相也枯,且车后座夹了本什么书,怕比我还呆,欺软怕硬的心态便出来了,张口冒出一连串污染言语。那年轻人尽闻,减了车速,偏头看我,像是要与我动真的,却又掉头直行而去。我自觉有了面子,转往一岔街去,脱离了那般状态。慢慢骑行,心间堵物尽释,悔意便生,暗想人家与你何隙,做这种恶事,得,下回一定改正,上街只当书生。——此即我所挚爱的生活。

拿到一张稿酬汇单,数目还不少,嘴里不说什么,脸上却能看出来,心里那个得意,一晚上都兴奋,啰啰唆唆讲些不相干的事,醉翁之意不在酒,为钞也。第二日一家三口上邮局取款,故做无所谓淡漠状,由老婆孩子去取,自个在街头热闹处闲站。闲站时望见的人也都异样,男人都一般化,绝不如自己,姑娘女孩都可爱至极——心情好,有底气使然。取了钱来,也是厚厚的一沓,实实地塞在兜里,先打心间谢谢遥远的那编辑、刊物,而后便伴了老婆孩子往最时新的精品店去。一家人春风满面,至少此刻如此,走动时腿都比平时有力,兴奋劲能持续个三两天呢。——此即我所挚爱的生活。

我所挚爱的生活无非常人常志,亦即平民之衣食住行、吃喝拉撒、喜怒哀乐,或阴暗,或气狭,或大众。心性却又时时不甘寂宽,想着往非常人的地方去。年深日久,光阴去来,渐有长进,渐无长进,彼此相加相减,也便构筑成我的人生:虽无光怪陆离,但也斑驳夹杂,略有品头。尽足矣!

1993 年 4 月发表

凌晨返家

　　偶尔在朋友家娱乐,不觉迟了,凌晨才得返家,这时间一般在凌晨3点至6点,正是大众酣睡的佳期。我踽踽一人,骑着连铃铛都不响的破自行车,在城市的街道上穿行。年深日久,也积了十数次穿行的经历,其间见闻,匪夷所思,与常人对春、秋、冬季(夏季除外)凌晨旷街之想象,并不等同。兹照录数例如下:

　　某冬夜,某女子高攀于大桥拱架上,朔风如刀,拱架离地十几米,无遮无挡,我老远即见她端坐于拱架上,又完全知她不为哗众取宠,身上顿起一层鸡皮疙瘩,嗖嗖骑车而过。疯子?神经?寻短见者?明日早晨不知将有何种新闻爆播于市。

　　某冬夜,某女立于临街的一栋住家楼下,破口大骂。停车聆听,渐知这楼里一个"野货",勾了她的男人,这几日两人野合甚欢,因此前来叫骂,骂她个不要脸的小女人。骂声如流弹,飞入百姓家。那栋楼上无一处光亮,亦无一人搭理。骂者空对黑洞洞的一片窗眼,似不知疲倦。这都不怪。怪者乃如我等闲杂人员,凌晨三四点了竟也能聚成二三十听众,散落街道两畔做旁听旁观者。窃想:不知他们都是做什么做晚了,或其间有偷人者也说不准呢。

　　某冬夜,奇寒,一路长行不见半个人影。行至某路畔,忽见一馄饨摊,热烟袅袅,摊旁扎了五六辆自行车,生意竟正红火。甚奇怪,街上无行人,食客怎来此?怕正应了一句俗语:有水便有鱼,也甭管是什么水。同理,有馄饨摊便有吃馄饨的人,也甭管时候早迟,天气暖寒。拿学哲学学来的一个术语讲,这两者相互依存,没有吃馄饨的人,馄饨摊就不存在了,因为卖馄饨的人都饿死了;没有馄饨摊呢,吃馄饨的人天底下便再找不出一个,因为原先吃馄饨的人都改行吃面条、水饺了。

某春夜,花香溢面,清气宜人,一条大道笔直宽畅地往前头去。老远便见了一对恋人,分走于隔离栅栏两侧,走几步便缠绵一时;或手拉手,或嬉打,或做些别的小动作。我心间好生奇怪,又不是吵了嘴了,何必分走栅栏两侧,人为制造一种悬念、一种离情别绪?不过这倒也别开生面,正属恋人品格。自行车咣咣当当地过去了,过去了我便留意路旁栅栏,何时才有出口。直骑了有半站路,才有——那两人的游戏,还能玩不短的一会。

某春夜,步行返家,公共汽车早已停运。忽一摩托跟上,隔着栅栏,问要不要送。我反问:送一趟多少钱?答曰:五块。我摇头,径直走。摩托紧跟不辍,言:四块。仍摇头,径直走。摩托离去,数十秒又回,言:三块。仍摇头,径直走。摩托再离去,数十秒又回,言:两块半,不能再少。仍摇头,对曰:实话实说,今夜手气极差,身上只剩下五毛。摩托疾驰而去。径直走至四牌楼天桥,见天桥下聚五六个摩托手,都是打夜食的。我油然而过。

某秋夜,凌晨三五点。正骑行,忽一辆特型车,不知为警、为医,或为消防,老远尖啸而来,转眼又尖啸而去。想想似无必要,夜阑更深,无人挡道,你往前开便是,何必弄那劳什子,搅得眠中人不安。且除我外亦无他人观睹尔之威风,岂不浪费?且我又为一见多识广者,轻易激动不起来。也罢,习惯之一,能理解,能理解。于我倒无劣处,我一人骑行,正寂寞得慌,有一种声音陪伴,哪怕不甚入耳,也强过没有呢。

　　凌晨返家,异于常态,见常人所难见,乃社会又一面矣。

1993 年 4 月发表

活　春

春天一到,不知怎么的,人心里就痒痒起来,就蠢蠢欲动。从2月开始,许多主意、许多打算都冒出来了,许多想法也都要绚烂至极了。但2月还远不能提供适宜人的温度和环境,于是就在坐卧不安中等待,等待想象中的某一天。

天暖了几日,又冷了几日,又暖了几日,再冷了几日,到3月了,到3月中旬了,再一个冷日过去,天似乎真就暖了,厚些的衣服穿起来感觉有些不合时宜了。风愈吹愈狂,都是暖风,一个人独坐时,怎么也坐不住了。于是想法子挤出了一个半天,往乡下去了,到了乡下,在田野的一个拐角,坐在某个田埂上,叫田野的风尽量地吹拂,手里拨动着才发的草芽,听一种听不见又似听得见的声音飘来又飘去。往枯水的河滩去,在阳坡上躺倒一个小时,任它什么尘埃杂音都随风去了。心里想,人咋就不能活出哪怕半天的潇洒来?人就得整天陷入一种被动和应对中?人就不能给自己一个机会安排一种自己适意的生活?更加半分都不顾地兀自躺着了,看云、看天、看阳、看柳丝、看风、看人影、看狗动、看屋形、看鸟飞、看野草梢、看自个的手指、看河水、看湿泥、看一个人来了又去、看一个物件追逐另一个物件、看油菜花渐开,什么都看,单单不看自个往后的路、往后的日子和往后的生活,是着意让自个轻快些,往后是它自己的事,往后有它自己的安排,省下一份闲心,看云、看天、看阳、看湿泥、看水草、看物件、看除了往后的一切,不是最好?

真的就是最好了,是奇妙的最好,人就活过来了,活出一种大度、大量、大适和大形,往哪里一去,别的活出来的人都会讲:那人真正地活过来了,活出一种大度、大量、大适和大形来了。那真是一种奇妙的好,最大的一种奇好,真是活出来了。

　　在真正的、好好的、奇奇的、妙妙的春里活出来了,活出一种大度、大量、大适、大形来了,真正的好！真的是最好！

1993 年 4 月 15 日发表

停 电

　　停电好几天了,正像女儿说的,停电有停电的好处,停电改变了我们的生活习惯,使我们发现新的生活天地。比如晚上看不成电视了,我们只好听收音机,无意中就调到了合肥电台的《快乐电话》节目。《快乐电话》真的给了我们许多快乐。首先,主持人海萌的声音就使我们着迷,它使我们沉浸在青春朝气和时代的音调之中,使我们获得一份温馨和柔情。我一边听一边想:人都有快乐、开心的时候和事情,那么我的快乐和开心是什么呢? 我的快乐和开心是坐上了长途汽车向遥远的一个从未谋面的异地进发? 是捧着世界地图寻找一个解体的国家或热带海洋里有许多黑皮肤姑娘的岛屿? 是躺在秋阳倾泻的房间里读20世纪40年代一位爆红的女作家的小说集? 是听一位长相很丑的歌星演唱的撼动人心的歌? 抑或是很冷的天妻子傍晚带回了热气腾腾的蒸卷子? 星期六在街头买回了一沓新闻和逸事? 回家的路上看见街边的树上挂着成排的咸鸭子? 没事时去参加一次邮品拍卖活动? ……其实我想快乐和开心就是活着,就是在人群中活着并且努力去生活,一切的快乐和开心都会给我们以充实和满足,一切的不快乐和不开心都会被风吹散最终从枝头落去。

　　停电了,停电叫人"开心",停电真有停电的好处呢。停电叫我们发现新的生活。

1993年1月20日发表

骑自行车旅行

"骑自行车旅行"这个题目,对本文来说也许并不十分贴切。以前我在一个较小的城市中生活时,经常可以骑自行车出城下乡,那叫"旅行"还比较凑合;现在生活在一个较大些的城市里,骑车出城下乡有一定的难度,因为出城的路本身就挺远,吭哧吭哧的,还没出城,人就已经骑累了,兴趣也没了。但人都有一定的适应性,到哪儿说哪儿的话,骑自行车到处跑的爱好丢不掉,既然不能出城下乡,那就在城市里转圈好了。于是没事就骑了自行车,在城里大街小巷港口码头地转。敢这么说吧,那些老本地都没去过的地方,我都让车轮滚过了。这其中的乐趣使人沉迷而且陶醉。

在城市中旅行你可以发现新鲜新奇的东西,以前你自以为熟悉了但可能恰恰相反。在码头附近有一个小饭馆,名字写作"犇羴鱻",我想路人不认得的肯定居多,赶紧记住了,回家查字典,从此更深地体会到中国人做文字游戏的精巧和独到。初夏的傍晚骑车经过一条偏僻的小巷,小巷两边尽是老平房,住家的门都大开着,许多人在门口吃饭,白米饭,雪里蕻烧肉丝,香味弥漫在小巷里,家庭的温馨气氛使小巷如梦如醉,骑在车上慢慢过去,平民生活真叫人留恋、羡慕。天已经黑了,从郊区的一个地方掉转车头折回,郊区清冷,月亮出来了,正像一首歌里唱的:月亮月亮圆圆的脸,月亮的脸儿在改变;月亮的光照在郊区的这一片地方,照着匆匆回家的人,也别有一种滋味在心头。

在城市里骑自行车旅行,你还可以在工厂区看到无数的人上班下班,他们迥异于乡下村子里的人,他们是城市的基座之一,他们中不乏英俊的男孩和极漂亮的女孩,你会惊诧为什么他们没能走上银幕或歌坛赚大钱,却窝在一个三班倒的地方,也许这就是我们常说的"命运"吧?在城市中旅行,你还可以闯入正在施工的新的生活小区,这小区是国家建设部的样板小区,住宅建设选用了新型建材,冬暖夏凉,与一般住宅相比有2到3度的温差,也就是夏天低两三度,而冬天却高两三度,这不就相当于半个空调吗?一楼和顶楼还有特殊的设计,凭空就可以多出一个小间来,这是多么令人欢欣鼓舞的好事啊,从此一楼和顶楼也就该有人争了。在城市中旅行你还能看见短时间就过去的事情,曾经有一些农民开着小四轮拖拉机进城,到政府门前要求减轻农民负担,天气很冷,突然又下起了中雨,农民们本来已经在街边的人行道上铺了薄被准备睡觉了,现在他们只好把被子裹在身上任冷雨浇透,很快来了一些公安干警把他们带到汽车站附近的来访招待所去。站在路边只看了他们十分钟的形状,就觉得到现在为止不管谁叫苦叫怨叫得再响,最苦的还是农民兄弟;十分钟后路边已经恢复了常态,像什么事都没有发生过一样。

在城市中旅行你还能发现小巷尽头有一棵老杨树,老杨树上聚集了在城市中难得一见的雀群,它们密密麻麻地聚在树上,吵嘴般地叫着,为城市的这一隅塑造着一个独到的风景。在城市里旅行你还能听见各种各样的叫卖声:馓子——哟!卖煤球哟!酒酿——米酒!麻酱——豆腐卤!……这全都是用方言喊出来的,跟别的地方不一样,这些方言的吆喝都有一种本乡本土、故乡故土的意味。二三十年后,你或者已经在大洋彼岸或另一头生活，别的事你都可以忘却，但难忘的也许正是这些无心插柳、无意记挂的吆喝声，它们会突然冒出来，提醒你故园和祖根的往事，使你的血流改变方向！

1993 年 4 月 27 日发表

卖 杂 志

这月的工资花冒了,花到二十几号,花不出来了。两口子商量对策,决定把编辑部寄赠的杂志拿出一部分来,上狗市卖了去,或能解一时之急。

各地的编辑部,对我还真可以呢,多的时候,每月说收不收的,竟也能收到一二十份呢。现在做生意不丑,第二职业嘛。到星期天,两口子带孩子真就去了。

其实,狗市上人比狗多。狗市只是个叫法,做各种生意的都有。找一处闲地把杂志撒开了卖。有人来翻翻,走了,又有的来翻翻,又走了。来了走,来了又走,一减一等于零,这之间没有任何差额和利润,价值规律在我身上竟然不起任何作用,奇怪!

卖到小半晌午,心里等得发毛,想想平常自个是怎么当顾客的:怕人家不开张,价都讲得少,掏钱买了就走——今个怎么就没人回报回报我呢?

两毛钱一本统统兑给了小贩,得 8 元。三口人转到僻静处,掰着手指头算:冷饮 3 元,水果 3 元,修车 3 元,三三见九,今天上午的赤字是:人民币 1 元。

1993 年 5 月 8 日发表

一个人的桂林

　　桂林是个好地方，人都说好，那山、那水、那情境，在中国这不小的地面上，就难再寻出另一块来。先是我们这个采访团到了南宁，在南宁的一个地区博物馆里，见着了图片的和关于岩溶峰林地貌的图片和文字介绍，后又到了柳州，那也是峰林地貌，鱼峰山、莲花岩，也都是有名气的，叫我们开了眼界。再往后便到了桂林，仍是我们一群，轰轰烈烈的，先看了象鼻山，又看了七星岩，又看了芦笛岩，又看了漓江、阳朔，又看了叠彩山，又看了大大小小的景观景点。那感觉却就倦了，或许这是观景不如听景，观景是实的，无想象的余地，也无选择的余地，也无神秘感了；听景却是虚的，任你把那材料剪来裁去，放大缩小，添光加色。又或许真是身在景中不知景，就如买一件衣服一样，于一片劣服中，乍窥得一件半件中上的衣裤，眼界瞬间一亮，那印象与感受好些时日抹不去，若满店满街衣物新潮，面料亦金贵，那就难辨个突出的好的来，倒还会以为满世界都有这种"平常"的东西呢。又或许是那景观景点处处涌动着人流，都拖男带女，都大包小包，都假服装假民族咔咔的照相声不断，叫人觉出了做派的劣痕或凡人生活的一种慵倦来。又或许是我们这一路嚣嚣嚷嚷，群聚活动，也看得累了、听得累了、吃得累了、唱得累了、玩得累了、应酬得累了，因为这许多的累，便对这桂林山水有所淡漠了呢。

　　于是便寻了一个机会，偷去了街上，自己抬手要了辆车，自己掏钱给那位师傅,自己花钱上郊外的一个地方去(好长时间没有自个掏钱了呢,自个掏钱也值得留恋?也产生一种快感?),车便往郊外的一个我所从未有思想准备的不知其名的地方野了去了。春天真好,空气真清新,身上是好轻松好轻松的感觉。我一个人,自己的钱,自己的时间,自己的打算和愿望,自己的决定和判断,也是自己的心情,这心情也是许久未有了吧。车便一路野了去。手儿一指,车便下了大公路,上了较小的一条公路,两旁尽是些天竺桂、夹竹桃之类的植物,喧嚷的人声渐就去完了,心也真的静下来了,便随意指了一处地方停住,请那师傅略略地候一会儿,自个任意地往一处山峰下去了。

那些山峰都真是拔地而起呢,笔直高耸,枝枝节节,苍远得很。峰下都是田地,有麦,有开着黄花的油菜,有零散的大约是叫杜鹃花的那种花,花儿粉红,也还有小片的草地,都在峰根左近的石柱、石块间。这里极安静,游客的恼人的嘈杂声半点也闻不见了,田地间的个别的农人都如远古就凝结在那里一般;山峰也更是静了,每一峰都显了一脸的苍老和褶皱来,也都显出了时间来。我各处都转一转,又坐于峰根下,四面看了、听了一刻,那一刻便真是彻悟了一般,觉出血都凉了,起不来最小的波纹,觉出这偌大的桂林、桂林的石峰间,只我一个人在了,又觉出这偌大而俊秀的桂林山水,都成我一个人私有的了,那一刻我摒弃了千千万万的别人,摒弃了千千万万的年代与历史,把整个的桂林都拥在我心间了,桂林是我一个人的桂林了。

憨厚间只剩了一副脑力在那儿有知有觉,脑力慢慢地幻化出了不沾边的一件往事来。20世纪70年代在农村插队时,被抽到县知青办搞过材料,材料搞完,知青办设了晚宴为我们几个搞材料的送行。宴时分两桌,领导一桌,我们一桌。宴中,我们这一桌自然轮流去给各位领导敬酒,说几句好听的,为以后的前途铺路子。大家都说得还可以,其中却有一个邻县人,父亲是一家医院的司药,他不知是紧张还是怎么的,去了说:"各位领导以后生病,拿药来找我。"我们都为他捏了一把汗,领导谁愿意生病?真生病了谁又上邻县他老爸那医院去看?真去看病谁又会去走一个司药的后门?15年后的今天想来,还替他揪着心,捏着汗。也真是,人不到不得已,谁又会把那样一张牌打出来呢?也真是难为他了,真难为他了。他现时又在哪里,做着什么样的事呢?他活得还自主吧?

如此痴痴地待着,也不知过了几辈了,也不知换了哪些年月哪些时代了,也不知气温高低了几回了,渐觉着自个凝固成了一根峰柱,血都疙疙瘩瘩结成疤了,面相上也甚是苍远、凝重了。

1993 年 6 月发表

开　　会

　　我现在是越来越怕开会。原先在生产队时,那时开会——且不论内容如何——都是土言方语,坐唱念打,活泼得很,务虚的东西又少,都是实打实,种了,怎么种,谁上这块地,谁上那块地,收了,怎么收,牛怎么安排,马怎么安排,卖了,哪个哪个去粮站,哪个哪个在场上。务虚也不是没有,一件事翻来覆去地谈,床上床下,几杆烟枪,想睡你照睡,想讲你讲,虽然拖沓,但那总有个情趣,插科打诨,也不太觉得累人。后来在政府部门工作,也是三天两头开会,不过政府的会比较好开,首先你得记住你的身份,不能说不该你说的话,得适宜,说话的内容自然也多为八股式,不能随兴发挥,不能偏离政策和策略,好在文件上规定得详细、全面,不用你费心,说话也就不太累。后来到了文艺界,发觉文艺界务虚的会特别多,起初的一些会,总是很认真的,会前打打腹稿,会上认真听别人的发言,再补充调整自己的腹稿,临到自己了,正正经经地说出来,无论如何,起到一定的效果了,很满意。

　　开着开着,觉得不对劲。怎么不对劲? 觉得没用处,不像生产队里的会,那是个实体,开过了,第二天在田野里就实施了;也不像政府的会,过过形式,下面就遵照执行了,不管好坏对错,做了些实事。这些会不行,总是相似的面孔,总是相似的措辞和腔调,总是虚而又虚,空论些不沾边的事,论完就完了,皆泛泛而论,论点又不集中,叫人把握不得要领,久而久之,便开木了,连发言的兴趣也耗尽了,去参会,只是到场充个数,至于发言,不到万不得已,绝不张口。

那开会时又做什么呢？实践出真知,时间长了,无意中形成几点习惯。其一为抓紧时间公关,身旁左右的邻座,大家也不常见面,或者刚认识的,便俯首低语,从家庭到单位,从朋友到兴趣,无所不谈,一个半个会下来,对两个人有了新的认识,结成了新的友谊,或竟办成了一件私事,这不蛮好？其二为抓紧时间读书读报,一到会场,先找报刊之类,觅一角落,埋头读去,一个半个会下来,一本杂志读完了,几张报纸阅尽了,也有不少收获。其三为呆若木鸡,若会场不便私语,又不便阅读,便坐端正了,两眼发直,盯住一点,不及其余。不管场上出现什么情况,主持的更换、发言者的接替,或其花絮,我皆呆若木鸡,如入无人之境,正所谓熟视无睹、置若罔闻,这也不容易。我感觉这是中国"功"的一种,一个半个会下来,身体的功能似乎都变了,受益匪浅,并且有利于会场秩序:我是最安静的,不烦躁,不惹麻烦,不乱走动,多好！其四为恍恍惚惚,这是我常用的一招,也是我功夫最深、意境最高的一招,一般人学不去,恍恍惚惚,似听非听,人笑我也笑,人静我也静,人叹我摇头,人怨我义愤,可惜全然不知所笑为何,所静为何,所叹为何,所怨为何,灵魂已经出窍,漫游而去,出了会场,飘曳空中,或仙山琼阁,或沙漠荒野,或繁华都市,或为男,或做女,或政,或商,或文,或武,或情节曲折,或故事恬淡,或素心静意,或异性往来,坐在那里,看起来是个人,其实不是人,只剩下躯壳,那些笑、叹、愤,与我何干,那都只是条件反射,是为应付会场而专设的程序,毫无感情与情绪在其中,这不很有意思？

这稿写完了,发不发还得犹豫,若发了,又被人见了,下次再开会,就不灵了。正恍惚间,正呆若木鸡间,主持人话头一转:"许辉,他刚才讲得对吗?""嗯? 对,对。""什么对,脚气灵治青春疙瘩,对?"满场哄笑,我岂不尴尬?

那就发在外地,外地人不知许辉为何物,批评都找不着对象。

1992 年 6 月发表

出门在外

旅居闲扯。一旅友说:"文革"期间,淮北人皆清苦,其时进口日本尿素,袋为化纤布料,上有印刷品汉字,很是紧俏,得袋者多为大小队干部,拿土颜料草草染了,做成衣裤,耐磨耐脏,颇风光,有身份。社员编新打油诗道:干部干部,八毛线做条裤,前边是日本,后边是尿素。又说:染黑的,染蓝的,就是没有俺社员的。满室人皆言妙。

参观归来,于车上议。一人说:淮北盛产民谣,"文革"及"文革"前每每披露于《安徽日报》,扩散至全省乃至全国,《安徽日报》便是《淮北日报》。邻座一汉补充道:便是《淮北农民报》。

一旅友出售又一打油诗,道:"革命小酒天天醉,喝坏了党风喝坏了胃,喝得老婆感情退,夜里睡觉背靠背,老婆找到纪检会,纪检书记说:该喝还得喝,不喝也不对,我也是三天两头醉。"议道:此首新打油诗,便是首句"革命小酒天天醉"一句最为佳妙,此句又以副词"小"字最绝,既不可改,也不可代,"小"中含:谦逊、踏实、满足、小康、得意。革命群众真有无限的创造力!

偶入上海明圆讲堂,内里正换皈依证,法名皆有规律,如:陈杏娣居士法名妙杏,廖菊英居士法名妙菊,赖芳其居士法名妙芳,等等。

旅闲又聊,一旅友说:昔日下放农村,牌瘾上来,冬寒无电,四人以棉被裹腿,腿上置玻璃板一块,板上再置煤油灯,于板上摔牌,皆不敢乱动,动则灯翻板打。摔至日出方才收灯。另一旅友说:农民语言丰富,下放期间,某一队之长进上海开洋荤,归后人问:上海咋样?答曰:楼高得掉帽。

至某地,领导出来会见,互做长篇寒暄介绍,甚倦,又不得不做刻录状,便随手乱写:小昆大坏蛋,许辉来此一游,窗外飘过一南国姑娘,等等。当地领导忽介绍到一反革命标语,皆惊醒,竖耳聆听,慵意尽扫。

某地史料载:20世纪20年代,某部队开群众大会,敌机飞来侦察示威时,群众高呼口号,敌机慌乱中坠毁,机上三人,一死二重伤,枪弹被我军缴获。

某地质队队史载:某矿区老探井被草遮盖,测量人员在工作中掉入12米深的深井中,井底有一吹风蛇不想咬他,可他已被摔成腰椎骨折。又载:某矿区分队队部夜晚雷雨大作,黎明时队部背面的石灰岩山体隆隆滚下一块七八吨重的巨石,巨石从车工黎某的房间穿越而过,冲倒油毡房的木柱,木柱倒下压在黎某小孩的床上,小孩受重伤,已成残废。又载:1976年,驾驶员××急送病号上医院,一小孩奔跑横穿马路,被后轮轧死,真是越急越见鬼。又载:1966年,某矿区为纪念毛主席畅游长江,组织到左江游泳,财务人员抢先跳入江中,就再也没有起来,畅游活动只好改成追悼会。

广西田林产"麻雀多鞭酒",配料为:麻雀、各雄性动物之鞭、大米酒。

车由南宁去百色,路畔有一招牌,上书:月亮弯弯de酒家。

广西某旅游商店售红漆楠木棺材,长短不一,价格4至40元不等,曰:"官财",上刻"升官发财"四字,据说颇受欢迎。

广西人名:林炮,秦好俩,韦炸。桂林某游船上一女工作人员姓名:黄六干。

宴,上一盆炖牛鞭,味甚佳。某女士边吃边问:此为何物?主人答:青春肉。

昆明某地质单位厕所门上有圆珠笔字一行:吾家柜内银钱如身上跳蚤越捉越多。

1993年6月5日发表

宝　义

　　早春三月里一个大晴的日子,独独的一个人,我远离了省城,来到二十几年前我插队的地方。我是坐火车到县城,又坐汽车到乡里,在乡里的一个旅铺歇了一晚,早晨太阳出来时,步行着踏上我十分熟悉的田野的。

　　但是宝义不在了。宝义是怎么死的,也许这不很重要,重要的是宝义不在了,一个活生生的人离开这个世界了,离开我们了,离开村庄了,虽然不认识他的人感觉不到他的离开,但他到底是离开了,不存在了。

　　在家庭的闲适气氛里我经常提起宝义。我说宝义是地主的儿子,他老爸是在20世纪50年代被镇压的,但宝义本人是在红旗下长大的,他经常戴一顶帽檐耷拉着的旧军帽,穿一件自家缝制的白粗布无袖小褂,笑的时候露出不整齐的黄牙齿。我插队的第一天是宝义赶着牛橇接我到生产队的。他穿一双旧雨靴在冰雪里蹚,而我却坐在干干的滑行着的牛橇上。后来他告诉我铡草省力的窍门和快速搓绳的技巧,我还在隆冬腊月吃过他家的煮红芋和腌萝卜。

　　20世纪70年代末,我离开了房顶冒着白烟的村庄。20多年了,我第一次回到我插过队的地方。我是一个人,我的时间也有点紧张,我不想惊动任何人,只想从田野里穿过去,在村庄的附近看看村庄,听几声狗叫,然后就离开,去赶我往后的路。但是我在村庄外面的田野上碰到一个挖土的农民,他的带有泥土气息的面容我有点熟悉,于是我走上前去跟他说话。

他一点也没认出我来。我的变化是这样大吗?我随便问问村里的情况,这样我就知道宝义死了,村庄现在已经扩展得比较大了。

我下决心从村庄里穿过去。我碰到的几个人没有一个认出我的,也许他们根本就想不到,也许我的变化真的太大了,有好几次我都冲动起来,想走上前去公布我自己,然后在他们家里的小板凳上坐下来,喝一口焦大麦煮的茶。但我还是离开了。我走进了田野。

很少有人会想到宝义的死,在城市里我们谈论最多的依然是收入、热点和精神的倦怠。偶尔我在饭后说起戴旧军帽的宝义,那也几乎是城市里难得或者多余的一声慨叹了,没有谁会真正感兴趣。电话铃在另一个房间里痴痴地响起来了。

什么时候我能再去乡间走一趟,去看看我梦中的那个村庄呢?宝义死了,当然这可能并不重要,重要的或许是有一个人还能记起他,还能在某种场合追忆他,难道这就是社会构成的精义吗?

我拿起电话,电话的另一端连接田野,田野里有风,有云,有雨雪霜露,田野里有人告诉我:宝义死了,但别的人都还活着。

1993 年 7 月 10 日发表

吸　　烟

　　追溯吸烟的历史,好像也能找出一些规律来。还是按着时间的顺序来写。最初吸烟是在"文化大革命"中,那时大人们要么进牛棚,要么入干校,要么忙着闹阶级斗争,自顾不暇,都想着自个的"前途"和"命运"去了,哪还有太多的精力来管孩子。于是同学之间或院里的小伙伴,就开始从家里偷烟来吸了。墙拐角,杂物堆后面,甚至厕所里,都是我们吸烟的好去处。多数情况下是分派一个人在外面或出口处放哨,有大人来了,打个暗号,大伙立即把烟头掐灭,装成正经的样子。但掐灭的烟头绝不舍得扔掉,匆忙中藏到口袋里去,待人走后拿出来点着再吸。也有大意的时候,烟头并没有掐灭,就在口袋里烧起来,烧得烟雾滚滚,赶紧扑救,回家少不了撒谎说别的孩子放爆竹炸的。这时候感觉不是正式抽烟,是闹着玩儿的。

　　到了下放的时候,乡下除了干活外生活很单调,一个人也寂寞,再说自己当了自己的家,没人管了,抽烟又是一种征服和男人的象征,于是正式抽起来,抽那种很便宜的和不很便宜的烟。那时候香烟很紧张,香烟的牌子是大铁桥、胜利,还有一毛还找一分的经济烟等。"胜利"在这些烟里算最好的了,大约是两毛八一包,现在早就不生产了。胜利烟有一个特点,装盒烟绕庄走一圈,烟就空了半截了。抽来抽去抽到考大学,而且又碰巧考上了。那时候也挺不容易,大学生在社会上的热度蛮高,自个的责任感似乎也增强了许多,到学校里的第一天就把烟戒了,而且一戒就戒掉了,对烟完全丧失了欲望,奇怪得很。

大学四年毕业,工作、恋爱、结婚、当父亲,这期间,因为工作的关系,因为家庭、朋友、亲戚应酬的关系,时续时断地抽几支,时断时续地一支半支都不抽。那么在什么情况下抽几支,什么情况下又一支不抽呢?想起来便是这样的:第一,心情特别愉快时,比如有什么大好的消息传来,第一个反应就是去找支烟点着在嘴里头吸,心情愉快,香烟自然可以助兴;第二,心情特别恶劣时,比如刚和妻子吵过架(她一般让着我,实际上我是自己跟自己过不去),恶语相向,咬牙切齿,这时也特别需要弄一支烟烧在嘴上,而且吸得特别深,一口就吞下去半截,烟雾充分利用,仿佛身体内部的空间在吵架时涨大了,急需什么物质来填充;第三,在虚荣心上来的时候,比如男人们在一起聊天,大家都抽。作为男人,我不能让人家不把我当男人看,于是我也抽,而且敢于奉陪,别人抽多少,我也能抽多少,虽然抽得并不舒服,但人格和面子比暂时的身体损害重要得多,以后大家还得见面,何必因为一两支烟弄得在别人的心目中低了几分呢?

一支不抽,是在一切事情、环境、心绪等都处于不好不坏、不偏不倚、不左不右、不激不萎的中性时刻,那种时刻说明日子过得很平淡,既不能进天堂,也不会下地狱。在那种时刻我往往是呆坐在 6 楼的居室里看外面的天空。6 楼跟 1 楼或 5 楼相比离天空又近了一些,我在这种距离望天空,心里充满了亲近的感觉,觉得自己正在净化了去,干干净净的,什么也不剩。

1993 年 8 月 15 日发表

百色的鸡笼

在广西百色,我看见街头的鸡贩子,用一种竹篾编成的小笼装鸡。小笼扁平,或前尖后宽,不规则,做工也粗糙,但一鸡一笼,鸡蹲在里面,用一种与世无争的眼光看世界,似乎怡然自得。

在安徽,至少在长江以北,我还从未见过用这种方式带鸡或卖鸡的,农民以及鸡贩子,总是把鸡们两腿一扎,倒悬了成堆地挂在车架上。这大概是因为毛竹太少的缘故吧?

对鸡来说,百色的方式看上去更人道一些:它们住着单间,彼此不相碰撞,头也一直是向上的。

1993 年 9 月 21 日发表

风 油 精

我在山间凹地里的一个小镇上写稿。晚上蚊子出来了,它们像狼一样扑到我身上,叮住了就是一个大包。

我想不出更好的驱蚊办法。在无可奈何的时候,我有当无地,把我带来的风油精洒在床上和地上。屋子里顿时弥漫了一种特殊的辛辣香味。

蚊子一个都没有了。在整个夜晚,它们都没有再出现。我想,和城市里的蚊子不一样,这里的蚊子,到底还是闭塞的,它们恐怕从未闻到这种特殊的气味。驴来了,它们吓跑了。

1993 年 9 月 25 日发表

痴迷的气功

　　气功离我们越来越近了。周围和附近的人纷纷加盟,隔三岔五地听说谁谁学了气功了,谁谁谁学了另一种气功了。而且学功的人都有一种挡不住的真正的虔诚和痴迷,谈起气功来都绝不会欲言又止。前些年在上海听朋友说我认识的一位女编辑迷进去了,后来有一次听说单位里的一位同事也迷进去了,见面叙谈时,谈其他都不能尽兴,唯谈起气功来她会有说不完的话,剪不断的思绪。据我的观察,她们专心痴迷的程度,只有彻夜搓麻不归的人能与之比拟。

　　最近我回宿州父母的家,母亲的一个深久的朋友来访,开口闭口也谈气功,痴迷和虔敬的心情普天同一。在没有我的时候,她们一家姊妹几个就和我母亲情同手足,她自然是看着我长大的,在我的记忆里她瘦弱且多病。现在完全不了,她胖胖的,脸色很好,母亲说她是气功的直接受益者。她开始畅谈气功,她说她学的是智能气功,智能气功有个特点,就是有病治病,无病可以开发智力,她的儿子一家现在都练,孙女在练功前考试成绩只有80分,练功后增加到了90分以上。她是五六年前开始练的,曾经自费到秦皇岛学过一期,她说练功你自己一定要对自己有信心。对自己的功力也要有信心。她说有一次她的外孙女受凉低烧,她决定在一天的时间里给外孙女发功治病,如发功不成再吃药打针不迟。到了第二天下午,外孙女就健康如初,四处跳玩了。我没有一点理由不相信她的话,凭我对她的熟悉程度,我知道她是不会说谎的。她说气功还可以发展工农业生产,对不了解气功的人来说,这近乎痴人说梦。但有大量无可辩驳的事实表明,受过功的鱼比没有受过功的鱼长得快,受过功的鸡比没受过功的鸡吃得多,受过功的水泥板比没受过功的水泥板强度高,受过功的灯泡比没受过功的灯泡寿命更长。末了,说起我现在想学不想学的问题。我说我现在还不想学。她说这都有个过程,到一定的时候,你会完全相信并且热心学习的。我觉得这可能是真的,因为对许多真理的认识,都和人的年龄经历成正比关系。况且退一步说,学会一种大家都热衷的东西,即使不能治病强身,也是一种文化的积累,绝不会没有益处的。她又用对未来充满憧憬和自信的不容置疑的口吻说,将来的社会,必定是一个气功的社会。我相信这也是可能的。因为一种理想一旦确立,最终总会以某种方式实现的,历史上和现实中有许多例子,都可以为这种大胆的预言和假设举证⋯⋯

——气功有传染性,我的口吻,也有某种气功的味道。

1993 年 10 月 4 日发表

到 中 庙 去

这次旅行真有些怪怪的,起因是偶尔在合肥港的售票厅,看到从合肥至中庙的船票只要3元钱,惊叹于它的便宜(也是涨了好几次以后的价钱了),也憧憬久违了的小客轮上的生活,遂萌动了乘船到中庙的念头。

其实更实质的原因并不在这里,更实质的原因是我在城市生活中的憋闷。季节已快入仲秋了,但天气还是热闷闷的。我一直在做说不清道不明的等待。等待凉爽的秋风的到来?等待一封载着好消息的快信?等待一笔属于我但却迟迟未到的酬金?等待生活能有一个毫不暧昧的明朗?等待思绪能进入一个久久期待的状态?其实谁不是在等待呢?9月将是一个多事和决绝的月份。人们在等待9月23号的"跨世纪"的洛桑投票;等待中国"入关"的最后消息,俄国的叶利钦说他将在9月份与议会进行"决战";七运会则到9月4日就将拉开它负有沉重使命的帷幕。所有这一切,都将使我们陷入一种"被套牢"的进退两难的境地。但我的等待又会是怎样的呢?

第二天我真买票上了船,小小客轮顺南淝河漂流而下,向巢湖的碧波里驶。这是星期六的下午。这也是我第三次去中庙了。第一次是1980年我大学二年级的寒假,第二次是十年后的那个仲秋。我站在船的栏杆旁,看岸、看水、看擦肩而过的别的船。内河小客轮的世界,大约是社会最底层的世界了:飞机和火车不说,即使在公路较发达的地区,又有多少人要去坐小轮呢?但我置身于相貌灰黑、衣衫不整的农民和乡村小贩们之中,却感觉到一种自由自在和彻底的放松。也许,我是想逃避什么吧?责任?竞争?或某种预感?不过我知道,我并不是能够逃避的那一类人。

这也许就是我怪怪地出门,又不知为何怪怪地出门的矛盾心情。和以前每一次我到乡村小镇都不一样,到了中庙,我找了个旅社的单间后,就去公路边的小书铺租了一本书来看。我真不知道我为什么会这样。大老远地乘了船跑来,又要付每晚六七元房钱,又要付每顿四五块的饭钱,就为了来租借一本在合肥随便怎么都能搞到手的书看?但偏偏生活就是这么演绎和发展的。我租了一本眼下正流行的书拿到旅馆里看。我从一住下就开始看这本关于一个"疯狂歌女"的书,晚饭后我继续看。书是中国的几个人编译的,从许多方面讲,编译的水平都还可以再提高。但我看重的是这本书的内容,我要看一个人是怎样蔑视、反叛或者说污染社会的,我也要看上帝是怎样推出并造就一个人的,我要看上帝是怎样把"机关"安放在一个不为大众所注意的地方的。

我没有干一个字的"活",我也没有去观赏风景或者在凌乱的渔港和蹲在码头上的人瞎聊。我从夜间看到深夜一两点才关灯睡觉,早晨五点半起来我又接着看。八点半看完了,我去书铺还了书,拿回了我的押金,然后我到旅馆里结了账,离开中庙返回合肥。这一天是星期天,返肥时我坐的是汽车,路真不好,颠死人了,但我的心境却平静如水。我确实不知道我这趟旅行所为何来,但或许这就是一个人的生性乃至特点,也就是通常所说的命根子。我想,社会在我的心里确实又变得简洁和容易多了。我以后总还会再来的吧。

1993 年 9 月 30 日发表

度　　夏

　　夏日漫长,却突然闲了几天,日子就很难熬。睡觉,眼皮都睡松了;吹风扇,时间一长人竟有脱水的感觉,觉得浑身都在发干;看书看报,初始还新鲜,看多了才知道是你抄我、我抄他的循环,夸张的成分多,朴实的成分少,便不再信它;说话,新鲜有趣的话题都说尽了,再说即为多余。

　　便寻往郊外很远的一道大河边去,想着:游泳也行,远足也行,叫太阳烘烤烘烤也行,叫野热的风吹刮也行,叫凶猛如兽的毒虫叮咬也行,总之是要度过这闷而热的酷夏,总之是要在肌肤和心灵的感受上回到活活的生活中来。那大河却是枯水了,很深的河床上的污泥都暴露出来了,污泥稀汤,中间夹杂着尖利的石块,望过去的一河蓝水,水底下却是这等劣物,叫人惊讶;水比往年也逊色得多了,有些浓稠,蓝的颜色多少有些过分,才想起来说,听说附近有一个什么工厂,是新建不久的一个工厂,把废水都排放在这个曾经很宽很蓝的河里了。莫名地恨那家不曾谋面的工厂,又捎带着恨某些中国人。转身便去了,并不回家,径直在夏阳下往更远些的野外庄稼地里去了。

　　行了好一程,工厂和城市早已不见,只剩下庄稼和村庄了,这时乡路两边出现了大片大片的荷池,荷叶铺天盖地,茂盛无涯,间或有些白的和粉红的荷花开在里头。顿觉舒心畅气起来,不知道这是不是一种回归的心理,总之就是觉得舒畅,觉得可意,觉得这世界还没有全部弄糟。就沿着荷池慢慢地走。荷池边的沟里正放着清水,仔细看时,那清水却也有几分浓稠,有一点异味,原来也是污染了的水,但水在流动的时候它的污染似乎被冲淡了许多。难道就是从那大河里抽上来的水？是从大河抽到小河再从小河抽来小沟里的水？我是真的不愿再想下去了。但我知道鲜藕上市的时节,那一街一巷都是粉白细嫩如少女肌肤的颜色的,可要真是那少女中了慢毒了,她的肌肤能粉白细嫩几日呢？恋爱她的人能倾心她几日呢？我赶紧离开荷池而转去了一块旱地,旱地里长着黄豆、玉米、高粱、芝麻、红芋、花生和绿豆。我看见一位妇女和一个少年在地里薅草,于是我也走过去薅草,我一边薅一边说:"这个庄叫什么名字呢?"妇女说:"叫车前子。"我知道车前子是一种野草,但同时它又是一味中药。我说:"庄子里热还是不热呢?"妇女说:"惯了就不热了,不惯就热。"我站起来告辞了妇女、少年和庄稼地,我想我已经在慢慢"惯"了,真的,惯了就真不太热了,不觉得太热了。明天我还会来的。

是的,明天我还会来。我现在觉得夏天不是那么可怕了。明天我还会来的。

1993 年 10 月 21 日发表

菜　　市

菜市里的菜真多。有紫色的小茄子,浑身滑爽,一点疤结都没有,在它们生长的日子里,是天天有清凉洁净的水浇淋着它们吗？茭白也大量上市了,茭白是水货,剥去了它们的外衣,里面都粉白细嫩。郊区的农民把它们装在大的尼龙袋里,用自行车驮着,驮到菜市里,他们拣一个舒适的拐角,把尼龙袋铺在地上,把茭白倒在尼龙袋上,他们则往墙上一靠,像看着自己的一堆孩子一样看着一堆茭白。来时他们大概起得很早,赶了很远的路,现在他们安定下来了,不知道他们在想些什么。

草虾也是白白的,略带青淡。草虾是小小的堆儿好,大的堆儿是那些大的贩子,挤压碰撞,脾气也不尽如人意,他们自觉着是做大生意的,不能细微地照料那些清早才出水的虾。小的堆儿呢,货鲜,还有不少蹦跳着的呢,看那个样子,她们或许是自个起早儿捞的,她们的虾笼现时恐怕还在家里滴着水哪！

杂交的鲶鱼已经全失了野生鲶鱼的柔软和颜色；杂交鲶鱼的颜色是黑的,看起来就不像驯服的样子。有一段时间我总是要尽力对付它们。那段时间我总是把买回来的杂交鲶鱼倒在洗碗的水池里,当我离开厨房时,厨房里响起了重重的摔打声和一些陌生的我从未听到过的声音。我回到厨房,鲶鱼们都已经从水池里翻跃出来了,有几条还失去了踪影,最后我在厨房最隐蔽、最想不到的旮旯才找到它们,还有一两条甚至已经蠕动到客厅的方桌下了。

宰杀这种鲶鱼也极费神费力,用刀用剪都无济于事。它们身上黏糊糊的,又有劲,按都按不住,好不容易宰掉一条,人已经精疲力竭了。单位里的同事介绍了一种办法。中午回来抓住一条先狠狠地摔打,把它摔晕了宰杀就容易多了。摔打也不是一件好办的事,需要技巧:先找干的布包住它的身子,再扬起来猛摔,效果马上就出来了,它的黏液也起不了作用了。鲶鱼的肉很好吃,细腻少刺,营养丰富,特别是清炖时汤汁浓香,绝对是家庭餐桌上的一道美味佳肴,只是品尝前的过程有些烦琐,但对付这种成车出售的家伙,也只能这样了。

菜市里的菜真多,这才只在外沿,还没深入进去呢。天气也很好,秋风真有些凉爽了,太阳照在身上也不太闷热了,人的心情多少也都好起来一点了。也许正因为如此,逛菜市的人才觉着菜市里菜多菜好的吧?但不管怎么说,秋是一杯开胃的东西,在这种时候,人的食欲都有点上来了,人们在下班的时候,都会想到饭桌上的清炖鱼、红烧虾和茭白肉片了,人的脚上,也因此而有力得多了。

1993 年 11 月 24 日

民 族 乐 器

车上人特别多,连放屁的空都没有,却突然有人吹起了笛子。

笛声悠扬,虽然不能说十分好,却吹出了某种况味。我用心找寻吹笛子的人。

起初我以为笛声是从列车员室传出来的。列车员是个女的,40多岁,她对上车叫卖的小贩特别厉害,对她们又推又搡又吓唬,卖甘蔗的女贩要孝敬她一把甘蔗,她非拿了两把不可。现在我可以看见她的一只蹬在门上的脚,她突然把头伸出来了,笛声却还响着。不是她。

我又以为是几个结伴贩衣的小商人,起初她们就站在我身边,她们谈起所操持的营生,说前一段生意不好,是烧香买、磕头卖,后来她们就转移到车门的夹道那儿去了。这时车到一站,我从窗口看见她们下去,而笛声依然在响。也不是她们。

民族的乐器,它们都有些什么魅力呢?电视剧《新白娘子传奇》,开始我一集未看,但偶尔一次听见了里面的笛子声,极传神而悠深,于是崇拜了这一出虚拟的人情剧,崇拜了赵雅芝的天衣无缝的演技,崇拜了那几曲怡心荡情的神乐,竟然终年不忘,隔世犹记。电视剧《京城四少》开始也是不看的,也是偶然听见摆电视机的那间屋里,传来二胡的独奏《潇洒走一回》,那二胡声竟至泣诉,真是痴了,连忙去听二胡的植物生命深极处的声音,去听叶倩文的天赐的摄魂腔,日日不遗,难以分解。

这就是二胡、竹笛的魔力吗？这就是二胡、竹笛、赵雅芝、叶倩文的"魔鬼的诱惑"吗？人就这么被熏染出来了？被熏染出一种追寻的性情来了？被熏染出一种奔行于四方而索求的迷幻来了？被熏染出一种逼迫自己置安分于不顾来了？逼迫自己断了自己唯一的后路的意念来了？

　　植物的根源深远的生命的声音，依然屡衰不断地响着，我闭了眼，我在心里深深地感谢着我自己，感谢我自己就听出了那么多植物的根、须、茎和叶的声音，听出了那么多绝而又连、连而又绝的情意和慕恋，听出了我自己人格的本意。以上这些，它们原都隶属天性。

1993年12月5日发表

吆　　喝

　　早上很早,大院里各种各样的吆喝声就开始了。夏天天亮得迫切。我离开这座小城已经六七年了,昨晚又睡得晚,本想放心大胆地睡个懒觉的,没想到被一声"买豆腐"的悠长的吆喝给喊醒了,我就像被这一吆喝从床上一下子拎起来的一样,猛地醒转过来。我扭头看着桌上的手表,才5点多钟,要是在我自己的家所在的那座较大的城市,我们都还在悠悠的梦乡中呢。确实,我对小城的这种生活习俗是久违了,但我感到亲切,我的记忆正在被唤醒,于是我赖在床上听外面的吆喝声和各种声响。

　　外面的声响真是丰富和多样呢。先是成群的知了都吵着了,泱泱一片,分不清彼此。附近的一家大喇叭正播放广播体操的曲子,响亮而有力,我知道那是一所中专学校,但这种广播体操的曲子我是久未听到,我想起了以前在学校里闻曲起跑的生活情形,那情形既遥远又切近,恍惚得难以把握。大院里的吆喝声来了又去,去了又来,没有间歇,它们都拿方言来吆喝的:"可有买西瓜的——?""羊肉嘞,羊肉嘞。""麻花油条,麻花油条。""有卖酒瓶易拉罐的拿来卖。""买豆角喽。""豆腐,豆腐。"……

　　这一天我不知不觉就起得很早了,我起来时还不到6点,小城的生活就是这么勤奋并且是在一天最好的时光里开始的吗?至少我感到亲切并且亲近。我进来时感到神清气爽,甚至有些精神抖擞了。我走到院子里,看着葡萄、石榴、柿子和蛇皮丝瓜在一夜里的变化和长势。我想我确实应该在小城的气氛里多多熏陶一下,应该勤奋刻苦努力一些了。我还确实什么都没做呢,但我的生命旅程已经走出了不算太短的一程了。我对自己说:你真得抓紧呢,就算一切都刚开始,你就从这个有各种吆喝声的夏日清晨开始吧!

1993 年 12 月 6 日发表

到广阔的天地里去

"到广阔天地去",是"文化大革命"期间的一句口号,它看起来富有诗意,但它对于一代人命运的改变却起了决定性的作用。我也曾经到过"广阔的天地",在农村插过三年队,现在在城市里居住了,对农村却情有独钟,不过现在下乡和那时并不相同,那时是实打实地生活在困难的农村现实之中,现在是工作之余到农村轻松轻松,变换一下环境,松弛紧张的神经,是一种有趣的旅行。

这种有趣的旅行不需要大块的时间和大笔开销。星期天的上午,慢悠悠地吃过早饭,就可以带着女儿,或者就自己一人,上市郊车车站了。这也算旅行吗?自然是算的,这种旅行既省时又省钱,又没有出远门的那种精神压力,花块把两块钱,公交车就可以带你离开城市奔驰一二十里,把你带到一个有充分乡村风光的小镇。你下了车,兴之所至,可以去逛简陋的农贸市场,也可以去田野里漫步,在长满野草的小路边坐下抽支烟,看女儿在植物棵子里捉蚂蚱。玩够了就可以回城了,公交车在老地方等着,半小时一班,绝不失信,像在城里一样方便。这种旅行好不好?

还喜欢毫无目的地去远乡走走,也不做任何准备,也不给自己无端布置任务增加负担,也不提前购票,只需准备一些时间,三天也行,两天也可,临时打点个小包去了车站,于地图上或者就即兴在车站里寻一处站名,花几块钱买了票,上车就走了。车走走停停,停停走走,你安心地坐着,看车厢里发生的一切,人上人下,面孔、语言、货物等等。到了,下了车,找一处小旅社住下,去饭馆吃一顿纯当地风味的便餐:牛肉汤大米饭或羊肉汤大馍。吃饱喝足了你就上野地里逛去,按照春、夏、秋、冬的顺序:春天柳枝青翠点点,地里干活的人都脱了棉袄在暖暖的太阳底下劳作,当然你没有必要对自己的清闲内疚,因为这是你的消闲时光;然后就是夏天,当然夏天出外闲逛应该是在暮晚,镇后就是一条大河和大堤,镇里的人都在这时候出来了,他们同样清闲而且悠闲,手里可有可无地做着事,享受着大自然怡人的厚赠——诗情画意、干净的空气以及宁静;秋天呢,满眼都是黄叶了,早春出嫁的女孩子回了娘家,她的肚子臃肿而且前挺,在路边暖和的屋檐下晒着太阳,手里却捧着一本关于影星的画报看,她的敞开的外套是夹克式的;冬季整个田野里都是雪,车厢里上来下去的人都互相关照着像一家人一样,车门随时都会哧的一声关上,不让暖气随便泄漏出去,小旅社的女主人或许会端个乡下人才用的火盆给你放在屋子里,火盆里的树枝结疤很耐烧,很久才能烧完,屋子里飘着淡淡的青烟,充满了乡间的情调,待你睡去时火才渐暗下去,第二天清晨你就离开了⋯⋯

这都是实有的实事,真的,在乡村旅行真的很有趣,不需要太多的开销、太多的时间和太多的准备,说去就去呗;这也是很时髦或即将很时髦的一种生活方式呢。

1993 年 12 月 12 日发表

在越秀公园里

广州的秋晨极温爽宜人,早早地我便起来了,出了招待所,随意地挑公园里的一条小路往前走。路就在水边,水里落了好多的花,粉红的和大红的,一水的胭脂色。原来都是从水边长的一些粗眉大眼的壮树上落下的,叫人觉得很不般配,便对这树、这花,都起了好奇,遂问一双闲走的老人,问道:"请教这是什么树,什么花?"那两位港客似的老人,仔细地看看天上的树,又看看水里的花,摇头道:"这个我们不知道啦。"我谢过了他们。谢过了往前走,看见三石凳上坐着个读报的人,读报的人也有50多岁,耳眼里塞着个"机器",一根细线连着凳上的一个小花布包。我走上前问道:"先生,请问这叫什么花?"我手指着水边的树和水里的花。读报人听了我的问话,认真负责地抬头往天上看看,又欠身往水里瞅瞅,然后说:"这个叫 ji jing 花啦,这个,我不认得啦。"我俯身向着坐在石凳上的他,并且从上衣口袋里掏出了纸和笔,说:"麻烦你写给我看看。"我把纸笔塞在他的手里,我对他的肯定而又否定的回答觉得有趣而又充满信心。他接过了纸和笔,一边手上写出"紫京花"三个字,一边嘴里注解道:"这个花我不认得啦,我不知道它叫什么花啦。"我谢过他继续往前走。我想:这不可能是"紫荆花"的,这么粗大有力的树。

我走到北秀湖边,从这里能看见大北立交桥上上下下的实况。现在车已经多了起来,我看着不喘气不间歇的车流,突然很意外地想:能把中华民族的传统精神和错综而复杂的现实完美地结合起来的城市,到现在也许还并没有出现。我又想到在广州,有这样枯燥的念头是很不协调的。

我折了身往回走,公园的大门已经敞开了,有一对外地来的情侣走了进来,他们在公园的石凳上坐下,男青年把球鞋脱掉,我嗅到南园的微熏的空气里掺进来一股异味,但我看他们很疲惫了,他们下车后也许在房价很贵的广州街头踯躅了半夜,他们相依为命,偎缠在一起,情节十分感人。我赶紧走到上风头去。这一天广州的风从早晨开始就显得很有势头,但毫无疑问今天会是个绝好的晴天。我看见棕榈树的叶子转来转去翻转个不停,一艘小船在水里打捞那些夜落的花瓣,老年人聚在游泳场门外的空地上吃早茶,使那里形成了出色的老人广场。第一批香港来的游客正在镇海楼附近下车,偶尔的几片云也正向南海诸岛的方向散去。我想,这一切都明白无误地告诉我:今天会是个晴天,不会错的,今天只能是个晴天。

1993 年 12 月 19 日发表

买 苹 果

　　我在街上买了四斤苹果,我说:"够吧?"小贩说:"够、够!"我指指后面的高楼说:"我就住在这里,我家里有秤,少了怎么办?"小贩说:"包你够。"我说:"少一罚十,少一两罚一斤?"小贩有点心虚,支吾了几句,伸手拿了两个苹果加进去,再称,我看见比刚才多出半斤。也就是说,她们刚才扣了我半斤秤。

　　胆大的吓唬胆小的。这两位小贩还不够老辣。因为我在街上买东西,百分之九十九,是被卖家宰的呀。

1993 年 12 月 18 日发表

统 计 与 性

统计经常和数字联系在一起,比如统计局,在我的印象里,它就是一个由各种数字和图表堆积而成的政府职能部门。我以前曾在政府机关工作过,和统计局打交道,除了去找熟人朋友外,就是去要数字,政府的工作报告,政府的各种有关文件,其中的指标和数字,都以统计局的为准。数字从表面看也许是枯燥的,但我喜爱那种有某种秩序和规则的组合与排列,它们显示着巨大的能力,它们是社会生命的表现形成,而且是最不花哨、最经得起推敲和时间之流冲击的外在形式。在我的印象里,统计部门还和情报、间谍、军事机器等强有力的字眼联系在一起。这印象不知是怎么来的,但是毫不奇怪,最文弱的东西往往就蕴含着最有冲击力的功能,这是中国古代的哲人们就已经指明了的现象,例如水。

列宁就很重视统计的作用。列宁现在不太有人提了,但列宁是我尊重的一个人,我觉得他犀利、尖锐,是事业型的。他把统计比喻成武器,而且他重视的是精确的统计。我想,他确实需要它(统计),而不是闹着玩的。

统计还有其他的一些类型。这两天在街上走,看到投影厅、镭射厅都在放所谓的内部资料片,据统计,计有:《十日谈》(译制)、《最后的原始部落》(外语·中文字幕)、《人体奥秘》(译制)、《超级杀手》(国产)、《查太莱夫人的情人》(译制)、《初尝禁果》(国产)、《新婚学校》(第二集)等。这些片子多少都和

"性"有那么一点关系,而且宣传广告也都重在突出一个"性"字。我觉得很奇怪(难道都没有一点好奇?),于是用了两天时间,突击把它们全看了一遍。有什么呢？真的没什么。《十日谈》作为故事片拍得很是一般;《查太莱夫人的情人》在艺术上则好一些,性的镜头也略有一些;《最后的原始部落》其实是人类学的题材,有学术性,但绝不通俗;《人体奥秘》全面地介绍了人的各种器官,并不仅限于性器官,而且画面大量使用电影(或电视)特技,冷冰冰的;《超级杀手》是国产的谈改革开放以来性病情况的片子,充满了说教的味道;《初尝禁果》呢,是生孩子和养孩子的事,专业性颇强,大约最适合妇幼保健站的干部和职工学习用。坐在放映厅里,我暗暗发笑,并且惊叹"性"的难以置信的凝聚力,它把那么多平素可能是极少看书学习(因为工作太忙吧)的人招来,让他们自愿掏钱(5元,不算便宜——如果他们在看之前就知道是什么内容的话),并且接受正儿八经的家庭教育,我真是服了。

以上是有关统计的一些闲话。实际上统计是什么呢？我想起了一茶杯,这个杯子里有一些倒进去不久还冒着热气的白开水,现在你往里头掺些东西,掺了氰化物,不管谁喝了都会立刻死去;掺了果珍,那就有一种升空的飘动感;掺了深山里出的茶,你就是一个地道的中国人;掺些咖啡呢,说不定明儿就能变成某国驻某国的文化参赞了;最后,什么都没有掺,白开水还是白开水,那么喝起来,它总是淡而无味的。

1993 年 12 月发表

骨　　架

现在,自然界已经发生了变化。我早上起来的时候,走到小院里,发现墙外的一些树的叶片正在变黄,香椿的树叶已经老得不成样子了,满枝枯萎。石榴树的小花瓣一样的叶子正在飒飒落下,我还记得初秋时它万绿丛中点点红的景象,最初的几年,石榴树奉献给我们的,是令人惊叹的硕大无比的连理果,它们鲜红大如碗,送给朋友,他们都置于惹眼处观赏,而不愿去吃它。石榴树的叶子,在许多年以前,是午收季节农村煎茶消暑的好原料,那略带苦涩的汁液满口存香,令人回味无穷。石榴树的奉献,真是双重的呢。

山楂树的叶片,已经落尽了,这除去自然的指令外,还有人的原因。上学和放学的孩子们馋涎欲滴地围在高挑细瘦的山楂树下,仰面望着一树通红的果子。他们的确禁不起这种巨大的诱惑,在没有大人在场的时刻,他们攀缘采果,细枝在他们迫切的心情里叭叭地断折了,他们惊慌地转身逃去。但10分钟后,他们终又潜回,心中的惊吓已经平息。孩子终归是孩子,学校的教育还不能完全掩盖他们的天性,于是,山楂树终于凌乱了。

柿子树呢?它的落叶是大红色的,柿叶厚实而凝练,坠地有声,一夜小小的风雨,它的枝梢差不多就光秃了,这倒是一种爽快,少有优柔寡断的犹豫,柿树的品性也许真是这样的。

各树根处的地上,都是积了甚厚的一层树叶,踏上去有如秋林的漫步,这又是一种壮观。不多的几株树制造的壮观,那种奋发的努力,会给人不灭的震撼。我俯身拾起最大最红的一片,压在书桌的台板下,它的水分会慢慢地蒸发,最后只剩下最本质的骨架,日夜我都能看见它。是的,骨架,这才是我要反复重申的主题。我想,它们当然已经死去。但是,它们的每一片,都是一棵活着的树。

1993 年 12 月 26 日发表

和计算机对话

经过好几天紧张的咨询和市场调研,到底在 11 月下旬从商场搬回来一台电脑,把它在家里安顿好并且急匆匆地试图进入它,那种心情是既兴奋又没有把握的。初始的人机对话,犹如初恋,生涩但却迷人。

萌动买电脑的念头,是在两三年前。那年春天在上海开会,和山西的李锐住在一起,李锐是到上海送一部小说的,谈起写作的手段,他说他用的是一部二手电脑,并且说京城一带正在流行。当时听了心里一震,但回来后渐就淡忘了,因为安徽到底并不得风气之先,没有"哄抬"气氛,人不容易兴奋,也不容易互相带动。后来替晚报向湖北的方方约稿,稿先寄到我这里,拆开一看,一张 16 开打印纸,干干净净,整整齐齐,心里不免又是一动,自然我们都生活在同一个社会和时代里,相互参照也尽属人之常情。到了这年的 9 月份,我和一位朋友去拜访鲁彦周先生,鲁老师说他刚买了一部电脑正在学,他还打算学会了用它敲个长篇呢。我当时心下是有些惭愧了,心想似我这般好生生一个年轻人,怎么就弄得没了朝气了呢?紧接着到了年底,我去山东济南参加一个颁奖会,接站的朋友见面不谈别的,都谈家用电脑,原来济南跟合肥差不多,今年下半年电脑才在作家和编辑中间流行起来。我想这一次我就在外地赶上这个话题吧,便详细询问了选购、价格、牌子等最基本的要领,返肥后便和妻子一道走进科立公司,请回了这位家庭秘书。

秘书请进门，对话靠自己。开头的两三天，真正是一窍不通，有时走一步摔三四个跟头，到晚上疲乏时就后悔，不行，用不了，这七八千块钱算砸进去了，晚点买说不定还能掉价便宜呢。但随着对对方语言的逐渐熟悉和理解，与它的关系看来是越来越密不可分了。计算机的语言的确是高级、华丽、优美而绚烂的，坐在它的对面你能感受到一种强烈的现代化的氛围，你陶醉其间胸中不由得就升起一种越发浓烈的情感来，这就足以使你乐而忘返、矢志不移了——且不说它进入家庭的趋势以及开发智力、"申办两千年护照"的说大可大、说小可小的功能。正是：买了电脑后悔一阵子，不买电脑后悔一辈子。偶尔赶赶潮流，说不定真能使我们（至少在感情上）提前进入21世纪呢！

然而很遗憾，这篇谈秘书的小稿，却依然是手工操作的结果。

1993年12月29日发表

追索另一种生活

心累时去追索另一种生活。

平时很少过问孩子的功课,忽然有一天辅导孩子到深夜。心血来潮花一星期时间突击一本《审计学原理》,然后进商店把自个儿设想成戴大檐帽的公家人。专去看一位极少谋面的熟人,并且听他谈一种甚陌生的生活一直到晚饭后。雷声隆隆时偏要跑出去凑在四散奔飞的人群里逃难。花10块钱进镭射包厢,却一眼未看屏幕一觉睡到片尾。星期天一大早喊收破烂的小贩上楼,4块钱卖一件陈年的旧大衣给他并且陪送他到楼下。去小书摊租来一抱脏书连续半月猛看。突然在午饭时肉麻地对妻子说:我爱你。

打电话给一位老朋友,严肃认真地谎称海口有一位久别的老友来到,晚上在辣椒山火锅城为他接风,不见不散,务必赏光。一鞋泥水进得屋来偏就各处踏遍留下泥斑点点,下午开会快迟到前再匆匆清扫一遍。在办公室枯坐时下楼去街边拾一把杂树叶回来泡茶,于土腥苦涩味中回忆万恶的旧社会。有盛宴时极力推辞,冷清时再四方求索。星期天起了个绝早披星戴月去环城公园晨练,而往后的一个星期都睡到几乎迟到。连续一个月每个周末全家人下饭馆,又连续两星期每天吃炖白菜。开职称评审会时苦读《邓选》,而政治学习时却又痴读20世纪30年代的小说。

做任何事都不谴责自己。红旗下出生,红旗下长大,"堕落"乎？难！第二天早晨,"良知"或者就会唤醒你并且给你一个清醒。起来伸伸懒腰,跑着跳着出门。要星——给你摘去；要风——给你唤来；要小康——那是上头的事,想必,他们偶尔,也追索另一种生活。

1993年12月28日—12月29日

1994 年

游趵突泉

游趵突泉,是在寒流袭来,小雨凌乱的一个上午。

我和刘君一路走来,公园里都是花,人却不甚多,垂柳竟还是夏末的老样子,柳丝飘摇,水波微兴,全都是一种坦荡的情怀。

靠在石栏上,看一池碧绿的水,心却突然回到嘈杂的南方的车站。

一大群候车的农民,有一个取出了电动剃须刀给一个年岁大的剃须,他们坐在蛇皮袋上,兴奋而且新奇,整个候车室的人都看着他们。

农民打开的木箱里,放着城市的"虾条、假戒指和歌星画片"——他把这一切整理一遍后重新盖上。这一定是他要带回家里去的礼物。

一根挑棉被和杂物的去皮小白棍。这根小棍搂在一个年轻农民的怀里,他们是去东北边境挣钱回来的。小棍是在家乡河堤的哪一棵树上砍下来的?也许别的东西都不在意,唯独这根小棍,从家乡出发,历经半个中国,现在又要回到家乡了。这种恋乡的感情,不是我们都有的吗?

池边的游人增多了。刘君顺口念山东某军阀咏趵突泉的一首"诗":趵突泉,趵突泉,三个窟窿一般粗,咕嘟嘟……

1994 年 1 月 9 日发表

潮湿而沁凉的夜晚

有一次我回父母家,下半夜才到。

叫了一辆人力三轮,他把我送到大院外就返回了。

一个人,在凌晨3点的清凉潮湿的空气中往前走,我的面前突然升起了一层薄雾,道路两边的松柏和冬青正在逐渐隐去,花园只有一小部分还留在视线里,整个大院似乎没有一盏灯亮着。我走到花园边,在石凳上坐了下来。

"成绩不应该落在别人后面,因为你并不笨。"这是上小学时母亲对我说过的一句平常话。

"现在城里很乱,把幼连送到乡下几个月吧。"这是"文革"时期武斗开始时,母亲对父亲说的一句话。

"苦一点,累一点,对年轻人没有多少坏处。"这是我在农村插队期间回家,母亲在饭桌上随便说的一句"大道理"。

"对这样的事,我和你爸爸一直都是支持你的。"这是大学放暑假前,母亲对我假期中打算到西北戈壁滩去的想法的复信回答。

"做任何事情,都不应该优柔寡断,也不能过分地儿女情长。"这是我在情感方面得到的母亲的一次帮助。

但是现在距母亲的这些教导,最近的也有十几年光景了。不坐下来盘点时,不会有这种结论,总还以为自己拥有全部呢。

石凳潮湿而且沁凉,雾气在弥散。我想:这样的时刻、这样的季候、这样的平静如水的心境,这样静静地坐在大平原的湿漉漉的怀抱里的机会,一个人,一生不会幸遇几回。

  我站起来,像若干年前一样走回家去。拐过弯,远远地看见那一扇窗亮着,心里并没有诧异的感觉。一切都熟知如昨。

1994 年 1 月 16 日发表

地方报纸

如果一生中你在某一个不大的地方生活过,你对地方报纸总会有一定的印象,当我们周游了世界,开阔了眼界,或者定居在某个全国性的或准全国性的城市后再看地方报纸,我们会觉得它们傻气得可爱。但它所提供的新闻、它的文笔以及编排都使我们感到亲切,激发我们的亲情并且引导我们的思路,它的材料总是直接从生活中拿来,是"第一手"的。

前年春天我回到淮北,在当地的报纸上看到一条消息,说昔日荒凉的唐河两岸,现今被想挣钱又有头脑的农民占领了,他们饲养鸭子,从外地请来鸭师傅,使十里唐河热闹非凡。唐河是我很熟悉的一个地方,我想象不出它两岸的繁荣来。我被这条消息所吸引,第二天专门乘车兼步行去看。那阵势确实很热闹,我在鸭棚之间穿梭,听着嘎嘎的鸭鸣,我这时才知道了人对故土的依恋会强烈到什么程度。

地方报纸还经常有"最不抄袭"的故事。有一个是这样的:某乡长经常去酒店赴宴,一些大点的酒店为招揽生意,每次都要赠送印有广告字样的手帕。乡长把手帕带回家,积累多了,他老婆说,扔了可惜,不如拼起来做几件衣服。这一日乡长生病,到医院打针,脱下长裤后,露出里面的内裤,内裤上写着"美味佳肴"几个美术字。护士小姐很不高兴,板着脸说:掉过去,打那边。乡长掉转屁股,另一边也印着几个字,道:请君品尝。

1994年1月23日发表

最后两天

一觉睡醒,忽然有一种末日感。心想:今天这是什么日子,这是什么样的好日子或者坏日子,会令一个生活过得还算开朗的人惊乍地惶悚起来?会令一个还算沉着的人看天会觉出天的促狭来,看地会觉出地的局迫来,看自个的"前程"会看出一片玄乎来,看社会看"人生"会看出苍苍茫茫、跌跌撞撞、大江东去、逝者如斯、前拥后搡、嘈嚣挤对来?

原来是一年里的最后两天了!原来是一个人离天地的旨意又近了一年了!原来是一个人在人群里的玩耍又要告一段落了("大人"又要喊我们吃饭了),原来是又要到了我们快要睡醒的时候了。

鹞子一样翻身下床。急什么呢?原来是急着要在这两天里,赶时间把一年里没做完的事都抓紧做完呢!先伏在稿纸上横、竖、撇、捺了一会,然后就骑车去看早就该去却成年不见的友人;听说某中央领导人来,这事(国家大事)有点关键,一定得听听省台的新闻节目;回家时折向菜市带回来一大兜青菜(算是对妻子一年操劳的总结性补偿);去单位时见到每一位同志都充满真情地问候一声;在大街上别人碰了我,我赶忙下车发自内心地说一声"对不起";盘点一下存粮,明天大米可能会有回跌(报纸上说的),一定得瞅准时机搬回来一袋;发动全家大扫除,该扔的扔该卖的卖该留的自然留下;马上去给女儿请一位最好的钢琴教师,这事不能再拖了,再拖下去孩子长大后"反叛"老爸就会师出有名,那时后悔都不再能来得及;从书架上请下来一摞书放在床头桌边,叮嘱自个一定要在两天之内读完,哪怕仅仅浏览一遍也算勉强过关;狗市的古玩又增加什么新品种了吗?花市的大门现在不知向哪儿开了;(歌星名)正在大戏院疯演,明天是最后一场,怎么也得想法子弄张票进后台找她在白衬衫上签名留念,不然这机会永不会再来(多么遗憾);还得上皖西豫皖交界的史河沿岸走一趟,那是我好几年前就许了愿的,我还得带上我自制的邮折,在那里一个世界上最小的邮政所盖一枚新年伊始当日的邮戳……

　　坚持着一定要把一切干完!干到元旦前的几小时,偏再也干不动了。扔下手里的所有活计,不顾一切地上床喘歇着了。新年的钟声就要敲响,那必定会像往年一样,成为一个庄严的时刻。我怀着一种忧虑的心情躺在床上,看似水流年在我面前款款淌过。也许我真的该责备自己年复一年的懈怠了,但我又确实已经竭尽所能尽力而为了!无论到何年何月,这都将是我最后的回答。

　　新年的钟声响了!

1994 年 2 月 6 日发表

月亮升起

1

淠河原是条不小的河,从中上游的苏埠,一直到下游的马头镇、迎河集,河面始终宽荡浩然,甚是壮观。后来搞了淠史杭工程,淠河即失去了它的相当一部分水源,河滩还是那样的河滩,水流的壮观,却是大不比从前了。

从苏埠往下,沿老淠河的许多地方,我都跑过了。1980年夏天,大学放暑假,我一个人自费跑了大别山的许多地方——那是个开端;1988年夏天,我又随省散文学会的诸位老师和朋友,跑了霍山、金寨和六安县(今属六安市)的许多地方,其中在六安的三日,还写成了散文,在《皖西报》的文艺副刊上发表过。以上的内容也许都不过是一个人生命过程中的一点痕迹,但从第一次踏上皖西的土地,我便有了一种内在的"激动人心"的感觉,这种感觉是奇怪的。比如老淠河,第一眼望见它,我便被它吸引,一种想象和幻想的催眠般的东西升起来,那是一种命定的吸引力……现在,我对老淠河沿岸的大镇已经能够倒背如流,它们从苏家埠开始,往下是马头集、隐贤集(东隐贤)、迎河集,甚至还可以算上寿州的正阳关。在没有公路和长途班车以前(到现在为止,马头、隐贤和迎河还仍然是交通不十分发达的地方,几乎没有国有的长途班车来往),水路其实是最便宜、最方便,也是最快捷的交通管道了。人口的集中、商埠的发达、重镇的兴起,自然沿河傍湾,水月混成。当我伏身于皖西地图上时,我脑海里便有一只快船驶出,自大别山脐处顺流而下,一路停靠舟楫马龙之地,贸易并且交际,歌舞并且宴饮,旬间即可入淮河,飘荡洪泽,徜徉大江,真正是大快朵颐,潮头独立。及至后来,也许就在三五年前,偶然里,遇见一位女士,拉起家常,她说她老家就在淠河下游的岸边,又讲到她没怎么去过老家,只记得那"河滩是好宽的一片河滩,孩子都在上头跑玩"。我即刻被她的渲染感动了。那是很容易想象和联想的一种情境。我的对于皖西、对于老淠河的认知,由此又增加了一个丰盈的侧面。在那位女士讲那番话以前,我还没怎么去过淠河的下游。信息便这样在大脑里储存起来了。

2

接着,到了1990年。这一年的天气是很不恰当的一年,这也许和我的心情有直接的关系:我们全家在那一年的11月底,搬迁到合肥杏花村里的一间十一二个平方米的小屋里,家具勉强摆好后,就连落脚的地方也很少了。这自然是租住的地方。住下来之后,(也许是想摆脱那种处境)我接连到皖西寿县的土地上去了几次,一次是正阳关,一次是瓦埠镇和小甸。我记得是在瓦埠镇,当时季节已是暮冬,因为吃饭的冷暖饥饱无度,又或许是那一年的下半年在许多乡间奔波和写作的疲惫积累,我的胃变得虚弱并且火烧火燎起来……我回到我在杏花村的小窝里蜷缩起来,等待春暖花开的日子的到来,那种对阳光普照的暖融融的天气的渴望真正到了无以复加的地步。我每天躺在床上翻看分县的皖西地图,想象淠河两岸的宽广沙滩以及明媚娇人的景色……但春暖花开的日子却迟迟不来,大约从春节前后开始,凄雨晦暗的日子接踵而至,连续四五十天的阴风冷雨,使我的情绪更加恶劣而潮湿,我感觉我的心正在被泥泞的杏花村寒凉的浊雨沤烂,整个城市以及乡村,也正在从我的目光里消失,消失在一片颤抖的落难之中……

那种日子真正难熬。到了3月上旬,天第一次晴明起来。我是从晚间电视的天气预报节目里得到这一喜讯的。我立刻抓住这个机会,决定第二天就去马头集,然后从马头集去寿县的隐贤和迎河。

……车开到了田野里,虽然寒流阴雨才过,但太阳出来了,一切就都有了生气、希望和冲动。现在,我又重见了这一切:冬麦地里的青灿,越发显出它的鲜嫩来,从那些青灿里派生出的丁丁点点的野雀,弹溅于春雨初明的蓝空里做孟春最初的演唱(至暮春初夏,它们的歌声就会像歌星一样声名鹊起,成熟而且得意);路畔的车铺及烟酒店都开始了它们的吉市,货车驶过时溅起的泥星还留在土墙和别的什物的表面;货店边有人字形顶的猪圈,圈顶的麦草已经黑枯,到夏天它们将会被几双有力的手换掉……原野是生命的摇篮,是我的生命、我的感觉和永远的偎托。现在我真的又来到了田野里,我顿时感觉我生命的空间里补充了许多新鲜有活力的东西,充盈而且盎然,无与伦比!

在马头集住了一夜,第二天我即沿淠河河埂步行去隐贤。这段路大约有30华里,都是沙土地。沙土地在淫雨时也并不稀烂。离集子远时,沙土河埂更加纯洁,更无半点泥浆。太阳升在当顶,温暖如火炉,天地因此而明丽绚烂。淠河河埂高高地走,在极大的野地里,高高地走成了一种曲弯。河堤上来往的人众,也都曲曲弯弯高高地走,走至一种妖娆。河堤里沙滩如水,平整琉璃,极为阔宽,只在河滩那中间,有小半里尺寸一线水流,缓长地往下踽行,很是和谐。几个年轻人,正立在河滩的湾里放风筝,那种风筝,是城池里绝难见上的野花儿香味的蝴蝶风筝。风筝儿在瘙痒难耐的撩人春风里,摇晃挣扎,想要脱了丝线而全身心地扑入野春风的宽暖怀抱里去……看风筝的人里,有两位穿红皮鞋的年轻姑娘,都开怀大笑……都甚有明清典籍的浓情雅趣……我看见这一幕时,心里更是稳稳地激动,想到了生活的万般情状,思路便失了它原先的边际了——一并尽融于那无边的暖意里去了。

3

　　时光过去了许多。但我忘不掉关于皖西的一切,关于大别山、青枫岭、大化坪、胡家河、白马尖,关于金寨古碑,关于毛坦厂、叶集、苏家埠、马头集、木厂铺、扈胡、周集,关于寿春正阳、土拐、瓦埠镇、小甸、迎河、隐贤、十字路以及 1980 年、1988 年、1989 年、1990 年、1991 年、1992 年和 1993 年春夏秋冬的一切。或许一生都不再会忘记,不会忘记带有北方印记的那片沃壤上的一切:习俗、方言、野地以及温暖如火炉的太阳。我觉得皖西的许多东西,都已经化为我身上的一部分了,我觉得老淠河那宽展的河身,以及河身河外内里的东西,都已经化在我身体里了(写中篇《夏天的公事》和《飘荡的人儿》),当我需要一条河时,我脑海里就幻化出一道宽缓的河流以及沙滩。河滩是组成河的单元的最丰富、有魅力的部分——这就是我在苏埠南第一次以及后来在正阳关、隐贤、迎河、叶集沿途多次看见老淠河以及史河和淮河时的悟想。从此以后,我总是情不自禁地试图在小说里展示河滩之美,那种既雅又俗的河滩之美,也是难以尽述的)。

我还会在城市的春天里多次忆想起淠河上的月亮。我会想起我在小镇隐贤的晚饭后,漫步走上淠河沙堤的情境。我走出集子,这时看见一轮明月从堤下的集镇后面升起来。我没法说出一个人当时的感受。在那远离亲朋和熟知了的城市的原野深处,在生命的摇篮里,月亮的升起唤醒了我最原始的感觉,我重又醒悟到自然的运作仍然在我们的身边持续不辍,而在城市里我们经常盲目地忽略了这些带有根本性质的东西,因为我们已别有他求。我面对着月亮看看它的升起;在这个过程中,有一种严肃的东西也同时在我的胸中升起;像一个神话故事所说:一个力士,他只有赤脚接触大地才有力气;现在我有了这种感觉,所不同的是我感觉我有了思想以及悟性,对我来说,这是比力气要重要得多的东西。

月亮正在升起,升起在寒凉初晴的春夜里。堤下土墙上挂着的咸腊肉的特殊味道偶尔传来,显示了生活的一种质地。我站在隐贤的淠河堤上,看着月亮的升起,想着这所有的一切……皖西、大别山、沙滩、风筝、集镇、12平米小屋、溅泥、大别山、月亮以及思想和悟性……也就是一切的一切,这一切都想说些什么呢?或许这么说:这个人(写下了以上这一切的这个人),已经有了点良知了——哪怕这良知的风味并不很地道;或许还可以这么说(像在其他场合):对既非故里,又非祖地的这一片地方,这个人还能无缘无故地去亲近它,这个人就有了某种希望了——哪怕这希望现在仍很渺茫。

而这个人,就赖这些活着呢。

1994 年春

一年四季里的牛仔衣

记忆里很早以前穿过喇叭裤、直筒裤和鸡腿裤,后来穿着穿着穿成了牛仔衣样。当然,牛仔裤也分喇叭、直筒和鸡腿,但不论怎么说,牛仔衣裤是独立的一种服装,穿它们穿得简直入迷,春、夏、秋季包括夏季最热的一个月里,每日都穿着,对我这种懒人来说,它们有特别多的好处。第一,可以很省钱,牛仔衣裤面料结实,想穿坏它们没有一点恒心还真不行呢。第二,可以很耐脏,出门不必带许多换洗衣服,上山下乡逛街跑跳都行,即使脏了也很难看得出来;在家里更给妻子省心省事,一身衣服二三十天不洗是很正常的,而且确实很正常,它们仍像刚穿上去的一样;不用常洗(当然洗起来也很要命,湿了水的一件牛仔裤难道没有二三十斤?),不用烦夫人,也不用烦自己,减少了摩擦和战争的机会。第三,可以到任何的场合去而不失礼,正规的场合中穿了它,你可以显得年轻有朝气,不落俗套,随便的场合穿了它你可以更潇洒协调引人注目,在五星级的宾馆人们可能认为你是摇滚歌手,而在乡下你正好可以伪装成一个鱼贩子。

这还不是地地道道、道道地地的图懒省事的服装?把精力和时间用到更伟大的事业中去——这是着牛仔衣如我者的响亮口号!

1994 年 2 月 21 日发表

静

喜欢一个"静"字。

静还不是平静。

觉得平静只是一种静态,而静却飞扬了一种抑不住的动感。是一种挣扎状,是一种要下决心的前奏。

静是一种枪击,是一种枪击的姿势。

静是劫持前的心态。

生命中绝大部分行程,体验不到静的状态。

走红的时候,人已经不是人自己了。人也难再把自个当人看,真以为人是无所不能的。人还有那种静的境界?

栽倒时,人的思虑太盛,大千世界,芸芸众生,登场纷纷,落马处处,难有尽如人意时,千言万语,都做伤心处。哪里还思得一个康健的静呢?

无聊慵懒时,似静又非静,惺眼朦胧,仪态大方,千回百转,却总归复原位。眨眼间已百年有余,风卷残云般。

——我这是自说自话、自说自画呢!

静却又真是一切。

——是走红中自己操持了自己,检点反复,在心中把自个归了原处,还能知道死了能生,生了必亡;知道家中烟火熏羊、吃饭作响的大小人儿正在炉侧火锅边等着自个儿。

——又是栽倒后爬起来,对围观者认真地一笑,而后寻至某堵厚墙外,边龇牙哓开那些偷猎者,边沙沙地舔尽身上的伤垢,然后在午后的太阳底下眯上一觉,做成一个有修行的品类。

——又是无聊慵懒时的警觉,方方圆圆,尽成浑熟——火锅啊!三江五海,上天下地,罡气青烟,滚转挪蹭,看得见看不见的,摸得着难摸着的,剑戟枪炮,大刀长矛,都一锅烩了,熔铁炼丹,四海为家,尽化作腔中紫血、腱上筋肉,你你我我,我我你你,你我我你皆难分辨了。

极想入那一种自我圈牢的静的境界。

只在梦里入了。踩过一片非竹非木的园子,前方便显了些山水至。有些苍劲的声音抢了来,嘈乱道:做官去,那是一种高境!真有人去做了官,似站得高望得远了,得到些慰安,便道:做官真好。又有些声音嘈乱道:发财去,那是一种厚境!真有人又去发了财了,觉得浑身敦厚,言谈轻捷,得了些安慰,便道:发财真好。又有些声音嘈乱道:从文去,那是一种清境!真有些人去从了文,觉得倒也自在,或做冷眼观,看一些臊人的笑话,或于文中刻毒,泄过多的积愤,可来可去,可前可后,得了些安慰,便道:从文真好。又有些声音嘈乱道:做闲杂人员去,那是一种适境!真有些人去做了闲杂人员,他们充填了人间的缝隙,呼哨着来了,呼哨又去了,如池中之黑鱼,搅得水浑了,又搅得水活了,便道:做闲杂人员真好……

看尽那一片火热和喧嚣。看过了,却又顺着梦路出来了。又行经那一片非竹非木的园子,也远了那些山水,走回到自个的家中,对自个的妻说:你单位的年终奖也该发了吧?缺钱花哪。又道:总得给孩子找个好点的学校,一辈子的事。又道:明天给远方的母亲捎些糯米面去。又道：我不能不顶，我总不能眼见着品行不端的坏分子，抢占了那好人的位子！……

——这可是一种静的高境？可是一种静的厚境？可是一种静的清境？可是一种静的适境？

——却还是说不完说不透说不明白一个青青清清争争挣挣简简单单千言万语万语千言一个大写特写的"静"字！

绝！

1994年6月17日　合肥金大塘2号楼602室

情事·人事·杂事

　　今天晚上回来,做了许多事,夜更深了,仍是睡不着,觉着该做的事没有做完,就像一个人想想个什么事,想说个什么话,才刚想个开头,或刚说个开头,就被打断了,一时再也想不起来,心中堵得难受,憋得难耐,便开了灯看书,随手找些书来,边看边想,一目十行,只见着些字、句、片断,见不着文章的全貌。窗外早已静了,昼里天气好热,确是一派盛春的感觉,却没料到入夜之后,突然有大大的雨点来叩窗,这不是春儿的脾性吗?脑海里一连串都是旋转的画面以及片断,人事的、文事的、情(情感)事的,甚而又迁延至农事、花事、影音事、蔬果事、天事、地事、政事、家事、军事、商事、旅事等等,忙翻身下床,伏到半暗的桌子边,摸出纸笔来,写下了一行题目:情事·人事·杂事。情事,是指感情方面的事,人有喜怒哀乐,感情何时能不丰富呢?人事,当然就是关于人的事,你我他,甲乙丙,文章是人写的,又是写人的,自己,别人,第三、第四者,都是人,其实人事与情事哪里能分得开?勉强分开,也只是一种人为的规则使然,是企图区别个侧重而已。杂事,就包罗了所有未曾特指的"事",既圆滑,又使懒,这大约都不是我的发现,但出处却一概记不起了。

　　诸"事"想分成月来写,以月为单位,线条明显,检索起来也方便。"月"当然是公历的月而非农历的月。农历的月是腊、正月地往下排,公历的月是1、2、3、4地往下排,公历的2月立过春了,3月就和暖了,4月已大暖了;农历呢,正月里就立了春了,二月已和暖了，三月就大暖了。农历的季节，与大脑中的季节，总有些错位，不完全对得上去，这大概如我这般岁数以及更年轻者们的共通的教育惯性，所以这里依照习惯，还是用公历的"月"。其实我真偏爱农历的月，农历的月有许多中华民族文明的吸引力，况且看到农历的"农"，就会勾起我血液里奔流的先祖们的草莽生涯。民以食为天，食物是我们不会忘记并且时时怀念的一种影像或者情感，谁能忘却它的生命的根源呢？有良心的人都不会忘却的吧？

拉杂的琐话说完了，时候也已近了零点，城市的街上还有车在开着，呼呼地过去了，又过去了，又过去了。那都有一种往前直冲的速度感，我在很遥远的地方都能感觉到。特别是载重的大货车，驾驶室高高的，却小小的，莽汉一样，呼呼地过去了，又过去了，又过去了。我觉得我也特别需要变成一辆载重的大货车，在寒暖不定的最深最深的夜里，在荒暗无边、冷雨朔风的夜里，强劲地往前直冲而去，没有半点顾虑和疲软！

1994年2月发表

麦收记忆

好多年没参与麦收了,好多年都没体验麦收时那种困乏、疲累、饥渴、紧张和出体力的舒畅了。先是在城市工作身不由己,后来有了一定的时间却又不情愿受那份苦累,再后来有了完全的自由却又忙于他事,到了最近几年,心中已是十分渴望,也做了午收下乡的打算,却又总是被各种事情冲掉。去年下了狠心午收一定下乡去,机会却早了些,下乡时麦正黄穗,待了个把星期,还不到开镰的时候,回城以后想再去,已阴差阳错故梦难圆了。今年呢?明年呢?谁知道呢,或许麦收时下乡去一定很乏味,很失望,但不去又怎么能够知道?这梦我注定了仍要做下去。

那麦收都有些什么叫人留恋而追忆的事情呢?

自然是有的。但都成了片断,散散漫漫地往眼前来。

先是一辆马车在朦胧的黑影里吱儿吱儿地打庄里驶出来,车上的人都穿着棉袄,都迷迷糊糊地半打着瞌睡,都倚在车帮上坐着不动。收麦时节的瞌睡就是多些,人都睡不够,晚上又睡得死晚,早上却起得老早,刚从被窝里钻出来的人,咋样套的车,咋样赶车出的庄,都只能记住个大概。

马车上一般只有三四个男人,但偶尔也能拉了一车半车妇女,一块往大田里去,妇女都带了镰刀,是起早割麦子去的。有些年份天气不好,或麦子面积大,就得赶紧点,男人辛苦,妇女更得辛苦,她们弯着腰在地里一割就得五七天,那罪不是一般人能受的。男人割麦割不过妇女,男人的腰弯不下去,没有长劲,割一两天就落后、趴盆了,妇女们都习惯了这种苦累,要是让她们干装车、卸车这些重活,她们也干不了,并且没有兴趣、无精打采、时时走神。割麦子倒像成了妇女的一种专利。

车上有妇女的时候,气氛会活跃些,妇女们带来另外一种特殊的气味。大多数情况下,她们裹着棉袄,和装车的男人挤在一块的时候,男人的心里都暖暖的,觉着贴身,瞌睡虫也全跑了,赶马车的人也有了精神,不像平常那种萎缩的样子,有时兴起,他还会把马车赶得飞颠。乡下的路都不怎么好走,马跑起来的时候,空车颠得尤其厉害,车上的妇女都坐不住,都颠得一蹦三高,妇女们只好都蹲起来,嘴里下句不接上句地骂:"死小篓子,跑慢些个。"话好容易才讲完,车又来个大颠,妇女们都挤撞在一起,有些蹲不住的,情急中一把抱住身边的男人,老实的男人便叫她们抱住,半句不吭,调皮捣蛋的男人立刻大叫:"耍流氓啦!耍流氓啦!小绕他娘,小绕他爸不在,你就不老实。"车上人哈哈大笑,还有的男人故作浪笑,各种各样的笑声在朦胧里贴着黏滞的麦梢或者大秋作物青青的叶片,向四面八方延散,越散越远,最后,散到看不见的还在夜色里的平原深处去了。

没有妇女的时候,马车上就很安静,车子踽踽地往前走,出了村子,直往田野的深里去。麦收时农村的早晚也都还凉,多数人都穿了夹袄或者棉袄,那时候,毛线衣很少,在农村毛线衣就更少,再说毛线衣穿脱不方便,要是扎了麦芒在里头,还很难清除掉。车子一颠,原来是拐到麦田里了,地里都是昨天放倒的麦个子,车儿停下,车上的男人都跳下车,用叉子慢慢地往车上挑麦子。马儿都静静地抬头凝视夜色中的远方,过了一会,两匹梢马低下了头,寻找脚边的青草或麦秆吃起来,只有辕马仍静静地凝视着远方,好像陷入了沉思,辕马在静立时也还在承担着车子的重量,平常在转弯、下坡和任何情况下,它都肩负着更大的责任,所以它的沉思和严肃都是应该的,它应该给人更老成的印象。

麦秆凝滞,因为夜里的露水把收割下来的麦子都打湿了,人的裤腿很快也就被露水弄湿了,早晨的雾气还有些大呢,人的头发也有点湿漉漉的了。这时,天已有些发白,人们在干活的时候,身子都醒过来了,精神渐渐地充盈了全身,早晨微凉、清新的空气在大平原上流动,这时已能看见刚才马车走过留下的车辙旁的一根野花上,停着个抿了翅的黄蝴蝶,刚才要是车轱辘正好从野花上轧过去,那么野花和停留在野花上的黄蝴蝶就都不在了。花和蝴蝶都是湿漉漉的。

早晨的凉气还是重。但是早霞出来了,干活的人的肌肉里充满了力量,他们把一堆一堆的麦子叉住,举送到车上去——现在,车已经装得很高了,有一个人在上面踩车,踩车是一门技术,车踩得好了,又结实又好看,在路上走时像一座黄黄的土丘在移动,车踩得不好,还没到路上就会歪斜,得几个人拿叉在斜倒的那一边顶住,跟着车走,说不定车一晃,麦都倒下来,那就更麻烦了。

太阳突然出来了,天立刻就暖了,人身上的棉袄再也穿不住,都甩在地上了。一夜的露水霎时也就干了,黄蝴蝶以及田野里的各种蜂儿蝶儿都飞起来了。在别的地块里割麦的人也能看得清楚了。往地里头挑水送饭的几个娘们也打地头上过去了。车装好了,几个男人丢了叉来拉绳刹车,他们都坠在绳上,用力气和自身的重量把车刹得紧紧的。

马车被赶往大路上去,三匹马不再像来时那样轻松自在了,它们在人的一连串吆喝和鞭击下,低着头可着劲把车拉出了还有些松软的庄稼地,一个大颠之后马车终于上了大路,一切都还顺利,车子没歪,也没陷在地里,三匹马儿哈哈地直喘,又马不停蹄地迎着太阳往庄里走去。太阳很快升起来了,从这以后,麦收的新的一天就彻底地开始了:太阳会很快烘干一切有水汽的东西;麦黄杏的气味从人家的院墙里散发出来;没了牙的大娘正打石榴树上摘下鲜嫩的叶子,洗净了放在大铁锅里,加上一锅水让柴火把它们烧开,烧开时就会有一两个年轻些的中年妇女或者老头来把石榴叶水舀到木桶里,悠悠地挑了往地里割麦的人那里去;地里的麦香气也渐浓起来,麦香气到晌午时,比笼里的馍还香,整个大平原上都是这股香气,别的什么气味也都闻不见了。

马车和板车一趟一趟地把麦子运到麦场上。烈日当空,男人的身上只剩了一条裤头或一条长裤,穿长裤是因为怕麦芒扎人才没脱去的。妇女的小褂都汗湿了,但她们不可能再脱什么衣服,只好一遍又一遍地用肩膀上的毛巾擦拭,或者由着汗直滴入干干的土里去。午后起了一阵乌云,雷鸣电闪也发作起来,人们很紧张了一阵子,地里的人都赶回到麦场上帮着把麦堆码起来。但是雨并没有下下来,乌云很快散去,人们略为休息一下,又忙着把麦摊开来,妇女们仍然回到原先割剩的麦子地里去,马车已经歇息了两个小时,现在又套上马儿往地里去了,牛车也吱吱嘎嘎地往地里去了,牛车更笨重,但任何运输工具在这时都是很急需的。

孩子们都自发地玩儿般地挎着篮子上地里拾麦穗去。割麦的妇女现在开始在地头坐下来吃午饭了,麦收时节吃的都是好面,都是去年省下来留到现在的麦子积成的麦面,平常好面是吃不到的,菜也有一些,还有猪肉呢,虽说只有几片,但人是太馋了。场上也忙活起来,场上的人忙着把麦秆堆码起来,怕夜里来雨浇发芽了,又忙着把脱下来的麦子堆起来,拿塑料布盖上。天渐渐黑了,地里的妇女还低着头、撅着腚割麦,直到天完全黑了,一点都看不见了,她们才直起腰喘一口气,上麦棵子里撒这一天在麦田里的最后一泡尿。然后,她们把带来的绳子铺在地上,捆紧一大捆新割下来的麦子,背上往庄里的麦场上去了。

假若夜里没有雨,不需要抢场的话,那么麦收的这一天大约也就过去了。男人从场上回到家里,还没吃上饭就倒在床上睡去了;孩子们更不用说,早就歪在粪堆边、树底下、锅台旁睡得人事不知了;妇女们都还在操持,做饭、喂猪,家里要是有个上年纪的人在家里做饭,那就好多了,要是没有,就都得自己回来做,柴烟熏得一屋,风箱拉得直哼叽。麦收时节吃饭一般都晚,都快半夜了才吃饭,吃过饭倒头都睡死了,门都记不得关,由狗看着呗。

半觉没睡到头,庄里就有人吆喝了,一般是副队长或者队里会计,新的一天又开始了。

夜色朦胧里,马车又拉着一车妇女出了庄了,妇女们身上的睡意都还浓着呢。

1994 年发表

不在意的花,不在意的草

从去年秋里,吊兰就长得不太好了,先是往一边倒伏,继而又黄了许多叶子。到冬日里,我把黄叶剪去,端在房间里,心里想,冬天只好由它这样了,开春再做计较就是。

不意在冬天最冷的时候,吊兰的花盆里长出一种匍匐的野草来,圆形的小丁丁的叶子,枝儿分开。不经意间它就长成了,闲散时看见它,心里暗想,这是一种什么野草?是哪一次从挖来的土中带来的呢?顺手便掐了去——心里没有它,也不在乎它的生死存亡。过了些时日,又望见了它,它从掐断处竟又发出些枝丫,平铺于土上,并且伸展开了,仍是不在意。看那棵吊兰,还是秋深里失意的样子,还没开春呢,开春再做计较吧,便离去了,也无意间留下了那棵圆丁丁叶子的野草。

开春了,再闲散时,把花盆儿端在阳台的阳光下,修剪了一番,浇了水,又留下了那棵野草,心间仍不在意,谁会特别地记住一个对他不重要的物件呢?但那物件儿却竟开出花来了,蓝幽幽,梦的颜色,十分小心地,在吊兰无精打采的大叶子底下,窃窃地、仿佛私语一般,开出花儿来了。

我望望天,真的是入春了,小丁丁不请自来的物件儿开着花了,蓝幽幽、十分小小地、私语着一般,开出花儿来了。

1994 年 4 月 6 日发表

自制的邮品

  我做什么事情都是一时兴起,一阵风,一阵迷,风过去了,也许就算了,但在风头上,迷进去了,不顾一切,几乎失去理智,那也有点怕人,例如养花种草,看录像看电影,骑自行车旅行,自制邮品等等。正如妻子所说,这还都是好事,或中性的不好不坏的事,没有什么大危害,但若有一天迷上了别的,比如吃喝嫖赌中的后两味药,那真就难以想象了。不知别的男人是否如我一样。

  自制邮品是 20 世纪 90 年代初迷上的,当时有许多因素混合着起了作用,主要是 1991 年夏秋席卷全国的邮市风暴。风暴过后,报刊大量登载纪实文学,倒邮发财的信息疲劳轰炸,令人瞠目结舌,怎么也想象不出倒任何邮品都能发财,都能十万几十万地往家里赚的事实,那真是挣钱比抢钱还快!

  我也要发邮财。我开始注意购买邮票邮品,当然主要是新票。实际上我还是在藏邮,而不是去做投机买卖。藏邮就是把邮品收藏起来,等待年月附加给它更高的价值。那段时间到县城或乡镇去写作或旅行,我都把邮电门市部当作第一目标,见到邮票,不论好坏,一概"大量"吃进,有时五七元,有时三五十元,这都得看营业员能放开到什么程度。因为在稍大的城市里邮票都是凭证供应的,县城邮迷少,邮品大多随意购买,但数量自然也不会多,一个人买得太多,就会引起营业员的警惕,明明她留着没用,也被你哄抢得紧俏了,赶紧限制你的数量——这是人的条件反射。买了一阵子,觉得不过瘾,觉得不独特,没有创造性;

邮票你也集,我也集,花样儿再多,又能奇到哪里去? 就平歇了一阵子,想新点子,偶尔去看了一个邮展(现在邮展极多,稍大些的单位都有邮协,都有邮展),受到启发。玩邮品实际上就是你自个着意去玩,也就是你想怎么玩就怎么玩,长期积累了,就有价值,就有意义。联想到我平时四处乱跑,到处奔波,大小地方都去,这是我的优势,再加上我动笔记事的特点,就想出了一个集邮的方法。

我找来一些厚薄、大小不等的纸片,有白纸,有女儿上幼儿园时的美术书(其中一面是空白的),做成折卡(其实就是从中间一折),贴上邮票,每到一地,就专门跑到邮局(所),请营业员给盖个邮戳,把邮票盖销掉。单是这样也并不独特,独特的是邮票盖销以后,我即在自制的邮折上纪事,写上一篇当天的日记,或写上一篇散文,或写上感想,或描写当地风光,随意灵活,不拘一格。我想这样总算独到了吧,你尽可以盖上当地的邮戳,你尽可以做成最精彩的邮折,但你不可能写成我的笔迹和我的感触,我想这样长期积累下去,难道不会有点小意思、小意义吗?

那一阵子迷邮折也真迷得深了,制折的材料逐步拓宽,渐趋丰富,朋友寄来的贺卡、漂亮的台历,都被我做成了邮折。后来突然发现了一个更有意思的办法,就是复印。报纸上有极好的文章,复印了,中间一折,贴上邮票,就成了邮折:反面是不可多得的好材料,正面是邮票、邮戳和记事,内容丰富多了。甚至有一阵子我看《金瓶梅》,把洁本上删了去的内容复印一部分下来,做成了邮折,也算聊备一格吧。

关于自制邮折的事,到这儿差不多就讲完了。但我还想提提邮政部门那些我并不认识的好人们。在绝大多数情况下,他们对我盖邮戳的请求都保持极合作的态度,并且十分认真:先仔细看清邮戳的上下方向,再看准要盖的位置,干脆利索,扬手落下,啪的一声,一个清晰的邮戳就出现了。在工作较清闲的情况下,他们还会很有兴致地看邮折背面的文字和图片。有一次我的邮折背面复印的是十二星座的介绍文字,邮政所的两位女士立刻寻到自己的星座并且和我讨论起来,其中一位女士是双鱼座,关于双鱼座的忠告是这样的:

> 寿命:男人,71岁,女人,76岁;出生双鱼座的人要注意抵抗狂饮和使用麻醉品的诱惑,不参与这两项危险复杂的极端活动。

那位女士认真仔细地看过了,把憋住的一口气吐出来,她很高兴,她说:能活到76岁,满足了,太长寿了没用,浪费,再说我从来都不喝酒,沾都不沾,别说狂饮了。我为她高兴,我说:祝贺祝贺! 然后我就心情舒畅地走了。

1994年4月7日发表

女儿的后背

　　我背着包,和女儿一道,想走近路出站回家,两个"执法"的老太太,手里拿着收据本走过来说:"车票。"我把车票拿给她们看。老太太说:"小孩不罚款了,补张车票吧。"我说:"女儿是来接我的。"老太太说:"看看后背。"这很出乎我的意料。她们看看女儿的后背。后背很干净。她们说:"走吧走吧。"

　　这就是生活经验。别的行当的人,如果没有亲历过,都无法进行这样的操作。

1994 年 4 月 19 日发表

夜　　虫

夜虫叫得好早。天才刚要黑,它们就迫不及待地叽叽咕咕地闹起来了。起初我没太注意它们,待天黑了,人也较静了时,它们的说笑声就显得大了,也清楚响亮了。我在室里坐不住,想喊着女儿一同到外面走走,去会会说笑着的夜虫们,但女儿已经睡熟了,天真烂漫,喊醒她我是不忍开口出声了。于是我沉静下来,就在卧室里听夜虫们的笑闹声。外面真是很好很好的夏夜和月光。天气阴晦了好长时间,弄得夏不像夏、秋又不到秋的。直到前两天的一个正午,天气才又炎热起来。虽针对生活在繁杂之中的人来说,并不希望有夏,特别是酷热的夏,但若真的没有夏了,人又会有另一种牢骚和埋怨,不知这埋怨是矫情呢,是言不由衷呢,还是得了便宜卖乖,世故地留个人情给好心好意的季节之神。没有酷暑的夏也许是情节之中的故事,因为我们总是太性急、太浮躁了一点。前些天在暑凉中去翻日历,原来到了 7 月下旬,节气才入三伏,真是,我们的急躁有什么理由或者根据呢?我们的人情未免做得太早了一点,我们难免会弄巧成拙的呢,热暑的天气也许都在后面呢,都在立秋之后的我们的意料之外呢。到那时候我们又会忘掉初衷,又会口没遮拦在辱骂天公的逆常,那么我们人类无常无信的形象还能有一毫的补正吗?

夜虫仍是叽叽咕咕地待续地笑闹着。我想我这时一定应该抛了荒疏和慵懒而出门上外头去走走了,哪怕没有女儿的参与和陪同。我想起我在 30 岁之前是不会有这些犹豫和思想斗争的,那时总是和自然界,和手勤、脚勤、眼勤、嘴勤、脑袋勤处于最亲近的位置的。我起身离室走到外面,喔,室外是这样的清凉和有气氛呢。我真该早早地就出来呢。室外真有情调,离夜虫也都更近了,近得就像一家人一样了呢。

1994 年 5 月发表

永远的一天

早上是在她们的忙乱中醒来的——相较她们这些上班族或上学族,看起来我似乎痛快多了:不用赶早,不用在街上顶风冒雪,不用拿自己的旧自行车跟别人的新自行车撞架,每天闲卧在家里,吃了喝,喝了睡,在阳台上吹几段无关大局的口哨,碰巧冒出来一篇两篇对人类无害的文字,还能多几次白吃白占的机会……

确实,早上我是在她们的忙乱中醒来的。人去屋空。当她们的脚步声在门外悠然而且神秘地消失了的时候,我已经在床上靠了起来。发条立刻就上紧了,在这一秒钟里,我将自己的生命之钟倒退了6个小时,回到了昨晚的时光。茬口重新接上,那已是另一个世界:小芹的结局一定不好,这未免太残酷了一点……她在新时期的环境里只能选择第三个……那第三个男人却曾……10分钟后准时起床……匆匆一过……然后端坐于桌前。这是一天里最好的时光,窗外阳光灿烂,百花竞开,百舸争流。吃着碗里望着锅里,这山望着那山高,我毕竟亦属年轻,芳心未泯,多么也想去在街头碰上一个小镇来的试图骗城里人钱的妇女,也想去和每天都有的陌生人谈话,也想诈一个来办事的推销员的好烟抽,也想体会一下小金库分红而不向家长汇报的获得了隐私权的快感……电话铃响,一位未曾谋面的朋友派下来一项任务:来一篇有关……虽然我跟粉黛没有关系,虽然要求的是一个严肃的……三千也行,五千也可,高价收购,(亦可)整容另投,后日交货,不得有误。放下电话,立即改做新功课:这是初交的朋友,心中更加在意。

午饭有鱼,还有牛肉。极馋,馋虫乱顶,却好歹不敢多吃。根据以往经验,贪食往往遭罪。自个便恼了自个:桌边坐久了,胃动力不足,要是成天在外跑跳,那还不能向广东人学习——除飞机、坦克不吃,什么都塞它一肚子!

赶紧离桌而去。下午迷瞪个三五十分钟后的工作依然如故,腰酸背痛。盘算盘算今日、明日、今年、明年的紧张进度,更加自我要求在年轻时一定要把自己当个一般的机器人来使唤,不可再对自己手软半分。写得投入时心情还挺有点那个,此时真的怕别人打扰,怕一个豪华酒楼的新饭局,怕一个别人介绍的有漂亮舞伴的晚场舞会,怕一个十载难逢会影响我升迁的跟某高级官员相识的小会……赶紧把电话提起来(一概忙音),用家人的话说:酸劲又上来了。这也太有点少年老成了吧!突然有人敲门,进来两位红光焕发、心绪良好的更年轻者。他们双目炯炯有神,言辞犀利,思路阔大,社经丰富,抵住了一定要我告之文内文外秘诀。我说我对此一窍不通,他们说我谦虚,我说我仅凭经验,他们说我保守,我指着桌子说:在那地方趴上七七四十九天,谁都能成为青年作家(反正这也没有名额限制)。

一个人永远地坐在桌子边。烦?烦。烦的时候,把桌上不管三七二十一的东西(高成本的除外)一推,然后甩手而去。跑到阳台上,跳?太高了。想?想!想那些为争夺靓女丽星而一掷万金的"款"们,想公费在新、港、泰、马十日游的"贵"们,想露脸一笑扫走一包币的"腕"们,想一本书买一幢别墅捎带一块大草坪还可花天酒地过两个十年的"外"们;……别想了,电话又来了……

"稿成了没?"

一天早过去了。——凌晨一点了!

           1994年6月5日发表

老 面 孔

猛地一回头,恰恰地撞见一位老面孔,原来是好些年以前的一位旧同事。我忙伸手捉住了,连连摇动,道:

"可好?可好?"

"都好。你可好?"

"还好。"

热乎地在街上叙了一会儿话,老面孔说:"见一面不容易,你上我家去坐一会。"

真就跟他去了。穿大街过小巷,直觉着都快到郊区了,都望见有农民的房子了,老面孔才伸手一指说:"到了。"到了?原来是偌大的一个红砖院。门也大,赤红的颜色,门楼子高高耸起,门楼子底下有些光滑的石基,那上头能坐、能站、能半睡,小孩更能在上头玩,一眼望见,就疑心自个儿是到了以前的名门大户的房前了——那都是在电影里见过的。

两人相跟着进了院,院落不小,坐北朝南四间正房,房上还有房,不过只有两间,另两间的地方空着,成了老大的晒台。院里杂花生树,柿子、葡萄、枣,果儿都挂得累赘;鸡冠花、美人蕉、蝴蝶花,在墙角、花池肆意开放,虽然它们并不很高雅,但开得热情而且泼辣,叫人看得过瘾。院里的地面多用红砖铺成,老面孔说:"比起水泥地来,砖地清凉,揭铺改动也方便。"我倒觉得砖地别有滋味,不呆板,人走在上头,似能走出点档次来,比水泥地好了不知多少倍。

看了院里,又上楼去看阳台。阳台真是大,人一上去就想躺倒,要是设想星浓的夏夜在这清凉阳台上的趣味,那该怎样想都不为过了。阳台的四面也都摆了花盆,仍是些海棠、鸡爪子之类的草花,它们都是长得安心而且茂盛,看了可人心意。站在阳台上四方一望,原来真是郊区了,不过在小城里有什么城不城郊不郊的,笼统地说,城还不就是郊,郊不也就是城,分不太清彼此的,却有许多类似的红砖大院,院里也都清洁有序,个把人出来进去,悠然而且自得。

　　在清凉的院里架一张方桌,冲一壶绿茶,两人慢慢啜饮。说老实话,我现在除了赞叹之外,竟没有一些怪他不上进的念头。我想我要是有这样一处地方,我定能生活得很好,那时候我练书法、习国画、给枯根弄造型、制作盆景、品习茶道、收集古玩、闲读医籍、辑录笔记,日复一日,年复一年,岂不人之至境?

　　辞别旧好,又行在街上。兀自心想:过一时再猛地回头一次。再回头撞见的,不知又是什么样的一个主儿。

1994 年 5 月发表

盛夏在杏花村读《水浒传》及其他

　　1990年的夏天,对于我们全家,是很不好过的一个季节。当时我们租住在合肥杏花村的一间小房子里,面积只有十一二个平方米,屋里垒满了家具、书籍和日常生活必不可少的东西。那间房子很矮小,又在房东的主房后面,因此冬天见不到阳光,而夏天又通风困难。小屋的北墙处有一个窗户,不大,当盛夏来临的时候,窗户外面因有种菜用的铁棚架的阻挡,窗户又开不开。

　　那一年,华东夏季的气温也异乎寻常,高温永远笼罩在这一大片土地上,合肥的气温又经常在全国城市气温的竞赛中夺冠。在我们的住室里,每天上午9点开始,气温就开始骤升,到上午11点左右,室内已经闷热难当,而当太阳一偏西,就更了不得,因为我们住室的薄薄西墙是完全暴露在烈日之下的,那时用手去摸屋里的墙面,已经烫手了。

　　1990年恰巧又逢《希望》停刊,我们都只能待在家里。这对于处于特殊环境中的我,并不意味着放松和舒适,倒是面对了尴尬的现实。

　　我待在家里了。起初我一边出着汗,一边给《合肥晚报》等报刊写些短散的小文,写好了再把它们抄清,或者看书,或者闲坐一会。随着酷暑的加剧,我无法再干那些消耗体力、需要清醒的事情了,我只好把全部时间用在看书上,借以苟延残喘。

　　那么看什么书呢?我选择了《水浒传》。它在我的书橱里已经摆了十几年了,但我从来也没有像1990年的夏天那样需要它。我之所以选择《水浒传》,是因为我觉着《水浒传》既有很高的文学价值,又极可读,在盛夏酷暑的煎熬里,它是再合适不过的了,非它莫属!

有了《水浒传》,我突然发现时光飞快,一会儿到了中午,一会儿到了傍晚。那时候,我们已经把女儿送回了宿州奶奶家,我们两个大人,总是好对付的。

读到第二天上午,我放下书本,带着菜篮出去了。我到中菜市买回来一大块牛肉,筋筋拉拉的,有四五斤。我把它们切开,放进锅里,打开炉门炖起来。炖到满村(杏花村)飘香时,我妻子回来了。她发自肺腑地赞叹道:"啊,真香!"牛肉已经炖烂,里头放上大把大把的生姜、蒜瓣和切碎了的干红辣椒,形象和味道都好极了!我们给房东家送了一碗之后,就坐下来享受大碗喝酒、大块吃肉的意境了。在那种时候,我总忍不住要讲《水浒传》里的吃喝。文学作品具有强大的传染性,那种人在饥渴的时候猛吃猛喝的场景,真是历历在目。真是好胃口!

或许是碰巧,我们的房东就在中菜市承包着一家鲜牛肉店。他们一家,都是豪爽大方之人,不吝啬,对吃喝也有"水浒遗风"。他们经常带回来一些牛身上好啖的部位,炖了,也是炖上满满一锅,炖得一村都香,上头放了整蒜、干红辣椒,待炖烂开吃时,先盛上一满碗给我们。彼此你来我往,吃成了一种痛快淋漓。那是一种真正的享受:热辣辣地大块吃了,再加上天气酷热,必出一身大汗,身体和精神霎时都畅快了。在那种境况里,靠什么支撑着过每一个酷热的日子呢?不就是靠着身心的愉快吗?

慢慢地过,过到了八九月份。但高温天气仍盘踞在江淮一带不去,叫人干气没办法。到这时候,房东家又搬来了一户,只有两个人,一男一女,都在 40 左右,也没有多少行李,在房东家的厨房里铺一领席子,放几件锅碗瓢勺,就住下了。他们来的时候,带了两口缸来,缸很大,放在院子里,他们还带了一个大柴油桶做的大炉子和一口大锅来,放在后院的墙边。

开始还不知道他们是做什么的。那男的也客气,见面讲几句话,拿烟抽;那女的不怎么讲话,后来看见我女儿,她就讲起了自己的孩子,讲孩子都大了,有上初中的,有上小学五六年级的,都在农村的家里,末了说,还不是为了出来挣几个钱。

那新搬来的一家却也跟牛肉有关系。他们搬来的第二天早上,我刚起床开门,就看见有人用三轮车送来一车碎牛肉(以后日日如此)。牛肉送来了,倒在院子的水泥地上,他们两人都忙着冲洗、拾弄、撒盐,然后便统统倒进大缸里,上面用塑料布罩上。到了晚上,牛肉出缸,被送入大铁锅内,架火狂煮起来。

烧煮牛肉的工作,在夜晚也夜以继日、昼夜不分地进行。可以想见他们的辛苦:切、洗、腌、烧、煮,又要把卤熟的牛肉运走销掉,日复一日,绝不是一件轻松愉快的事情。但从另外一个角度讲,牛肉总是有一定的味道的,更何况数量众多,又不是同一种味道:一生一熟,又是前后院夹击(前生后熟),一下就把我们对牛肉的文化体味,弄得倒尽了胃口。不过到那时候,暑气已渐消了一些,《水浒传》也读得差不多了,牛肉也已经吃掉了不少,再好的事物,也该有个收场的时候了。

10月份,我们有幸摆脱那种居住的困境,搬到一幢新落成的楼房里去。搬家时,房东送了我们一幅铁画,我们也送给房东一些礼物。搬到新居以后的很长一段时间里,我完全忘记了《水浒传》,也没有再去买过牛肉。正像我的妻子,她怀孕期间正好听了一个歌星的一盒带子,以后在任何场合只要听到那盒带子,她就会有一种孕期的反应,挥之不去。

那是一种刻痕。

1994 年 7 月 5 日发表

旅　　途

又下乡了。下的还是淮北的乡,以为不晌不夜、不年不节的,车上的人不会过于拥挤。确实,在合肥上车时,人稀座位多,身心悠然,但到了水家湖,猛然间有无数农民拥上车来,都翻窗而入。车厢顿成蒸笼,且无插针之地,上来的人大包小包,挥汗如雨。正在6月热季,挤上来的女人都感不适,接二连三在地板上坐倒了几个。车又总是不开。有座者如我,在肉胸、肚脐、胳肢窝和嘴气的包围下,也只能赤膊上阵了。问挤压在我头上的一人:现在为啥这样多人?答道:小麦收尽,黄豆耪完,又回城打工了。这趟车是去上海的。车窗外另有数十人上不来,男的唉声叹气,女的号啕大哭。受罪也是情愿?

数日后从乡下返回,赶到蚌埠转车。一到车站广场,又大吃一惊:售票厅已不准人进,购票者在一门排队,慢慢放入,那里已是上千人的队伍,从尾排到头,一定是明儿早上的事了。另一门专放购票者出来,别人都不准进。凭直觉,我知道,这后门处必有名堂:在前门排队处若想讨巧融通,众目睽睽,定难有作为;后门冷冷清清,人也"理智、清醒",若有缝隙,就在这里了。我径直奔后门而去。那里,有三四个似警非警的小伙子把守,另有一二十位头脑发达之精粹人物散居。我无事找事,上去就说:"淮南线的也要排队?"因为淮南线人少,车站实在应该把淮南线的售票与津浦线的售票分开来,能长则长,可短就短,闹中取静,各得其所。问毕,静候佳音。把门的小伙子一字一顿地说:"阎王线的,也得排队。"对他们笑笑,理解他们:日日作无偿问答,确很辛苦了,略有火气,亦属正常。这时一操南方口音者过来,手中的一盒"红梅"烟,塞在似警非警小伙手里。那小伙,立即堂倌般拖腔叫道:"这位兄弟进去。"南方兄弟笑入。转瞬,一操北方口音壮汉,如法炮制,又塞一盒,堂倌绝无二致地以手掐北方壮汉脖颈,又叫道:"这位兄弟进啦。"玩儿般地,手一送,北方壮汉弓腰低头,也笑入。原来如此。果然有趣。也完全理解:谁不得过日子?!若我在此,我能免俗?转身离去,从附近一小门入站。入站即上车,上车即找列车员补票。心下很是坦然,账也算得清楚:车钱我不考虑,能走就行;假若罚款,罚数与"红梅"烟相抵,我也并不吃亏;假若超过,也不会比汽车票更贵,汽车票票价超过火车票一倍还挂零;再说,还有什么比更快地回家更要紧的事呢?亲情如煮,茶饭思乡,自家窝里暖和,这都不是钱能买来的,或者说都是需花钱才能买来的。如此一想,什么人的心情,也能坦然了。

车厢里人影稀疏,脚臭浓烈。四面环顾,果然,都是"劳动人民"。他们脚臭心红,奋发求富,前程正未可限量。我只能是他们的天然同路人了。买啤酒一瓶、花生米一袋、茶干一包,开瓶畅饮,撕包狂啖。这诸味掺杂,倒也相熟成习,营养丰富。饮咽时,间或吹一两句固镇县地摊上学来的《纤夫的爱》,心中竟自激动了,不知道往后除夹杂人间、冷眼丐媚外,还有别的什么路好走,正是:天下之人,无奇不有,唯我为正。这都似是酒意了。

补票的列车员和车厢的列车员,一男一女,倒双双是对好人。两人来在我面前坐了。男的说:"哟,喝上了。"我说:"没办法,饿嘛。"女的笑道:"你也弄几个好菜。"我做无奈状。霎时议起站外多少人上不得车来,不禁唏嘘。说论一时,手续办完(手续费1元),二人离去,我已恍若梦中。梦眼里尽是青山绿水、塔树草地,原来是到家了。只见:国道纵横,信息进屋,电灯电话,楼上楼下,若干年前养过的那只小狗,也正摇尾摆头,当路候着我呢。

原来真是到家了。

1994年7月17日发表

丰 乐 之 旅

  上一回说到……许辉行侠于……还是"旅行"的老话题,也是精神疲惫时"出走"的。这一回去的是肥西丰乐,在临河的小旅店住下,先去街里转了一圈,原来真是个老镇,虽比不得正阳、符离、临淮,却也有一些陡墙窄巷,街两旁的店、家门前都悬着一挂灯笼,上书张、王、李、赵,想必是主家的姓氏。这真是一种古习了,在别处我从未见过,丰乐竟是如此的古老而且丰厚吗?

  转眼来到河边,是丰乐河,是一个槎样的渡轮。河面宽泛,水流舒慢,鸥鸟乱飞,细沙歪柳;天却已暮了,一副深沉老到的憨模样。问轮上的水手:河那边又是哪样风景?渡上一位端碗吃饭的妇女抢着讲:那边就是舒城的地面了。舒城也是好地方。赶紧上了渡。船缓缓离岸。傻坐在船帮上望,水天平阔,正是一河两界的风物……只觉神情互转,油腻渐淡——这可能也正是我这种独旅的妙处:色香味状,形似神非,难传他人,一概都囫囵儿自吞了……

1994 年 7 月 28 日

身边的朋友

当我们受到经济事务的支使时，我们很容易重新看待朋友，这种原因是很直接也是很明显的：它不同于我们清高和悠闲时的思路，它是支撑我们生理的基础。正像有些俗语所言明的：屁股指挥脑袋。你坐在什么位置上，就会想什么事、说什么话、交什么朋友。还有一句话：先喂肚子，再讲面子。这都是物质第一的最典型的例子。

但我们仍希望有朋友。有我们理想中的那种朋友：能谈得来，没有防范和顾忌，能够在生活的所有事务上必要时给我们以支持和帮助，能够给我们以支撑的感觉，等等。我们也会不断地去找录，我们总怀着这样的憧憬和希望，我们甚至有时候会渴望，因为我们大多数人从根本上无法忍受孤独。

真正能够孤独的人，是上天特意挑选的。

1994 年 8 月 14 日发表

过　　年

狭义地讲,过年就是过初一,但是照我的看法,其实就是过年三十的中午和晚上。随着年岁的增加和环境的变化,过年有不同的心态和方式。

高中毕业那阵子,自己极想离开家,到社会上去独立生活,对父母、姐弟及家的亲情看得十分淡,在农村插队的第二年的除夕,几乎就是在乡下过的,要不是贫下中农的苦心劝导,我肯定就在农村的防震棚里过一个革命化的年了。

遥远的过去的日子回忆起来都像梦。

不重亲情的日子,后来还在延续着。20世纪70年代末上了大学,过年时偏想着去体验社会。腊月二十九坐汽车到了农村的大姨家。大姨父个子瘦高,干事说话都像风一样快利。那时候大姨和大姨父两位老人相依为命,儿子远在甘肃玉门,我去了他们自然无比地高兴。正好家里养的一只看家狗连偷别人家的小鸡吃,早就决定要宰它,但那畜生通人性,机灵,人近不了它,家里的人近了它就站起来摇摇尾巴跑了,设下各种圈套都拿它不住。可是你说巧不巧,我去的第二天早上,天气晴冷,天寒地冻,它不知怎么的贪恋了狗窝,毫无警惕地呼呼大睡,被大姨父当场逮住,又亲手吊在门前的树上剥了皮。大姨父干这些事时非常兴奋,捋了袖子,嘴里一迭连声地说他外甥福气大。狗被大卸八块,添了辣椒、大蒜、干姜,在锅里加了猛火狂炖,后又改为文火慢煨。狗肉的奇香在整个村子和整个大平原上魔术般地风靡着。那真是我从未体会过的一种极致的香气。到了晚上我们就在小方桌边,小盅喝酒、大块吃肉了,两个好老的老人,和一个好年轻的男孩,三个人在如豆的煤油灯下,关了门,喝酒,吃狗肉,讲一些梦里的话,抵御着屋外的至寒。狗肉和酒都是大暖的东西,在冬天它们是民间最上等的暖物了。

后来工作了有了家庭,而且工作的地点、自己的家和父母的家都在一起,过年就过呗,人家咋过咱咋过,吃饭、待客、看电视、放鞭炮、走亲戚串朋友,年年都过得很平和,是大众化的过年法。

再后来情况发生了变化,我工作调到了另一个城市,家也随之调去,过年时父母在一地,我们在一地,但父母只是两位老人住着,过年时未免太冷清,但我们这边的家又不能离了人,虽然家中财物无多,可总也不放心全都离了它。于是有好几个年我们都是兵分两路,我妻子带着女儿去和爷爷奶奶团圆,我一个人留守,这甚至也是我自愿的,我对过年还是看得很一般,除年三十的中午到大姐家去吃一顿团圆饭外,春节期间的大部分日子我都关门闭户,享受一个人的清静与平和。我在床上看书、看电视、睡觉,要么就神经质地跳下床,到写字台边狂写三五十分钟,日子过得特别可意。一般临走前妻子总是给我卤上一二十斤牛肉,烧好一大盆萝卜烧肉。牛肉和萝卜烧肉每天都明显地减少下去,待它们消耗殆尽时,妻子和女儿也该回来了,除夕和春节都过去了,新的一个生肖年已经焕然一新地开始了。

随着我的年岁的增加和父母年岁的增加,现在我的不重亲情的心态,不觉间就有了变化,过年时总想着一家人的团聚。一年中很少回去,回到父母身边,过年是天赐良机,一年中积累的思念都会在这种时候爆发,但自己的家仍得有人留守,妻子和女儿一如既往地仍要回去陪伴老人,一家人团圆的心愿碰到了挑战,于是就出现了新的花样。

去年年二十九妻子和女儿都走了,到年三十上午我切断电源,封闭火种,关好门窗,悄然离家,乘空荡荡的火车北上,中途上车下车,兼程前往,总算在年三十的下午到达父母家。一家人对我的到来都持又惊又喜的态度,女儿说:"真不敢相信你也在这里,简直像梦一样。"当然,这就是个梦,一家人聚在一起过年,真好!晚上看电视,放鞭炮,守岁。过了除夕,到大年初一,一大早我又离家去了车站,上车下车,连环套地换车往自己的家赶,上了楼,开了门,看到一切安然无恙,心里的一份担心才消散掉。

今年的除夕还是打算像去年那样过的,但是到父母家之后情况发生了变化。父亲八十高寿,一家人的意思都是要在初一的中午过一过,妻子把祝寿的蛋糕都定做好了,父母亲和妻子女儿都真心希望我留下,过了初一父亲的八十大寿再走。我还真担心南方那个环境并不很安全的家。有一次朋友上我那里聚会,三部自行车放在楼下被一扫而光。但是下了决心,不走了,初二再走,父亲的八十大寿,一生里也就这一个八十大寿,再说父亲以前对这些也都极淡然,"干了一辈子革命工作",从未祝过寿、过过生日,这是第一回,所谓舍命陪君子,又是自己的父亲,自己的那一把并不出众的财产又值什么呢?就决定留下了。

过年、守岁、看电视、放鞭炮、祝寿、唱生日歌,过得快快活活,这次真知道团圆的亲情和乐趣了,怪不得人人都重视过年和阖家团聚呢。但心里头也还想着南方的那个家,于是每隔三五十分钟就给自己那个没人的家打个长途直拨,让电话铃响个三四声就挂掉。我自认为我有我的道理,我是这么设想的:比如,小偷正在撬门,突然电话铃响了,但又不是长时间没人接地响,说不定屋里有人接了电话了呢,小偷做贼心虚,就会赶快跑掉;再比如,小偷已经在屋里了,拿东西的时候突然想给他的一个什么人打个免费电话(在公用电话亭至少两毛,人都有占小便宜的心理),正巧他打电话时我打过来了,电话忙音,我就知道屋里有人,而且肯定不是我们自己人,电话就起了报警的作用;再比如,小偷正在拿东西,电话响了,他一般不会接的,但假如他有点幽默呢,他接了,我就可以做他的"导游",我就会对他说:先生,您好,欢迎光临许宅,我已经在中间的抽屉里为您准备了50元钱(我真的准备了50元钱在中间的抽屉里了,据说小偷的脾气都不怎么好,取不到钱会砸东西的),这一阵手头紧,您先用着,(天气预报说)今天夜里将有5到6级偏北风,离开时请您关好门窗,多谢合作,欢迎再来!

  设想都只是设想而已。初二我回到家里,一切如故。又一段鲜活的日子,走入了我记忆的长河。

1994 年 12 月 13 日发表

游合肥包公墓、包公祠

好事成双,连着陪客人游了两次包公墓、包公祠。第一次是在6月份,天也很热了,一行十几人,来到包公墓园外,我说:我这还是第一次来呢。客人都做惊讶状,表示不可理解。进得园来,扪心自问,自己对古人真是大不敬了,包公故里,"易得真传",就是从文化、文明的角度说,也该傍傍这位古今少有的大清官,耳濡目染,近墨近朱,怎么能"近而远之"呢?

第二次游包公墓、包公祠,是1个月以后,陪津门远客,一行4人,闻君、季君、鲁君、我,先游了香花墩上的包公祠。合肥景点寥寥,倒是包河附近这几粒玩处,似得了上天的点化,小巧、玲珑、朴质,再佐以典故芳名,再加上游客迹疏,真称得上点石成金、以少胜多了。

天气奇热,汗湿衣裳,绿丛中少女若花。先谒了包大人像,后议了我等只有中高级职称者配入哪等铡口(龙头不议,虎头、狗头似可选入),再赏了廉泉(据说再贪的官,饮了此水立时就廉了)。转而出香花墩,沿包河羁行,左手绿水漫溲,右岸浓荫匝地,一路行去,偶有两感:一感职官如米,与贪廉皆无缘,直若被排斥于社会生活之外了,让人耿耿于怀;二感天气酷热,再加上直面包公,有如谒阳,虽襟胸坦荡,亦觉汗颜,不知旁人可都像我。进得包公墓园,园内人不算多,也不觉少,搭眼望去,大都男如关、张,女若飞燕。一路咬文嚼字、旁征博引地看了。从墓道里上来,又去看包氏家属的墓园,进去才站稳,外头栏畔一天真无邪的女音失声叫道:"包公还有老婆啊?"

　　一园人都大跌眼镜。待站稳了回头细寻那女孩儿,只见她:运动鞋,西短裤,寸发齐耳,眉清目秀,正是在家里观电视剧《包青天》的年岁。——都浏览过了,转来在石凳上啜皖地佳茗"清水黄芽"。黄芽如雀舌,又如峰峦,沉下浮上,了无萍踪。静下来了,便觉天意略有和缓。也真是的,再过五七天,就该立秋了,说穿了,那是另一番立意,自然也马虎不得。

1994 年 8 月 2 日

乘车的经历

巧事都被我碰上了。那天我乘汽车到蚌埠去,开车时间是上午10点,车上人都上满了,到开车时间了,车还不开,车上乘客都有点小着急,议论了几句。还好,这时驾驶员来了,跳上车就开。开出车站,走了几步,忽然发现售票员不在车上,驾驶员嘟噜几句,猛打方向盘,车又转回车站。司机跳下车,不知去向了。20分钟后他回来了,乘客议论纷纷,有厉声责问的,有上纲上线的,驾驶员修养不错,一声不吭,点了根烟,坐在驾驶席上吸。车上乘客都性急得很,有大叫:"走啦走啦。"有调侃的:"老婆在家生孩子,我不到家她不愿生。"有对驾驶员吼的:"几点啦,都十点半啦!"驾驶员仍然涵养好,也不发火,只平淡地说:"售票员不在,电话打过去也没有人接,我有什么办法。"

乱吵乱嚷一会,驾驶员抽完烟,一拉车门,下去了。乘客讲什么的都有,口头语都上来了。但并不针对哪一个人,况且即使针对了,被针对的对象又不在眼前,毫厘无损。10点40分,驾驶员回来了。哧的一声,上车关门,动作麻利地把车开出了车站。乘客都松了一口气,不管迟早,走了就好,也都不再讲什么了。

出了车站,方向却有点不大对头,我对这趟车的线路还算熟悉,到蚌埠去,有两条路可走,一条东路,一条西路,现在这车是往北走的,但检票时,我清楚地听到东路沿途几个城市的名字,而且我身边坐着的一位,就是到东路某地去的。我转脸望望他,他脸色平静,这样我就开始怀疑自己了,驾驶员还会弄错吗？不可能的。

车开了几分钟,忽然拐上了一条偏街,车在偏街上拐来拐去,完全是不熟悉的地方,从未到过,大家都有点被转迷了,但也就由它去了。突然进了一个大院,里头停着许多客车。乘客们恍然大悟,这是开到车队来了。此时已经11点挂零,车内议论骤然爆发,但也只是议论而已。驾驶员停车而去,在几间办公室里进出几回,然后杳无音讯。乘客无奈,叫骂一会,干着急。驾驶员终于回归,后头跟着一个女孩子,像是售票员的样子,大家都把希望寄托在她的身上,都眼巴巴地恳切地望着她,上了车。车开出车队大院,又在偏街里拐。拐了两个偏街,女孩貌艳色冷,樱唇微启,开口说:"前头停停,带个人。"口吻不容置疑。乘客有说:"还带什么人,赶快走吧。"不起任何作用。女孩子用手一指,车嘎吱停下,路边跳上来一个男青年。车又往前开,乘客对男青年都冷眼相看,"恨之入骨"。转瞬,女孩子说:"我回家拿票,半小时。"乘客一听,顿时炸窝:"你们怎么能这样!"女孩子爱理不理,驾驶员成了无事人。车又拐来拐去,拐了两三个街口,好像到了郊区了,都看见菜地了,车终于停下。女孩子、男青年欢跳下车,相伴而去。乘客万般无奈,也议论够了,不新鲜了,听天由命。干等了一会,不见人影,乘客很烦躁,都站起来说:"要等到什么时候？她又是带个男的回家!"议论一会,驾驶员坐不住,扔了烟头跳下车,也往那方向去了,去了好一会,石沉大海,不见回音。乘客都炸翻了,说:"有会开车的,把车开走,开到电视台去!""开到省政府去!""开到报社去!"还真有个年轻人,两肋插刀,奋不顾身,上了驾驶席,轰轰地把车发动了。乘客都极亢奋:希望他立刻把车开走(自己却不担任何责任),驾驶员、售票回来一愣,扣发全年奖金!

　　车才起步,一车人都叫,原来那驾驶员就躲在屋角抽烟,看见车走了,飞奔而来,跑得比兔子都快。大快人心!驾驶员上了车,也不好追究责任,二话不说,驾车就走。仍走的是东路。驾驶员大约有所悔改(其实真未必是他的责任),把车开得飞快,像是要把失去的时间夺回来。但道路并不理想,坑洼极多,一个大颠,后排若干乘客尽皆失声痛叫。回头看时,后排座位上方的车厢,已被那几个头撞了几个凹洞,幸亏车厢顶篷是纤维板做的,要是铁皮之类……风波才过,车行不足 1 小时,开在一个旷野处,路边有孤店,驾驶员一打方向盘,车进了饭店大院。乘客又轰然炸开:时间才 12 点半,路才跑了几十公里,吃哪门子饭!再说常坐车的都知道,路边店专宰乘客,驾驶员吃饭不要钱,此地不集不市,店家要搞活经济,只有猛掏乘客腰包。

　　抗议无效,乘客无奈,全体下车。有坚持不吃的,前后左右逛去了;有坚持一会,内心妥协了,去买菜买饭吃的;也有(如我)抱着在哪不是吃的心理,下了车就去吃的。按照常规,吃饭一般最少得半个小时,驾驶员总得让乘客等够,才能抹着嘴出来,但这次例外。乘客有的正在吃,外头人喊:"上车喽!"饭厅里的人,不管吃好还是没吃好,赶紧都去上车。上了车,驾驶员咕噜自问一句:"都来了吧?"也不等,也不按喇叭,开了车就跑。车上的人都觉得幸运,但又觉得不对头,不对头在哪里一时也说不出来,就觉得车里好像空了不少。但不知是在饭店那里到站下车了呢(那里看上去又并不是个站),还是没赶上车,还是不愿再坐这车,在公路上又拦了车走了……总觉得不对头,车厢里渐渐就议论起来,议来议去,明确了至少两个人给丢了——他们的包都还在车上。

议论的声音,听起来是不算小了,驾驶员不知是不是真没听见,他绝对冷静理智,什么反应都没有。再说车开出去一二十分钟了,谁还不巴望早点到站呢？再说谁又真能公开地站起来肯定丢了两个人呢？再说又不是自己的亲戚朋友,谁又会心急如焚地坚持要驾驶员掉头往回开呢？再说那被丢的人出门在外自己不照顾好自己又怪谁呢……七想八想,车又开出去老远,拐回去的可能性更小了。车上的人都很庆幸,各种姿态都出来了:有睡的,有吸烟的,有发呆的,有抱着胳膊的。平安无事。

　　呜呼,那两个正在呼天抢地的乘客！真的,谁叫你出门在外,不照顾好自己呢？

1994 年 8 月发表

深秋的瓦埠湖畔

到瓦埠镇来,我这是第二次了。第一次是来赶一个稿子,冬天,寒寒的,我尽力地做事,却吃的是咸豆腐汤,胃里立刻就难受了,火烧火燎的,只好买苹果充饥"灭火",把稿子熬完才离开。而我这次来,没有什么具体的打算,心里却沉甸甸的。是累了,想来这儿轻轻松松的,也看看3年不见的旧地。

现在我出了镇子。秋天野外的阳光真好,我先顺着水沿走,天已经晴了好些天了,今天仍晴着,万里无云。我离开湖岸走到高处,高处也就是菜地和庄稼地的所在了。在瓦埠湖畔的这一块地方,我每次来,都强烈地觉得这是一种极妙的绚丽的油画境界,同时又强烈地觉得这是一种中国画的恬淡境地。我也算跑过了不少地方,但唯独对这里有这种矛盾却统一的感觉。我看见田埂上、地头边,有不少敦实硬大呈圆形的黑乎乎的牛屎,有的干了,有的半干,有的还新鲜。我看见一个老头,牵着一头大水牛,在前面的地埂上一步三挪地走,那牛只顾低着头啃草,哪肯走快——自然也无走快的必要——老头没事,就弓腰昂头,居高临下地看湖,看天,看远处什么也不存在的虚渺的空,那神情半专不注的,状态只是安详。半枯的草里散乱地拴着些羊,都是山羊,白白的,见了人来,就咩咩地小鸟依人地叫,叫得人心里疼它,直待走过去了,它们才又低着头啃草。临湖的高地上,一个丰腴的女孩子,拿锹挖红芋,那地块里只她一个人,她先挖,再蹲下用手扒,扒出来一个两个,都扔在一堆。我便想:乡下的人,富大约不富，秋里打地下收来些吃物，在发凉的傍晚担回庄去，一家人暖暖和和地吃，也就是一种和谐了，只是这和谐原生了些，知道外面的世界激烈，就叫人心里不怎样踏实。菜地里都种了些萝卜、白菜、芹菜、蒜苗、葱、胡萝卜等等，还有个将败的茄子园和一个将败的辣椒园，辣椒都还青呢，叫人想着路边餐馆里的辣椒炒肉丝，都放了猪油炒，炒得热辣辣的，但价钱却不贵。边菜地里的人就多些，大都是女人，也有少数的男人，都沉默寡言，只把心思用在干活上。

　　我慢慢地走着、看着、想着，想着世界上一切我能想起来的事情。田里的妙处还在那些树：柳、杨或椿，都几株几株地长在地里，就是它们形成了独具意味的田园的风光的吧？有这样一处地方，我竟觉得心里就得了一处安慰：在外头的世界里，我若受了什么委屈、欺侮，或是累得撑不住时，我就能在这样的一个既非祖地亦非故里的地方，慢慢地喘气，想想往后的行程，再奋然地投入出去。

　　深秋的瓦埠湖畔，我留恋着总也回不去。它是我心中永远的一块福地呢！

1994 年 9 月 9 日发表

午餐的回忆

数月甚至数年后跟妻女说起那件事,仍觉得刻骨铭心、耿耿于怀。那是一个美丽的午餐时刻,天空宁静,人世平和,桌上有鸡,有虾,有女儿最喜欢吃的粉丝烧肉。吃兴最浓的时候,不知道为什么说到了女儿的一次考试,于是两个既成年又有实力的大人虎视眈眈地联合起来盘查一个小不点,于是妻子怒气冲冲地去打了一个电话核实,于是我锦上添花地勃然大怒:先用五指在小不点的脸上扫了一遍,然后把她提起来扔到沙发上。女儿没有忘记那天中午她酷爱的午餐:她被甩到沙发上的时候嘴角挂着一根沾满胡椒面的粉丝,摔下去之后她所做的第一件事就是把那根粉丝吸进肚里,然后才来得及哭出声来。

人对自己的发现往往源于小事。数年、数月后别的往事已经淡去,但午餐、粉丝、五指扫过嫩肤的一刹那的感觉和女儿机器猫一样夸张大哭的脸却永远地留在了我的心底。想起女儿童稚无欺的神态,我就非常非常后悔,甚至当我一人独处时想起这件事时也是如此。从那以后,我再没打过她,哪怕是在盛怒的时刻。在饭桌上或晚饭后的闲谈中,我们总会谈到类似的话题,我会笑着并且用一种最真诚的发自内心的语气对女儿说:这是迄今为止你给我上的最深刻的人生一课了。请保持你们良好的"人权"记录,请别碰你们的孩子——这是我想对每一位父亲和母亲说的话,但我又想,没碰过自己孩子的父母,他们对那种至爱的亲情的体会又会有多深呢?我经常在工作之余默默地、长时间地坐在房间的一隅看女儿的背影,倾听她的呼吸、跟踪她的动作、感觉她的气息,并且陷入一种似是而非、略带省责的沉冥状态中去。人们的相遇有一种非常难得的机缘,特别是你的心血、你的骨肉、你的至爱至情,你绝没有理由不万分珍惜它,哪怕一分一秒——这都是自然和生活的法则吗?

1994 年 9 月 17 日发表

生命的梦想

空调真的没用了,许许多多的烦躁和操持都成了往事,冰箱的压缩机已经换过,彩电的叫人捉摸不透的零件也已经更换成功……难道这真的就是秋天的气质和品性?真的就是一种执拗不过的抚平和消解?秋风吹揉的季节,我去医院探望一位因癌症而手术的忘年的朋友。我坐在病床边和他说一些闲淡有度而又有某种含义的话,我感觉他的气色和精神都很好,没有重病的样子。我又在街头的板车上买了一些香蕉和苹果,我嗅到了果园里的气息。我想这都是令人欣喜的现象。我想秋天真如我们所期待的那样,会带给我们好运、机会以及梦想成真的佳缘吗?

一切都是真实的,都富有质感而且使人信服。明天或者后天我们还会上街、联络、聆听、遥望并且做我们应做的事。对秋天的期待已经是周期性的不容更改了。当我们摊开双手,看到掌心红润而清晰的纹路时,我们只能祝福自己以至别无他求。

这就是秋天——人以及生命的梦想。

1994 年 9 月 3 日发表

白　山

　　白山在庐江县境内。白山这名字有两重意义：一重意义是指白山镇，另一重意义是指白山镇后的一座山——白山。

　　去白山是乘小轮去的。小轮从合肥出发，顺南淝河而巢湖，又由巢湖溯白石天河而白山。白石天河曲折蜿蜒，水势浩大。船驶入白石天河的时候，我一个人攀上了客轮的篷顶。从这里望出去，水天一色，尽览无余，白石天河芦草丛生，水湾甚多，两岸散布着农户、小块菜地和各种各样的草、灌植物，真使人疑惑误入了书中记载的南蛮沃地。

　　入白石天河走了近一个小时，便到了白山镇。上得岸来，是一道长街，长街说老不老，说年轻也不年轻了，街头百货杂置、商贾繁茂，陈年旧屋之间，时不时冒出一两幢装潢精美的高楼大厦来。白山镇坐北朝南，身后就是名为白山的两座相连的山头。这里是水网鱼稻之地，加之孤突秀健的山体，给人一种物华天宝的感觉。因是坐山而起、镇街北面的房屋，都层层高上，从巷里走出来的女子，得山水天光的灵气，也都是丑的少，俊的多，皮脂也有极细嫩的。

　　第二天上午才去登白山。先逛了白山中学，再出中学后墙一个极窄的小门而上了山。山坡草石相补，刚柔相宜，草色绵软，走两步就忍不住想要躺下来享受一番。迁延了半个多小时才登上山顶。山顶是一片坦地，坦地上多起突兀的大石头。这天是星期天，山上却没有人，我独占了山头，似有占山为王之感。

山顶风极大,却辨不出是哪方来风。随意地朝四方看了,但见山下稻田极广,河堤却极细,细成一根游丝。知道这就叫圩子。圩里尽是好地,水肥充足,稻谷溢丰;但若圩外水大,险象即生,圩区成湖的事,我也见过,这就叫一利一弊吧。

望得够了,转身正要下山,却有一个女孩,领着3个蹦跳玩耍的小孩,攀上山顶来。女孩二十二三岁年纪,清眉秀目,面相姣好。那3个小孩子,大约不都是她的(或至多有一个是她的,甚至没有一个是她的)。我突然很想跟她搭话。她见我站住了,自个也就站住了,怂恿那些孩子跑开玩儿去。我开口说:"这山叫什么山?"她说:"叫白山。"我说:"怎么叫白山?这山一点都不白。"她说:"传下来就叫白山的,也不知道为什么。"我看看她的面孔,想说一句讨人喜欢的话:"或许这里的人白,才叫白山的。"但却怎么也说不出口。她轻轻地看着我说:"你是从哪里来的?"我说:"从合肥来的。"她说:"来做什么的?"我说:"来出差的。"两人都站着不动,都还想说些话语,却一时找不出话头来。山上没有别人,大石头下边有人坐白了的痕迹,孩子们都在远处自个玩着。但却找不出话头来。

又对看了一眼,我便怅怅地下山了。下得山来,乘船归了。船走入巢湖,走入水天浩渺之间。再想起那山、那镇,却只留下一个"白"字。柔白,甜蜜蜜,温软软的,一袭浓浓的人间烟火的味道。

1994 年秋

仲秋在四里河老梁庄读几本书时的随想

这是几本不相干的书:《事物的起源》征引了大量民族志和考古学的材料,探索各种生产活动、日用器具、社会制度和习俗的起源问题,内容涉及远古人类物质文化和精神文化的许多方面;《宇宙密码》是关于量子理论、时间和空间以及物理规律的本质和物理学家怎样发现它们的描述和展示;《动物的建筑艺术》无疑会把我们带入各种动物的建筑活动中去,这些"建筑大师"的作品的出现,却基本上是由于其生命力本身无意识的而又从不松懈的活动的结果。

从内容上看,这的确是几本互不相干的书,但我在仲秋的四里河老梁庄读它们的时候,当我在拂动小叶女贞的细微秋风中和琐碎疏浅的秋虫的哑鸣声中深入书的腹地里的时候,我却切切实实地感觉到它们已经在四里河老梁庄仲秋的宁静氛围里融会成一体了。

在读书的间隙里我可能会到门前明媚洒脱的秋阳里伸伸腰肢;我也可能会离开住室到田野里去,那里有更烂漫的阳光、更遥远的景观以及笨重的熊蜂的"轰炸"声;在晚间我也许会对着没有多少运动感的星空做几次深呼吸,谛听从宇宙深处隐约而来的关于秋的信息……这时我感觉到宇宙万物都融为一体了,包括那些属性相距最远的;我感觉我的心境坦然而纯洁,人在这种状态下或许离宇宙更近,或许离那些我们看得见的和看不见的生命更近,或许离我们自己的历史更近。

这也许就是书本的魔力:它们归结到一点,都是谈了自然、生命、人的问题,这是我们这个世界的根本问题。我想起这些书里的一些话:我们克服了石器时代的"迷信",却丧失了像原始人那样和自然的密切联系,丧失了对其他人和动物的尊敬,那些在我们以前曾在地球上散步和劳动的人们,对于道德、命运和生活需要的认识和评价,也许更直接、更接近历史的核心;从最低等到最高等的整个动物界,都有形式不同的建筑活动,它们能够利用外部的材料或体内产生的物质,创造出许多奇巧的建筑结构,有些是作为捕食器,而大部分是用来保护动物本身或其幼儿的……

我站在起伏的田野里想着这些话的时候,我觉着我的心情随着季节的推移而彻底平静淡泊下来了,我觉着我离我们赖以生存和发展的物质世界更近了,我觉着我正在把自己放到宇宙和历史整体的背景上去:人并不伟大,当然也不渺小,人只是一种特殊的生物,在宇宙规律的规定下生存并且发展着。

1994 年 11 月发表

进入钢琴的境界

　　钢琴当然是舶来的品种。但它经过数代华人的演奏,已经证明在中国是有生命力的一种基础乐器。女儿年前跟莫若伟老师学习钢琴的弹奏,立刻把我们也带入了那种钢琴的境界。每星期一次的登门求教,入得室来,人便浸入一种心诚而曲意顿生的气氛中去。那当然不完全是理查德·克莱德曼的浓郁的抒情,理查德·克莱德曼是通俗的,他有着强烈的现代人追求轻松、时尚的聪明以及才华,他的弹奏对于仅仅是作为欣赏者的欣赏来说,有着大众式的华丽而瑰妍的情调及魅力。但莫老师似乎并不推崇他,也许那是对学生的学习过程有着丰厚洞察力的钢琴教育家对学生的一种着力保护:钢琴的学习经常是枯燥的,对结果的过分关注或热情,反而会毁了学生。但莫老师又是慈厚的,当她的训练有素同时对孩子们来说又是温暖的手指流水般从琴键上滑过的时候,有生活经验的人立刻就会在那种眠术般的乐曲声中想起春天在枝头上歌唱的鸟、夏天的一小阵急雨、秋天枯黄了的韧草以及冬天雪落在南方山林里时大人们脸蛋红红而孩子们高唱想唱的任何新老歌曲的生命景致——钢琴的确是浪漫的,同时也有激越如瀑的撞击。但它本质上似乎永远陷在庄重大方的浪漫的急如骤雨的眩晕之中,一如二胡可以在幽怨之中结痂,竹笛可以如期贴在俗众的即兴倾诉之中一样,钢琴当然是一种特别的难以复制的浪漫和更加难以复制的浪漫的叠加。我现在已经完全不怀疑我对这种尤物的直觉式的定义了,钢琴正在我们身边扎根,它的文化侵略也还远未见止境。

　　钢琴又是奇怪和费解的。它把所有的内容都隐藏起来而只显露基本的黑白两键供亲近它的人延展自己可能的想象。我们走近钢琴(不管它是哪种颜色),在自己的座位上坐下,这时钢琴就会感觉到你的存在,它的内心就会轻轻唱起小精灵的伴唱的歌曲。许多人都有这种明显的感觉,感觉它是有生命并且是润泽的,但是它又需要两只特别的灵巧的手来启动它,然后它就倾心于你并且追随了那种内在的韵律而急切地旋个不停。它的朦胧的背景里走出所有的小矮人、思想者、花仙子、现代女郎、流浪汉、王子和公主以及那双谁都曾经憧憬和艳羡过的停不住的红舞鞋。它有着神话般的魔力,不仅仅是孩子们,正在落发或者秃顶的成年人也需要它的倚靠和陪伴,需要琴键有节制但又是纵情奔放的抒情。"让你的十指在琴键上唱歌并且舞蹈",孩子眨着眼消化了这个童谣里的诗句,对了,这正是钢琴的真谛!它告诉了我们所有的有关钢琴的秘密,但也并非到此为止。在周六的钢琴沙龙的演奏会上,对音乐,当然包括对钢琴弹奏出的乐句尚感陌生的父亲,会得到一句更加善意却也更加摸不着头脑的忠告:钢琴演奏会结束前的任何掌声,都绝对是不礼貌和不文明的。但是当代浮躁的父亲们正在急不可耐地改变着这一成规,因为钢琴的冲击力使他失去了应有的自持,而台上的演奏者恰又是他的女儿——谁还有信心去制止这样热衷于女儿和艺术,但却只领取最大众化工薪的父亲呢?

1994 年 11 月 30 日发表

加 急 电 报

我是1976年2月5日立春那天到灵璧县大西生产队插队的,到队里的第二天,我就上了挖河工地。第二年冬天又到挖河挖沟的季节了,上工地之前,因为有一种庄严的使命感的缘故,我给家里写了一封长信,先是汇报了我最近思想改造的情况,然后说了一些兴修水利的大道理,最后我不无炫耀地说:当我从工地上回来的时候,肯定像一个乞丐了——其实当时我正在看高尔基的一本自传体小说,从书里学到的一些词句,例如"乞丐",我马上就找机会扬扬得意地用到家信里去了。过了几天,我在工地上收到了一封加急电报,电报上书:母病速回!我吓了一大跳,因为那时候最严重的信息工具就是电报了,一般的事谁会打电报呢?又是加急的!那也是我平生第一次收到加急电报,心里多少有点慌。我拿着电报到队长那里请了假,一路焦急地赶回了家。到家一看,家里人都很好,我奇怪地问母亲:"你不是生病了吗?"大姐看看我的衣着和精神面貌说:"怎么样,我说他是跟小说上学的吧?"二姐说:"妈妈也是为他担心。"她们显然已经争论很久了。我大发雷霆,说母亲欺骗我。那时不管怎么说受到的家教和学教都还是要做诚实的人,亲身体会到别人对自己的欺骗(虽然是自己的母亲),简直不能原谅。我大喊大叫地立刻就要回队。后来记不清是怎么留在家里的了,母亲还在屋里伤心地掉了好一阵子眼泪。留下来之后渐渐也就感受到家里的舒适和温暖了,每天早上都可以睡懒觉,每天还都可以吃白面馍、逛街、看电影。

  那次事件给我的未成熟的思想带来了一次小小的更动,我对说谎有了新认识,知道说谎(对成年人来说)是有着不可替代的现实意义的,不说谎的人也是不存在的,以至于我现在也经常说一些必要的谎言。每当想到近20年前的那件事,我就觉得那种亲情是完全无法用其他方式来替代的,那也是最有道理、最合理的谎言之一。

1994年12月6日—12月9日

小　　鸡

春天我出差在外给家里打电话,妻子告诉我,女儿养了3只小鸡。鸡蛋拿回来时,天气还比较冷,她们一夜起来给鸡蛋换了5次热水袋。后来小鸡快出世时,她们心情太迫切,"剥壳助出",结果有3只小鸡活下来,其余的几只死了,这成活率我觉着也是不低的了。

小鸡成活一个多星期后,因为出生的早迟和先天的原因,有了大、小及活泼、迟缓之分,女儿便分别给它们起了小不点、小调皮之类的名字。老师说:小朋友接触一些小动物有好处,可以培养她们的爱心,可以了解小动物的习性,可以增长有关的知识。它们还能给小朋友带来乐趣。

我出差回来看到了它们。它们三个好朋友,毛色、个头都不太一样,但叽叽地抢食吃的稚态和挤在一起睡觉的憨态,都让人觉得十分可爱。我们经常围在养它们的纸箱外边,兴致勃勃地观看它们。妻子几次告诉我,说有两只小鸡喜欢在一起,它们不太跟另一个玩,那另一个就硬挤到它俩中间去,而那两个之中的小不点,就经常趁那另一个不备时,往它肚子底下一钻,再一顶、一抄,把那另一个顶翻。看起来它们真有意思极了,好玩极了。

它们越长越大,纸箱小了,妻子又找来个大纸箱,它们在大纸箱里玩得更欢。每天晚上都得给它们换一次纸,这样就显得很干净,夜晚它们睡觉也有一个更舒适的环境。它们的翅膀过几天也要剪一次了,它们老是尝试着飞出来,要飞到纸箱外面,如果那样的话,它们就要调皮了,它们会把家里的东西全弄脏的。

  这样过了一段时间,出了一件意外的事情。有一天出着太阳,但刮着很大的风,我家住在6楼,6楼的风更大。纸箱是放在阳台上的,那天中午我和女儿都在家,我一边打开灶火,一边写一篇稿子;女儿在写作业。偶尔我到阳台上去,一看纸箱被风刮翻了,箱里还剩两只小鸡(那两只喜欢在一起的),另一只不知到哪儿去了。我从阳台上往下看,下边是一条小巷,小巷里看不出有什么异样的动静,我和女儿又在阳台上、房间里四处寻找,也没找到。我说:"纸箱可能已经翻了一会了,要真是摔了下去,肯定也被下面过路的人或者住家的人拾走了。"但我和女儿商量了以后,还是决定由我到下面去看看。

  我不抱什么希望地来到楼下。一下楼,就看见巷边绿化的土池里有一团毛茸茸的东西,再定睛一看,正是我家那只小鸡,它真的从6楼上掉下来了,我的第一个想法就是:当初要是不剪它的翅膀多好,那样它就能飞了。我连忙走过去,看见它掉在一蓬草上,但它的头前就是一块石头,它伏在地上,铺展开了身子,起伏很大地喘息着,还发出一些小小的求救的叫声,让人心酸。我赶忙伸出手去把它拿起来,这才发现它的一条腿摔断了,断骨直刺到皮外,而且这么快伤口附近已经集聚了一群蚂蚁。我把叮在它身上和伤口处的蚂蚁一个个全捏死,然后小心翼翼地捧着它回到楼上的家里,在它的伤口上涂些消炎止血的药膏后,把它单独安置在另外一个小纸盒里。它的同伴一直都在叽叽地叫着找它,它也叽叽地叫着,但很快它就没有力气了,可能它的体力和心力都损耗得太大了,它只能使劲地喘息着。它还清醒,还能不时地抬头看看四周,露出惊恐的神态。

一个下午它都还好。到了晚上,它就有点不好了,它抬头的次数少了,很没有精神。女儿看到它这个样子,心里十分难过。到了夜间,女儿睡觉了,妻子再去看时,小鸡已经完全不行了,已经死了。妻子说:"我把它送到楼下去吧,明天早晨女儿起来,看见了会伤心的。"第二天早晨女儿起来,妻子告诉她:"昨天晚上来了个医生阿姨,把小鸡带走治伤去了,治好了伤,她还会把小鸡送回来的。"女儿很相信,之后的好几天都在问这件事,要妈妈打电话问小鸡的情况。后来我们说小鸡的伤差不多治好了,但阿姨跟它也有了感情,干脆送给阿姨吧。女儿不同意,女儿说:"还有两个小伙伴在等它呢。你们要是把它送人了,我也会很伤心的。"妻子只好说阿姨出差了,等阿姨出差回来再去要。

后来剩下的那两只小鸡,渐渐地长得更大了,有半斤左右了,再喂就显得有点脏了。女儿说:"小鸡小时候特别好玩。"妻子趁机说:"干脆别喂了,宰了吃算了。"女儿说:"不干!不干!"后来我们到菜市去,菜市正卖这样大小的小鸡,女儿想吃小鸡,妻子说:"小鸡养大了就是给人吃的,小时候可以玩,大了就可以吃。"女儿不说话。中午吃饭的时候,女儿考虑了半天,终于说:"好吧,那就把小鸡宰掉吧,不过我肯定会一边吃,一边流眼泪的。"因为女儿的最后一句话,这事还是定不下来。隔了一天,我们又商量:到星期天,我带女儿出去玩,妻子在家杀小鸡,女儿看不见,回来就可以吃了。妻子不同意,她说:"我不干,你们都想躲避,叫我落个坏名声。"我说:"为了下一代,总得有人做出牺牲吧。"妻子答应考虑考虑。有一天,妻子晚上单位开会不能回来吃晚饭,因此她下决心宰小鸡,就算我们父女俩一天的菜肴了。我当时正在卧室床上,已经听见妻子捉小鸡的声音了,我突然想起女儿上学还没走,连忙喊:"哎,等一会,等女儿……"妻子一听,把小鸡又放了,到屋里说:"我不杀了,我不干这偷偷摸摸的事,以后讲起来,责任还是我的,你们还会说我是刽子手。"

就这样,小鸡到现在还在纸箱里叽叽喳喳地觅食,吃菜叶。这两只小鸡大约是南方鸡,喜欢吃米饭,不喜欢吃馒头,晚上两个小东西挤在一个拐角睡,早上它们醒得早,就用喙敲纸箱壁,女儿听见它们敲纸箱壁的声音,就醒了,就知道该起来读书了。

(附记:二十几天后,妻子征求女儿的同意,还是把小鸡宰掉了,晚餐时,女儿边吃边哭,眼泪汪汪地说:"小鸡,不是我要吃你们的,是妈妈要我吃的。")

1994年12月发表

仙人掌,仙人鞭

我家里有几盆仙人类的植物:两盆仙人掌,一盆仙人鞭。仙人鞭是在花市买的,有一次逛花市,本不打算买什么,但突然看见一个老太太,也不像常卖花的,她坐在水泥地上,面前有几根仙人鞭,又有几棵兰草类的植物,都不带花盆,根的部分用小塑料袋包住,里边有泥有土,那几根仙人鞭,颇长,并且有一根还拐了个弯,梢上还长出个小球球。我一看十分欣喜,蹲下问了价,才一块钱一根,觉着好玩,又不费什么大钱,不会心疼,掏钱便买了。带回家栽在一个很小的盆子里:书上讲仙人类植物不必用大盆,只要比所要栽的物件略大些即可,栽上便活了,这玩意好养,经常旱着它便可。

仙人掌是单位里一位老同志送的,拿回来时共有4棵,栽在一个盆子里,各棵上都已经嫁接了蟹爪兰。带回家养到开春时,那些蟹爪兰虽长势不差,但并不开花,作为砧木的仙人掌,却骨突突冒出许多新片来。新片都是从刺窝里生出来的,那生长的过程是刺窝先鼓胀了,继而窝心发青,新片便冒出来了,愈长愈大,不过一二十天,有的已超过母体了,更过分的,又从自身的刺窝处,再发出新片,一年下来,数目可观,整株的形体也大得多了。

去年秋里换了盆,两株一盆,共两盆。今年到了春里,我在不少地方,都看到蟹爪兰开花,都开得鲜红灿烂,心里羡慕得不得了。回到家里,看我自己的,竟也都在叶梢上见红打朵了。但日日盼想,那花终于没开一朵。至春末将夏,仙人掌的刺窝处,却也都鼓胀、发青,并且长出新鞭来了。新鞭青嫩,长势甚好,我时常去看它们,天晴时把它们端在阳台上晒太阳,天雨时再端回来。仙人类植物确是忌涝怕水的,水一多,它们就有点发瘟,太阳多晒晒却没有关系,它们在原生地时,干晒异常,练就了这种脾性,现在变成家养,一时半会也难改正,养花的人,就得尊重它们的风俗习惯和历史选择。

  仙人鞭的新鞭冒得有趣:冒出来一厘米半厘米时,那青青的鞭体先变成老青,其间夹着紫红;变成老青紫红之后,再往上长;再冒个一厘米半厘米之后,再老青紫红;循序渐进,不急不躁,很有耐性。我对它也格外关照,端出端进的不怕一点麻烦。我时时凝视它们,就有一些启发慢慢渗入心田。我的浮漂的心情,在这时也总能平息下来。

  跟着花看,跟着花长。有时也想,它们真是太平常了,养这样的几盆植物,到底有些什么好处,是能观叶,还是能赏花呢?现在都还不能。但我莫名其妙地喜欢它们,这就招来了一些麻烦和非议。先是我们不留意,它们的刺扎在衣服和手套上了,那刺的遗留从前年年底到今年才发现并清除完毕;再就是给晒衣服和被褥带来很大的不便,因为衣被和仙人掌都需要充足的阳光,她要晒衣,我要晒花,这就形成了竞争的态势。它们的竞争导致了我和妻子的竞争,而仙人类植物的攻击性是不言自明的。妻子已经数次扬言:你下次出差回来时,它们就不见了。但说归说,我每次回来它们都仍然长得很好。

  女儿对它们也是敬而远之的。女儿今年上五年级,她的写字台就靠着阳台的窗户。有时我把仙人掌和仙人鞭放在阳台窗户上,晚上吃饭时她就说:我写字抬头看见仙人掌,就像扎了我一鼻子刺一样。但我想时间会改变一切,慢慢她就会适应的。

　　仙人掌和仙人鞭,它们都是耐人寻味的植物。我曾经心血来潮地给我的一个中篇小说画了一些仙人掌的插图,后来因为我的画技的问题,它们果然没能问世。我曾在古城寿春一户市民私房的二楼平台上看见了一个大脸盆养着的扎扎拉拉极其拥挤老厚的仙人掌,我强烈地觉得它们已经因为年岁的久远而变成有哲学头脑的植物了。我还曾在广西田阳的红岭坡看到过无数巨大的仙人掌守卫在菜园边和围墙上。看上去,它们固守一隅,但又有实力。它们是世界上最好的植物之一。

1994 年 12 月 29 日发表

老　　车

　　这次到北京小住,我把骑了十几年的一辆永久自行车也带来了。听听这牌子,这就有点过时的感觉了吧!托运前我去火车站行包处打探,工作人员问:新的旧的?我说较旧。工作人员说:得有原始发票或者单位证明。为了明确它的身份,我专门去单位写了证明。开过证明之后,又推了车到街上大修了一遍,换上几个不大不小的零件,使它看起来有一种返老还童、出闺二嫁的感觉。但它到底是陈了,正式托运时,工作人员从房里出来,打量它一眼,说:你不如拿托运费到北京再买一辆。我问:托运费多少?她说:得50多。那可不是,加上返程,它的身价真是不低了。我转身拉着妻子到僻静处商议半天,最后还是决定托运它,因为这样方便:下了火车,骑上它就可以跑遍北京;再说,它以往大部分时间总是颠簸在乡间小道上,能带着它到北京逛逛……这是我的一个心愿。

　　车买得早了,是1982年。那时我大学刚毕业,买自行车还得凭票。大姐在单位里抽签,吉星高照,抽到一张自行车票,父母掏钱,大姐赠票,从那以后,它就成了我最好的伙伴。我喜欢穿街遛巷,又喜欢"上山下乡",在淮北宿州时,城池不大,我骑着它穿遍了城里的每一条大街小巷,我还骑着它到灵璧、泗县、固镇、五河、萧县、蚌埠、蒙城、涡阳、徐州、泗洪等城市,也是穿街游巷,四方闲逛,乐此而不疲,很有意思。

　　骑车下乡更是频仍,那是一种身家性命(性情和生命)融于生命园地的全新感受。我经常骑行很远,数十里,一二百里,近处更是无可计数。在淮北宿州时骑车下乡很简便,城小,城里也都是本色的农人,跟着他们的板车或沾满黄泥的加重自行车走就行了,一会儿就出了城。出城后自然不走大路,大路及大路边的景色都觉得熟过了,没有那种青杏酸涩的感觉了。总是不眨眼就岔到乡间的小路上去的。自行车的妙处也许就在这里:它只需要两点一线的最廉价的条件,两点,是两个支撑;一线,是车轮和大地的最经济的接触,人这么简单地就完成了人类千万年里梦寐以求的理想和愿望——登高以及望远。从小路岔下去以后,人就开始浸淫在野风千古之中了,哪怕仅仅是驯熟的耕地和穿紧身裤的农女带来的乡园气息。直到如今,我仍清楚地记得我在萧县境内翻越一座山时的情形:山并不很高,山顶的公路是战备水泥路,经历过上山时山石的颠跌后,骑行在平坦的水泥路上十分舒服。但是山路陡然直下,车速急遽加快,水泥路也结束了,我防不胜防,又不敢刹车或下车(那样只能连车带人翻下山去),只好听天由命,跟着我的旅伴往不可知的未来风驰电掣般直冲而下。风呼呼往耳后退去,听到车轮因超速行驶而发出的不正常的工作声,我想不论它的哪个部位不能承受,我都将在这无人的险途上上演一出精彩的悲喜剧。一路无人,当自行车拐了个大弯终于在一家农户门前停住时,我下车蹲在它身边,点燃一根香烟,感激而又心有余悸地看着它。它支着车腿,像老农一样朴实无华地默默地站着。我的心情是不言自明的。

现在,它跟着我来到了北京。住下来的第二天,我们就开始了京城的穿梭。有了它,以往来北京时的天路遥远的感觉,逐渐客观和现实起来了:它们也是很有限度的,至少在自行车车轮下是如此。北京路面宽坦，无须担心。行驶是它的使命，行驶也是我的愿望，有了一个殷勤而忠实的帮手，我们会走遍北京的。

1995年

衣饰及其联想

离天安门广场较远些的地方，比如学院路或中关村，如果稍加留意，都能看见男孩子和女孩子的"统一"着装：运动鞋、牛仔裤，上加T恤或短衫，如果骑自行车，那就还少不了一个小巧玲珑的牛皮或仿牛皮的登山包。

这是一种简洁有力的短打扮，也许对年轻人来说最为合适；在任何地方他们都显得有朝气，可以快速跟进或敏捷撤离。傍晚时分，我站在一些人流较拥挤的地方，看自行车一辆咬着一辆过去，看各种各样的肤色、运动鞋和登山包，看他们包裹得干净利落的形体……简洁就是美。我这样想。简洁确实是比繁复更有力的一种表述，它更"原始"，因而也就更接近我们心中潜在的美感的尺度。衣饰是身体的延伸。我想起了一本专业书里一位女士的话，她说：臀部较小的男士更能吸引女性的目光（反之亦然）。我想她不是随便说说的，她的身后可能有一座中型图书馆的支持。而牛仔裤、紧身衣及运动鞋的搭配，则恰当地适应了这一命题。在我的眼里，它们给北京——这座并不很国际化的城市——增添了一定的学术气氛。

我旅行包里的类似服装派上了用场。除背囊里的一本《非言语交流》外，远远地望去，我与所有的人似乎也没有太大的区别。但在他们开口之后，你就会知道：他们之中的大部分人并不是为一时一地而生的，他们面对着"开放的空间"，他们随时可能如萍飘起,离我们而去。

1995 年 1 月 6 日发表

睡 懒 觉

睡懒觉真是一件无比愉快的事情！特别是数九严冬时节，窗外寒风呼啸，甚至滴水成冰，被窝里却暖融融的，这时偎在温柔梦乡中，脸蛋儿红扑扑，偶尔发出一些欢快的鼻息声，想想就令人羡慕不已。

但睡懒觉却又并不是人人都可以说睡就睡的，睡懒觉也得有条件。上夜班的人可以睡懒觉，这是先付出了"代价"后生理和心理的必需，因为一夜未眠，或半宿未合眼，生物钟紊乱，倒在床上就睡熟了，但却没有了睡懒觉的那种享受。退休的老年人可以睡懒觉，他们操劳一生，晚年安度，既不用上班，也不用晨读，尽可以呼呼大睡，但老年人睡懒觉的极少，一是老年人的睡眠减少，天一亮他们就难以继睡；二是老年人都有老年人的生活准则、生活原则，没有几个老年人是不讲究早睡早起的，他们睡懒觉的习惯已经遗留给后代，他们是站得正坐得直的。

城里人不论，其实在农村工作的人都可以睡懒觉。我说的是那些农民。农民都是个体经营者，他们的时间尽属私有，但他们却受囿于自然界的规则和生计的限制，秋种的时节种子晚下地一旬，他们第二年的收获就会减少几成，夏收的时节麦子迟收一天，他们的粮囤就会矮下去一截。他们有睡懒觉的条件，但却没有睡懒觉的福分。

做那些非主流杂性工作的人都可以睡懒觉。这就有些繁复了。比如往年的那些打手闲客们,他们的生活没有什么规律,主人们用上他们时,他们就去做各种各样的皮俗杂务,空闲过时,他们没有看书学习的风气,又能半夜一天地睡下去,睡觉那时倒成了他们的工作。再比如往年的那些太太们,她们的工作不外乎做有钱的先生的好看的花瓶,除了陪先生吃饭、赴宴、聚会外,就是游街观景、搓麻将应客,晚睡是常有的事情,因此早上睡睡懒觉,已经成了生活的习惯,窗帘儿拉得紧紧,一觉睡醒,翻个酥腰,转身再睡,直至肚儿里的饿虫唤她们。

当代的作家、艺术家们,他们也有睡懒觉的条件,这是他们的流行,也是他们的工作性质所决定的。一般来说,他们白天总是不用按时上下班的,而且他们中的许多人又总是惯于夜晚工作的,夜晚的"时间"长于白天,又有连续性,夜晚还剔除了所有的搅扰,夜晚还免去了一顿饭的餐前餐后,夜晚使人心神安定,夜晚凉爽多了,如果是在夏天……于是他们中的许多人,就有了夜晚工作而白天睡懒觉的习惯。

睡懒觉最贪的可能就是小孩和女孩子了。小孩爱睡懒觉是因为他们是小孩,他们需要大量的睡眠,这样就可以长个子、长智力,另外,小孩子的控制能力总是很差的,要玩时他们会不顾一切地去玩,要睡时他们又会不顾一切地倒头就睡,不考虑任何后果。女孩子爱睡懒觉,是因为她们会享受,有一种与生俱来的享受本能。睡眠能使人精力饱满、容光焕发、体能充沛,无法想象一位女士或姑娘神采不振、皮色黯淡的情景,当然这未必与睡懒觉有绝对的关系,但合适而充足的睡眠,总是有利于人的光艳照人的。

睡懒觉有两种睡法:一种是真睡,睡着了,一直到上午九十点钟都长眠不醒;另一种是醒了,但是赖在床上,既无所事事,又不想再闭眼睡去,也能赖到八九点钟。我也是有睡懒觉的条件的,但我从未睡过那种真睡的懒觉,所以我的身体一直无法充盈起来。早上醒来后,我总是睁着眼赖在床上,想想这个,想想那个,在床上磨蹭个半小时。这时往往会来个电话,让我进入一天的生活之中。接过电话,我就起床了,我自己的一天就正式开始了,但这一天实际上是从床上开始的,是在床上设计和规划的。

如果有条件,那么睡一种假的懒觉,确实有许多意想不到的好处。据有些科学家说,在床上睁着眼睡一会儿懒觉,对一天的工作、创造和学习是有利而无弊的,因为这对沉寂了一夜的思维是一种梳理和整理。另外,借助这段时光,还可以使大脑充分地清醒过来,使身体里的不安分活跃起来,这就更有利于一天中对别人和颜悦色,更有利于发明创造,更有利于"按部就班"地行事,更有利于提高工作和学习的效率。

不能睡懒觉的人肯定都十分羡慕能睡懒觉的人,也十分憧憬着有朝一日自己能在小艳阳天里足足地睡上一个大懒觉。这是人的一个最卸包袱、最平民的愿望,也是人的最基本的权利。但懒觉睡多了或睡过头了,也是十分危险的事情:在合资企业里你就可能被扣除下一顿馆子的薪金,在机关里你也许恰巧就失去了晋升的机会。如果因为无聊而大睡懒觉,那就不仅仅是危险,更是降低了自己的生命等级。毫无疑问,那就真是自己偏废了自己了。

1995 年 1 月 12 日—1 月 13 日

关 于 过 年

过年是过一种心情。心情好,年就会过得甚至比预想的还要好,心情有恙,或者焦虑,年就会过得勉强,而且是加倍勉强,因为"几家欢乐一家愁",对比强烈,年又不得不过,人的心态更容易失去平衡。

曾经有一个女孩子用半嗔半怪的口气,背地里埋怨她的男友,说他"正在努力地工作",人家交际往来的时间他利用起来去完成了一个小计划,人家春节游乐的时间,他利用起来也去完成了一个小计划,他认为:"这样的小计划积累多了,我不就超过别人了吗?"所以他永远没有休息的日子。

我听了连表支持,因为我有时候也是这样的人。我们大致上都是"永远没有休息的日子"的人。有一阵子因为要留在合肥看家,所以那几年我总是独自过年的。当"年"往这边过来的时候,我的计划早已经做好了,我要利用这"额外"的时间,写一部中篇,写一篇长长的随笔,整理一个长篇的结构……但是,它们又总是很难完成的,因为在"年"的拖拖拉拉的脚步声里,我很难获得纯粹的心情。我会按捺不住地做出各种各样的"小动作":我会上亲戚家去吃一顿年饭,会在新岁的零点打出去一个贺年的电话,还会"麻"事方休,不辞劳苦地成一个"风雪夜归人"。

自然,到下一个岁末,我仍会再尝"计划"的欢乐,重蹈"失约"的覆辙。但我们又必须是这样的。这是我们的选择。因此我们总是很累,我们也总是自不量力的,而"看不见的手"则会抚平我们,使我们折中——我们已经得到"额外"的收入了,虽然不如我们所想要的那么多。

　　过年又是过出一种心情来的机会。过年应该是我们最好的调整心态、以利再战的时光。不管年前是什么心情,过年我们总得想得开,绝不能亏待自己。无论在什么情况下,我们一定得对自己说:来年再干! 于是,这整个的"年"就是我们的了,我们战胜了人类历史上一再复现的最大的困难——我们的坏心情,这就是我们生命中一个不小的成功。我们还奢望什么?

1995 年 1 月 13 日

贺　　卡

记得贺卡是20世纪80年代后期兴起的。那时我正在编辑部上班,来往多,关系也"复杂",忽然有一年岁末,涌来许多大小卡片,有上书"恭喜发财"的(刚时髦发财),有大写"心想事成"的(刚流行这个固定词组),也有写成一长篇文章在上面,需让人诵读半天的。

所有流行的事物都具有强烈(而可能是短暂)的传染性。收到这些贺卡后,我自然不甘落后,也无权失礼,便匆匆上街,拣各种花色的,购回来一摞,带些欢乐、游戏而又恶作剧的心态,男士寄给他一张柔情蜜意、言"晚风带去了我的思……"的悄悄卡,女士寄给她一张印有导弹、战车、坦克、军舰、强击机等杀人工具的暴力片;写成惯性时(反正邮费公付),甚至就是身边三五十步内的朋友,也孬孬好好给他(她)寄上一张,理顺关系,强化感情,逼他(她)也破时破费,加入西风东渐的流行行列。

时有消长,两三年后贺卡之风就衰减了。但也并非销声匿迹,而是平和有度。什么情况选择寄贺卡呢?那就是非电话、面晤所能言,而又无须飞鸿专言的必言之情愫。碰到这种情况,就用贺卡来表达,持之以恒,自然而然,不觉也有好些个年头了。

这其中有一家是泗县的刘兴品先生。我与刘先生相识于泗县乡下的黑塔镇,那一晚我正坐在镇招待所的烛光下专心记事,他误认为我是他同学,遂蹑手蹑脚从背后猛捣我腰眼一拳,我们就此相识。另一家是《上海文学》。我与《上海文学》的联系,可谓频繁,但平日不计,年终总有贺卡数枚往来,记得某年收到贺卡,上黑字大书道:我们年年月月天天天天天天天天祝您万事如意!虽是嬉戏夸张言语,但欢快遥握之情溢于言表,不由人不欢欣鼓舞起来。

　　第三家也是上海的友人,是华东师大的钱谷融先生。钱先生和蔼宽厚,冬日戴一顶绒线帽,平静安详,面色红润,整个人都显得暖融融的。每年里所有的日子我们都不怎么有联络,而只在年终互致问候,并祝来岁。今年我提起笔来,第一枚就邮给了他,不出三五日,钱先生的贺卡回来了:

　　许辉兄:
　　　　你的贺卡使我特别感动,因为它带来了你真诚的情意。这一年里我是好的,只是忙些。真希望有机会能在我家里接待你。有便来沪,务请过我一叙。献上我的祝福!
　　　　　　　　　　　　　　　　　　谷融 12.18

　　说实话,这是今年最令我思索和动情的贺卡。在小小的工作间里,我不时于工作的间隙拿它出来品味、冥想。它确实是朴实无华的,但我觉得这是我质量最高的情感交流之一。它能使我提高并且丰富,不仅仅是语文上的,而更多是人生的遵循上的。

　　　　　　　　　　　　　　　　　　　　1995 年 1 月 6 日

挽 留 时 间

　　时间正从我们的身边消失,像一种嘹亮的高歌——高歌的爆发是无与伦比的,全世界都在倾听这一种极致的声音,但是物理学的定理使它从炫目的顶峰滑向远方,远方迷人却又迷惘,嘹亮的高歌渐次消融,消融于湛兰澄澈谧如止水的大境界之中。那也就是我们生命的歌吟消融的地方,我们总是终止于戛然之中,我们由不知觉中来,又由不知觉中去,这就是我们的运数?

　　没有理由怀疑这样的事实:所有的高峰都可能是曾经的高峰,所有的经验都可能是曾经的经验,所有的过程也都可能是曾经的过程……这种悲剧性预测和感觉的结果却是非常合理的:它不但不使每一个个体的人畏缩,相反,却更加激起创作和探索的激情,更加激起生命的勇气和快乐,更加激起人性劣迹的挖掘,更加激起千篇一律的虚构和殊途同归的想象……但是,时间正从我们的身边消失,20岁我们没有时间的概念,30岁我们陷于"事业"的草创之中,40岁我们必须巩固自己的阵地,50岁我们做最后的冲刺,60岁社会开始拒绝我们,70岁我们在古老的疾患和衰弱中挣扎,80岁我们成为传统和旧时代的幽灵,90岁我们成为政治家和学者的资本或者负担,100岁我们是生命极限的活标本,它出现在愚人节奇事逸闻栏里,110岁……那只是上天的某种疏忽和遗忘,"任何事物都有例外,这就是最好的例证"!

确实,目力所及,我们身边所有的人哪怕是丐哥,都在力挽狂澜于既倒:我们找到了体能所能接受的第三份工作,我们利用了所有的节假日,我们戒绝了烟酒以及大部分嗜好,我们整天沉思,我们有机会就睡懒觉,我们酒肉歌舞,有时候还找有损我们身心健康的情人,我们铤而走险,我们攻击拦在路上的异类甚至放弃本职工作去溜……但是在我们所有的总结和归纳之中,延长生命仍然是我们挽留时间的最好的和最后武器。的确,我们不甘在任何时候平白无故地故去,我们愿意珍惜生命以至每个人都成为生活权威和有能力评价生命及宇宙的哲人,20岁我们享受恋爱的欢愉,30岁我们有所成功,40岁我们已经成熟,50岁我们平稳平仪,60岁我们开始倾吐自己的思想,70岁我们评价并修补社会,80岁我们成为人群的中坚,90岁我们发挥智能到顶峰,100岁我们自愿退休,110岁我们旅行至海角天涯,120岁我们更经常地去别墅过日子并且动手维修栅栏……

这就是我们的时间和时间的极限吗?这就是我们关于时间的未来的概念?这就是我们的追求?价值观和人文精神?信不信由你,我是这样想的:我想挽留时间,使它成为我的身体,我的精神,我的亲情、财富和体验,在下一世纪某个很久远的日子里,我们还能握手,游园,交换我们对未来的看法,坐在妻子和妻子女友的对面,说起某次某种意义上的幼稚有趣的动摇、猜疑和三角恋,然后用健康的男中音哈哈大笑。

在那种心境和松形鹤风里,我们才知道时间在我们的身边流连徘徊,它是我们友爱而幽默的小厮,言谈之中抚摸它的全身,那真又是一种极致的快感——因为我们挽留并得到了它。

1995年2月18日发表

攀　　登

　　无形的"攀登",自然令人心动,有形的攀登,也使人神驰往之。20世纪80年代初的一个寒假,我忽然心血来潮,去攀巢湖南岸银屏山区的一片山。

　　那山都不很高,也不甚深。当晚先求宿于一山农家,听了一夜山风,翌晨,天刚放亮,我即缘山脉而上,往目之所及的最高的山峰攀去。

　　天是一种钢蓝。暖意熏心,晴阳普照。山间鸡鸣狗远,山脊却是愈走愈狭,终至走成一刃。这时回首后望,山也还并不高峭,清涧历历在目,人形若有若无。我返身仰行,山脊愈细,斜坡迎面,越升越高。再走,不足三五十步,坡即陡立起来。俯身犬爬,鼻口贴地,渐嗅得一片异香。那时正在大学读《楚辞·离骚》,忙止了攀爬,低头拨弄陡坡上的枯草,暗想:这哪是江离?这哪是薜荔?这哪是杜衡?这哪是茹蕙?自己被自己激动起来——那也是一种真诚的激动,是很少掺杂、初尝生命这一隅的激动。回身痴望来路,河汉遥广,天地静宁,皆朗远无际涯。虽然从山下看,一个来路欠明的人,形迹非正地攀附于一座不很高险的山股上……有些奇怪,但我却有收获:是亲历了一种自下而上、中坡极目的境界——在往后生命的运作中,都可以类比。

　　后来,我又去攀了大别山,攀了黄山、泰山、庐山、祁连山、九华山、阿尔金山……攀了一些有名的和无名的山……那些有名的山,不少让我失望,而那些无名的、野的和更野的山,却都让我大喜过望——也许,景观,观景,我天生并非观景之人,青菜萝卜,丝毫也勉强不得。

  我是在平原长大的,对山,有一种天生的向往。这对我,是一个梦,也许并不特别意在那山的确形,是借了山的确形——山的深、山的险、山的怪异、山的迷踪、山的丰厚、山的飘忽,山的真真假假、错错落落、上天下地、飞动亘止……来填塞我听潮观瀑、焦掷喝击、雷轰钟鸣、仰笑低敛……的一种止不住的、永远的渴望。

  说来说去,又回到无形的"攀登"境地里了。原来有形与无形、有迹与无踪、有思与无意,也是扯不烂、砸不断、喝不止的一团纠葛——都掺和成一片了!

1995 年 3 月 21 日 合肥金大塘 2 号楼 602 室

在　　家

"在家",对我一直是一个挑战,也是我的福事。虽然别人都看出来我是一个好静的人,但我自己知道我并不那么安静,如果窗外有更吸引我的事,我会放弃家里的安静而投身于社会的洪流中去的。在一般情况下我每天都要上街一次,哪怕没有任何需要我上街的事,我必得在一天之中的傍晚(这是一天里的最后机会了,除了夜晚)穿衣套鞋走上街头,置身于人的海洋里,随着大流,或买一张报纸(一般是《参考消息》——它是我从正常渠道获取外部信息的最主要的媒体了),或采购各种零嘴于商场食柜前,其实这都不是生计的迫使而只是与外部交流的需要。我跑到乡下写小说或者闲逛或者突然出现在某小城的一个熟人跟前,使他为此而惊讶好几天;我自己掏钱跑到北京或者广州住一阵子,然后又奇迹般地回到家中,回到原有的朋友中间,回到使我得到慰藉但也使我从心底产生莫名悲哀的生活中来;我不顾家里家外所有亲人的最后通牒式的批判而任性地接二连三打十数场以输赢为目的的麻将;我又跑出去把城市里所有的新旧展览通看一遍;我开始跑花市,然后抛弃花市进山(大别山)观察树桩的挖掘可能性;我突然喝起茶来了,于是把好几个半天耗费在整条商业街的茶庄茶柜前;一改前习我(有一阵子)热衷于集会了,于是所有的会邀(哪怕是没有任何好处的)我都积极参加……

确实,在家不是许多人能够接受的,"闷得发慌""闲得无聊"也的确存在,但所有的诱惑、不适和吸引都还是抵消不了实践告诉我的"在家"的好处。这也许是职业的理性的告诫,也许是生命基因的一部分,另外这也许还是社会发展的唯一坦途。"周五工作制?"休闲在家的时间也还是太少了,上班显然并不是积累"财富"的最有效的手段,"休闲"在家使我们"创造",有朝一日,我们只需推广和销售"知识产权"就可以食有鱼而高枕无忧了。在家使我克制并可能对世事看得更明确一些;家使我平稳而不必心如焦草;在家使我有一种长期的打算而不要求尽快进入;在家使我有可能明确地对待一个人、一件事、一种事态而不必模棱两可;在家使我有规律,这对延年益寿也是有好处的;在家可以使我博览全球上下五千年纵横八万里;在家是一种千载难逢的好机会,至少它是一种享受,并且越来越不枯燥而成为一种生活上的和精神上的享受:除了读书、写作、音乐、遐想、哑铃、整理和看电视之外,我们至少还可以玩电脑游戏、唱卡拉OK、看海外新片,再往后还可以借终端以试图进行盗版试验吧?这就是时事要求在家里工作的人的一般性的生活?它使我经常进入崭新的工作状态之中,虽然我还是经常经受不住门外世界的诱惑,虽然我还会心如焦草,还会出门寻找某种中性的娱乐……但我毕竟找到了一条自由之路,那就是适应了各种不同的环境。这就是我的"在家"。

1995 年 2 月 27 日

春·茶

我们家以前是没有人喝茶的,往年得了茶,要么转送别人,要么就遗忘在家中某个人迹罕至的角落——年底打扫卫生或隔年调整陈设时发现它,再一并送入垃圾袋中,与它永诀。

但从去年下半年始,茶在一夜之间,成了我们的朋友。想来也没有别的缘由,只因孟冬我于午夜的一个良梦中醒来,一刹那间,稀里糊涂而又清醒万分地忆起许多茶事。一是那年一个人在大别山闲遛,上了一座山,住进了一座山棚,录了一夜山歌,又随山里姑娘,炒了一夜山茶——不由得生出许多泪濡衾裳的感慨。再一是,某年随一参观团去黄山,下山住在一道溪畔,晚饭后,诸会友结伴同行,往山村采购新茶。茶自是上等,由铁桶而陈于竹箩之中,价格议定,各人均分,其间一人,只抢其上,不顾其下(碎茶尽在其下),莫名其妙我立刻当众指出了这一点,弄得那人略觉难堪。想不到那事入了脑海,此番再现,不知其意若何;那人虽不常见,但我还记得清楚,只是远在天涯,往后相见的概率,定是微乎其微,这芸芸众生中的偶见而又(近乎永诀的)远散,使人扼腕浩叹。三是父亲八旬高龄,10多年前心肌梗塞过一次,于是戒了烟,酒也少量,癖嗜的寄托,只在清茶上,往年我也并不在意,每年拣好茶尽量带些回去便是,但去年下半年,父亲电话告知:茶事略紧,可专购回。这是父亲第一次明确托我办事,又是父子常年难得见几面,心海震动,星物移情,赶紧购了好茶,谨呈父母。只缘男儿青石面,犹言未言难尽述,亲情那时只在茶上。四是读过一本说茶的书,尽为历代茶文撮辑,言茶之清淡、茶之浓酽、茶之山南、茶之山阴、茶之峰巅、茶之谷底、茶之明清、茶之肆俚……又读过另一本说茶的书,所言茶之节季、茶之品器、茶之冲荡、茶之所历、茶之所容之物、茶之所品之地,也多能催人情动,感受到一股民情的熏风。

于是以上诸般缘由,茶风在我家,渐便盛行:先由我起头,后便风靡至妻女,早一杯,午一杯,相沿成习,竟成一日不可或缺之势。但起势虽猛,来至荠菜春上,暖日日多,花信风盛,茶却告罄——这都是半路出行的缺憾;有心去街市购个半斤八两,又觉新茶不日即至,再喝陈茶,恐为不识时务;但新茶何日能到,心里却并不知个约略的讯息,便一日挨一日,昂脸望远方望不至的山,心里梦着:能与两三位稳和友君,季春之一日,往他们中一山间的友人处去,先骗一顿吃喝,再掠几斤茶返,慈父两份,自个一份,访友半份,岂不妙哉!又梦:自个独一人入山,山南山北、山左山右、山深山浅地转过,自个采了,自个炒了,自个携了出山,不也是当今啸嗥人生的一处至境?

春正是日日厚了。与妻说定,先备二三百茶资(他人送亦不拒),以候春深。暗里忖想:是岁先有了这一片企望,这一岁便是有救了。这一年,也定将是精神了。

清汤养人,养颜、养心、养性、怡情、厚势、浓谊、广志……似摸着正果了。

1995 年 3 月 31 日—4 月 1 日

手,左手

　　左手一直是我骄傲的一个小小资本,就我个人来说(除身高尚能凑合以外,几乎就没有能拿得出去的)。它确实有点不同寻常,首先它比其他地方的皮肤(特别是面部)白而细,甚至比右手都更白而细;其次是它柔韧而灵活,多少有一点钢琴演奏家的素质;它还是有力的,在 30 多岁以前的一切掰手腕之类的活动中,它都会应命而出,并且可能战而胜之;甚至我与妻子成婚也得益于左手,因为我们第一次相见时,我有意无意地把左手亮出来炫耀(扬长避短),她看上了我的手,爱屋及乌,与我结成伴侣,成就了我家的一段佳缘。

　　这种种迹象都加深着我对它的钟爱。它甚至不用涂脂抹粉就能永葆青春。我时而欣赏它,并且不知从什么时候起,我开始在妻女跟前吹嘘起它来。妻子赶紧制止——因为这是有教训的:某年春节,我在家中大夸其口,说我长这么大还从来没被小偷偷过,但上天有眼,第二天我离家返肥,刚下车包就被小偷拽走了。而且我是眼睁睁看着偷包的小偷转身遁去的,但公交车已开动,任我怒喊狮吼都无济于事,包里不但有吃有喝,有现金、读物,还有有关妻子工作的关键性文件。这是我在这方面得到的某种看不见的势力的第一个明白无误的示意,但显然这种示意对一个人来说印象仍然是不够深的——妻子赶紧制止,但看起来似乎已经来不及了:一个盛夏的夜晚,我在自家的家门口被一个类似歹徒的人用锹砍伤,伤处自然不可能是别的部位,而只能是左手、左臂,伤疤也是永久性的。

　　整整7年过去了(人又有几个7年呢),往事似乎已经淡去,我又一次处于一种与7年前相似的虚假的充盈之中。或许是经验给了我一些预感,这时我做了一次长途的、没有目的地的旅行,我仰望着新的我从未见过的天空,呼吸着另外一些人呼吸着的空气,等待着某个事件的发生。于是在一个恰当的季节,在一个恰当的时间,一辆停着的出租车恰到好处地把我撞飞(我骑自行车,出租车车门打开),当我从自行车上凌空飞起来,翱翔在祖国蔚蓝色的天空中,并且准确无误地向出租车倒车镜上降落时,我就已经在想:想要加深一个人对一件事的印象,或者想要改变一个人的精神路程,"给点皮肉之苦"确实是一种最直截了当也是最有效的办法了。毫无疑问,左手又是首当其冲的,在掌心那片巴掌大的地方,一家有相当名气的大医院小题大做绣花般在上面缝补了好几十针(拆线时我又为此而几乎晕厥)。我平静而庆幸地躺在手术台上,我当时的确是这么想的:这确实是最好的结果了,或者说总得有个结果,这个结果就是我前一段路程的结束,后一段路程的开始,权衡比较,我是划得来的。

　　现在,我引以为自豪的左手(左臂),已经是伤痕累累了。当我夏天穿着短袖衫,自由自在地出现在各种场合时,它们会热心地显现在公众面前。时而,也许会有好心的先生或太太问起它们的来历和出处,这自然就是一个轻松的话题。在某些枯燥的场合,它们的出场尤其得体。当然,我为此付出了小小的代价,但我得到的东西也是十分宝贵的:在一段时间里我不再沉浸在家庭、工作、环境和"业绩"的虚构的自我满足之中了。我显得清醒多了,我感觉有时候人明白了一种处境但却无力自拔时,那某种看不见的东西就会用强力使你改变(你也可以改变呀)。这当然是一种机会,虽然我们绝不会主动选择它。

1995 年 2 月 27 日—3 月 2 日

刘克，仍在病中

仍在病中的刘克先生依然是那样魁梧的身材，但步伐已不甚灵活；仍在病中的刘克先生依然有着清晰的思路，但表述已经出现了不能自已的小障碍；仍在病中的刘克先生依然有着良好的气色，尽管病魔正在占据他的健康领地——但他也依然谈笑自如。

刘克先生现为合肥市文联名誉主席。他的大度开朗、淡泊名利的人生态度使他成为我的行为楷模之一。的确，他20世纪50年代在西藏动荡的天空下书就的短篇小说《央金》，是足以成为许多人包括我的"经典"的，但是这种"经典"的意义真正是小说本身而非小说外的，是小说本身时代的含义、语境的深邃，当然还有作品人格力量的融合。这么说来，小说加上时日锤炼的作者的品性，使刘克先生自身也成为一种"经典"了？——这就是我对人的理解：品格的力量，加上技艺的力量，才使一个人趋于更加完整。相对于我们周边某些人、事、物的畸形发展，我觉得刘克先生的这种生活态度已经具有了某种宗教的意义。

1995年3月24日发表

周志友:《黑麦》

　　周志友先生的诗集《黑麦》1994年由设在香港的"中国经济文化出版社"出版,装帧设计由周先生自己负责,版式竖排,字体从繁,篇眉明晰,纸册手感良好,为"居家旅游之佳品"。

　　诗集分为八辑,第一、六集多有近作,其余各辑则多"保留"佳目。因无前言后语,猜测此为选集。志友先生曾在煤城生息多年,并于北地生长、开花、结果,所以《黑麦》中咏煤及煤物之作颇多。我则轻信市井及乡俚的抒情,"簸箕里的种很干净/男人们离这里很远",能带给你一种很久才有的安静吧?"我的身边坐着一位美丽的女性/善良且善饮",使您想起过去的激情。而"一看着听筒你就听出是我",则有了一种我们会在街头驻足的流行风。但周先生的诗风是刮在深巷里的,那里我们不常去玩,因为我们浸淫在街头的喧嚷之中——我们每月的花销也真是太大了。

1995年3月24日发表

匠　　人

　　我相信,每一个男人与生俱来都有做匠人(木匠、泥瓦匠等)的愿望、小聪明和能力,比如我们无意中就能成为家中更换灯泡、修理插座、疏通下水道、垒水泥平台的"老手"。只是这种愿望、聪明和能力大多数时候都被压抑或贬损着,没有爆发的机会。

　　去年下半年,我因为左手受伤而打着绷带回到家中蜷缩起来。我的匠人的愿望突然爆发了——这也是家居局促、陈设旧陋所引起的——于是匆匆策划一番,花钱请人封了阳台,接了上、下水管,是想把厨房搬到阳台上的——这些个人没有条件做的事情做完之后,就轮到我大展身手了。我先是吊着一只手上下6楼无数次地搬砖偷沙,然后一点点地和泥垒砖,把阳台上的洞隙堵起来,并且砌起了一种最简单的台子。虽然一只手干这种活非常困难,叫人看见了也不可理解,但我却兴致极高,没有丝毫的气馁。阳台封好厨房搬过去之后,我的劳动热情依然高涨,我继续从楼下的各建筑工地大量"偷盗"黄沙,然后自己动手在原厨房里铺起了地砖。这真是一项有趣的工作,我从下午开始一直干到天快亮,终于使地貌换了新颜,在劳动的过程中,我不止一次得意扬扬地想,我真聪明,这种事情一干就会,而且绝不比专做这营生的差。

　　泥瓦匠的活因为我的"孤掌难鸣"而持续了一个多月,把我累坏了,但紧接着我又乐此不疲地当起了油漆匠——我雄心勃勃地想把家里所有的门窗都改颜换面,而且今后随着兴趣的变化不断地改颜换面。我买来了红、白油漆(油漆店只有这两种),女儿当然觉得很好玩会主动参与进来的,于是,我大大咧咧地征求她的意见:你想要什么颜色?你想要什么颜色咱们就漆什么颜色。女儿说:粉红色。但结果我没能调出来粉红色,而是调出了近似大红的那种红色,我在窗户上一刷出来,大红大绿的,女儿就说:下乡了,下乡了!我只好又刷了层白漆把它盖上。我又想在墙上自己贴墙纸,当然我不是想贴那种单一的墙纸,而是想买许多种不同花纹、不同颜色的墙纸,经过精心设计、精心组合,在各个房间的墙上展示不同的艺术图形,并且过个一年半载就重新组合一次,让所有来访者都不断地吃惊。但是我遭遇了困难,首先是商店里墙纸的图案实在太少太单调;其次是贴墙纸完全是一种考验人耐性的活,得像绣花般一点点刷匀、对齐、压紧,这显然已经没有多少游戏的乐趣了,我很快就放弃了这种选择,而改为涂料刷墙。当然,我打听到并且决定使用的是一种新型涂料,叫乳胶漆,它操作简便,色彩明丽,还可以掺杂各种广告色,但我觉得它最大的好处,就是非专业人员也能第一次上岗就刷得像专业人员一样漂亮,几可乱真。

现在,我的匠人的冲动已经有点过去了,按照我当初的设想,家里该变的也都有了不同程度上的改变:墙上涂了涂料,虽然各处都漓拉了一点;地上铺了地砖,虽然高低不平了一点;窗户漆了新漆,虽然颜色厚薄不均了一点……但我的收获和感觉却是全新的。这就是体验的快乐。体验?我们曾大同小异地经历了同一种进化的过程,自己动手,开荒种地,搭屋造锅,丰衣足食的规矩多多少少仍残存在我们的基因里。对当代科技中的都市一族来说,适当的匠心及体力劳动应该是我们的愿望和享受,这与生计的紧迫不同,虽然这也是财富积累的一种方式,但更重要的是,它能使我们回到一种进化的激动人心的过程中去,它能清除我们意识角落里长期积存的现代社会的病菌,巩固我们健康的心理防线,激发我们的创造精神并且给我们以简单而实用的满足感。自然,我们的体能也会因此而得以恢复。这样,当我们回家走到楼梯口听到撬门的声音时,我们至少还能闪身墙角,坚持着吆喝一声:警察,把手扶在墙上——我们还不至于立刻就丢了脸。

1995年3月31日—4月1日

黄色出版物

"黄色出版物"我想包括的范围很广,既包括报刊、书籍、画册,也包括录像带、影音带。而在我们国家,牵扯的面似乎更广些,例如我曾经为之工作过的一本刊物,20世纪80年代末在"扫黄"中被停了刊,它的内容在一个很短的时期里确实不怎么高雅,但也并不是"黄色"的内容,既然被"扫"掉了,那自然就得背着"黄色"走。

"黄色"的出版物及音像制品,对人总是有着特殊的吸引力的,1988年前后兴起了一股裸体艺术热,摄影画册、美术画册,应运而生,薄薄的一本,三五十块钱,其实里头没什么,看不出什么特殊的味道来,但有人买,印刷者就可以运转,就有赚头,这些当然都还是"艺术品"。后来有一段时间电影院又总是放"少儿不宜"或"十八岁以下严禁入场"的片子,我好生奇怪,现在怎么突然有了这么多这样的片子,票价又都要得很高,就买了票进去看,看看到底是什么玩意儿。其实怀着这种心理的观众我想占大多数,这大概也就是影院们所期待的,不管反应如何,或抱怨或满意,总之你的钱已经花了,下次必定还会再花,这就是影院经营的成功。这类片子里,除《查太莱夫人的情人》《九周半》及《本能》外,都较一般,这"一般"既指"不宜"的程度,也指艺术的水准,但它们能吸引日趋减少的观念,也是不容置疑的,虽然没涉及"黄色"一词,但根本点仍在这里。

"黄色"的印刷品也看过一些,有的是日本的,有的是香港的,不知道是怎样流传进来的,那印刷都极精良,装帧也考究,人像清晰,效果极佳。但其大部分只是些社会生活类杂志,全面讲些夫妻生活技巧,所占篇幅也很有限,看了后对生活和知识的丰富有些好处,但照片直观,不知是否有伤风雅、有碍观瞻。还曾经有一段时间,合肥的狗市有大量的个体的录像带出售,看封面包装,确实够吓人的,裸男脱女,姿态挑逗,大号字的广告标题是:惊骇!艳倒!三级毛片!但除了一些片名,是在影剧院或镭射厅已经看过了的,除了"庸俗"外,并不"艳倒",依然是附在"黄色"上赚钱罢了。

可能是年岁和经历的关系,这里的一切都不再神秘,但对于未成年人,它们很可能是冷面(热面?)杀手。在一片混杂的噪声中,反而极想在某一个安静的角落里默默地看经典的艺术片,那大概才叫过瘾,才叫真的过瘾。人的"生理"的周期就是这样吧。

1995年4月9日发表

淮北纪事

淮北是我的老家。这种老家的意义已经有点宽泛了:我父亲的祖籍在泗洪县梅花乡(20世纪60年代以前也为安徽属地),母亲的祖籍是泗县山头后王沟村,我出生于蚌埠淮委医院,但却是在淮北宿县(现宿州市)长大的,高中毕业后我插队到了灵璧县向阳公社大西生产队,大学毕业后又分配在宿州市人民政府办公室工作……来来去去,总离不了淮北,那么现实生活中的淮北是什么样的呢?在一篇创作谈里我这样说它:

> 所谓"淮北",顾名思义,就是淮河以北。因为淮河及其他许多河流(包括现在已经消失的河流,例如泗水、汴水等)的冲积,淮北成了土地肥沃的平原,即淮北平原;假如它再与河南、山东、江苏的一些地方连、系起来,在自然地理的意义上,它又成了大平原,叫黄淮平原。这也许就是地理的最简单,也是最基本而又准确有效的组合方式。于是每一个人,就都被涵盖在这种大同小异的组合之中了。我觉得,这正是生命(和其他)发展的全部奥秘。
>
> 当然,淮北又是独到的,就像另外一个人体会他自己的地域一样,没有在淮北长期生活的经验,是不可能细微地体验或占有它的独特的。淮河是一条深奥的河,它同秦岭等连接起来,就成为我国南北地理的一条分界线了。所谓分界线,并非无力亲受的人所理解的那样,是地理学为了方便

而大致框定的一条试题答案,它有着非常实际的意义,那就是当我们由南而北跨越淮河时,我们马上就进入了北方——温度的差别和(因地理因素而形成的)习俚的差别,立刻就会提示我们的身体和感觉,非常明显,泾渭分明。橘生淮北为枳,就是这种差别的实践及佐证。

这是大家都能有目共睹的淮北。但在我的心目中,还有一个虚构的淮北存在着:一个以实在的淮北为基本框架,以我数十年岁月积累起来的习惯、感触、亲情、友情、乡情、愿望、人文理想等等为填充物的构想中的淮北。这构想中的淮北,是实在的淮北的补充和延展,我在小说中用"濉浍平原"这个自制的概念来代替它:

《人种》:濉浍平原远古的生活、生存场景。

《王》:濉浍平原有文字记录初期的政治、军事、经济、谋略、文化史。

《焚烧的春天》:濉浍平原乡村一隅发生的爱情故事。

《幸福的王仁》:濉浍平原小城镇里的感慨人生。

《飘荡的人儿》:濉浍平原上的一段伤心传奇。

《有太阳炙烤的焦黄色天空》:濉浍平原上心灵的干燥和焦渴。

《乡村里的秀梅》:濉浍平原上歌哭着的知青生活。

……

但是现在所有关于淮北的这一切(实在的和虚构的)也都还不能满足我对淮北的周期性的渴念和暗想:我离开它似乎越来越远,时间的间隔也越来越长了。像一个断奶的孩子或者被逐出家门的弃子,我常有焦躁和暗自垂涕的时刻和愿望:淮北是我的淮北！我的淮北！谁也夺不走！夺不走！当然，谁也无法从别人的头脑里夺走本属于他的东西。一个人出生了，长大了，后来经历了一些别人不知道的事情，然后又死亡了，他无法多次挑选老家、屋檐、亲邻和泥块。他的感情还能寄托在哪里呢？他还能依靠谁呢？他还能为谁而歌哭，为谁而站着生死，为谁而承誉受辱呢？于是我只能在都市冷热无定的壁垒里，每天都打点了小包，随时准备启动我的脚步，走到淮北的土地上去。

那是春天、夏天、秋天和冬天的故事：

春天：春天少见的一场狂风暴雨把我驱赶到五河县桑庙乡乡西麦场边的一户农家。夜寒风冷，淮北农民都是绝对好客而朴实的，他们（一对年轻夫妻，有三个女孩，其中一个是超生）让最好的烟给我抽，又专炒一盘辣椒给我吃。晚上我睡在锅屋的麦秸里，棉被上油汗的腻味熏得我无法入睡，但后来我睡着之后就再也没有醒来直到天亮。

仲春：我按捺不住激动的心情，一个人横越了灵（璧）南正在耕耙的土地，横穿了大西生产队的田野。这是我第一次回到十几年前生活和劳动过的地方，我没有任何准备，不敢随便闯入人家，可是庄外忙活着的人没有一个注意或认出我，我也没认出一个村里人。最终我控制不住，走进了记忆中队长的家，但那里不是队长的家，而是西学红的家，他是个有知识的人，当年我们可没少谈无产阶级专政和苏联的军事力量之类的话题。队长家搬到村外去了，那里已经盖起了成片的瓦房。

夏天：我住在向阳乡唯一的一家地铺旅社里，蚊子劈头盖脸地飞来，晚上很晚了，七八个互不相识的旅客在店东家的锅屋里（用棉柴）烧火下一大锅面条，然后个个用海碗狼吞虎咽倒进去两三碗没有油只有盐的粗面条。

秋天:我再一次穿越向阳乡的土地,在新汴河的渡口上我知道有一个人死掉了,他是地主的儿子,他娘很早就守着寡,我下乡的第一天就是他赶着牛橇在冰天雪地里把我接进庄的。他总是成为别人的笑料和欺侮的对象,到了 30 多岁他还没能结婚,他娘死了,后来他自己也去死了……

冬天:固镇县汽车站南墙根(太阳能照到的地方)有一个被父母丢弃的小孩,许多人围着看。小孩长得方头大脸,身上穿得干干净净,手里拿着一块蛋糕,睁着惊慌的眼睛看周围的人。有人说,是一对年轻的农民夫妻丢的,刚才那两个人还站在车站对面的商店门下往这边看(是看可有人抱他们的孩子,是什么样的人抱他们的孩子),后来孩子被车站里一个扫地的老头抱走了……这将是很长的一个故事哪!

……

这就是我的淮北的故事的一部分。

让我在淮北四月的风沙里倒下去,让我在淮北化为泥土,化为一缕清风,化为村庄的带有猪圈牛棚腥臊的气味。

拥抱淮北,那是我 30 年无时不有的愿望:

我曾徒步走遍濉河。

我曾徒步走遍沱河。

我曾徒步走遍浍河。

我曾在淮河两岸数月徘徊。

我曾无数次骑车下乡,无数次穿过淮北的村庄,无数次站定在农民中间成为他们身边的一棵杂粮。

我不敢从堤岸上降下去和他同行……他开始说:"在你末日到来之前,你便走到此地,究竟是什么机会?什么命运？那位引路的是谁？"我回答道："在地上的时候，我还在清明的生活之中，我迷途在一个山谷里了，那时我的年纪还没有达到鼎盛。昨天早晨，我走出山谷；在我逢着危险，进退两难的时候，他突然出现在我前面，就是他引我经过这里，走向归家的路。"（《神曲》）

有它的引导，我找到了归家回淮北的路。

淮北的故事，已经成为我生活和命运的一部分了。实在的淮北和虚构的淮北，在一个人的头脑里，在一个人的书里，永远不会忘记，永远不会忘记！那么下一部是什么？下一部是《我在江淮大地的老家》？或者是《濉水县里的龙族》？——都还是淮北佬的故事，都还是濉浍平原的话本，都还是江淮大地的传奇，都还是这方土地上开的花、养的苗、结的籽实！

这也算是，一个淮北佬的自白？

1995 年 4 月 9 日

对一条小鲫鱼的回忆

我现在写我记忆中的一条鱼,不完全把它当作一条鱼来写。我似乎是要寄托自己的某种感情,某种只能感觉到却难以诉诸文字的潜动的感情。我时常被这种感情所左右,因而辗转反侧,深思不已。

它是一条亮黑色的小鲫鱼。10月中旬,在我过7岁生日那天,妈妈把它们买回来,放在水盆里。

当我们姐弟几个把它从盆里拿出来,放在掌心看时,它好看极了。它的透明的"嘴唇",它的薄膜般的鳍,它的可爱的眼睛,它浑身黑亮的光彩,它的微微扭摆的动作,都打动了儿童的心。于是我们趁妈妈不在,偷偷将它劫走,养进一个大瓦罐中,藏在院角的一堆杂什里。

那儿就成了儿童的另一个世界。那儿有儿童的乐趣,有儿童的幻想,有儿童对小生命的热爱。它吃着我们的食物,在小得可怜的四壁间,摆着尾鳍游动,显得很孤独。

我现在时常这样想起:当我们离开它,去更广大的天地做别的更吸引人、更热闹的游戏的时候,它该在忍受着怎样的寂寞的痛苦呢?

事实上它很快就失宠了。我们在别的游戏中获得了新的欢乐,我们几乎全忘了它,一个多月过去了,其间大家偶尔才去探望一番。

接着就入了12月。一个很冷的早晨,我突然被来自心底的感应惊醒,心中觉到一种莫名的不安,好像萌发了一种怜情,随后想起了我的那条小鲫鱼,瓦罐里的黑色的小鲫鱼。我带着不祥的预感跑向它的居处。那时还很早,人们恋着热被窝,只有老奶奶煮饭用水的声音。天气晴冷,没有风。

呵,我的小瓦罐……我的小鲫鱼……我的黑色的小鲫鱼……它好像还活着,它在清蓝色的冰里,好像还游着……它的尾鳍稍稍扭向一边……它的温柔的眼睛、透明的唇吻……它的娇小的身躯……

我捧着瓦罐痛哭失声。爸爸、妈妈打我或者吵我,我也哭过,但那是因为怕疼或委屈。我好像来没有这么伤心过。我哭得喘不过气来,胸口发痛。

今天,当我处于某种精神状态之中,由于某一触机,而忆起了这件童年时代的逸事,我仿佛重又体验了那一段生活。那条小鲫鱼的娇柔的影子,不断浮现在眼前,使我有一种怅然若失的感觉,对社会、人生,油然而起了无限的留恋和无限的爱的情绪……

1995 年

黄 泥 捏 人

　　为作那些虚幻不实的文,也为了爱好,翻了半堆远古的文件。翻来翻去,不觉又翻出了先人、古人、中人、外人……早已提出来了的那个"人从哪里来？又往哪里去"的问题。

　　上天洪蒙,下地蛮荒,黄泥捏人,鸡肚狗肠。人自几万年前进化过来,进化到现今这样,确也不容易了。人还该往哪儿走呢？那就更不知道了:地球上没有现成的模式,地球外的事又知之甚少。叫那些有忧患感的人,心焦如焚。

　　却不知道另外一些人是怎样想的。

　　前些年,到颍上县蓄洪区的一个庄台上去,庄台上的人讲:水有上来的日子,就有下去的时候,怕啥！——这是一种表态。

　　过节的时候,有人去拜望一位辛劳了一辈子的老文化人。老人说:我这一辈子,要叫我自我评价,别的不敢说,我敢说我做到了两个字,就是:真诚。——这又是一种表态。

　　黄泥捏人,泥性有变,人性也变。

　　世道原本也是个杂脾气。

　　我也是常出门的。自个出门时,喜欢跑远,东南西北方,跑得老远,跑得远离了城市,跑到野地里抓黄泥看。

　　泥就泥呗。但泥跟泥偏就是不一样。

　　东方淤白,西方焦黄,南方血红,北方傻黑。蒸出来的人各有不同。

　　黄泥捏人,亦有近远之分。

远乡的黄泥是香些,是个黄泥的样子,散发出一股文士描写过的草腥气,上头还有土蛐蛐钻拱出来的洞眼。——可就是清淡了点。

而近郊的黄泥呢?

那味道就杂了。从颜色上讲,有老黑,有酱红,有苍黄,有肝紫,有菜青,还有斑驳花嘈。从品性上讲,有能叫人十八变十六七的,有能叫人生下来就进少年班的,有能药了人三五月才叫人死的,有能叫人长高的,有能叫人长生不老的,有能叫人脏器里长出"牛黄"的,还有能叫人数数只数到八、管所有的女人都叫阿姨的……

尝得多了,跟那近郊河里的鱼样,人就不太上钩了,就选着上钩了,就长本事了,慢慢也就能对付它了。

什么样的酒也都能喝了(李玉和语)!

1995 年 5 月 29 日发表

客厅艺术家

　　胡永年先生的树桩有些名气，他捅弄这些"活的艺术品"已经有些年头了。人物两依，为此他还专门把住房换到了远离闹市的底楼。我对胡先生的桩事很有点羡慕，羡慕却不在正道上，一是羡慕它们大约能值大钱；二是羡慕因此可以每年春天到大别山里去一趟，挖或买些桩子回来，也够浪漫的。

　　除树桩以外，近来又听说胡先生养了一条会唱歌的狗，这也是挺新鲜的事。于是趁陪江西来客的机会，好好地观察领教了它一番。

　　狗是一条半鬃毛品种，个头不高，对来人十分热情。晚餐过后，它的表演开始了：女主人吹响口琴后（别的狗可能完全没有反应），它先是凝神谛听，然后汪汪叫两声，身体直立，前爪趴在人身上，伸着脖子号叫起来。与人相比，它当然是五音不全的，但看得出来，它舞台感觉好，艺术冲动强烈，断句得当，造型新颖，旋律的表述也有一定的起伏的抑扬，十分难得。

　　表演结束，毫无疑问，它赢得了由衷的掌声。

　　除树桩和宠物外，胡先生最用心的还是文学。沙发上放着翻卷了的文学期刊，顺口就说出了某杂志发表了谁的中篇小说。闹与静，浓与淡，胡先生也许是兼得了。

1995 年 6 月 2 日发表

商 旅 之 梦

迄今为止,我最大的商务活动只有两宗:一宗是插队后考上大学,行前把所有的粮食都拉到县城里卖;另一宗是前些年全民经商,我被大浪冲得站不住,在一个星期天的上午,发动全家,用自行车带了一捆杂志到包公祠西边的狗市去卖,所得无多,仅够冷饮,做了一回发财的小梦。

这些无足挂齿的商事,都只是一种笑料。但我对商务活动却一直是羡而慕之的(我写了一个没有一点客观依据的长篇小说《王》,小说里所有强盛起来的国家,都和经商有关,商国的人经商,也就直接被呼为"商人"了)。商梦人人都有,我的羡慕有二:一是商事的结果——钱,当然也不是对钱本身有什么控制不住的非分之想,而是觉得有那么多钱了,也就可以实现自己的许多梦想了,这是人人都有的补偿心理;二是商务之旅,商务之旅之所以诱人,是因为我酷爱旅行,而我所能支配的旅费,除开自己的私费以外,公费为零,而且从表面上看,商务之旅是随机而自由的,既可以观光,又可以公干,穿梭往来如游戏,吃喝舞乐为工作,多么神奇而惬意。

当然这肯定是一种偏见了,但商务和旅行(不管你进行的是什么旅行)的正比关系,却也是屡被证明。"万金油大王"胡文虎就是一个例子。胡文虎与其弟胡文豹,最初在缅甸仰光经营祖业,房产数处,财源滚进,业务不能说不发达。有一年胡文虎在东南亚及东亚各地旅行,发现新加坡交通便利、商业发达,比仰光有更多的发展机会,于是毅然迁到新加坡创业,最终成为海外有数的华人豪富之一。而最典型的例子则是这样的:某一玻璃商到南美某国打算做一笔(由政府控制的)石油大生意,遇到了强劲对手,这时他意外发现该国牛肉积压,于是他包销了该国的牛肉,并因此而赢得了全部石油订货。合同签订后,他根据当地一家报纸上的经贸信息,旅行到了伊比利亚半岛并告诉该地某国政府,他可以在当地一家濒临倒闭的大造船厂定购一艘超级油轮,条件是该国政府购买他的价值相当的牛肉,当地人大喜过望,立即同他签了合同。紧接着他又旅行到了北美,对那里的一家石油公司说:如果你们租用我的超级油轮,我将购买你们价值多少多少美元的石油。非常明显,这几笔连环套似的买卖做成之后,玻璃商在旅行和游乐的气氛中,赚进了他平生最多的一笔钱。

　　这种生意真是愉快而轻松的。也许我所注意的情节太多了,因此而失去了客观评价事物的能力,以致成为偏颇。但毋庸置疑,商务之旅的轻松和浪费多一点,也就更适宜于发挥、创造和成功。

　　我的商务之梦、商务之旅,永远只可能是清淡、遥远和无法兑现的。当然,如果商务之旅剔除了所有的纯商务活动,而变成一种思考的过程,那时我肯定会成为一名积极而活跃的商人的——因为我对所有设想的活动都感兴趣,而对所有实践的活动都会天然地拒绝——当然那也是不可能的,因为那时候40多亿人要靠唯一的一个"商人"(我)来养活,责任确实是太重大了点。

1995 年 6 月发表

与三峡无缘

　　好几年以前,我们到了昆明,日程里的最后一站就是三峡,游完三峡,整个旅程也就圆满了。但在高原仲春一个青雾绕树的上午,家中的电话告诉我:你必须马上到上海去。那时看三峡还没有现在这么紧迫,毫不犹豫地就起程往上海去了。

　　那是感觉时日无止,尽可挥霍,还有无数个日月的日子,其实那也正是一种结局的开始。几年后的一个秋日,我第二次面对三峡,是通知我参加一个休假考察团(我也该休假了吗?),是一次成都、重庆之行。但我正远在北方的一隅平息我的一段激情而无暇他顾。

　　机会也许就是这么容易溜走的,而"缘分"这个词语也就是这样进到我们心间来的,春天再次降临我们身边,冰清玉洁的灵秀在山谷里很远的地方,所有牵情的鸣啭都藏匿在我们心中……玉兰花开过了季节已是夏天,又一次三峡之旅已经敲定,这时我三心二意地读着一本厚重的书:……夏至的时候石中五色之玉出现,蝉虫鸣叫,半夏生长,阳气弥于山野而升至远方;……生命的积极而活跃,对即将出旅的人是一种鼓舞,不知道为什么,我犹豫而又等待着这次长旅。终于,我按照一个约定的时间,在一个阴气浓重的日子,准时来到机场。许久没有离开城市了吧?沿途一望,所有谷草生长的地方都已不再绽着花,小麦已经开镰收割,桑葚正从郊外送进城市,出售给好奇的学童……两小时后登机的时刻到了,而候机室的小姐(通过扩音器)也正告诉大家

"武汉机场的天气不够飞行标准"而最终取消了这一航班。

傍晚回到家中,倦意阑珊,已经决定不再赴会,给武汉拍了电报后……对方电话来了……第二天上午抖擞精神,再次出发前往机场,又见到一些熟悉而干净的面孔,又看见那些轻盈的步伐和明亮的眼睛……也许真的坚持一下一切都容易了:准时登了机,准时上了天,准时升上云顶往西方(如果你认为那里有极乐的境界也未尝不可)飞去,然后又在10分钟后再次"因武汉机场的天气不够飞行标准"而掉头飞返合肥,平安地降落在我们前一刻出发的地方。

像女儿一样(心情不好时),回到候机楼里我真想振臂高呼"打倒日本帝国主义"!傍晚时分5309航班再一次被取消。合肥的天气似乎也变得"不够飞行标准了",候机厅外天上下着小雨,空气潮湿氤氲,正是初恋的好时光。这一次我是彻底地决定不再赴会了。但我的心情也复杂低暗下来。我又想起了"缘分"这一词语。缘分是什么呢?缘分是一种机会?一种心情?还是天气、机型、班次?抑或仅仅是你的状态和决心?班车向着市区开进。在市区的吵闹和喧哗中,你可以想象,那里到处都是"缘分",各种各样的、正常的与不正常的、短暂的与长久的、"纯洁的"与功利的、出门就遇的与苦苦守候的……为什么我没有……但我可能有别的缘分,正是在这种没有缘分的结局中成全或突现出来的别的缘分……谁知道呢?思绪真是无比的纷乱而又明晰……班车在市区的车流中排起长队,下班的人和车使城市丰满而肥腴无比……

我回来了。也许缘分已经开始!

1995年6月19日

自制的邮折

从1992年9月3日起,我开始迷上了"自制邮折"这一私家活动,一直持续至今。出差或下乡,我带着自制的邮折,于当地邮局(所)盖上一戳,再写上自己的文字。制作的材料,有女儿丢弃的图画本,有包装纸,有文稿复印件,有企业宣传材料,无所不包。以下是两个实例。

其一:1992年9月20日

连续几天都是阴天,温度降下来了,正适宜,现在是秋天,如果天晴了不知是什么样子,还会热?或者冷吗?早晨和晚上吹的风已经很凉了,假如在农村,这种感觉大概更强烈。假如在浍河的河湾,在灰古附近的濉河河畔,在瓦埠湖边,在正阳关淮河大堤上,在女山湖的高岸上,在迎河隐贤那附近的老淠河河畔,在叶集之西的史河沙堤边,在一切有水的地方,秋天的感觉都会特别强烈,特别顽强,使人重归大自然。我想再去一趟大别山里的晓天,我想再去一趟瓦埠镇,再去淮北的许许多多我非常熟悉、永生不忘的乡镇村落,我都自费去吧,去那里走走,寻找些自己失落在土地里的东西。在秋天,在落叶和瘦水的时节,在人逐渐沉稳、厚实的时节,独自一个人,慢慢地、毫不夸张地走着,走在田野里,早晨,或者傍晚,一个人,独自走着,走到天明或者有星星出来。该是有霜的时候了吧,慢慢地走吧,到秋天了,我特殊地挚爱着的季节,慢慢地,一个人慢慢地走着吧,别着什么急,慢慢地,慢慢地,一个人慢慢地走着吧。

秋天总是我最好的季节,在秋天,我的一切都复活了,一切都厚实而且丰富。但秋天又是短暂的,秋天在残夏和冬的侵蚀下顽强地扩展着自己的胸襟。秋天是永恒而且不可战胜的。秋天永远都在我的心中。

今天是星期天,街上人真多。合肥现在比以前漂亮一些了,有些新建筑,街道、街头的设施也比以前好多了。不管怎么样,我住在合肥,就有一种希望它更好的愿望。我经常有些关于它的梦想,就像以前经常有关于淮北的梦想一样。

其二:1992年10月3日,雨

昨天上午出来,坐304次列车离肥,下午2点多到固镇,接着购汽车票到灵璧,原来是打算去黄湾的,但上车之后,看到天阴得厉害,又补票到了灵璧。到灵璧后,雨下个不停,仍住在十几年前(在向阳公社插队时)住过的"凤山饭店"。凤山饭店显得很旧了,但我感到很亲切。另外房间里蚊子没想到这样多,我住3楼,看了一会电视,疲乏了,就睡了,到11点多被蚊子叮醒,找服务员要了蚊香,又看了一会电视才睡,早上也早早就醒了。

今天原打算去向阳的,但去车站一问,去向阳的车不通,售票员说,那条路不好,下雨车就不从那走了,只得作罢。买了车票到宿州来了,想在灵璧的集邮门市部买几张邮票的,等了好长时间,门市部也没开门,也只好作罢。

回到父母的家里来了,正如小鸟归巢,安安稳稳地吃饭,看报纸,上床躺着,又给合肥家里拨了个长途。

旅途中看到和想到的:

路边的田野里都是水,有个农民背着一捆新鲜的红芋秧子往家里走去。

一辆满载着刚收割下来的黄豆秧的手扶拖拉机停在农户门

口的平地上,雨把别的地方都淋湿了,唯有拖拉机下的地面是干的。一头大猪从车上扯下来许多黄豆秧,它躺在秧上,很舒适地吃豆荚,嘴角都吃出白汁来了。

一个人说"把自行车'牵'去家"。

路边的几间房子前用塑料布搭了棚子,下面摆了几十个瓷盆,并且乱七八糟地坐了、站了、蹲了不少妇女,以我过去的经验判断,这肯定是在做红白喜事。红白喜事,都是喜。

那天盖好邮戳后看见邮所里有个待寄的木箱,上面写着这样的字和人名:

　　邮编245400
　　安徽省休宁县茶叶机械厂
　　方讨饭收
　　安徽省备件仓库寄

这个姓名真有意思!

小幽默:

夫妻吵架,妻子愤怒地叫道:"我嫁给魔鬼也比嫁给你强!"

"这不可能,因为近亲禁止通婚。"丈夫马上反驳道。

生物教师讲完达尔文的进化论后,向学生提问:"最接近人类的动物是什么?"一个刚睡醒的学生抢先回答:"虱子!"

想下去转转的愿望到现在还没能实现,外面雨仍下着,听母亲说,明天可能会停的,因为北风已经刮起来了,天虽然会冷些,但雨大概会停的。

1995 年

白　露

这一天真是奇怪的。

这是一个漫长、炎热并且延伸了的夏天的末尾,从荧屏的天气形势图上,我们前一晚还目睹了一轮辉煌明亮的太阳,但是早晨起来,天空的颜色出人意料地变得灰白,失去了连续满旬的炫目灿烂,失去了暑热的自信和踌躇满志。城市里显眼的尘灰淡落下去,倏然就有了些明快的心境重现。北方引进的硬木适时地降下它的第一面旗帜———一片健康无蛀斑的浅黄秋叶,以示它的善解人意及明察事理。十字街口改建的豪华"家私"店敲满嘈杂震耳的最后一锤,宣告它的宁静和赢利从今开始。从北方来的朋友痛斥这皖域高温酷热的檄文,也依次降低了声调,改为主宾成序、顾左右而言他的新篇章……

这一天就是"白露"。我是在深夜"白花花秋露"将降之于膏腴之地的时刻才感受到它的开始的:热浪已经消散,尽皆消散,凉意正自上而下出现在洞开的窗前,它们徜徉在楼丛间倾听室内人们久已不存的从容和欠雅的眠声,它们漫窗而入,蛇行于足肢之间,穿越那些紧拥但仍隙缝毕现的胴体……

我在露台上站到新一日的来临。这一日又是奇怪和充盈了奥义的:月饼的桂香气味将在正午达到顶峰,这是难得一见的闰八月的第一个八月十五———我们要到下一世纪我们未必还在的时候才能再见。我想起 1976 年:也许是在乡村的缘故,那是一个比现在凉爽得多且天高云淡的日子,一线电波告诉了我们一个人的去世,猛然的感觉是心里的一块柱石被无情掘走,但心在刺痛后渐次成熟,从此较强而有力,支撑我们倾力走出所有别人的和我们自己的暗影。

这一天是1995年的9月9日,是白花花"白露为霜"后的第二天:在几乎所有的东方文明里,"9"都吉祥而且神秘,对大多数心地善明的人来说,它预示着从今往后,将有一连串充足美好的日子纷纷来临。

这正是我们所不断期待的!

1995年9月18日发表

时间与黑塔镇

不知道为什么,我现在总是想起黑塔镇。春天我在广州的时候,晚上来了《广州文艺》的一位善良而十分健谈的副主编,送走她,洗了澡,躺到床上,时间早已过了午夜了,我默默地看着听不懂说话的电视,眼前忽然出现了"时间的形象"。那是11年前的秋天,我在安徽省泗县的黑塔镇,那时的黑塔镇还不大,多走两步就是乡野和更深的乡野了,也是夜晚,月华如水,夜风雄健,我走出小镇,走到无边无沿的秋夜的原野上。正是没有一个人的时候,但整个原野都被月华所照亮,所有的物件都沐浴在一种奶白色的光泽里,不会让人产生一丝一毫的阴暗感觉……安徽省泗县黑塔镇乡野的秋夜真就是这般宽厚如流芳的吗?黑塔镇乡野秋晚的夜风也真是这样雄健无际涯的吗……秋夜的大风在平原乡野间的空旷中哗哗地掠过,风吹过平原、河流和树林,黄豆、花生、绿豆和玉米,都在大风里如痴如醉地晃动,我站在大风里让风吹遍我的全身和衣物,让月华沐浴我的身心灵魂。我暗暗地想,这真是一种浓而醇烈的上佳风景,这种上佳的风景却总是被忽略和浪费的,如果没有我的走进和投入,安徽省泗县黑塔镇的这个深深乡野里的夜晚,这一晚乡野里无与伦比的精彩演出,又有谁能够欣赏呢?当然,大自然的演出,也是不可能有半点功利的目的的。

这就是11年前发生在安徽省泗县黑塔镇的关于时间的故事。

时间总是由至少两个方面组成的:一个是历史,另一个是地理。11年前的秋夜我在安徽省泗县黑塔镇的那一种经历和感受,正是在时间的这一框架里构筑了我个人历史的纪念物的一部分。现在,我在泗县黑塔镇时曾经漆黑油亮的一头乌发,已经杂生了零星的白发。时间、历史和地理的影像,都开始体现在我的发际上了。

1995年秋

钓 鱼 台

钓鱼台水库在安徽宿松县北部山区陈汉乡境内,我们上船时,太阳已略略往西天偏去了一些。船是一艘能载人载货的木船,虽不很大,但只载了我们两个,就显得宽敞孟浪了许多。这里是大别山的南缘,举目四望,山,愈往北是愈深的,山影憧憧,峰尖明丽,林木时浅时郁。

季值7月,暑热正甚,但漂在这渺远的一汪水里,山色幽寂,暑意早已是减了五分。船向西北方向划去。划船的是个中年汉子:面黑红,前额发脱,眼神明亮,显出了一脸的大智慧。我不禁瞩目于他。同行的陈老师笑问:

"怎么船费又涨了?"

"没涨,还是一块五。"他眼望着远里,心平气和地说。俄顷,又半尘半仙地添了半句:"山里钱真少……"

获过全国"园丁奖"的陈老师,温善沉静,却才只有20多岁。一时话稀。船一纵一纵往前滑行。一只返航的小船,贴着直峭的湖岸,呀、呀地划了过去。岸上中山腰里,三五个人,形象倒很清晰,赤胸袒肩,但都小了数号,如玩偶豆儿人,正抡锤插钎,在陡壁上撬山搬崖。

"那是干什么的?"我问。

"开公路的。"

就那么几个人?那得开到猴年马月?心里疑惑着,口里不讲,只张嘴结舌,凝望那几个蚁般的人儿。山锤在林湖岭莽间,咣、咣、咣地响着,却无半点噪音。船倏地靠了陡岸,从陡岸上下来一个拎包的妇女。妇女30多岁,笑眯眯的脸,笑眯眯的眼。上来了,陈老师就问她:

"上哪去的?"

她说:"回娘家的。"

"回哪里的娘家?"

"回北浴的娘家?"

"那得带晚了。"

带晚？下了船,还得翻两座山……太阳更是往西偏了。船上的人都不言声,山锤一锤一锤在山岭湖林里响着,桨声也夹在锤音里一声一声地响着。船,往东横了去。山岸夹逼,水势瘦削,两崖间现出一道桥形来,凉意滥漫。

暑气更弱不禁风,半依半偎,心思可人。不经意间,随嘴就问了陈老师一句:"你家在哪里?""还在后面山上。"陈老师已回到家乡来了,眼神里便能看出些许端倪:是更加温善的一种表情。

船在湖梢里、山根下七转八磨……眼前豁然一敞,船轻泊于石岸旁。傍岸洗脚的男人和洗衣的女人,都直起腰来,问候着陈老师:"陈老师。""陈老师。"一群放学的孩子,赤着光脚,寸头糙面,斜挎了简旧的书包,从山径上、田埂边、绿丛后,飞跃而至,"老师好！老师好！"又飞跃而过,消散在山里人家的情意里……

"那就是朱湾……"原来远处山的坡腰间,是一片灰瓦蓝烟。一片小红旗,伸在杆头——那定是山里的小学校了。陈老师掏出钱付给船手。刹那间我想,山间的钱,真太过便宜了。我们攀上山间的坦路,往朱湾走去。

暑气,现已是九分消尽了!

1995 年 11 月 18 日发表

秋　　气

女儿放学回家,嗓子突然哑了,找不出任何原因。

我在另一间屋里看报。天阴阴的,窗外秋已枯重,气氛肃萧;天空已不是两个月前的金灿辉煌,也不是可以预料的两个月后的净朗清白,更不是春打六九头的浓蓝浅绿……云空下传来一片明亮的乐曲声……女儿练完琴过来,她的嗓子更哑了,几乎发不出声音。

这是秋气的症候。对小孩儿来说,他们横空出世,虽然啼叫得嘹亮、热烈和热闹,但毕竟是肌肤稚嫩,涉世尚短,比不得那些精壮鲜猛的生灵;秋气便如此地损伤和锤炼他们,所谓的"假以时日"……他们的游刃有余,只能是指日可待的。

对苍年久日的老年人来说,肃萧的秋气不啻是一种提醒。身体机理的动行并不是不需要外界动力和循流的推动的,老年人更甚。我母亲去秋体弱,今春显得瘦削多了,瘦削得令人心疼。暖夏、孟秋尚好,只是恢复得缓慢,我倒真想虔心呕育出一个信风花季来推延凉气的深入、凝聚,给体弱的母亲一个更宽裕的康复时期。

精壮的生灵们也并非如我,彻夜枯坐而推秋、待秋、随秋、忘秋的。身边的面貌中,梁毅君每日里5时即起,环城半周,不懈地丈量庐阳土地,除特殊情况外,并不曾间断,以我懒惰的眼光看,那真是难为他了;郭强君独辟蹊径,眠起,便以山花数杯冲肠刷胃,再于陋室中,"哼,哈,哎,呀,哟,嘿",扭腰摆臀,来一段自造的室内"迪斯科";袁汝学君则更为"生猛":从热被窝爬出,便直冲卫生间,拧足自来水龙头,冲遍全身,纯粹一个寒暖无忌,痛快淋漓!

真便是一幅沉秋众生相了!

苍秋正在沉坠下去,沉坠到我们并不很洁净的保守的心扉里去。

在秋气的毫不焦躁的沉坠中,它必能带走我们身心里一直耽搁、磨砺了我们一年的棱砂锐石。心里真清爽哪!——我们还奢求什么呢?对着苍生嘱咐一声:珍重啊!——也就够了!

1995 年 12 月 3 日发表

读 张 家 港

这题目是从李培垣先生那里剽窃来的。张家港不是一本大书。按照现行的行政区划,县级的张家港市只是一本小册子。999平方公里的土地,82万人口,年前都还名不见经传,突然一把火起来……那么,读张家港读什么?

读张家港读它的城乡一体?驱车东西南北,一二十里、五七十里,道路还是那样的道路,小楼还是那样的小楼,街镇还是那样的街镇,城中有乡,乡中有城,已经少有下乡的感觉了。因为经费的拮据,我们住在离市区有30公里的锦丰镇。这不是我们平日概念里几间东倒西歪的房屋的乡镇,也不是已经膨胀到人声杂沸、摊点横陈的大集:高标准水泥路面、精装潢琉璃楼阁、建筑式样新颖、夜晚霓虹灯渲染着宁静的夜空。出门即乡,出门即城,免去了拥塞、挤撞、口角和心绪烦乱。

读张家港读它的平衡发展、分散布局、四面开花、朵朵鲜艳?在张家港市26个对外全面开放的工业卫星镇中,杨舍镇有全国500强乡镇企业之一的中港化纤纺织集团,有少见人迹的张家港最大的现代化蔬菜生产基地张家港蔬菜园艺场;后塍镇有三星级宾馆兴塍苑宾馆;南沙镇有成功举办过全国女子举重赛和亚洲男女青年举重锦标赛的南沙体育馆;张家港保税区是目前全国唯一一家内河保税区;南丰镇有拥有1.82亿元固定资产的村办企业江苏永钢集团;妙桥镇有目前国内最大的羊毛衫集散地中国羊毛衫商城;锦丰镇有国家建材行业的大型企业江苏华润集团……

读张家港读它的红、绿、白？红：进入张家港区界，一路花事，街心有红花，集镇、工厂有花池；三步一青，五步一翠，青翠相连，造成一种令人心胸坦荡开阔的情势。白：城区白墙、农村墙白，所有的墙体都加以装饰，或粉以涂料（哪怕只是白石灰），是张家港整洁卫生的一个重要措施，花钱不多，效果颇佳，整个城市以及乡村，都张扬了一种精神抖擞、昂扬向上的风貌。

读张家港读它的富裕？读它的年工农业总产值500亿？读它禁烟禁痰的步行街？读它宽坦的八车道？读它的角角落落干干净净？读它的超前和宽松？读它的译制片里才有的氛围和情境？读它的平淡和心平气和？读它的实实在在没有花架子？读它农民30万元统一兴建的小楼？读它在许多主要的方面都进入了良性发展的轨道？

读张家港，或许还要读它的韧志，读它的恒久，读它一代人的牺牲、勤勉，读它的纸背：纸背后有苦，有累，有泪，相信更有汗，甚至有血，还有些人生磨难、心灵的创裂……如若闲读，赞叹一番，逝水流云，黄鹤杳然，而后眠去，那我们真成了时代的看官、闲客了。

读张家港，如果我是村主任、镇长、县长或者市长，我也许会把张家港读作：敌人。对我们来说，张家港是一种刺激，是一种推力，也可能是我们蓝图中的一种选择。

1995年12月21日发表

冬天的大雪

雪现在是越来越少、越来越小了,这引起了孩子们的强烈不满。每到冬天,我总能偶尔地在这里、那里,看见孩子们通过他们自己的表达途径——作文来发泄心中的义愤:雪都到哪里去了? 为什么父亲(或母亲)的时代会有那么大的雪? ——这都是年轻的或中年的父母,在家居的氛围中无意间倾泻给孩子们的想象和概念。当《水浒传》(林教头风雪山神庙)开始出现在较大的求知若渴的孩子们的书桌上时,这种不平就更为公开和加剧了。但事实也的确如此。我忘不了7年前在庐阳的那个冬夜,我推自行车在没脚腕深的积雪中跋涉返居,大雪模糊并封锁了我的双眼的情景;也忘记不了又一年我正玩杂耍般在积雪盈寸的淮河路上骑行,后面朋友的一声召唤,使我车仰人翻摔进路边的雪窝,行人笑称"被喊倒的"的街头即兴表演。皖北则更不用说了。盛雪中的皖北一日我是这么过的:雪天,是老天爷送给我们的休息日,谁也不会早起;晨饭当然自动免去,水缸里肯定早结了厚厚的冰凌了;笨而土的收音机在枕边的被窝下私语般地响着,幽暗的土房里飘散着秋粮的气味……不知道什么时候我们终于起来了,门扇边堆着风卷过来的积雪,铲除门廊里和小院中的厚雪得颇费一番工夫……当太阳偶一露脸时我们走进原野,在公社闲逛一圈后我们又返回了村庄……半路上雪花越飘越大,但雪花并不会使衣服潮湿,原野里已经白茫茫一片了……黑夜来临,大雪默默地陪伴我们再次进入质朴的梦境;明晨,明天,以及明天的明晨,都是那么不可知,又是那么莫名地激动人心,那么如歌如诉……我们都随冬夜隐去,隐去,永不归返,永不归返……

　　孩子们在关于大雪的抗议和抗争后,屈从于愈来愈浓的睡意并且最终睡去。他们从这个世界上得到的东西越来越多,但又似乎越来越少,这其中也许就包括了大雪以及大雪带来的无尽情意。雪,在他们父母的那个时代已经下完了,大雪将不再随第三场或第五场寒流而来,大雪将不再装点我们和我们的孩子们的热被窝中的夜梦,大雪将不再降临我们有限的阳台和有限的树冠,大雪将成为古籍线册中某一页的洇痕,雪将永离我们而去……

　　我们的灵性将因为没有大雪的覆盖而裸失流枯,我们将只能在夜深人息的冬夜里孤寂地哭泣,哭泣……

1995 年 12 月发表

碑

"孬好都是一辈子",这是人的调侃,也是人的安慰,或者人对周遭环境的无奈。

但谁不想"好好生生"的一辈子?除了痴、呆、弱、疯、癫、愚、顽者流。于是,"碑",便从人的臆想中出世、成长、硬朗。千秋万代,生死诞埋。"碑",对每一个人,似乎都很重要。

呵!"碑"是什么?

碑"是一种实物",碑"是刻上文字或图画,竖立起来作为纪念物或标记的石头"。

石头?碑就是一块石头?糙石?奇石?珍石?顽石?五颜六色的石?冷脸酷面的石?……碑就是一块石头?

那么,碑又标记些什么?标记一个人、一群人、一件事、几件事、一个时代、几个时代……的是是非非、功功过过、恩怨阴阳、前瞻后瞩、因果承启?

"文字与画锋"之碑,都是直观、直接的:事业、功勋、伟绩,一一昭彰、劣形、陋态、恶痕,又无不于碑铭志刻之中可评可论、可观可察、可圈可点。

还有无字的碑:有等于无,无等于有,一碑数态,一碑数碑,出题给后人做,给后人论,给后人猜,间离后人,扰攘后人……后人斥碑、颂碑、怒碑、思碑、望碑浩叹!

还有各种各样、有形有迹、物质的碑：

书是一种碑，电视是一种碑，长城是一种碑，金字塔是一种碑，乐山大佛是一种碑，宜兴紫砂壶是一种碑，方寸邮品是一种碑，字画是一种碑，雄岭峻脉是地球之碑，荒漠上的足印是一种碑，江上长桥是一种碑，林莽中的尸骨是一种碑，玲珑蜂巢是一种碑，计算机软件是一种碑，旗帜是一种碑，建筑是一种碑，名牌是一种碑……物质的碑是无限的。

另外一种无限，是心、意、思、空之碑。

口碑：真无字大碑；一口一碑，碑林成山、成渊、成剑、成戟、成水、成火，能灭人、毁人、树人、兴人。

心碑：更是三赳而深匿之，根植血肉，轰搋不移；它无言无音，无花无朵，不示人，不呈众；心碑伟岸，孤傲至立。

——这都是意志之碑。

所有的物质的形碑，其纪念、记叙的对象和标准，也都可以商榷的：时间、时代、观念、心情……提供了这种选择、权利和可能。

所有的心、意、思、空之碑，或许转瞬即逝，或者口口相习，或者代代递传，或者无规无模……但这是切肤之碑、自立之碑、珍存之碑……不可轻易折变，更难因外力而骤然猝变、哗变、叛变、霉变……它是心思之碑，是物质之碑的底座、基石，虽然可能拘谨，虽然可能是片断，虽然可能是有限的，但对半俗尘土而言，它更雄健、惊绝。

所有众生，都生而驮其碑吗？

饥荒之乱倒下的人,有碑吗?

——那碑年复一年矗立于他身畔泣哭的亲人的颤抖中。

战火纷飞中饮弹的无名战士,有碑吗?

——那碑刻记于黄土胸中,刻记于远方屋檐下号啕的思念里。

夭殁的竖子,有碑吗?

——那碑沉压于城郭喧嚣围袭的一双滞重的眼眸中。

…………

能有一方硬碑,竖于荒芜之隅,是我的一个痴痴痴境:

碑挺立于萋草之上、野禽之下、瘦水之间,风吹来,它啸嚎万声,声声枯咽;虫鸣起,它瑟瑟而惊,动天动地,动心动灵。它,随草花兴衰,时梭迁延,物种苏沉,那,也许真是一种永恒呢!

可是,年岁已暮,心性恬淡,该要那心、口、意、志之碑,来陪我,来伴我,来偎我:孤寥中的一个人,听天地謦音,细言韧意,那时,万情俱寂,唯拥沧桑,也是浩瀚雄伟,一片大气势吧?

但,慕碑的人,就一定会有碑吗?有钻心思慕的那一种碑吗?

碑:

是一种品性,是一种操守,是一种档案,是一种鉴定;

是身份证,是护照和裁决书,是人的不换季的衣服。

1995 年 11 月 27 日—11 月 30 日　合肥长江东路 1107 荒废园

吃肉与吃蟹

　　我在吃上一直没有多少"文化",讲究实用,只要大致对胃口,胡七乱八塞上它一肚子就是了,特殊情况下更是如此。记得20世纪90年代初有一次下乡,在狂风暴雨大作的寒夜,满身泥浆跌跌撞撞跑到五河县桑庙乡政府,正赶上乡里来人,食堂开饭,我厚着脸面挤入食客队伍。乡里食堂小,几拨人轮流吃,先是上面领导,后是正职副席,轮到我这一拨时,大都只剩勤杂俗务了。像我一样(我那时正饿得半死),这批人食量大、规矩少,也都是饿到时候了,大伙也不谦让,也不推挪,甚至连话都没有人多讲一句,直奔主题,坐下就吃(类乎哄抢),只听得一片骤雨急风吧嗒声。饭是面饼,菜是红烧鱼,还有一大瓷盆清炖蹄膀。我那时头脑也还清醒,心想吃鱼费事,不如蹄膀痛快实在,再说一桌没有一个认得我或我认得的,正可不论羞耻,遂伸筷夹了一大号皮皮肉肉卷入口中。蹄膀果真好吃,只是皮上毛发犹存,根根直竖,尖锐无比,扎得嘴都疼。心间暗想,乡下的猪,长得就是不一样,连毛都硬邦些。那时也没有挑剔,没有埋怨了,只恨不生出三五张阔盆大嘴来,一口把瓷盘咬完。骨发混杂,囫囵吞肉,吃相未必好看,甚至有点人面兽行的味道,但当时身心却都因此而舒坦了。

　　秋天转去了铜陵。正是秋蟹腴肥的季节,却是跟了一帮子文化人一起去的,我的心性不由得也就收敛、规矩、平和了许多。但文化的熏陶和雕塑,却也不是一蹴而就的。第一次上螃蟹,青面红鳌的刚一上来,众人就纷议道:南方人吃螃蟹,比如一位上海的老太太,上了开往杭州的快车,身边带着一根竹签,车到了杭州,她的螃蟹也正好干干净净地吃完……偏我被一位当地官员盯住说话,左耳右神,未及体会其中奥义,再说我对螃蟹,原本就没有大崇敬的心情,因为它生就腹中空空,不吻合我的功利、实用理论。及至实践,三五秒不过,我便第一个把螃蟹"吃"完,邻座都评论表扬道:许辉吃得真快!许辉吃得最快!我扬扬得意,心想这有什么难的,我还可以吃得更快呢!但是散席后,我就回过味来了,那是批评我呢,暗忖改日再见。第二天又上螃蟹,我立刻"文化"起来,先随人夹了一只横在面前,然后郁郁眼神,与之四目相对半晌,再纤纤素指,微微细齿,咂咂喋声,品得那螃蟹横蹄坦腹,三陈四醋,刹声悠远。自然这一天我是最末一个吃完,但大伙却未再给我以表扬和鼓励,他们的见异思迁的兴趣已经转移去听一位女士的歌唱去了,我倒因此而错过了两三道好菜。

关于吃蟹,我还另有一段不忘的记忆:约10年前在天津塘沽,我大吃了一顿海蟹,那是我第一次吃海蟹,数量足,又是在亲戚家。都知道蟹性凉,须佐以酒类,美酒醉蟹,吃得也是太多了,当晚胃疼了一夜,两眼瞪天,深悔莫及——这是吃蟹的轶话了。好东西真正是因人、因时、因地而异的。

1995年12月8日

为别人的文字

　　为自己的文字淌得流畅,比如写述职报告,写某种小传申请,写可以换来稿酬的文学作品……这十分正常。为别人的文字,在我的印记里,流畅和激情甚至更超过为自己的文字——这就有点奇怪了。

　　印象很深的有两次:一次是下乡插队那年,刚下到生产队里没两天,队里开社员大会,批评(或曰批判)几位社员的资本主义思想。队干们开过炮以后,就点到知青们了(之所以不先点名让别的社员上阵,是因为他们都并不以为真,让他们发言,他们插科打诨,大小通变,又老没正经,只会把事情搞黄)。我们因为在学校时受过各种各样的批判、批评锻炼,所以那时发言一点都不感到为难,站起来就干,反正是轻车熟路,背景相同,人物略异,改名换姓,旧瓶新酒而已。情绪激昂是当时的一大特色。发完言之后,第二天一早,大队干部就来通知,叫我把昨晚的发言写成批判稿交到大队去。我用了早饭时间的一个小时,把稿子写出来,交到了大队部。当天,这份激情流畅的批判稿就上了大队部的墙报。我为此意气风发了好几天。

　　另一次是前两年有一次从淮北乡下回家,乘一趟慢车往合肥来。车上人很少,在我附近,只有一个老太太和一对中年夫妻。起程安然。快到武店时,车厢里上来五六个从十一二岁到十八九岁不等的男孩。他们大些的围坐在一起甩扑克,小些的则哼着歌,脱了鞋,在座位上跑玩。车到武店,打住。那对中年夫妻突然互相埋怨:包哪包哪? 你看着的,你拿着的。大伙掉头看去,那一窝孩子已经下了车,已经离了站,正唱着歌,往站外的田野里呼啸而去。谁也不会下车撵的,大伙眼睁睁看着他们离去。

不一会,事件引来了一位乘警。乘警看起来很年轻,态度也谦让,跟一般的警察不怎么一样。他先拉家常式地每人单位啦、住址啦问了一遍,然后就不见了。我们以为这件事情就此完了呢,没想到他又回来了,手里拿着一张纸、一杆笔,坐到我对面,态度诚恳地请我把事情的起末写一遍。这对我是新鲜的,是头一回。我趴在茶几上唰唰唰唰地写起来。老实说,这比写小说容易多了,因为这不需要虚构,再说稿子还没写出来,"版面"已经在那儿等着了,叫好的观众(那对夫妻)也已经发自肺腑地准备称谢了……这都能提高人的写作积极性。我使出全身功夫写完见闻,又详细地写明单位、地址、姓名、日期,交给乘警,他们反复地谢过我,才离去。

为别人的文字,因为不是为自己的,所以就少了许多禁忌,"镜子都是照别人的",看别人看得更清楚,容易写得激情、流畅、风流。为别人的文字,因为自认为是帮助别人的(有时甚至就是工作),而自己又不损失什么,何乐而不为? 人在这方面都有豪侠气概,文挟豪壮,文章自然也就大气顺气,写起来自然也就如虎添翼了——那也确有一种非同一般的快感。但我的两次"为别人",却不幸都是建立在别人的某种痛苦之上。

1995 年 12 月 12 日

心　　友

　　在我这种岁数,可能还不是扼腕叹息、悲古愁秋的时候,但也有许多事情历历如在目前了,比如朋友。我有一位大学同学程世庆,他也是我的心友。所谓心友,就是在学校中我们接触、交往得并不太多,关系也并不是那种形影不离的——有时篮球场上见,有时课间休息顶楼晒台上抗抗膀子,有时下课同走一段返室的路,有时晚自习结束出了阅览室大门碰到一起。至今记忆最深的是仲春艳阳天,他刚换了单衣远远站在西操场神采飞扬高举一只胳膊招呼我去的情景。但我们互相有一种信任感,有一种尊重对方的自觉,有一种无言的信赖,这绝不是那种因为局势、环境而经常走在一起的关系。事遇推举或名誉,我很可能是举他的手的:没有利益的驱策,也没有铺垫的打算,仅仅因为某种无缘由的缺少根基的信赖、信任和尊敬。男人的怪僻似乎正表现在这里。

　　大学毕业后,我们仅有一次相见:1987年我出差江城,匆忙而又专程地去看过他一次。他理的新发,衣衫整洁,人也白白胖胖,整个人都是精精神神的。连中饭都没吃,在办公室里我们匆匆说了一会话,在办公室外的街道上我们又匆匆说了一会话,这就是我与他不多的几次单独会面之一,也是最后的一次。几年以后,我和一位女同学温媛一起去安医附院看他,那时他已经是肝癌中后期了(我记不太清了),但我对此一点概念都没有。那是上午,好像也是春天,或者初夏,院里树上的树叶好像很多,花池里好像还开着一种花……我们给他带了一些水果和滋补品,我还专门给他带了一摞新旧杂志。我们在治疗室外面等他,他出来了,像以往一样,我立刻把手伸出去,但他没有跟我握手,只是苦笑着摇了摇头。他面色憔悴,痛苦而疲倦地在长椅上坐下去。两个月后的一天晚上,我独自一人到电信局给他的我没见过面的夫人拍唁电。我默默地排在两个人的身后,心中反复暗诵着要拍发的电文……英年早逝……英年早逝……这是我心中的朋友,我的心友,他在世的时候,我们互相没有任何互利和互惠,甚至连这方面的可能和打算都没有,但我对他的友谊,是永难褪色的。

1995 年

衰老的开始

在饭桌上剔牙是很不雅观的,特别是当你正有一副好胃口,正有一个好牙口,而餐桌上也大器晚成、好菜纷至沓来的时候——恰在此时,一位殷勤得不是时候的年轻人,忽然站起来拿起牙签盒,挨个送到食客们面前,说:请,请。已经进完了食的食客们挨个捏了根牙签在手里,有些是拿着玩玩的,有些转过了身去,有些用空着的手掌挡住了半边脸,还有些干脆面对餐桌,直接干起来。

按理说,选择使用牙签,是一个人的自由,是一个人的习惯,也可能是一个人的痛苦。自由,包括剔牙的自由,这是一个人好生生活在世上的基本证明,没什么可探讨的。习惯,这是因为剔牙能产生一种快感,特别是剔牙成为习惯的时候;产生快感的东西在没有外力的限制时很难自动中止,而牙,多多少少,拿到身份证的人都剔过,如果必须,那确会产生一种不适之后的大快感,一来二往,放任自流,肯定就会成为习惯。痛苦,相信这是许多剔牙者的前因:食兴最浓、菜事最盛的关口,素无留客习惯的牙齿,突然被不请自到的外物塞挤住,当事人自然恼羞成怒。另外,牙齿的自然松动、牙病的长期积累可能也是个原因:牙齿经过几十年硬碰硬的不停顿工作,确实会有船到码头车到站的想法,避重就轻、绕着困难走、见困难就让、有机会就叫、小病一三五、大病二四六,都可能在它们之中发生。在这几种情况下,当事人因痛苦而迫不及待要清除异己,铲尽邪恶,也是能够理解的举措。

但对食兴未尽或正在回味佳肴异馔的人来说,这却不能不是一种灾难:眼缘里闪现一个转过身去的背影,知道他正在剔牙……兴味只能一扫而光;那些用空着的手挡住半边脸的剔客,也无法平息别人的想象;那些对着餐桌直接干起来的,更多一种生动形态,特别当叭的一声,牙物带着腐烂的哨音落在某个无辜的物头上时,你无须选择,只能走人;最绝的还是那些拿着牙签把玩的,牙签在他们手里,无异于一颗定时炸弹,不知道他们会在什么时候、什么体态下把牙签戳进什么样的牙缝里去,悬念会一直使你骨鲠在喉,直到脱离那种情境……

于是,厌屋及乌,连带对那位奉送牙签盒的年轻人也有所烦厌,觉得他是无事多事;但其实这是冤枉他,因为牙签盒就在桌上摆着,而且还是一位大家都已经多看了几眼的漂亮小姐(按照餐饮规章)送上来的,她不殷勤,别人也会方针既定、主动实施的。为难的是,对付这种自己所不欢迎的局面,却又是只能抵御,无法进攻的。如何抵御、早退?那就十分不礼貌了。不准别人使用?自然也绝不可能。不知道别人有没有更拿手的办法,我是如此行事的:第一是抢食,早吃早了,早吃早饱,这样就有了主动权,选择的余地也更大了:当你剔牙时,我已经酒足饭饱,回味隽永过了;第二是加强心理承受能力,对自己的事全神贯注,对别人的事熟视无睹;第三是争取坐到女士们中间去,女士们的干净和文明,是人所共知的,坐在她们中间,除了拘束点和吃不太饱以外,饭菜的真正味道,的确是有条件品味出来的。

除了干净和文明,女士们又确实是机灵和睿智的,如果碰到剔牙的事情发生,除了早退以外(女士们有早退的条件),她们反抗和抗议的水平也很高。她们会天真、不动声色并且谦虚地问:听说剔牙是一个人衰老的开始,是不是这样?

没有人敢于正面回答女士的提问,也没有人会在下一次餐后不顾忌到桌边有女士的存在。女士有一种镇压的力量,进餐时和女士们同桌,无疑是最安全的。

1995 年 12 月 12 日—12 月 13 日

锻 炼

任何人都有关于锻炼身体的回忆,而且都会为此而自豪。自觉的锻炼是有不同的内容的,小时候或年轻时的锻炼,那是一种兴趣、娱乐和精力的发泄,是一种有趣的事,是出于自愿,是别人无法阻挡的。我小时候每天的锻炼项目是早晨起来跟同学一块跑步,中午下河游泳(春末、夏、秋初),晚上上同学的哥哥那里学武术。什么武术?无非是踢踢飞脚、打打空拳,满足男孩子都会有的强大欲。从中学开始,我学会并且迷上了打篮球,那是当时除乒乓球之外最普及的运动项目了。每天早晨,我们都摸黑找场子去打;每天晚上,我们都打得直到再也看不见篮球,篮球总是不断地砸在我们头上、脸上为止。我们还逃学去打,我们星期天可以从早上一直打到中午,(吃过饭)再从中午一直打到天黑透。

打篮球、跑步、游泳等都一直延续到结婚。结了婚,人的生活就彻底改变了,人浸润在一种类似于甜蜜、酥软、腐化、懒散的气氛里,逐渐就变得享受、快乐、慵倦、娇绵了。我是从 27 岁以后就很少主动去锻炼过的,在此后十几年的生活和岁月中,每每回想起关于晨练、锻炼的往事来,我都奇怪于一件事而不得其解,那就是锻炼是为了健康的身体,青少年时我们这么锻炼,那么锻炼,而我们仍然有许多患病卧床、吃药、打针的记忆;结婚停止了锻炼以后,我们患病的记忆倒并不比青少年时更加深厚;我们因为工作忙或随心所欲而生活没有规律,晚上很晚才睡觉,早上一直在床上赖到非起来不可时才起来，在办公室里接几个电话，跟别人说几句笑话，坐在车里到某地转一转……如此而已，一天就过去了，但我们却并不生病，我们的身体看上去似乎更健康、实用、有效，早知这样，我们又何必费神费力去早睡早起早锻炼？

　　也许，我们现在一直在使用着青少年时期每天锻炼留给我们的那一点成果吧？也许人的生命过程就是这样安排的：直到有一天一场中等强度的流感把我们打倒，直到有一天紧追了几步小公共汽车发现脚步有些僵硬，直到有一天挥了几板子球拍就气喘吁吁了，直到有一天看起来不小的那些精力旺盛的人喊我们为老师了，直到有一天单位的接班人也议论到我们头上了，直到有一天一个人蹲在卫生间里站起来有点费力了，直到有一天……我们才重新想起了锻炼。锻炼，像剔牙一样，也是一个人衰老的开始？这与青少年时期确有不同，这已经不完全或完全不是娱乐、兴趣了，这是需要，是一个人出自内心的对衰老的恐惧、对衰老的预感、与衰老的抗争以及未雨绸缪和防患于未然。

　　无法回避，我们重新又开始了锻炼。不知道我们的身体将走向何方，不知道我们关于锻炼的思路将走向何方……原来街头马路、街心花园、体育场上锻炼着的人群，他们都有清清楚楚的出处——他们确实是大致分成两份的：一份是出自娱乐、兴趣和生命力，另一份出自预感、抗争和防卫。我们无法把自己排除在二者之外。我们只能位居其一。

1995 年 12 月 14 日

关 于 死

　　古代的汉子看起来都是可尊敬的,他们驰骋疆场,视死如归,没有一丝一毫的矫揉造作。但那也可能是文字塑造的结果,文字的产物总是有偏差的,就像口头的语言一样,因为它已经加入了作者或叙述者的建议、好恶和看法。明显的例子是演戏,在革命的现代影、视、戏中,坏人中弹或被打死,总是往前扑倒,或往后仰倒的,往前扑倒,就弄得个嘴啃泥,往后仰倒,便倒成个仰八叉。而好人呢,则一半是歪倒,像是熟睡,进入梦乡;另一半是晃倒,倒靠在什么东西上,相互依托,相得益彰。据一位串岗的当代歌星说,她第一次拍死的镜头时,导演已经反复向她交代过,好人都是往旁边倒或者晃倒的,绝不能往前扑,更不能往后仰,但到实地拍摄,她早把导演的指示忘了个一干二净,随着某种冲力的推动,她叭的一声往后仰去,摔了个屁股墩不说,姿态也可想而知的十分不雅了。

　　死是什么呢? 死有两种:一种是解脱,一种是未知的死。未知的死是死的一种状态:自己不知道就死了,活着的人推想,这种死可能是最利落的一种解决了。一次我们在公路上奔驰,一路过来不下5起车祸,有的两车对撞,有的翻进沟里。最难忘的是公路上有一堆牛肉样的血物,车友立刻就说:是牛肉,但司机说:是人。怎么会是人? 司机说:夜间行车,前面的车轧过去,后面的车都会一辆接一辆轧过去,人哪还有人样? 这种死对死者来说,可能就真的是未知的了,干脆利索,一命归西。

死是一种解脱？许多人都这么说过,对生活得过于困绝的人来说,死可能真是一种解脱:没有债务了,没有烦恼了,没有忧虑和操心了,也没有办得成办不成的事了,没有疾病的痛苦了,总之一了百了,万事皆休。

自己去死,更是一种解脱。像美国的海明威,靠在树上,一扣扳机,就达到了目的;或者像荷兰的凡·高,在自己不喜欢的地方,忍无可忍,给了自己一枪,就永远地解决了问题。自己去死,大部分总还是清楚的、清醒的、明智的:在适当的时候、适当的场合,用适当的方式一劳永逸地解决问题,无论怎么说,这都是一种文化的、生存方式的选择,都是应该得到人们的思索的。

我经常用一种世俗的态度想到死的问题。我不太相信那位女歌星关于中弹的眉飞色舞的讲述,一个人在家时,我还模拟过受到某种冲击时的身体反应。根据物理学的定律,人体受到某种冲击时,当然要往相反的方向倾斜,但既然是演戏,我想演员不会是很不清醒的,她必定知道自己不会真死,她也必定知道冲击来自哪个方向,如果这样,往哪个方向死,还不是任君选择吗？未知的死是最没有意义的,那是一种糊涂,虽然未知的死任何人都无法选择,或者推辞。我还想到过在非同一般的日子里(例如我们年岁稍大些的人都记得的那些日子),自己去死的问题,那也就是一个人在生活和生命的进程中怎样做一名演员的问题:胸有成竹,面对镜头,做出最优异的而不是仓促忙乱的表演,那该是怎样的优秀、文雅和悲怆呀！

1995 年

青 山 之 阳

青阳在长江之南,九华之北,在青山之阳。那么青山在哪里?问了许多当地人,都说不知道。那是久远以前的山了吧?我想,这也许正是青阳的来历,它的朦胧、些许神秘感以及给人的向往。

短短而又长长的三五天,我们连城里都没逛。第一天,各地的来客认识并且亲热。第二天,我们上了雨中的九华,九华真是香浓人盛呢,半道上下起了时松时紧的雨,风也在山口吹刮得让人心里崇畏,跟定了一位嗓音宏阔的男人和一位似曾相识的女孩,跌跌撞撞地下山,下得山来,蜷在车厢的一角,望烟云聚合的山岭,望祥气升散的谷峰,心想这山是绝不能只来一次的,这山也不是只游一次便算了了的,这山得一个人,定了心,冥思苦想,慢慢踱遍,才能得其所以,得其所以然,才能化了心间的明块暗垒。

下了山,天却晴了。第三天去谒一间几十里以外搬来的祠堂。祠堂都是原木榫接,纵横搭叠而成,想那砖瓦檩梁,重新搭建,该是一种什么样的工程!拾级而上,原来堂宇庄重;干净的庭院里,那一盆盆气韵抖擞的山松林景,却拖住了我的脚步;我真是喜好这个的,虽然并不亲手去做它;只见那一层层青石,那翠鲜鲜苔藓,那苍郁郁虬松,那缠绕绕攀藤,那哑言却又似跫音逼近的一景、二景、三景、五景……这一日却就无心他顾,心思都撕扯着那祠堂里精灵似的盆景飞转,直至俗尘落尽,心境荡然。

第四日搭车去了九华的后山。后山却是我更喜欢的地方，这里山势陡险，田碎畴瘦，山人清癯，颇觉出一种九华的圣境来。寺都筑于山腰脊弯或崖侧岩畔，窄宇有序，宏寺辉煌，真个是俗圣一体，天人浑合，不由得叫人心意鼓荡，思念出家。瞻仰了佛徒金身，大家都散乱了行动，有读的，有问的，有观的，有议的，有漫步的，有吞云吐雾的……

　　天有些微燠，我立于门侧见风的地方，想得一时的清静……没想却一眼看全了室景：只见同来的一姣好女子，先低眉垂目，焚了淡香，再双掌合十，软膝跪于蒲垫上，虔心伏首有三。我倏地想起她家、子零散，至今还是单身一人，不由得灵魂大震，赶紧出了寺门，攀上一块巨石，无目地往山陵的渺远处望去。

　　这真是一座拔地而起的山呢，它直矗在我的心尖上，陡峭而又雄险。

1995 年 12 月 19 日

1996年

赶　　集

"赶集",是皖北、淮北的方语言词语,其实北方的许多地方都这么说。"走,赶集去！赶集去！""集"是名词,自然就是从集体、聚集、焦点的意思变化而来的。这大概也是个古汉语,古代人少,不像现在出门人碰人、人挤人,于是心烦,不大愿意出门。人少时,人与人之间交流的心情就很迫切,哪儿人稍多些,大家就都想赶到哪里去聚集聚集,见见老朋友、老熟人,会会新面孔,交换点自家的农产、编织物,或谈谈恋爱,约见上一个春天见过的情人什么的,约定俗成,沿传下来,就成为北方的语言,意为定期交易的市场。

集,有各种各样的集,有大集,也有小集。所谓的大集和小集,又多有两层意思：一层意思是场面大、地方大、声势大、人员多、历史久、商品丰厚,这是大集,反之,则是小集；另一层意思是正式和非正式、主要和次要,对一个大的集市来说,正式的、主要的集日是大集,非正式的、次要的、起补充作用的集市,就是小集。例如露水集,露水集是两种意义上的小集,既说明它的集市小,也表示它逢集时的规模小,露水集这个名称,是从自然、生活中顺延而来的,言明时间短促,颇具文学象形的色彩：太阳升起,露水消散,这个"集"也就散了,不耽误那些时间抓得紧、想赶早解决柴米油盐的人。而天天集,集则是大集了,集大、人多到天天有如集日,那还不是个大集吗？骑路集又是个小集了,说的是集市的模样：这个集是骑在路上的,是在路上成集的。当然,骑路集有它的弊端,如果是在乡村的偏僻处,那还没有什么大的要紧,但如果是在国道大衢,那就有碍交通了。另外,从时间上来说,除天天集外,各集逢集的日期也各有不同,特别是相邻的集市,时间上要相互错开,以免赶集的人过于分散,形不成集市,你一、三、五,我就二、四、六,你一、四、七,我就三、六、九,当然这都是农历,叫作"逢初一、初三、初五",或"逢十二、十四、十六"。时间的选定,有的是传统沿袭的,有的是当地政府任定的,时间长了,也能形成习惯。

"集",有以上的含义;"赶",则言明了成群结队、争先恐后和争分夺秒。赶过集的人都知道,逢到集日,特别是大集,在通往集的每一条乡村小道上,都有各不相同,而又大同小异的人纷纷往集上赶。说各不相同,是说不同的人,男女老幼,胖瘦高矮,推车挽篮,确实是形形色色,五花八门;说大同小异,是说赶集的人都是农民,城里人不赶集,因为城里每天都有"集",是"天天集",镇里和"集"上的人,也不赶集,因为"集"就在身边,无须去"赶"。所以要"赶"的,只是农民,还有那些农民出身、做小生意的。

做小生意的要赶,是因为他们以赶集为生,他们不是坐地户,他们的货品和买卖,都只为农民而设,都只同农民打交道,为了交易,他们有时候一天要赶两个相近的集:他们早早地赶到集上,然后在不到晌午时再赶到另一个集上,时间紧,赚头轻,他们不"赶"当然不行。

农民要"赶",除"集"是专为农民而设外,还因为农村一般都忙,农家的活总是做不完的,况且还有春耕春种、夏收夏种、秋收秋种、冬季农田水利基本建设等等时间限定的硬活,在这种情况下,赶集成了奢侈的事,来回跑个一二十里路不算辛苦,倒成了一种特殊的待遇。"没事你赶啥集去!"这是说没有事不能去赶集,有事才能去赶集。有什么事呢? 农村的所谓"有事",也就是柴米油盐收耕种的事,娱乐啦、玩儿啦、休闲啦、交友啦,那都不算"有事"。

除有事的人须赶集以外,另有一种人,即年老体衰、不能干活的老年人,主要是老头们(老婆子在家忙得多,老头们在家闲得多),也有赶集的奢侈和特权,这是几十年辛勤劳作后才获得的权利。"俺表叔在家呗?""赶闲集去啦!"这叫"闲集"——不同于年轻力壮的闲人——理所当然地闲了,才有赶集的奢侈和特殊。对他们来说,这种"赶"不是赶忙、赶紧的"赶",而是赶场子、赶热闹的"赶",与那种有事才"赶"和做生意才"赶"的,已经不是同一个意思了。

除了农民、做小生意的和赶闲集的老头们之外,赶集的还有另一种特别的人,那就是我。

我也是个赶闲集的。

从上小学就赶——那是在一个表姐家,跟着表姐夫赶黄河故道的一个集卖葱。表姐夫是个急性子人,在集上蹲了不足半个小时,就急了,不论斤卖了,论堆卖,把葱分成一堆儿一堆儿的,便宜卖,五分钱一堆,早了早走,到家就被表姐训得低头认罪。上中学时我也"赶集",那纯粹是玩儿,也没有什么目的。一个中学生,盛夏,光着脊梁,小褂撂在肩膀头子上,大上午的步行到离城二三十里的一个集上,在集上、人堆里磨蹭、转悠那么个把小时,再一个人,或唱着歌,或一声不吭地走回城里,天天如此。在农村插队时自然也赶过不少集,有时赶集是为了柴米油盐,但主要是为了火柴、煤油和肥皂,那时火柴、煤油、肥皂紧张,不托人都买不到,有时则是卖点口粮换钱。

20世纪80年代初拿了工资以后,在城市里上班,赶集的习惯不但没改,反而更加旺盛了,赶集的形式也变得更加多种多样了。有骑自行车去的,那一次是在桃园,把自行车靠墙放好,就歪在自行车边闲坐慢看,看小媳妇带个脏孩子在人窝里挤,看炸糖糕的一边炸一边卖,生意好得很,看4个老头打扑克,看草药贩子伶牙俐齿地叫卖……有扒小四轮拖拉机去的,那一次是从祁县镇往湖沟去,感冒发烧还没怎么好,走得实在累了,就央一辆小四轮走慢些,自个扒上去,一路大颠着到了湖沟集。有坐"木的"去的,那一次是从南照镇到润河镇,叫了一辆人力三轮,在淮堤上秋风秋意地行,又下到蓄洪区里,攀上庄台,看尽了一种新壮阔。有坐公交车去的,那是春节期间在城郊的西二十里铺,是父亲提供信息让我去的,集市外搭了戏台,台上有戏班子唱泗州戏,台下什么人都有,做买卖的,套圈扔棍有奖的,站在自行车后架上的,站在小板凳上的,站在手扶拖拉机上的,因为风大,头上拿围巾裹得只露两只眼的,骂爹骂娘的……

还有步行去的,有一年沿老濉河步行,连着赶了濉河附近的六七个集:灰古集,那集上一纸禁捕青蛙的行政广告,至今还在我眼前晃动;浍沟集,那是个濉南大集,集外陡峭的河岸和葱郁的树林,叫人流连忘返;泗山集,那差不多就是个露水小集了,一街筒子都是黄泥,但出了集,路就干爽爽、尘扑扑了;枯河头集,那真是个露水集了,我因为到得晚,夜间就在集外的麦秸垛里睡了半夜。露水集都早,早上爬起来买两根油条吞下,买一碗稀饭喝干,再转身面迎阳光,举步往东边的洪泽湖,一路扑踏着走了去。

1996年1月3日—1月4日

风 景 谈

　　谈论风景有很大的风险。什么是风景呢？什么是上好的风景呢？你说是峻峭的山峰，我说是澄澈的溪水，你说是半山腰里一座辉煌的庙宇，我说是春天一望无际的麦田，因为风景是在各人的心目中的。在心中的，那叫珍藏；在目中的，那叫展现。心目相通、关联，但风景的含义，却也并不是一样的。

　　风景的含义，肯定先是从自然界来的。自然界确实有很多能感动人、引发人的联想、鼓舞人的意气的东西：激流暴瀑、远山近泉、障云飞雾、林涛树海、鸥阵雀群……都很能叫人激动一阵子。如果坚持从字面上去解释风景，那么就须得是"风动"的，才是有景的。这也有容易理解的道理：水是动的，云是动的，涛是动的，林是动的，雨是动的，鸟是动的，草原是动的，沙漠是动的，山，从不同的角度看也是动的，看风景的人是动的，人的感情、感觉、情绪，更是动的……有了飘动的"风"，景也就有了，有了飘动的风的感觉，风景也就呈现于眼前、心间了，不管在何年何月、何时何地，人的灵动莫不与此有关。

　　说起风和景的关系，牵强附会地又联想起与"风"有关的词语。风暴也是一种风景吧？风暴的风景是壮美而雄阔的。所谓雄阔，是说它的力量和范围超越了人的能力，使人自叹弗如，使人景仰，使人起模仿和效法的愿望，这是风景给人的启示之一。有时候，风景和风险也是相关联的，越是险峻的地方，人越是想去窥视、探索、征服。人从风景里得到大量的知识、信心，得到勇气和人生的感悟,这是风景给人的启示和益处之二。

　　说风景在各人的心目中,那有没有许多人都认定的风景呢?当然是有的,比如黄山,比如长城,比如故宫。但我敢说,那未必是那个人心中最珍贵的。每个人心中最珍贵的风景,也许只是平原上的一棵树,因为他是在那里出生成长的;也许只是水溪中的一方石蹬,因为他在那里摔过一跤,从此知道什么叫疼,什么叫摔倒了再爬起来;也许只是一本粗糙的书,因为那本书给了他一个决定性的启示;也许只是高楼丛立中一间未拆迁的房子,因为他的真爱在那里起步,也在那里夭折;也许只是床头柜上一张比例失调的照片,因为那是 50 年前的一段依偎、一段生活、一段忆起便得涕泗的流逝……

　　这还是风景吗?

　　——这是一个人的生命!

1996 年 1 月 5 日

买 油 记

20世纪70年代,因为物资奇缺,所以绝大部分商品都得按计划、用票证购买。拖拉机的动力——柴油,更是十分紧张。我插队的灵璧县大西生产队有一辆手扶拖拉机,加上轧花机、柴油机等等,柴油根本不够用。我父亲当时在地区革委会的计划委员会(生产组)工作,生产队自然就找到我,让我去走老爸的后门,批点计划外柴油。

计划弄来了,但要到邻县五河县石油公司去买、去拉。会计交给我450块钱,叫我藏在最里边的裤子里,队长、副队长、会计几个人,前后左右反复观察我半天,确认没有破绽后,我就上路了。手扶拖拉机走另一条路,因为手扶拖拉机开得慢,我从县城搭客车先去。

出村时已经是下午了,田野里还有大片大片的积雪。走了7里路到灵璧县汽车站,在汽车站候了两个小时,才搭上一辆从宿县来的过路车到泗县。到泗县时已经傍黑了,冬天天黑得早,去五河的车早就没有了。我只好买了一张第二天早上7点去五河的车票,然后到泗县桥东的一家国营大旅社住下。

登记的时候,过堂里有两个公安人员,来来回回走了好几趟,服务员也看了半天我的大队和生产队介绍信,才叫我住下来。开房间的时候,她一边开,一边问我:有没有啥贵重物品?有贵重物品就存起来,身上带的钱多了,就交到公安局保管。她又说,昨天这里才有个河北来的业务员叫坏人抢了,人被砍伤了,50块钱也叫坏人抢走了,公安局正在破案。她叮嘱我,住下以后,不要跟不认得的人讲话、交底,有可疑情况,要及时报告,夜里睡觉,也要提高警惕。

她的话我记在了心里。

到房间住下不久,房间里又来了一个人,个头小小的,脸上瘦瘦的,嘴皮薄薄的,虽然并不是凶相,但看他的样子,怎么也有点可疑,不太像好人。他表面上很热情,一住下就跟我搭话,先跟我打招呼,后又问我从哪里来,到哪里去,生产队里的形势咋样。我有点提防他,他问一句,我才答一声。说了几句话,我就起身上旅社食堂吃饭去了。

吃过饭,时间也还很早,虽然天已经黑了。泗县是个老城,城外的水很大,石堤也很高。有一年夏天,我路过这里往县北赤山公社我母亲老家去的时候,河里的水涨得漫天遍野,河边的撒鱼人,对着急流,"哗"地把渔网撒开,吸引了两岸的许多大人小孩观看,河边就像开群众大会一样热闹。

我在街上转了一圈,回到旅社准备睡觉。屋里的那个人已经睡倒了。这个房间里共有4个床铺,但人还是我们两个人。黑暗中,我躺在床上,警惕性弄得我不能入睡,越想越觉得旁边睡着的那个人可疑。他的一举一动、一言一行,都像是有意图的。我索性爬起来,穿上衣服,往县公安局走去。

到了公安局,办公室里有两个披黄色军大衣的人值班,一个年岁大些,有50岁上下;另一个年岁轻些,有30来岁。年岁大的人问我:你有事吗? 我说:我要把钱保管在这里。说着,我就把450块钱和大、小队的介绍信,都掏出来交给他。

他坐在桌边,仔细把介绍信看了几遍,然后抬起头,严肃地说:你先坐下,你身上带了这么多一笔现钱,是非常危险的! 你到底是什么人,我们还要打电话核实一下。我胸有成竹地说:我们大队没有电话,你给灵璧县广播站打电话吧。我心里十分坦然。去年年底,我被县广播站抽调去,在县广播站当了半年多的记者编辑,广播站里的人我都熟悉。

他脸沉沉的,没有同我说话,侧身摇起了电话,又对总机里说要接灵璧县广播站。

电话接过去了,等了很长时间,电话才通。电话里是一个女的说话声,我一听就听出来是播音员小吴,心里就像见到了家乡人一样热乎乎的。年岁大的公安干部先一字一顿地报出了我的姓名、生产队,然后就问灵璧县广播站知不知道这个人,是不是个下放知青。小吴用普通话一连声地说:有这个人,是我们这里的记者、编辑。小吴又问:许辉在泗县公安局干什么?公安干部说:他身上带了很大一笔钱,说是给生产队买柴油的,我们核实一下。

放下电话,年岁大的人站起来,找出一张纸,把钱包好,放进柜子里,又转身坐下,问我:你什么时候走?我说:我车票已经买好了,是明天早上7点整的。他说:你明天早上6点半来取钱吧,这样一笔钱带在身上,是非常危险的,下次不准这样了!说完,他站起来送我到门口。

夜里,我睡得很踏实。早上天还不亮,我就醒了。旅社过堂里有个挂钟,我跑到过堂里去看时间,看了好几次。指针刚指到6点半,我就收拾好东西,出门往公安局去了。

天气寒凉寒凉的,东方的天边有一点点鱼肚白,街上的人只有一两个。到了公安局大院,大院里静悄悄的,一点声响都没有,昨晚有人的办公室,现在也锁得紧紧的。我有点着急,怕耽误了赶车,但又不知道到哪里找那个公安局的人,连他的姓名都

417

不知道。

　　在院子里心急地转悠了两圈,大门口有了一点响动。我赶忙转头一看,就是他,他披着黄军大衣,正往院子里走来。他看见我,就对我点点头,然后走到办公室门口,用一只手拉着大衣领子,另一只手拿钥匙打开门,从柜子里拿出纸包,把钱还给我。

　　离开公安局,我一路飞跑着到了汽车站。汽车上已经坐满了人。我在汽车上才坐稳,汽车就开动了。

　　汽车开出泗县县城,开到新汴河大桥上。大桥上下,大河上下,一片轻薄飘飘的雾气。汽车开进冬天的田野,田野里有青,有白,有黄。青的是冬麦苗,白的是残存没化的雪,黄的是裸露的土地。

　　五河离泗县才几十里路,个把小时就到了。

1996 年 1 月 15 日　合肥荒废园

偷　球　记

　　上小学的时候我们就喜欢打球,特别是打篮球。学校的操场上有4个适合低年级同学的篮球架,一到上体育课,我们不抢别的,总是去抢篮球。学校里有几间小平房,那是体育器材室,里面除了手榴弹、跳绳、标枪等等以外,最显眼的就是几十只红红绿绿的篮球了。篮球都是橡皮的,麻麻点点,砸在脸上非常疼。虽然橡皮篮球不如真皮篮球值钱,但我们同学里没有一家有篮球的。篮球时时在我们的梦里出现,我们多么希望有一个自己的篮球呀!

　　教体育的邵老师,带了很多个班级。一到下午下课课外活动的时间,他都会叫学校里的几位体育骨干把体育器材搬出来,这一方面是要进行体育训练,另一方面是要方便同学的借用。篮球和别的体育器材都堆在平房门口,训练和借用的同学在邵老师那里登记过之后,就可以拿着跳绳或抱着篮球上体育场了。一千多名同学干什么的都有,整个学校里闹哄哄的。

　　我有个同学小名叫二毛,他也是我们家的邻居,住在一个大院里,而且我们都喜欢玩篮球。放了学我们就赖在球场和体育室附近不走。借到球我们就打,借晚了借不到了,我们就跟人家蹭球打,或者去捣乱。

　　在体育室附近转多了,我们发现,邵老师经常有"顾不过来"的时候:指导同学训练时,他顾不过来,别的老师来喊他时,他顾不过来,校园里有小混乱时,他去治理,也顾不过来。顾不过来时,邵老师就临时喊一个认识的同学看管一下,但大多数时候,他急匆匆就走了,过一会再回来。

二毛也是个调皮精,不知谁先提起的,有一天放学走在路上,我们突然提出要去偷一个篮球,而且两个人都想到一起去了。商量好之后,第二天,我们按照商量好的办法,下午一放学,我们就抢先去借了个篮球。借到篮球后,我们就在体育室附近玩,你传给我,我传给你,一边玩,一边看邵老师走不走,如果邵老师走了,我们就能偷球了。

没过多长时间,邵老师果然离开了。我们赶忙故意把球往球堆里扔,这样如果被人发现了,也不要紧,因为这个球是我们借的。球扔过去之后,我们俩一齐扑到篮球堆上。看看附近没有人注意我们,二毛抱了一个篮球就跑,但我还一直趴在篮球堆上,这样如果被人发现的话,我们还可以说二毛抱的那个球是我们借的。等二毛跑到老师办公室后面看不见了,我才爬起来,抱起我们借来的篮球,到球场边不停地拍起来。

拍了二三十分钟,邵老师回来了。我到邵老师那里把篮球还掉,一溜烟跑出了学校。二毛正抱着篮球,在学校外的巷子里等我。没想到偷球这么容易,我们俩兴奋极了,你拍一阵,我拍一阵,还一边跑着,一边把篮球往路边的墙上砸。我们一直玩到天黑,才回家。

但是有了篮球,我们也没能尽情地玩。首先,我们根本不敢把篮球带进学校,在班里我们谁也不敢告诉,怕同学报告老师。另外,明目张胆把篮球带回家,大人总是要盘问:篮球从哪里来的?我们就说:从同学那借的。说谎说一两次大人还相信,说多了大人就不信了。二毛只好求他姐姐帮忙,说是他姐姐同学的篮球,借来玩一阵子的。他姐姐比他大好几岁,已经上初中了,初中同学玩篮球的更普遍,说话大人也相信一点。

星期天写好作业,我们带着篮球到附近的二中球场去打。但是二中球场上都是大同学,他们经常欺负小同学,抢我们的篮球,占我们的球场。玩了两次,我们就不敢再去了。有时候我们约集院里的小伙伴,一起到郊外玩去。去郊外时,我们就抱着篮球,你传给我,我传给他,有时我们还有意隔着水沟传球,弄得很惊险。假如不小心球掉进水里,我们就大呼小叫地折树枝、拉人绳、砸坷垃,想方设法把篮球再捞出来。

因为玩偷来的篮球太拘束,玩了一段时间以后,我们对这个篮球的兴趣小多了。后来有一阵子,有大半年时间,篮球干脆就躺在二毛床底下的一个破木头箱子里,上面盖着破布,睡起了大觉。偶尔我们想起来,就趁他家里没人的时候,钻到床底下去看看。篮球上都是灰,并且瘪进去了一个坑,是跑气跑的。学校邵老师那里,也没有任何动静。

寒假过后,开学不到两个月,天刚暖和,有一天下午,二毛突然神情慌张地把我拉到背地里,说:不好了,我跟我姐姐吵架了,我姐姐说要把篮球的事报告咱们班主任。听到这个坏消息,我心里也很害怕,因为要是叫家里大人知道了,肯定得挨一顿打。我们情绪低沉地商量了半天,觉得应该先主动把篮球还给学校,以免二毛的姐姐先去揭发。

下午一下课,我们就跑到二毛家,把篮球拿出来,擦干净,到学校班主任办公室,主动向班主任交代了我们偷篮球的经过,并把篮球交给了班主任。

第二天早操以后,像往常一样,全校的五年级都集中在小操场上听老师讲话。今天讲话的是我们的班主任。他说着说着,突然不点名地讲起了我们偷篮球的事。他说:有两个男同学,想玩,从学校里拿了一个篮球回家,这是一种什么行为呢?这是一种偷盗国家财产的行为,所幸,这两个同学提高了认识,主动向老师做了坦白,避免了向更深的腐朽没落的深渊滑下去,我们希望这两个同学以此为教训,向先进同学看齐,争取做一名毛主席的好学生。

班主任讲话的时候,不知道当时二毛怎么样,我浑身禁不住地直发抖,脸上直淌冷汗,心里怎么想止都止不住。旁边的同学小声问我:你怎么直发抖,可是生病了?我一句话都答不出来。

过了很长时间,有一天在二毛家里讲起篮球的事,二毛的姐姐也在,二毛跟他姐姐早就和好了。我们问二毛的姐姐:你后来可去报告了?二毛的姐姐想了半天,才想起篮球的事,她轻描淡写地说:那是吓唬你们的。

我们都大失所望。二毛的姐姐真会吓唬人!但,谁又知道她是吓唬人的呢?

1996年1月15日　合肥金大塘荒废园

越 墙 记

小时候,电影对我们的吸引力真大,但那时看电影又真难。一是电影片子少,二是电影院少,三是电影票少。20世纪60年代中期以前还好些,那时候我已经有好几岁了,上小学了。记得有一次,电影院里放一个战斗片,别的同学都看过了,我因为生病没看成,病好后去上学,老听和同学说起电影里的人物和故事,就回家闹着要看。大人被缠得没办法,给我5分钱,叫我自己买票去看。我匆匆忙忙到电影院买了票,进了场。电影一开映,越看越不对头,是种玉米的事情,一直到片子放完,战斗场面也没出来。原来是科教片。

"文革"时期,我上初中的时候,南关盖起了一座新电影院,叫人民电影院。电影院还没有完全盖好,就放起了新电影。电影是阿尔巴尼亚的《第八个是铜像》。放电影的那几天,电影院外边像过年过节一样热闹。电影一场接着一场放,上一场还没放完,下一场的观众都已经聚在电影院门外的小广场上等着了,连小广场外的大街上,都站满了人。

吃过晚饭,我嘴一抹,就往电影院跑。因为电影票都是机关包场或预定的,我只能在外面等人退票。但是退票的人非常少,还都被大人抢去了,根本轮不到我们。转悠来转悠去,只听附近几个和我差不多大的男孩子说:走,上后头翻墙头去。我一听,立刻就跟着去了。

拐进一个小黑巷,就是电影院后院的高墙头。这里已经聚集了一二十个男孩子了。有的打亮电筒找墙上蹬脚的地方,有的正往上翻,有的在下面帮忙,还有的四面望风。看见他们都翻,我没有多想,立刻找到一个能蹬脚的地方,敏捷地爬上墙头,和两个男孩子同时跳了进去。

跳下去脚还没站稳,还没看清附近的情况,院里树下的几个黑影,就扑过来拧住了我们的双手。我们拼命挣扎,但他们都是大人,我们怎么挣都挣不开。转眼间,他们就把我们又推又搡地推到了前院的电灯光下。"你们是哪个学校的?好,不说,把你们关起来!叫你们的父母来领!"说完,他们就把我们三个人推进了还没有完工的售票处。

售票处里一地的碎砖头。一墙之隔的外边,就是小广场,人声杂乱。院里也都是人,他们是电影院里的人的亲戚、朋友、熟人,是先放进去的。我们想找个机会跑出去,但是售票处门口有个大人守在那里,我们刚蹭到他跟前,求他放我们出去,他一巴掌就把我们推倒在碎砖地上,吓唬了我们一句,又转头跟外头的人说话去了。

没有办法,我们只好装成害怕的样子,装哭,干抹眼泪。装哭了一会,没有人同情我们,也没有人理我们。我不哭了,四面一看,里边还有一间小屋。我慢慢转到小屋门口,伸头一看,里边也是售票的,售票窗上面的小窗还没装钢筋,一个小孩能钻出去。

我心里怦怦直跳,故意靠在门框上又装哭起来,一边装哭,一边从手指缝里偷看门口的那个大人。门口的大人正脸往外跟外边的人说话,说得正欢。我呜呜着,慢慢往里间的门框里挪。刚挪进去,我立刻转身跑到窗前,拉着窗框爬上了窗户。窗外站着的人都看我,还有人指着我说:小孩翻窗户了,小孩翻窗户了!

424

我也顾不上那么多了,"蹭蹭"几下攀上小窗,从小窗里硬挤出去,跳到外边的地上。

脚一落地,我拔腿就跑。我弓着腰,在人堆里钻来钻去,一直跑到大街上。怕他们追上来,我还不敢停,顺着大街一直跑到城河桥上。城河桥上有不少人,有人在说话,有人在下棋,有人在看夜。我在城河桥上呼呼直喘。他们不可能再追到这里来。

那时候,学校管得松,学习也抓得不紧,家里人又经常不在家,我们"自由"得很。

我抹抹脸上的汗,到城里转了一圈。转过一圈回来,又转到了城河桥上。我在桥上看人下了一会棋,望了一会夜,等下棋的人散了,我才回家。

1996年1月16日　合肥荒废园

晒　太　阳

　　一到冬天,太阳就成了上好的东西。所谓上好,是说对于缺薪少炭的人们,它成为一种干净、健康而且免费的燃料。由于人类的成长,有史以来就是在阳光的不可缺少的参与下才得以完成的,所以人对阳光的依赖无所不在,对阳光、太阳的崇拜,也弥散于生活在各方土地上的人群中。在物质不甚丰厚的年代,冬季的严寒是难以抵御的,那时人们自然而然就期待起了太阳,期待起了阳光。太阳终于从阴云密布的天空中放射出了它的光芒,人们不约而同、迫不及待地用不同的方式晒起了太阳。阳光照射在人的身上,阳光可以带来温暖,驱散霉湿,杀死那些有害的、人体不需要的细菌、病菌,还可以带给人生的希望,鼓舞人们生的勇气。这样看来,阳光当然是上好的了。

　　我们可以设想在缺薪少炭的岁月里,晒太阳的人们所形成的那种景观:许多衣不蔽体或衣衫单薄的成年人靠坐在面阳的石块、秸秆或墙壁上,饱尝太阳的温热,妇女们的怀抱里则哺育着不满周岁的幼仔。晒太阳的场面形成了一种特别的独到的文化情境。即使到了今天,在现代化进程略慢些的地方,特别是农村,晒太阳的情况依然十分普遍。冬天是农村的闲季,对身弱力衰的老年人和真正闲下来的人们来说,寒流或大雪过后,太阳出来了,照射在麦秸垛、避风的墙根和面阳的河滩上,他们没有理由不去享受这上天免费和慷慨的赠予。热喷喷的阳光晒得他们拧开了袄扣,晒得他们不停地搔痒着头皮,在会吸烟的人们那里,青烟缕缕升起,消融在微蓝的晴空里,公鸡在高阜上打着鸣,狗在人的不远处展开四肢,牛犊温静地倚靠在母亲向阳的一面……晒太阳的场面总是立体的和有感染力、传染性的。晒太阳的感觉也应该是人们最好的感觉之一了。

即便在城市,人们晒太阳的心情也总是难以按捺。在休息日的冬阳里,所有高层公寓的阳台上,都会晒出各色各样的花被、棉枕和厚的衣物,这是清除城市病的一种好办法。人们愿意到阳台上干各种事情:无事的男人会装模作样地拿一本厚书坐在阳台上看,其实就是在接受阳光的亲昵;少妇在阳台上逗孩子,经常这样做的母子,无疑会成长得更加健康。有兴致的人们还可能拖家带口走出家门,走上街头,在阳光充沛的街头徜徉一两个小时。购物和浏览,可能是这种徜徉的一个方面;接受阳光的沐浴,则是另一个方面。都市的"文明"限制着人们,人们不再可能像自己的祖先那样,无所禁忌地、当众就拖儿带女蹲在墙根晒起了太阳。

在城市里,人们总是要掩饰点什么的。

1996年1月29日

小 艳 阳 天

　　艳阳天,就是明媚的春天,那么小艳阳天,就该是快要入春的明媚日子了。因为去年闰了一个月,所以今年的春节推迟了许多,已在立春一旬以后了。立春一旬以后的那一个节气,是"雨水"。从农事上来说,雨水之后,小麦就该追返青肥催青了,葡萄也该修剪枝条,准备爬山上架了,栽植桑树,开辟茶园,春季造林也开始了。但今年的"雨水"也较往年早许多,而且正与春节这一圣节俗日相重叠,是闰二月的二月十九号,看到这种组合,相信命运的人又该有一种推测了。比如入三九的那一天,既是阳历的9号,又是农历的十九,偏又在这一天打了不合时季的响雷,有人就说这对某某不好等等;甚至几百年前的医书上都说,立春雨水,味咸,性平,无毒,夫妻同时各饮一杯后,同房,就会有孕。这虽都绝不可信,但自然界透露给我们的某种信息,总是有其特殊的季候含义的,就像小艳阳天的来临会带给我们好心情一样,不同的自然界的状态,也会从不同的角度修改我们的生活轨迹。

　　小艳阳天里,人们都在想着或干着什么呢?或最适宜干什么呢?

　　读书。这是看起来最正当的一件事了。现在塌下心来读书的人越来越少了,一则是书太多,而合乎自己心意的书并不多;二则是读书太累,又要细嚼慢咽,虽然营养不差,但总不如快餐来得过瘾、立竿见影。这里所说的读书,不是因为要考职称而不得不读的书,也不是因为要参加会议,要备课,而不得不读的书。在小艳阳天里,如果有一天的闲适心情,而只有30分钟平心静气读自己中意的好书的时光,那这一天就令人长久不忘了。这种低标准的要求,想来对现代人并不是过分的奢侈。

第二是睡懒觉。睡懒觉的那种美好感觉是每一个人都有的。但我们现在睡懒觉的机会却越来越少了,这并不完全怪这个节奏不断加快的时代,有时只怪我们自己。我们都在时髦地追求一种成就感,我们不停地逼迫自己、催促自己,努力使自己既干得好又玩得好,又能体验那些我们不愿放弃的擦边球,又能享受一切过时不候的欢娱快乐……却忽略或不得不忽略了睡懒觉这种最原始的休闲和延年益寿的方式。哪怕一星期留一个小时的懒床时间,我们在下一个星期里也会过得更有精神。

第三是玩牌。当然这也应该是在闲适无事的小艳阳天里。有节制的游戏不但令人心旷神怡,而且创造了一种团体的康乐气氛和人际文化品位。麻将牌正是这样一种合适的工具。在一个祥和的家庭中,在一种温馨的氛围中,在几位好友的逗乐和"斤斤计较"中,人们不但能得到彻底的放松,还能泄尽身体里蓄积已久的毒素——失衡、久盼不得、愤懑、挫折等等——这不仅有利于个人的身体健康,也有利于对别人的正常观察。这就是适度的麻将法则。

第四是结婚。当然这并不是每一个人都可以随时享用的。在小艳阳天里,结婚正是时候。春节前后的这一段日子,也正是人心最浮躁、人心最喜庆的时光,"一年忙下来了,是该休息休息了""干不成什么大事了,也无心去干大事""玩吧,时间又都玩掉了,结婚倒是个好主意"。当然,正结着婚的人,也大多是浮躁的,他们被胜利和甜蜜冲昏着头脑,他们的状态和时间的状态扣了个正着。像酒一样,蜜月使人难得糊涂一回。在小艳阳天里,在普天喜庆的日子里,结婚了,蜜月了,这还不够人记挂一辈子的吗?

——要是阴雨寒凉,连绵不尽,那上述的一切,又该是多么的扫兴!

1996 年 1 月 29 日—1 月 30 日

嘉 山 涧 溪

涧溪是明光市（嘉山县）的一个镇。小镇骑路，倚山望水，山是丘陵岗地，水是沿淮洼地一个明镜似的大水汊子，人迹和山水都甚为邈远。

我先是在女山湖边的女山湖镇住了几日，黎明时分坐上一艘小轮，在水荡草塔里曲折迂行到盱眙县城，又乘车来到涧溪的。小镇本就在高岗地上，说它在高岗地上，是因为水往东边大水汊子里流的声音，在我的客房里听得最为真切，哗哗哗哗的，提醒人注意这乡土的地物地貌非同一般（既不是展阔坦直的平原，又不是林壑逶迤的山地），原来水就在我的深深的窗下的，不知窗下是溪，是涧，却不去管它，只知那望不见的水伴得我如在幻境，荡荡悠悠，终而不知了去向。

来前来后的这几日，都正值秋雨蒙蒙。除去公路上片断的车行声和窗下哗哗的曼歌一般的溪流声，小镇也是太静了，静得能听见雨雾的散落和飘扬。两日里我都伏在一个大间的圆桌上写字。服务员是位30来岁的妇女，见我喜欢静处，就不来打搅我，连拎瓶送水都是瞅我出去的时候送。夜了，我就出门寻长长远路上的一星灯火去，深秋高岗上的茫茫夜雾里，那粒灯火就如一颗孤星，在无际涯处闪烁。雨绒飘在脸上，凉爽而清淡。一脚高一脚低地往前走，不知会走到哪里去，却只认准那颗孤星，跌跌撞撞地往前摸。那是一副卤菜挑子，一位约五旬的老实男人，也是孤零零的，夜夜守在他的挑子旁，像是认准了就等我一个人来。

　　白日里饿了,上镇南头一家老夫妻开的稀饭店吃稀饭、贴饼。吃过了,攀在一块居高微洇的石头上,默坐着,往下边的公路上望。稀饭店开在路边的高处,打这里望下去,公路宽阔,一辆乡下的中巴开来,停在高原似的路的边上,打车上下来一个穿高帮皮鞋、绿夹克皮衣、围雪白丝巾、打小花伞的女孩。女孩笔直地站在路边。车开走了,女孩也往一条小路上去了。我望着她,她是一道谜:她怎么会在这里?她在哪里上学?在哪里工作?她家竟在这里?在水边一个仄窘的村庄里?

　　小镇真是太静了,静得我在房里再也坐不住。我结了账,打点了行装要往嘉山城里去。走到镇南端的丁字路口,这里却是一个人都没有了,也没有车,也没有声响。我在路边默默地站着,等着。雨星还在飘,飘个不停。高原似的路,伸向茫茫的远方。

1996 年 2 月 2 日

结　　婚

提起结婚,许多人都会有一连串的回忆甚至故事。但听年纪大的人说,现在结婚好像是越来越难了。说"越来越难",其实并不准确,因为时空都在开放,观念日趋简化,婚姻更加自由,恋爱、结婚、生育的"随笔"气息愈加浓厚,哪里还有更难的情况呢?难,是说难在认真。认真地选结婚的对象,认真地选结婚对象的属相,认真地选结婚的季节,认真地选结婚的日期,认真地选结婚的形式,认真地选结婚的酒店,认真地选结婚的饰物,认真地选结婚大宴上的来宾,认真地选……还不够烦琐的吗?

不说别的,单说季候和日期,就有许多有板有眼的讲究:闰年闰月不宜结婚,猪年不宜结婚,正月里老天爷打雷,这一年里都不宜结婚,阴历逢一逢三逢四逢七的日子不宜结婚,一是"离",三是"散",四是"死",七是"气",等等。如此说来,整个一年四季,都是不宜结婚的了。春天不宜结婚,因为春天乍暖还寒,地阳不足,人气欠旺,结婚呢,又是耗神费力的大事,一旦元气伤尽,那人的子嗣还会康健茁壮,结婚的人还有长寿的吗?夏天不宜结婚,夏天阳气太盛,虚火潜行,在夏天结婚,极易不思节制而纵欲过度,留下"内伤",并涉及后岁。秋天也不宜结婚,秋天阴气窜动,虚气强暴,正该是人静止、收敛、聚合、闭集的时节,如果一味反其道而行之,那倒霉的恐怕只有自己了。冬天更不宜结婚了,按照古籍医典中的说法,人偶之间,春三、夏四、秋二、冬一,冬天,人气已经降至了最低点,这就像一盆薪柴快要燃尽的火,若让它慢慢燃着,火种不灭,能量蓄积,到春天自会春风吹又生,若急于要照亮人生之旅,一味挑拨送气,那也确会有一时之快,但后果就可想而知了。

其实,一年四季都可以结婚、快乐、繁继,这正是人区别于其他动物的一个显著特点。结婚,无论何年何月何日,都是结婚的人意气最为风发、潜能大量释放、效率成倍提高、人格尽臻善美的时刻,而且在一些别致的日子或季候里结婚,还会留下一些别致的记忆。以我为例,我结婚就是在盛夏6月领了结婚证,8月1日办的婚礼。其时暑气最浓,赤阳高照,婚礼才过,单位替我借到一套房子,家里替我准备了一些家具、用具,我就利用中午的时间开始搬家。从父母的家到我自己的家,有三四里路,一个在市中心,一个在城边缘。我借了一辆板车,把大件的家具搬上去,又将板车把捆绑在自行车的后座上,推着,或骑着,一个人在中午的酷日下,往城市的南边移动。路途上总会出很多岔子的,有时下坡自行车刹不住了,后面重物的惯性大,就连车带人一头撞到路边的墙上去;有时自行车和板车突然脱离领导和被领导的关系了,自行车往左,板车却一个劲地往右,我和自行车只能被强大的板车别倒在地;有时路面一颠,后边板车上的东西咣当当,眼看要摔倒,路边热心的行人抢上一步扶住,甚至还有同情于我,扶上车,再送一程的……到地方了还有麻烦事,就是大件东西我自己搬不下来,更搬不进屋里去。我就站在板车旁,一边擦汗,一边等人。有人下楼或有人走过时,不管认得不认得,打个招呼,请他帮个忙,把东西抬进去。抬进去也快,半分钟一分钟就完工了。但就这么一下子,大热天出重体力,那人也已经浑身透淌、大汗淋漓了。

其实,我想,结婚也就是结当时的一种心情罢了。爱心于她

(他),是一种心情,迫不及待立马就要成亲入房,是一种心情,先领了结婚证,等房子分到手了再结婚,又是一种心情,未婚而同居是一种心情,居而不"婚"也是一种心情……结婚,倒不如说是跟自己当时的心情、心境结婚,好坏对错都是自己的,跟季节、季候没有什么根本的关系。

1996年2月1日—2月2日

野 菜 故 土

每到春天的时候,合肥市场上总会出现一阵子卖野荠菜热。野荠菜有一种殊异的清香味,特别是做成饺馅,包在饺子里。在朋友家里玩乐,突然吃到了用野荠菜馅包成的饺子,因为没有思想准备,惊喜的感觉更加突出,往事的排浪会一阵一阵袭来。

淮北的野荠菜都留在我小时候的记忆里。现在还记得的是一个乍暖还寒的初春日子,我跟着大姨到宿县护城河南岸的陡坡去挖野荠菜。那时的护城河南岸还是一片荒地,地里的土被一冬天的低温冻得酥酥的、细细的,脚踩在上面,一走一个深脚窝。野荠菜总是比别的野菜、野草醒得早些,初春的日子,大地才有些青绿,它们就拱出土皮,展伏在春天的阳光里了。

荠菜是一种野味,地皮也是一种野味。地皮又叫地衣,颜色灰黑,状如木耳,是一种菌类生物。地皮得在仲春、暮春、初夏的连续的雨后才能生出。就是在暮春,春雨绵绵、雨绒如烟的时刻,我们提着小小的篾篮,姐弟几个,或许还有邻家一般大的玩友,跑跳着往郊外去了。地皮都生在枯草里、湿地上和坟茔间。枯草里的地皮个儿大、柔韧韧的,还都沾着碎屑的枯草;湿地上的就小多了,也零碎,颜色浅淡;坟地间的呢,那里的地皮个儿大、颜色深,又肥又厚,但我们不敢到坟地里去拾,再说大人也不让到坟地去拾,说那是死人的骨头长出来的。

香椿芽应该是另一种野味了。这都是春天出产的。天开始暖起来的时候,香椿芽便在枝丫上生发了,一丛一丛,酱绿色的。

香椿芽是凉调的好菜,在开水里啜一啜,捞出来切碎,再佐以酱油、香油、香醋、白花花的水豆腐,即可食用。香椿芽有一丝淡淡的苦味,它的美食,也正是从这淡丝丝的苦味里来的,苦味在先,香浓在后,形成了香椿芽百食不厌的风情,没有人能忘记它的。

我记忆深刻的是,大姨去年已经故世,春雨朦胧中草地里的地皮也久久不见:在城市里没有,远郊我们又无暇专顾。香椿芽倒还能在春天里吃到,父母家的院外种了两株,每年春天,我们不但能够品尝,返肥时父母还会从冰箱里取出留存的一小袋,由我们带回。但女儿并不喜欢吃,这总使我有一种怅怅的失落感:时间不但改变了别的,连孩子的口味也改变了吗?确实,她们已经没有那种春雨如烟的饮食背景了。

野荠菜在春天里却是大量上市的。我以前总认定它们都是在我故土的南河沿生发出来的。直到有一天,我在菜市里看见一个老农的身前用一块手绢兜着的一捧野荠菜,那些野荠菜颜色灰暗、形状萎蜷,一点都不抢眼,一点都不水灵,也没有什么人光顾它。我立刻明白过来,那些成包成筐出售的,都已经跟南河沿、跟野草陡坡,没有一点关系了。

觅得一个晴日,我带着女儿去了农村。出发前,我们说好是去挖野荠菜的。因为可以到大自然里玩耍,女儿非常高兴。我们来到离城30里的小镇,来到小镇的野外。地里的野草长出了很多,但哪里有野荠菜的踪影呢?我们转遍了田头、埂塍、塘坡,但终至一无所获。

故土、故事、故情,那都已经过去很久了。除了我们自己的记忆以外,没有谁还能领受我们的这份实情。但它是不是能够遗传呢?通过血液、脉动,遗传给我们的孩子、遗传给下一个世纪、遗传给春天和春雨轻烟的草坡、遗传给另一个心跳?能的,能的,因为春天还在,枯草还在,湿地还在,树苗还在,所有的人的真诚,也许都还在。

1996 年

扁　　豆

　　扁豆又叫四季梅,这两种叫法都有道理,也都是通过观察得到的。叫扁豆,是因为它的果荚结得扁;而称四季梅,则是因为它一年中的大部分时间都在生长或者开花、结果,给人的印象,就像是一年四季都有它的绿鲜鲜的存在似的。

　　扁豆对生长条件的要求一点都不高,贫地、埂上、塘拐、墙角,都可以生长,但它的果实产出量,却是十分惊人,是超常的产出,而且愈到天凉,例如白露以后,它反而花绽愈多,果实愈丰。20世纪80年代末,我们曾在合肥市郊区的老梁庄住过一年多,房是两大间砖瓦房,房前有一大片空地,房后有一个不算小的院子。春天搬过去时,正是点瓜种豆的时节,我在农村插过队,一看见弃地,手就痒痒起来,跑到白水坝种子商店,买回来不少蔬菜良种,又写信请早就在庭院里种果植树的父母寄了些种子来,铲草挖沟,翻土施肥,把一方小院分割成数块,分别种上了丝瓜、辣椒、小白菜、南瓜、扁豆等等。这都是些泼辣易成的菜蔬类,它们入土即活,遇雨鲜旺,后院里的土地又是许久没有种植过的,地力雄劲,蔬苗们初期的长势也就可想而知了。

　　但因为翻地分畦时的仓促、马虎,也因为一时心血来潮的热乎劲过去了,地里的杂草远没有铲除净,更没有随长随铲,一遇水肥温湿,杂草立即迅猛地疯长起来,不出两月就成了气候,几乎把菽豆菜类淹没。辣椒结了一些,小白菜瘦小巴巴的,丝瓜有它的办法,攀到了院中的树上,悬下了一些青果儿,南瓜也在地边拖了秧子,结了少数几颗果实。扁豆却是到夏末都没有大动静,只在院内尺多高的杂草上默默地延爬、伸展,又上了邻家的壁墙。我们想,今年的这一季,它是完了。

却不知道扁豆的生命是强韧的,也是大器晚成的。一入秋,其他的蔬类都打算结尾了,包括杂草,它却在草丛里和墙壁上开成了大片大片的花,结成了一簇一簇的果。我们自然是大喜过望的,于一个星期日的上午,两人合力,在地里、墙上,摘取了一竹篮青荚,除自家食用外,还分送了一些亲朋。以后日日采食,甚至烫晒成干,却总也摘它不尽。直到过了白露,扁豆花开愈甚,果实也愈结愈多,我们全家都吃得够了,只好弃之不采,任由它老熟、干落。偶尔站在院里的空地上,就想,明年,小白菜和辣椒,都不会重现了,这一地一墙的,除了丝瓜,必定就是扁豆的天下了。实际上,扁豆的生命力,比那些杂草们还要强。

但在这一年的 11 月底,我们却搬离了这个有前后院的临时的居屋。第二年开春以后,屋后的园子里会长出些什么样的秧苗,地头田角会有一番什么样的争斗,我们都无缘目睹了,甚至连想象都无法想象,因为那里住了另外的人。我们不知道新住进去的人,会怎样对待屋后的院子、屋后的园地和园里的生命。他们对待他们陌生的东西,自然是不会有我们这样的感情的。他们会有他们的方式。

1996 年 2 月 4 日—2 月 5 日

一 夕 三 梦

昨夜里睡得晚,但睡倒之后,却连做了三个梦。第一个梦是上面派我到铁路某部门任职,我到了之后,发现那个部门工作太专业了,我焦虑万分,学又学不会,每天度日如年,真是活受罪。第二个梦发生在一栋破败的高楼里,那栋楼十分高,但其被毁坏的情状又像是刚刚经受过一次战争的打击,楼里的人非常多,拥挤不堪,我好不容易从楼的高处挤到底层,突然想起一件很小,但对我很要紧的东西忘记带下来,我出一身冷汗,只好重新挤进人堆,颤颤巍巍走过折断了的楼梯,心力交瘁、毫无希望地往无限高的楼上挤去。

天露微光时,我靠在床上,半醒半睡地做了第三个梦。这次是春天了,是懵懵懂懂的春天,梦境中的一切都很逼真、具体、活灵活现:报纸上宋体绿形的植树节消息;广告中完美无缺的新娘子妩媚一笑;第一株白杏花开在干休所一家老干部的小院里;阳光照在镜子上,美发屋里挤满了粉黛;两个骑自行车来到很远的郊区的时尚年轻人跳下车在田间小路上猛吻;一队好小好小的一年级小朋友拉着手、排着队、唱着歌、牵着各色气球,走过市区的街道;在田野里干活的一个中年农民上身光着膀子,下身穿着棉裤;扎小辫的丫头面前堆着一大堆野荠菜,许多油头粉面的女市民团团围住哄抢;阳台上晒满了大大小小各式各样气味迥异的棉被;柳絮铺天盖地地纷飞,迷入人的眼睛……

做完三个梦,我就彻底醒来了。我歪在床头,听了一会电台的晨间节目,又看了一会昨晚看剩下的晚报,然后就自己解析了夜里的三个梦:第一种解析是我太累了,我无力解决我在生活中遇到的所有难题,我需要轻松的气氛和环境(就像春天)来抚平自己;第二种解析是我从投入走向了虚无,我幻想摆脱困窘,对所有的疑难都一概视而不见,只顾一头栽进某种虚设的温柔乡去;第三种解析是我正确地面对了纷繁的现实,既有曲折、磨难、灰心和无望,又有光明、美好、亮丽的明天。

像往日一样,这"紧张、曲折"的一夜也就完全过去了。我要说一声:再见,我的梦。我又要投入我为自己设置的高速的运转之中去了。

1996 年

床　　上

　　据统计,人一生中有将近三分之二的时间在床上,除了夜间睡眠以外,这主要包括了婴幼儿期、老年期以及缠绵病榻等等。人在青壮年时倒未必如此,因为人一生的主要学习、工作、交际大都是在青壮年时期完成的,假如去除了青壮年时期,那么人差不多就是个床上动物了。

　　谁发明了床呢? 相信谁也说不出一个具体的姓名,床应该是集体的合成和创造。自古至今,床有各种各样的,人们还没有床的概念时,床就已经有了,扯几根山草枯柴,剥几片兽皮鸟毛,那是像猪圈狗窝的床,那是人的动物本能的创造。后来,又有了石床,有了竹床,有了绳床,有了木床,有了土坯床,有了棕绷床,有了铜铁床,有了水床——怕夜晚被动物和他人袭击而以简陋木竹漂流于水上,就是后来船的先驱,有了草秸床——20世纪70年代的农村依然有不少这样的床,即以麦秸、稻草、山草或豆草厚厚铺成的床,或在简单的床上铺了麦草而成的床,有了冰床——南北极都有这样的报道,更有了地床,即往大地上一躺,天当被,地做床了……

　　床真是人们离不了的东西。几乎所有人间的事情都是可以在床上做的:睡觉不用说了;可以在床上吃饭、吸烟、喝酒;可以在床上读书;可以在床上谈心;可以在床上指挥战斗;可以在床上窃取情报;可以在床上通电话;可以在床上看电视;可以在床上幻想;可以在床上发明创造;可以在床上犯罪;可以在床上挣大钱；可以在床上逗孩子玩；可以在床上打扑克牌；可以在床上锻炼身体；可以在床上决策办公室里的事情；更可以在床上进行正当的谈情说爱；等等。

如果说大多数人的一生都会在床上待到三分之二的话，那么有些人在床上的时间可能会更长，达到五分之三甚至七分之五，我就是其中一例。我在床上待的时间长是跟我很长一个时期的工作特点有关系的。近些年来，如果不离开合肥的话，我每天都在家里工作，早上我可以起得稍微晚些，在床上看看书，设计设计小说里的人物关系；中午疲乏的时候我可以抓紧时间睡个简短的午觉，以便下午直到夜晚的脑力劳动；晚上无事了我可以早些上床，一边看电视，一边静心凝思，琢磨一种明天需要的境况；特别是天寒地冻时节，桌边待不住，我可以从早到晚一整天捧几张纸、一杆笔待在床上，直到夜深深人静静心平平……

实际上，对我来说，我觉得在床上的每分每秒都是在工作。这份工作的确是很独特的，也是饶有兴味的，特别是这份工作是与一个固定的环境联系在一起的，在很大程度上又是与床联系在一起的。这不能不使人对床产生一种特别的亲切感觉。床，使我们的生活更加轻松自如，使我们的创造无所不在，更使我们有了一种可以依托的归宿感……床是谁发明的呢？是一个男人抑或是一个女人呢？——还是想这样再问一声。如果真有一个发明床的人存在，那第一个感谢他(她)的人，我想肯定是我！

1996年2月5日

过 年 日 记

1996年2月15日,星期四,农历乙亥年十二月二十七,阴转小雪,合肥

2月18号是大年三十,要在往年,我们总得到腊月二十八、二十九,才能回宿州。回去过年是肯定要回去的,因为我现在的孝心特别重,只要是父母亲要我办的事,我都会绝对不打折扣地去办,父母亲的意思,我也绝不会不认同的,虽然他们没有什么事情要办,也没有什么事情要我去认同。他们老两口住在一幢大房子里,一年到头,春节期间,我们一定要回去热闹热闹的。

但今年早早地就想要坐火车回去,从合肥开往成都,下午5点15分发车,到宿州是夜里9点多钟,时间正好。可该列车是隔日开行的,这个月逢单日才有。19号是大年初一,17号走就有点晚了,15号走又有点早了,真叫人为难。但还是决定15号走,这样到宿州可以和父母多过几天。至于我们这个合肥的家连续一个星期没有人,风险可能大些,但也无所谓了,因为我觉得,一则是返家心切,无法顾及那么多,再则现在的小偷盗贼恐也非同以往了,我们家没有什么适合他们偷窃的,只要把刚换新不久的录像机藏起来就行了。冰箱和钢琴小偷抬不走,老式彩电他们又不感兴趣,钱没什么钱,都带在身上了,细软更谈不上……只怕小偷愿望没有满足发脾气乱砸东西。好几天了我都想到要写个字条留在餐台上,上书"文明行窃"几个字,以提醒

夜半入室之人文明行窃,勿乱施暴,但终于还是没有写。

昨天上午在办公室里拿到一些信件和一张汇单。信件中有一本《当代小说》,有一本《海燕》,有一本《小说界》,有一张合肥市职改办的贺年卡,有一封金寨县委县政府的"慰问信",还有一本《山花》杂志。

年前的热闹事情是多些,年前收到这些东西,想想都是高兴的事情。与他们的联系,也都是有来由的。比如山东的《当代小说》,与《当代小说》,一直是同刘照如联系的,我与刘照如好像是有些缘分,记得那是三四年前,1992年年底或1993年年初,刘照如写了一封信来,叫我给他写一篇小说,中篇、短篇都行。1993年上半年我正在写长篇,一直写到7月份,写好之后,休息了个把月,心想,该找个地方写中篇了,因为中篇费时不多,可以下乡写,于是就在8月下旬,一个人摸到大别山区的六安县(今六安市)毛坦厂镇,住进一家旅店,从早到晚地在屋里写。旅店原是公家的,现在由职工私人承包了,楼上是旅店,楼下是饭馆,楼上住的人少,楼下吃饭的人也少,我吃饭就在楼下吃,一般是吃大米饭、青椒炒肉片,或大米饭加鸡蛋汤,他们的态度都非常好。山区8月份的蚊子还又多又大,没有办法,我就把带来的风油精洒在地上,弄得屋里气味很冲,但效果却不错。5天下来,一个三万字的中篇《表扬稿》写出来了,我把它寄给刘照如,因为正赶上山东省的"时代风小说奖"评奖,它十分幸运地获了奖;我上济南走了一趟,刘照如领我在济南城里和黄河边上转悠了半天,后来我们俩就一直联系不断,一直到现在。

《海燕》是曲圣文寄来的,以前的《海燕》专发小说,1994年前后他们又开始发散文随笔了,曲圣文也由小说编辑改换角色,成为散文编辑。我们俩没见过面,我一直说希望他有机会来合肥玩,他也一直想有机会来合肥玩,但因为现在文坛会议少,就一直没有机会来,只能年初年底的,遥致问候。《小说界》的不少人我都见过,但联系最多的就是徐如麒,跟徐如麒通信也很早了,有10年了,20世纪80年代有一阵子我迷上了写生活类的小册子,正好那时候徐如麒在参与编辑"五角丛书",我就写信去问他这样的小册子能不能出,他说不好出,只好作罢。1992年春我在上海见到了他,他又热情又随便,我们俩在一起也很随便,一见如故;就是他写信得叫人一番好猜,他的字都歪,再说又都是拿圆珠笔写的。《山花》里我也只认得何锐(没见过面的),但他给我的印象却很特别。1995年我在《山花》上有两个短篇发出,今年1月底的一个中篇《卡萨布兰卡》才刚寄出没有10天,他就打电话过来说,要用了,第三期,只是题目不好,能不能换一个,想好了就打电话告诉一声,办公室电话不通,要打往家里打。他说话有些地方口音,得贴住话筒使劲听。接到他的电话,我想了一天,想出来两个题目,一个是"时光流逝",另一个是"黄德懋在铜都的一段奇遇",第二天晚上给他打电话,我才把想出来的题目说完,电话里就有个女的(像是总机)不停地在里面说话,我们只好把电话挂断。过了一天,何锐又打个电话过来,没想到他已经把我报过去的题目记得一字不差,他说,两个题目都觉得不太理想,没办法就还用原名吧。我说,办公室电话好啦?他说,是在作协挂的电话。

金寨县的慰问信也有点来由。去年我参加了一段时间的"希望工程"采访,到过金寨,并且在报纸上写过一版关于金寨县希望工程的报道,于是,"在新春佳节到来之际,我们自然想起了你们——为希望工程奉献赤诚爱心的人"。

汇单是《鸭绿江》寄来的,是去年第十一期发的一组特辑。

我一直和《鸭绿江》杂志的刘嘉陵先生有联系,我们通过电话,写过信,但也没见过面。据见过他的朋友说,好几年前有一次他来合肥,正好我在外地,他们两人在饭馆小聚,开始说不喝酒的,后来说要不喝一杯吧,没想到刘嘉陵是东北汉子,能喝,看样子喝个斤把两斤的没问题。朋友说,刘嘉陵还很雄辩,这我虽没领教过,但从他的两本大著《美文经纬》和《舞文者说》中,也能略读出一二。

　　昨晚和几位朋友相聚到 23 点,临别互拜早年,都说:回来就联系,回来就联系!回到家里,许尔茜已经睡熟,董静刚睡觉,我一进来,她又醒了。她说,晚上有个女的打电话找你,声音嗲嗲的,但没有留下姓名。我问,说的什么话?说的是普通话还是方言?普通话。是谁呢?我很想知道,但无法猜测,又不好细细追问。就这,董静还说,我一直观察你脸上的表情变化呢。

　　董静说,票找人买的是 15 号的,没有问题;许尔茜下午已经打了好几个电话问票的事情了,她的心早飞了,就怕买不到票。

　　1996 年 2 月 16 日,星期五,农历乙亥年十二月二十八,小到中雪,宿州

　　昨天上午八九点钟了我还赖在床上,连续 4 个电话把我吵起。第一个电话,董静打来的,说车票已经拿到,是下午5:10的,车票座位号是 12 车 48 座和 50 座。许尔茜马上从另一室跑来,要查是否靠窗。我们立刻翻找了有关资料,按照我国现行客车的两种排列规则,无论哪种,这两张车票都有一张是靠窗的。

　　第二个电话,阜阳《颍州晚报》杨益军先生的长途。我和杨益军在去年年底阜阳市的一次座谈会上相识,他读过许多书,也

写了许多专访发表在晚报上,我大多都读过。互祝新年后,他说,写你的一篇专访,寄了一份给《安徽日报》的周根苗先生,但不知收到没有,我说,你不用挂记,我给周根苗先生打个电话问问。放下电话,董静的电话又来了,说了些今日的安排,要带哪些东西回家等等。紧接着,文联办公室陆勤康的电话打来了,他说,来了一张我的汇单,还有信件,汇单是《太阳》杂志社的,千把块钱,要我去拿回来,过个好年。我连声致谢。

陆勤康的电话让我离开了被窝。《太阳》杂志社的吴立智、刘彬彬几位都是老朋友了,今年第一期发表的一组短小说,更是刘彬彬先生催生的。刊物出来后,刘彬彬又说,稿酬马上就寄出,不耽误你过年。这绝对是一种北方人的口气和爽快。再说,稿费又是这样高的呀,千字百多元,叫人心动。

草草吃了点饭,就下楼乘车到了文联。文联办公室的同志都各自忙活去了,只有副主席丁善斌一人在办公室里写春联,地上铺了一地。拜了早年,拿到了信件、汇单。一堆信件中,除汇单外,还有不少让人高兴的好消息。

山东龙口市文联赵剑平先生要来了贺年片。我和赵剑平也是近20年的老朋友了,1981年暑假我去大西北漫游,在白渔先生家与赵剑平相识。他是个豪爽的西北汉子,当时他头上扎着绷带(记得他当时是厂里的团干,因为厂里的某件公事而……),这就更加重了他西北汉子的风格。我在他家住了几个晚上,我们一块去看了塔尔寺,他在楼下还有一个令人羡慕的书房。后来我一个人往柴达木盆地去了,我们就至今再也没见过面。

《芜湖晚报》的董金义先生寄来了样报、信和名片,这是《芜湖晚报》副总编冯慧莲约的稿,一篇随笔。还有《青年文学》金小凤女士的贺年片,《星火》杂志社王晓莉女士的一封信,告知一篇稿拟刊于《星火》第二期。《百花洲》的 4 本样刊,这是一个 9 万多字的中篇小说,是洪宜宾先生寄来的。与《百花洲》关系也很有些年日了,开始是刘芳,后来是朱光甫,在庐山上开笔会时,跟朱焕添、洪宜宾(洪亮)先生也都熟了,来往不断。

信件中还有《上海文学》卫竹兰写来的一封信和《萌芽》周佩红寄来的一份宣传品——稿约。

跟周佩红有很多次见面了,第一次印象很深的是 20 世纪 80 年代末在《萌芽》楼下的一个咖啡室里,我们对坐在桌畔,一边说话,一边喝咖啡,那时我说话的声音经常很小,像是害羞的样子。周佩红笑说,你说话我都听不清,你往这边坐坐。这件小事给我留下了很深的印象。后来有一次我从上海回合肥,给周佩红打了个电话,到《萌芽》楼下的民航售票处买机票,从登记开始,到买好票离开,周佩红一直细致地陪伴、指点着我,走时,她又告诉我一条最近的路,直到上了车,她还站在车下一直等到车开。

卫竹兰的信主要是说一篇稿子的。

许辉:

　　你好!寄来的"随笔"收到了,已交给潘向黎了,此栏目由她负责,她准备送审,等有了消息再给你去信。

　　寄来的(订刊)发票也收到,过了春节,财务科的同志才统一办理汇款。

　　不多写,常来信,祝你

　　新年好!

小卫

我与《上海文学》的联系,算是持久而稳定的了,我最早的责任编辑是吴泽女士,她退休以后,紧接着就是卫竹兰,一直到现在。卫竹兰是一位秀雅活泼而又善解人意的女士,1990年在华亭宾馆开会时,第一次见到《上海文学》编辑部的大部分编辑,开会时卫竹兰总是站起来给我倒水,总是说"许辉,喝水,许辉,喝水",弄得我心里很温暖。那时令我吃惊的是,卫竹兰、姚育明还有经营部的几位年轻女士都烫了一种丝丝颤颤的时髦"钢丝头",在会议上成为一景,闲谈时问到卫竹兰,她说是理发师到编辑部里推荐,于是每人都烫了一个。后来有一年我和李平易在上海采访,到编辑部坐了一会,卫竹兰他们就不断地说,编辑部该请你们吃一顿饭。于是周介人先生就请我们到南京路上的一家餐馆吃了一顿很不便宜的晚餐。过两年我又到了上海,第二天同房的人都离沪了,我一个人孤零零地待在客房里等晚上的飞机,赶紧给卫竹兰打电话,傍晚时分,卫竹兰和蔡翔来了,我们在宾馆吃了一顿饭,卫竹兰侠义地半开玩笑说,听说我们有一位驾驶员想"欺负"你,我明天得找他问问。我赶紧说,没有没有。

这就是我顿然想起的与卫竹兰和周佩红有关的片断。

昨天下午,东西已经收拾好了,给爷爷奶奶打了电话,告诉大致到家的时间。董静要3点左右才能从单位回来,许尔茜一直坐立不安,焦急地等待踏上归途。下午5:15乘合肥到成都的130次列车来宿。车上人不多,跟想象的那样多的人更有差距。9点多钟到宿州。

上车时合肥还只是阴天,但下车时宿州却已经开始下着硬硬的小芝麻粒大小的东西了,说不出来是雪呢还是冰片。董静立刻说不该听我的不把一件刚买的红外套带来。她一直说春节回去没有衣服穿,买了一件,又因为来前那几天天气晴暖而没能带来。够她遗憾的。出了站,天上的小东西似乎下得更多更紧了。我的心情也立刻回到淮北的这种情境里来了。这是一种亲切感人的气氛,因为我对这里太熟悉太了解了,而且一辈子只能无法选择地在生命力最旺盛的时候这样了解、熟悉这样一个地方,虽然这地方有它的许多偏差和缺憾。

上了出租车,一会就到了南关地区干休所。开车的像是一对夫妻,一路上,我们用淮北话讲着宿州的情况,下车时,车还没停稳,男的就叫女的下车帮我们拿东西,女的又赶忙下车帮我们把东西拿下来。我们进入干休所大院,许尔茜说:"宿州人好朴实哦!"

小冰片已经转成小雪了。院子里清爽爽、清凉凉的。爷爷家的灯都亮着。董静说:"爷爷奶奶肯定还在留着门等我们。"许尔茜先跑过去,推门进去了,我们随后跟进去。

客厅里的电暖气开得暖烘烘的。爷爷说:"你看看,你看看,你妈刚上床。"许尔茜已经跑进奶奶屋里,把头钻在奶奶的怀里了。

我们吃了一锅羊肉汤。天不早了,我们上楼睡觉。

董静在卧室铺床,许尔茜在吃橘子喝开水,我乘空开了阳台的门往外看。

没想到,外面的雪已经铺了一厚层了,连阳台上都有一层。我有许多年没见到这样的雪了,在合肥,雪总是还没下完,就已经化完,化成冰冰水水了,很少能存得住。夜空里还很亮,雪在空中划出一条条影线。宿州南关这边的高楼还很少,夜空很静,站在阳台门边,看着雪不停地往下下,树梢、屋顶、路面,都积出了白白的雪面,心情难以言述。我想,只要我们心诚,我们总是能找回我们失去的梦境的,无论何年何月。

昨天晚上吃了许多东西,羊肉、水果什么的,可能又因为天气的突然由暖转寒变化剧烈而受了寒,今天一早起来胃部就有些不舒服,有饱胀、坠胀的感觉。但起来吃过饭以后就好了。十分奇怪的是,几乎每一次回来,我都要胃难受一次。

外面雪已经下得很厚了。平时我们少有机会回来,父母亲年岁大了,身体又一直不太好,所以我非常想替父母亲做点事,干点活。父亲是1914年生人,已经82岁了;母亲是1925年生人,也已经71岁了。他们年岁愈长,同时我的年岁愈增,我对他们的感情也就愈加深厚,因为以前年轻不明事理,不懂得亲情的可贵,也就不太知道珍惜,现在却是加倍珍惜了。去年我写过两篇关于父母亲的文章,一篇较长,发表在《新闻世界》上;另一篇较短,发表在《合肥晚报》上。

没有事情做,我想去扫雪,铲院子里和台阶上的雪,但父亲说,现在雪还在下,扫了没有用。我们站在台阶上看了一会大雪中的园景,看了一会在飞雪中盛开的黄色的迎春花,雪被下的青白菜还绿油油、鲜亮亮的呢。许尔茜想到姥姥家去,姥姥和小舅一家住在一起,正好我们带的香油等物也要送去,我还想去骑一辆自行车来,我们三口人就一块往姥姥家去了。

中午吃过饭,我们睡了一个中午的懒觉。傍晚时,董静又到姥姥家去了一趟,回来说,茜茜跟盼盼到三姨家去了,晚上就住在三姨家,要我们后天上午去接她。雪还在下,二楼的阳台上已经积了很厚的一层雪了。雪给这个春节增添了很浓的节日气氛。但天也很凉,我的胃总感觉有点不舒服。

1996年2月17日,星期六,农历乙亥年十二月二十九,小雪转阴,宿州

昨天雪差不多下了一天,早晨还在下,但已经很小了。早上起来,吃过饭,已经快10点了,我和董静开始扫雪,我找了一把锨,董静拿了一把硬笤帚。

扫完雪后,我到处转转,发现春联还没买,我说,我去买春联。爷爷说,每年春联都是对门张爷爷家送的,你要去买,也替张爷爷家买一副。

我骑了自行车出门,转到浍水路,经过宿城一中大门前,这里还有我以前在宿州工作时的几个好朋友邓伟、李长生等。记得是1985年下半年的一天晚上,高红军、孔雪飞、李长生、邓伟、安涛和我几个人,跨过一路上的泥坑水洼,聚集在当时的宿州市文联租来的农房(办公室)里,打算成立一个文学社团,社团叫什么名字呢?大家都想出来一些,最后,决定用抽纸条的办法选定,结果选定了"泥畔"一名,"泥畔"既是从"湖畔"延展而来,又是实际内容的写照,因为办公室门口就是泥泥水水一大片。但现在却没时间找他们玩儿了,过了大年三十再打电话拜年吧。

从宿城一中门前一转弯就是淮海路。淮海南路这一段以前一直是地区医院的西门,其实也就是大门,门外街道窄小,后来都拓宽了。许尔茜就是在这里出生的。

大街两边都是卖春联的,雪好像越飘越大了,卖春联的人都赶紧拿东西往春联上盖,怕雪把春联洇湿了,还有的往路边的檐廊下转移。一走近春联摊子,摊主就热情招呼起来,把春联本拿过来让我选。买春联我这还是第一次,按照我来前的想法,选个

文乎一点的就是了,譬如"水清鱼读月,林静鸟谈天"等等,但一接触这些春联,想法就变掉了,觉得还是那些最一般最大众化的能表达自己的心情和小城的气氛,于是选了一张大"福"字,又选了一副"冰融雪化柳生翠,冬去春来花吐香",这是要送给对门张爷爷家的。

拿了对联回家,雪已经停了,天只是阴阴的。许久没回来了,不想在家里坐,心想不如趁这个时候上街转一趟。另外我还有一个想法,是关于一张电话磁卡的。去年夏天,我在沿淮的一个地方采访,人家送给我一张50元的电话磁卡,但这张磁卡只用过一次,花掉几块钱,就再也没用过,有时出差我带上它,准备用掉,但却一次用的机会也没有。许多次在合肥我需要打长途电话,想好了带上磁卡集中到有磁卡电话的地方去打,但又每一次都在家里拿起电话就把电话打掉了,磁卡还是一次也用不上。这次来宿州时,我又带上了它,心想,这是个机会,过年过节,大喜大庆的,许多平日难得听音谋面的朋友,尽可以打个电话,互祝康顺了。

我骑上自行车到了街上。街上都是雪和冰,自行车尤其难骑。我小心谨慎地骑着。街上人很多,不是大小一群,就是三三两两。到了小隅口,邮电大楼已经盖成新的了,高高的,很有气派。上了二楼,靠南墙一排长话室,右手是两个磁卡电话间,都空着。我大步进了最右手的一个,把门关上,从兜里掏出电话通讯录,一个一个往下打起来。

我在电话间待了近两个小时,出来时,磁卡里差不多已经没什么钱了。

出了邮电大楼,我在城里转了一圈。突然转到了《拂晓报》社门口。有一个人从大门里出来,很像报社副刊的刘朝兰,我连忙喊了他一声,他一转头,不是的,我说,看你像刘朝兰,他现在住在哪里了?住在地区卫校对面,木材加工厂南边。他说的那个地方离爷爷家很近。我想,有时间去看看他,已经有八九年没见过他了。

下午去许尔茜三姨家看茜茜。茜茜在三姨家跟盼盼玩得很好,她们俩从小就在一起,很能玩到一起去。因为盼盼和茜茜要看电视,三姐和韩哥他们俩只好委屈把卧室床让给两个小女孩,自己睡到北间去了。

我的胃还是有点寒凉凉的,有点坠胀。返回时,突然看到路边有卖鞭炮的,我过去买了几十块钱的,留年三十吃饭以前放。今年的鞭炮好像卖得很少,不知道是禁止了还是怎么的,爷爷奶奶也说不清,往年过春节时,一街两巷都是卖鞭炮的。

晚饭后6点多钟,突然停电了。爷爷说,停不长,一会就来了。董静坐不住,说想吃水果,问我可吃。我是想吃又不敢吃,因为胃部总有一种不适的感觉。董静又说要上姥姥家去一趟,因为四姨的孩子亚亚要她辅导一下数学,大姨也要过去。她就穿上衣服去了。

我们坐在客厅里说话。爷爷说:去年你妈身体不好,没去成,今年春天4月份还想上合肥去,说了几年都没去成。我立刻说,那就今年去。我还是担心奶奶的身体。我说:"俺妈的身体可能支持住?"奶奶说,今年身体还可以,只要天暖和就不要紧。爷爷说,你家里可能住下?我说,能住下,虽然地方小一点,但把席梦思一抬,就行了,就怕6楼你们上下不方便。奶奶说,我们也就是怕上6楼。奶奶又说,去了就在你大姐家住几天,再到你家住几天。爷爷说,十天半个月一眨眼就过去了。奶奶说,你能过十天半个月啊,一个星期还不都看过来了。

7点多了还没来电。和父母亲坐在黑影里说话,一边说,一边我的胃仍有些寒凉。在黑暗里,我坐在母亲的身边,强烈地感觉到,我的生命是那样微弱,每一次回到父母身边来,胃和体息总有些微弱,这可能是因为回到父母的身边来了,我来自他们,在外边我再要强,回到父母身边就会有一种依偎感,就会把所有先天的和后天的弱处暴露出来,对我的先天和后天,他们也是最清楚的,我也总是要从父母这里补充所需的营养和动力,他处则无缘以得。

电很久都没来。董静回来后,我们上床听了一会收音机,就睡了。

1996年2月18日,星期日,农历乙亥年十二月三十,晴,宿州

今天是大年三十,二姐一家也要来团聚。

天已经晴了,但很有些冷。据天气预报说,合肥的最低温度是零下12摄氏度,宿州的最低温度是零下15摄氏度。这都绝对是今年这两地的最低温度了。

吃早饭前我和董静在门口放了一挂炮,然后把"福"字倒贴在大门上。红通通的一地炮皮和红春联,使家院里显得喜庆多了。

大姐从合肥打个电话来,说他们一家不回来了,就在合肥过了。

早上起来董静和奶奶就开始收拾中午的饭菜。奶奶说,石磊(二姐的儿子)的事情我告诉你们,石磊来了你们不要随便

问,小孩子自尊心强。在我的印象里,石磊人虽小,但挺聪明的,以前在学校里(小学)乒乓球打得好,学习成绩也好,又不太调皮……董静说,记得以前石磊跟茜茜上一个幼儿园时,他比茜茜大,放学时他就去找茜茜,把茜茜带回家。我们问,什么事?奶奶说,石磊上初中后,成绩一直不错,但因为小男孩都爱玩,有一次上学时跟几个同学跑到郊外玩,回来老师批评的方法不对,石磊要面子,不愿去上学了。我们说,那怎么办,石磊才十几岁。奶奶说,小石和你二姐吵了他两次,石磊说,换个学校他一定下决心好好上,就是不想再跟这个老师了,孩子的自尊心才强呢,你二姐和小石已经给他报了合肥的润安公学,就是什么贵族学校,先交12万元学费,毕业以后再退还。我说,二姐家的钱还不少哪。奶奶说,也借了一点。董静说,上那个学校也好,管理得严格,条件也好。

10点左右我去三姨家接许尔茜,我没有骑自行车。我们俩踩着路边的积雪晃晃悠悠地回来了。

近12点,二姐一家也都来了。一年不见,石磊已经长成个小伙子了,石金珠更不用说,已经像个大姑娘了,两个孩子又懂事又有礼貌。吃饭前,我拿出鞭炮叫石磊和金珠到门口去放。虽然外面的鞭炮声也还噼里啪啦的,但远不如往年热闹,阵势小多了。

吃饭以前,爷爷奶奶一个孩子给了200块钱的压岁钱。爷爷又拿出了茅台酒,我们家里没有能喝酒的,都只是几杯的量。我们也都没提石磊学习的事,倒是二姐说起了重名的事情,说石磊这个名字,一个学校里就有4个,只好把他们分到几个班里,中国人现在重名的真多。我说,我这个名字重名的更多,光我知道的就有十几个。董静说,合肥的电话号码簿上就有4个。二姐说,许尔茜重名的就少,要是两个字,许茜,就很容易重,加个辈分字——尔,就不容易重了。奶奶说,我这个名字重名更多,光这院里就有好几个。我说,爷爷的名字不会重,许旺熙,文化味也浓,还有二叔的名字:许铎修,怎么能重,以前的人文化修养都怪高的。二姐说,我们的名字都是"文化大革命"时自己改的,改俗了。

我的嘴好馋,也许是想补偿这几天没能好好吃的损失,一路不停地吃不说,最后吃羊肉汤许尔茜说她吃不掉时,我马上就把她碗里的羊肉全部夹过来了,一扫而光。董静一直说我,就是忌不住嘴。吃过饭又大吃苹果、香蕉什么的,结果吃得太多了,下午胃又有点不适。另外,夜里被窝有点凉,我有点像感冒了,鼻子和嗓子里都干干的。

虽然我的许多感情都集中在这里,但我似乎已经不太适应宿州的生活了,至少是在短时间里。

1996年2月19日,星期一,农历丙子年正月初一,晴到多云,合肥

昨晚看电视守岁,一直到深夜1点多。

爷爷奶奶10点多钟就去睡了,我和董静、许尔茜在客厅里看电视。12点的钟声刚响过,外面就响起了鞭炮声,董静说,我打几个拜年电话,跟人家说好的。她就坐在电话机旁,给合肥、天津打了几个电话。我的胃一直有些不适,鼻子、嗓子也难受,浑身没劲。我说,今天我先回去吧,回家看门去。许尔茜说,回家又想去开小型会议吧。我说,过年过节的,开几次小型会议放松放松,也没有什么不可以,正经事我又没少干。许尔茜说的

"小型会议",就是打麻将,春节前后,我的确是轻松了几次。

到 1 点多钟,我们都困了,就关了电视去睡觉。

说好了今天走的。上午起来,吃过饭,董静和许尔茜上姥姥家去了,我抓紧时间打几个电话。

因为我是在宿州长大的,又在市政府和市文联工作过 6 年,想打的电话很多,但由于工作变动、机构调整、电话号码改变,我手里的电话很少,只好找能找到的少数几个打。

打完电话,我看还有时间,就骑上自行车,到刘朝兰先生家去。刘朝兰先生一直是写诗的,他以前在宿县文化馆工作,也住在文化馆里,两间平房,门往北,南窗外就是一条巷子。我们上中学时,有一次听他谈诗歌创作,就认识了他。20 世纪 80 年代初,他由文化馆调到《拂晓报·副刊》工作。《拂晓报》以前是由新四军四师的彭雪枫在苏北(淮北)创办的。20 世纪 80 年代初期,报社里有邵长富、梅笑冬、杨时超、徐干等不少熟人,我们一直有联系。人调到报社以后,他家也搬离了文化馆,搬到了省三监旁边的一套民宅里住了很长一段时间,再后来,就失去了联系。

按照报社那人说的地方,我一下就找到了刘朝兰家。他全家正在吃早饭,看见我来了,他很惊奇,连连叫我坐。他夫人也过来说了一会话,气氛就像十几年前一样了。正好这时他的小儿子和小儿媳要出门,他的小儿子已经是个正儿八经的大人了,儿媳也是怀了孕的样子,十几年前,我到他家去的时候,他和他哥哥,小不点的,两人光着头,在桌边抢东西吃呢。他夫人说,你看可快吧,转眼都十几年过去了。说着说着就说到了宿州地区的文学创作情况。刘朝兰说,现在宿州地区的文学创作不景气,副刊经常收不到能用的稿子,《红杏》你看到过吧?我说没看到。他进到里屋,拿出两张报纸,递给我。原来这是宿州地区"红杏诗社"办的社刊,四开四版的小报。刘朝兰说,现在和黑马集团合办,经济情况好一些,以后打算两个月出一期。

我欣喜地翻看着报纸,亲切感不断地从心底浮起。

突然,眼里看到了几个不平常的字眼:闫广智同志与我们永别了!

我很吃惊,脱口而出:"闫广智死了?"刘朝兰说,去年死了。我再仔细看消息,消息说:

> 闫广智同志系我红杏诗社副社长,现年48岁,于今年10月18日,不幸因病去世。
>
> 广智同志生前历任宿县、宿州市委宣传部副部长、市文联主席等职,著有诗集《苇海》、散文集《杂花生树》,系中国作家协会安徽分会会员,为我区的文学事业做出了突出的贡献。
>
> 红杏诗社全体社员在此表示深切哀悼,永远怀念!
>
> 宿地红杏诗社
> 1995.11.1

看完消息,我的吃惊还是没有消去,闫广智人很好的,十几年前,他第一次给我写信时,抬头就写:许辉兄,弄得我很不好意思。刘朝兰突然说,徐干就住在楼上,我喊他下来,不知他在不在家。不一会,徐干就嘴里吃着东西下来了。我跟徐干也有好多年没见面了,他在宿县地区是个怪才,特别是评论别人的作品时,眼光很是犀利。三人坐下说了一小会话,已经快到中午了,我得赶紧回去收拾东西上车站了。我告别了他们两人,骑车回到家里,略微吃了点饭,就去车站了。

火车上人不多,我先是坐一趟西安至上海的车到蚌埠,下车进厕所解了个手出来,正赶上上海到合肥的车进站,我直接就上了车。

我还是有点感冒的感觉,胃也还是有点不舒服。下午5:15到家,家中一切正常。

刚开了门进屋,东西还没放下,电话铃就响了。我赶紧关上门放下提包去接电话。原来是《阜阳日报》的记者姜欣,她是在颍上县父母亲的家里打的电话。他父母家我们去过,还在那里吃了一顿饭,她父母家有一个大院子,还有一大片田地,田地里种了不少果树和蔬菜,甚至还有个鱼塘。那是去年6月,我参加"阜阳地区青年记者希望行"采访团,在阜阳地区跑了近一个月。我们一行近10人,除了我之外,都是阜阳人,有阜阳市电视台的张雷,有阜阳经济电台的李亚玲,有《阜阳日报》的姜欣和张伟,有团地委宣传部的姜颖,阜阳地区电视台的最多,有任卫东、陈雅静、任少东和杨文权,还有地区电视台的驾驶员张杰。我们跑了阜阳地区最偏僻和最贫困的一些县乡,不但收获大,而且彼此之间也相处得十分友好。在临泉县采访时,我们决定帮助一个想上学但家里困难上不起学,小学毕业后就要失学的儿童吴翠花,每人50元钱,经过数次联系,秋天时,大家把款子集中到陈雅静和李亚玲那里,给她汇去了。采访结束之后,他们回阜阳,我回合肥,没几天,姜欣来合肥开会,但正巧我去了大别山,没能见到;紧接着,陈雅静和杨文权来合肥学习,我又去了皖西,又没能见到;没过多久,陈亚静和阜阳地区电视台的不少人来合肥参加考试,这次见到了她们,还在学校附近的小饭馆请她们三位吃了一顿便饭。去年年底我有机会到阜阳开会,开会的那几天正好是星期六和星期天,而除了办公室的电话号码外我又只知道陈雅静的呼机号码。开会那天,恰巧有一些电视台的记者到场,一问,问到了张雷的电话,赶紧给他打电话,又找到了李亚玲和陈雅静,但也只能在电话里互致问候,其他人就再也没法联系上了。

跟姜欣互拜了年好后,我放下电话,天已经快黑了,我开了煤气灶烧水,又铺好了床打开电视,准备吃点饭上床看电视休息,另外也该定定神,给我在合肥的亲戚、同事和朋友打电话拜年了。水还没烧开,电话铃声响,原来是天津的许尔茜二姨父。本来他们是要回宿州过春节的,但因为临时有事,没能回来,我跟他们一家也有近10年没见了,第一次也是唯一的一次见面,是1987年我们全家到天津、北京玩的那一次。很远的地方听到声音,就像是见到了人一样。

挂断电话,把开水倒进瓶里,我开始用电饭锅做饭热菜。我在屋里走了几圈,不知道做什么好,但心里想要做的事情又很多,比如电话拜年,比如这篇临时抱佛脚性质的《过年日记》,我想把今天的事情记完,再把前几天记在纸上的片断录入电脑里去,修改成文。我有点等不及了,马上就坐到电话机旁边打电话。

先给大姐和大姐夫打了电话,又给董静的堂姐和堂姐夫打了电话……吃过饭又抱着电话打了一个多小时。无论对方在与不在,我想我的情谊算是捎到了。在这个社会里,最让人重视的,也就该是"情谊"两字了,父母子女的亲情,兄弟姐妹的手足情,同学朋友的友情,同事同人的感情……都无一不包括在内!

办完了这些事,我就开始看电视。我一边看电视,一边想,明天,也就是明天早晨,如果我的感冒没有发展,如果我的胃在合肥这种我已经完全接受了的气候里彻底舒适了的话,我要做的第一件事就是打开电脑,开始我今年的生命历程,不管前方会出现什么情况,我都会一股劲地往下走的!

1996 年 2 月

广　　州

在广东省人大常委会大院里住了一个多星期,我还没想过要出院门。正是南国初春阴雨的时节,空气总是湿漉漉的,一会儿云了,一会儿雨了,雨并不是北方的那种豪雨,而总是柔柔的,让人起一种非分之想。所谓非分之想,也不是别的,就是想要在南国的一块温馨地里安一个温馨的家,在那个温馨的家里过一段温馨而透着淡淡芒果香气的日子,永远也没有寒潮的侵袭和骚扰。我确是畏见寒潮的来袭的,虽然寒冷的日子人可以穿上高价而俊亮的冬装,人也可以体会一种北国的温暖和情调,但寒凉的日子又总是使人拘谨的,寒潮使人收缩,从身外到心内,如若居室里没有暖气,那就更是另一种遭罪了。

南国的雨滋润了许多的花木景观,在广东省人大常委会的大院里,就有着繁盛的花事和物事。高大的棕榈自不待说,它们一年四季都是挺拔和青葱的,与我同行的朋友,说它是空心的,纯是一种风景树,枝、干、叶只能做柴烧,我很不相信,兀自前去敲打、张望,终于证明它们并非无材,亦非空洞,像别的大多数树种一样,它们也是实实在在的。棕榈的附近,以及墙邻、草地上,长着另外一种树,它们开着一串串不艳不俗的花朵,我想它们也许是木棉的一种,因为对广东、对南国来说,木棉花的名气实在是太大了。由于不能证实,我请教了多位广东籍和居住广州的外地人士,但他们东猜西测,一律都叫不出它的名字,并且看上去对这种枝节小事也是无动于衷和不感兴趣的。这就使我感觉到广东的真正不同了，也使我产生了一种深深怀疑自己的疑问：在你的家乡，你会有不认得身旁屋畔的柳树的情况吗？

　　棕榈树的下面是一些挂满了金黄色球果的灌木，球果落在绿茵茵的草地上，像一种无尽情怀里的装饰。第一天我看见它们：缀满晶莹水珠的草地以及金黄色的球果，我凝神注视它们，品评那种色彩鲜艳的活灵灵的图案；第二天我又看见了它们，我对同路人说：去看看那些果子，我踏进青青的草地，慢慢从球果旁穿过，从另一个地方走进餐厅里去；第三天我再一次看见它们，那一次是我自己，我坐在草地旁边的水泥台上，呆呆地望着一大片草地和一大片草地里散落的一些金黄色球果，心里盈满了一种感激物候的浓烈情怀。

　　我总是希冀安宁、丰韵和平静的，而广东省人大常委会大院以及我感觉到的整个南国的空气，都正像是这样的一种内蕴丰厚而外表松弛的场所。大院在绝大多数时间里，都处于一种凝神的情境中，但也有一次小小的例外：一群打着小旗的香港某教育专科学校的女孩子来到了大院，我们走过常委会的会议大厅，这里今天开了门，我们便进去参观一番。会议大厅是圆形的，雅黄的色彩，真皮的转椅，显得庄严、豪华而气派，大厅里本来没有人，但是忽然跑进来几位穿 T 恤衫、运动鞋的活泼的女孩子，她们坐上主席台，轻声地叫着，啪啪地拍照。我坐在台下看她们，感觉到前所未有的所有感觉都来到了身上。我的心，现在也似乎真正落在了南国湿润的土地上……

1996 年 4 月 26 日

泥　　鳅

　　泥鳅现在据说成了好菜,有的酒店把它弄成了特色菜,要价一盘十几数十元,最不济的,在乡野的小店里,它也成为一个品种,七八块钱一小碗:那是一种乡土的烧法,不外乎油煎水窜,辣佐酱调,吃起来,当然是另一种味道,但绝不会比更大的城市味道差,因为它们是野生的。

　　母亲来住时,也说起过关于泥鳅的知识:在我们平素常食的几乎所有的鱼品里,只有泥鳅是平性的,不必忌嘴。这就使我们对不起眼的泥鳅印象更深,也使我们尊敬起它们来——对它们来说,这当然只能是更严重的厄运的开始。

　　野生的泥鳅在20年前还是不值钱的,那时听父亲说过一段"骇人"的新闻:一吨泥鳅出口到日本,可以换回来几吨钢材,觉得不可思议。小时候,跟父母到固镇县新马桥的104干校,夏天天旱时,附近的不少水塘渐干,中午就光着脊梁,跟着赶马车的一个叔叔去翻泥鳅。几只大铁盆扔在面前,两人撅着腚,从塘的一端翻起,不需要什么技巧的,只需要力气和不怕太阳晒的习惯。那时水塘里的泥鳅真是出奇地多:每翻过来一块塘泥,都会有密密匝匝的一堆大小泥鳅在钻动,只要把它们夹住扔进盆里即可。一口塘翻完,几十斤鲜活乱动的泥鳅就到手了,邻左里右,各家分一些,甚至还近乎奉送地卖一盆给大食堂,那就是整个干校的聚居地飘散着鱼花香气的富有家居气息的日子了。

　　从干校回到城里,我学会了另一种捉泥鳅的方法,那是利用逃学的时间,游逛到远郊的河边,从渔人那里学来的。每天傍晚,我都用自制的"卡",串上蚯蚓,趁天光微暗,到家园后的环城河的芦苇荡里下"卡"。那是极有趣也极紧张的事情。芦苇荡里幽暗、深邃、曲折,下"卡"的时间很短,天太黑了,看不清地理,第二天也记不住下"卡"的所在;天太亮了,下"卡"的位置被别的游逛的孩子看去,第二天的成果,包括渔具,就只能是他们的了。

  下完"卡",回到家里,一夜都睡不实,翌日清晨,早早便爬起来,天才灰灰亮,露珠点在野草上、树叶上,一个人摸进芦苇荡里,循着昨天的记忆,找到下"卡"的地方。水草迷荡,那是最叫人满足的时刻:有时刚走近某一位置,水里就开始哗啦哗啦起来,那是被卡住的泥鳅在惊慌折腾,有时水里很平静,但一拎卡竿,手里就是一重,接着水里就哗啦哗啦,卡竿直往河里拽。每天早晨都不会空手的,收获也总令人非常满意,绝不会有失望的时候。

  野生泥鳅的回忆,大抵也就到此为止。现在城市的大塑料盆里售卖的泥鳅,多数都失去了土腥气,因为它们都是在水泥池里大量圈养的。它们祖传的活泼的品性,我们已渐无从获得,久而久之,我们自身遗留下来的所有"野性",或者也都将被"驯化"所替代。从池塘里翻夹泥鳅的记忆,至此已经不能重现。那是一个时代,一个人或者一辈人的时代,没有人还会珍视它,只有我们自己。

1996 年 4 月 29 日

牛肉与羊肉

以前曾写过一篇小说,叫《庄台》,里头写杀狗宰牛的事,说,狗都是怎样用棒棒杀的,牛都是怎样用刀穿宰的,驴都是怎样圈起来自由喂养肉才好吃的。那是一次淮北行的结果,其中所有的技术活,却又都是凭空捏造的。但说起牛羊肉,倒不能不承认一个地域的事实,就是拿淮北与江淮之间比较,同一个品种的牛羊,淮北养的就是比江淮之间的好吃些,肉的腥膻味也冲淡些,肉质更是细嫩些,烧煮起来也颇容易些。

说北方的牛羊肉好吃,在人的概念里总是有许多印证的。北方多产牛羊,又有大片的草原牧场,地球上吃牛羊成习的国家也多在北方……其实这也是有令人意外的例外的。有一年我去青海、甘肃、内蒙古,那时物产商品还相当匮乏,听当地的新闻记者说,牧区许多牛羊死后,因为腥膻异常,牧人并不食用,只把皮张取下带走,其余弃之荒原,由野物、自然、风去收拾残局。这种说辞可能有什么特别的前提,但却并不影响我们对北方牛羊肉的认同。对我来说,北方,或者与淮南相比较的北方——淮北所产之牛羊肉的好吃,却是经过品尝和比较才得出来的结论。第一次全家相聚合肥,第一次深秋在街头买了羊肉回来,本是诞涎四溢守在炉边的,没想到一锅的羊肉腥膻难咽,只好倾厕不食。起初还以为是烧煮的问题,后来问了不少淮北籍人士,大家所感略同,从此才知道了水草、地域的不同,养育出来的生物精灵,也是不相同的,正所谓一方水土养一方人,一方水土也养育了一方的牛羊。从此吃羊肉都是回宿州时从宿州带回。与合肥不同，那是一种剔骨肉，肉质细嫩，食用方便，稍炖即烂，既温胃养体，又香辣四溢，是餐桌上绝佳的好菜。淮北的牛羊肉馆遍布乡村城市，恐怕就与此有关。即使在合肥，街肆馆驿所食牛羊，也有不少是从淮北、河南、山东等地运过来的，特别是牛肉，江淮之间并不盛产，大量批进，还是来自北方。

说到吃牛羊肉，总还是有不少温馨感受的。一到寒冬，因为无法食羊，我们家就总是牛肉不断。一次采购，少则五七斤，多则十几斤。吃牛肉并非那种整肉肌板才好吃，好吃的却正是价格相对便宜的肚肋。肚肋也有易炖易烂、黏滑可口的特点，撒上辣椒，放足胡椒、老姜、蒜瓣，在冬日里吃得冒汗，自是一番享受。在那种热温里，人就不难有一种满足的感觉。那种满足的感觉虽然并不单独存在，但却是极鲜明的。温辣香浓的饮食，总是给人以如归的熨帖的。

1996 年 2 月 5 日

吃与喝的快乐与苦恼

　　吃、喝或者大吃大喝总是令人愉快和向往的吧？没有大吃大喝的条件时，我们一直是这么认为的。20多岁以前要是逮到了一顿吃喝，那馋相大约如饿虎扑食，不顾虑什么"绅士风度"的（本来我们这周围人就很少有"绅士风度"）。渐渐地，食品丰富了，吃喝风也兴盛了，自己吃喝的条件也有点具备了，就拉开架势吃，拉开架势喝。吃喝了一阵子，有点腻了，觉得吃喝特别是大吃大喝并不是一件好玩的儿童乐园一类的事。吃喝是一种负担，是一种有苦说不出的精神痛苦，付出的代价也很大。记得有一年到一个需要扶贫的县里去，还不是在县里，是在乡下的一个小镇上。当然接待的人非常非常热情，镇上有专门的食堂接待我们这号人，一天两请，对他们来说这都是任务了，每顿都是大鱼大肉好酒，中午吃了还没消化，晚上又吃。吃到第三天，我有一个最强烈的愿望，就是吃过饭以后千万别再有人陪着，让我一个人爬山锻炼身体消食去。到下一顿吃饭前，我总要千方百计找个理由上外头街上去逛一阵子，以便推迟进食的时间。当时另一个最最真切的感受就是上一顿的酒菜都正在喉头打晃，怎么颠怎么顿它都不往下去一点，那种望食生畏的感觉，真是经久不忘。

　　这一类的吃喝，以后大约还会有，点到我的名字，大约还肯定要去，因为参加了，说明我的存在，也是我生活在这种大家的生活中的一个证明，"不吃白不吃"的时代总还没有过去,这种体验,以后说不定就无缘相会了。是为了赶末班车吗?

旅途的愿望

春天叫人起旅行之心,对我来说尤其如此。不知怎么的,我去年和今年的心性有所收敛,不像以前那样贪于行色,也不似往年那般行色匆匆了,而是平和有度,沉于一隅,像是更多地进入世俗的生活中来了。

说现在是更多地进入世俗生活中来,并不是说以前就生活在化境、幻境或者寐境,但回想起来,我的旅人的心思确不如往日那般强盛了。旅人的心思是打心的潜底里流淌出来的,往年无论春夏,也不管秋冬,总是百般梦想着一只小包、一张纸票、一铺草榻、一双简履的游浪生活。还清楚地记得5年前的一段旧事:初春往淮北农村去的途中,路过淮南,候车时在田家庵汽车站对面的新华书店里,发现一本精装《辞海》,我早已想买这本书的,在书店里翻阅半晌,心想:这么一本厚书,路途上定会压得人难受,反正一时半会卖不完,不如回头再买。哪想到回头时没能再走淮南,于是在家中坠思日日,寝食难安,有如罹病,好歹又专跑了一趟淮南田家庵,买回《辞海》,这才得以安宁。

旅途的愿望是一种寻求的愿望,谁知道前方有什么在等待自己,这就像一般的人在日常生活中持有的希望一样,对有些人来说,取消了旅行,或者取消了旅行的心思和愿望,这个人差不多就不存在了。我真是这样一种人的,虽然行色匆匆的旅途减少了,但一遇变季,即如孟春、仲春的来临,我的旅人的心思便又要飞了,哪怕只在人世一隅的壁室里飞,跌撞在雪白的墙壁上,它也还是止息不住,吁吁做喘扑状,挣扎而起,另觅新途。这是一个人的定命。旅途的愿望还是一种交流、交往的愿望:与自然做亲情的交流,与陌生的人做无言的交流,与陌生的情境做知己的交流,与自己的新鲜心情做意会的交流……这都是大快朵颐的事情,都能给自己以极大的满足。

　　旅途的愿望又是一种心思不死的征象,谁都知道人生就是一种旅行,是一种有去无归的旅行。像人生一样,真正的旅行定是充满了颇多苦恼、挫折、惊喜和不确定的因素的,这就使人生愈加不凡——因此我们更得时时告诫自己:机会难得,务使不虚此行。

1996 年 3 月 3 日—3 月 4 日

保 持 信 心

突然搬进一间不足14平方米的住房,开始时的那种不适应是难以避免的。

这是我们租住的一间民房,搬家的时候,颇费了一番周折,并且廉价卖掉了一些家具,才住进去。靠着四面墙壁,分别放着床、书橱、书籍、写字台等物,许多的物件无处可放,只好向高层发展,一件摞一件,家具摆好,屋里的活动空间已经十分小了,冬天生了取暖炉,人走动都有困难。到了春天,暖炉拆去,中间只可放一小方桌,客来时进房坐下,都显得很文静,很老实,因为不再有多余的空间供他们走动。进出村子也要有一番思想斗争,今年雨水特多,而村里的路都是土路,一下雨就烂,推着自行车进出一趟,车瓦里塞满了泥,推都推不动。想穿一双刚擦过油的漂亮皮鞋去参加舞会或其他社交活动,那都是梦想,因此这一类活动大打折扣,倒也省去了许多事。

刚搬进去时,这空间的狭窄给人以极大的压抑,胸闷的感觉持续了很久,生理平衡在某些部位被扰乱了,夜间的睡眠总是不能深沉。随着时间的推移,我们逐渐找到了抵抗的法宝,那就是美国前总统吉米·卡特的一本书的书名所言明的:"保持信心"。也许我们正处于一个相对年轻的年龄阶段,能够对未来保持信心,但有一点我们是明确的:这种生活对我们的耐力和毅力,是一种考验和锻炼,这对我们没有坏处。

于是我们的家庭生活在这种物质基础上走入了正轨,我们开始发现其中的一些乐趣。我们和房东建立了十分开朗的邻里关系。在春天,我们的窗外永远是葱绿的菜田,鲜黄的油菜花成片成片地开放。假日里我们到那些有青草、鲜花和水流的地方去,去聆听那雀鸟在春的晴空里干净嘹亮的鸣声,玩起来特别开心,并且弥足珍贵。在家中时,家庭成员之间的物理距离近了,心理距离似乎也随之而变得更近了、更融洽了。家中的写字台是使用频率最高的物件,特别是从傍晚开始,女儿先在上面写作业,我在一边排队等候,她离开了,我就在上面写小说或者誊清初稿,晚饭后,我妻子开始使用,一直到熄灯。这种物以稀为贵的状况竟刺激了我们的学习和工作的兴趣,这真是我们所始料不及的。这间不足 14 平方米的小屋,作为我们的住房也许还会持续很久,但是我们有了一个健康的心态,我们就不可能沮丧和低沉,我们像对待生活中已经出现或将要出现的那些不理想一样来对待这种物质上的局促,我们有了这个法宝:保持信心。这种心态已经在我们的血液里扎了根,它将与我们的生命同在。

1996 年

吃　　饭

　　请客、吃饭是人生交际的一种手段,也是人之情愫的一种重要媒介。有客人来访,除去说话以外,就是吃饭了,"没什么好吃的,吃个便饭吧。""心领了,下次再来。""大老远来了,哪能走,一定得留下吃饭!"这是一种盛情,说没什么好吃的,一是谦虚,二是遮丑,大凡诚心诚意要留客的,都觉得自家饭食寒酸,恨不能摆上七盘子八大碗,热情款待一番。北方人更是大多热情,特别在农村,不管认得不认得,只要进了家门,管吃管喝不算,末了还有一句客气话,叫作"在这住下吧"。听惯了的,不觉得什么,客气一声"不啦",就过去了,没听惯的,准会吓得一跳,平白无故,怎么叫客人在家里住下?一时半会都琢磨不透这民风俚俗的内里含义。

　　请客、吃饭、吃酒,在任何地方都是必须的。国与国之间有国宴,会谈时也要宴请;业务往来时有聚会;同事、同行之间有工作餐;朋友熟人来访时撮一顿更是必不可少……餐中的酒饭花样也在不断翻新、前进。春天的一个日子,一些很熟的朋友相聚,有人推出了一款新式敬酒法,即年岁小的人挨个敬年岁长的人,于是,起头时一桌人都敬桌上一位最年长者,敬到最后,便只剩下我一个了,只得自斟自敬自饮。按理说,我们国家本来就有尊老爱幼的传统,但这些年逐日淡化了,能在饭桌上从点点滴滴做起,倒真比横酒相对更有益些。

　　请客、吃饭既然是一种交际交往的手段,那有来有往也就顺理成章了。请人家吃了饭,一次请,两次请,别人要是老不回请,请客的人心里就会嘀咕:我该请你的?真抠!再好的朋友,也会因此而不欢远散,终成路人。但时日更迭,现今的有来而无往,已成普遍现象。用公款请,谁也不会有来而往,即使有往了,往往也是公费的有往,与私家腰包无干。有求于人,比如上学、调动、提级、分配、谋职,等等。有请了,人家也不会有往,因为这是除送礼以外应该付给人家的酬劳的一部分。再说,现在还有谁在乎吃那么顿把两顿饭呢?"吃饭真累",在城市的所有角落,这句话现在也都是发自内心的了。

　　饭食的"贬值",自然是物质丰富的折光。饭食的贬值也还会改变固有的文化情趣,首当其冲的,就是请客的真诚程度,你的心再诚恳实在,但因为大家对吃饭的重要性都已经看得十分平淡了,于是你的诚恳和实在,用请饭的方式已经无法透彻表达。当然,饭食的贬值也有令人解脱的一面,那就是人们可以有理由不再无原则地留客吃饭。留客留多了,或是无原则地留,自家烦累、耗时、费锱不说,更有好心不得好报的事情出现。记得我们小时候家里曾留过一客,是母亲家乡的庄亲,一个正当年的汉子,我们的表舅。那时购粮还是凭票凭证的,所以他好几顿一碗接一碗无止境地吃下去的形状,令我们这些护家的子女非常反感,印象当然也加倍深刻。后来,我去乡下过暑假,无意中听大舅提起,说那位表舅回来以后,到处说我们家没管他饱饭,我听了,不由得在心中把他恨得半死,只是那时作为男人还身单力薄,在他(表舅)的成人肌腱面前,我只得无能为力。

　　其实现在想起来,一个正当盛年的农村劳动力,如果不能大碗吃饭,那反倒不正常了。也是因为那会饭食紧张,请客所表现出来的人际关系特别突显,不留人吃饭,或不给人吃饱,与其说是饭的问题,倒不如说是对他人人格的尊贬,就中华民族的文明和文化来说,这就非同儿戏了。

1996 年 3 月 16 日

嘴　脸

1

有许多时候我是把小说和散文同时来写的,比如因为一种需要,一天中的上半天我可能会写小说,而下半天则写起了散文或随笔。小说和散文到底有些什么根本的区别呢?谁也说不准,但同时写来,就能非常明确地感觉到它们之间的那种绝不混淆的不同:心理节律的不同——小说需要的是吸气、收腹、检点和"深沉";而散文、随笔呢,它是敞开式的,轻松、随意而且简短,虽然它并不排除在它的结构里做严肃的思考。

2

这就是说在一天里或者就在半天里,我要为自己换好几次面孔和心态:一会儿正经起来了,一会儿又轻快得拿捏不住,一会儿有了当老子的成熟感,一会儿又像是有了庇佑……我能够非常明显地感觉到这一点,这就不由得使我想起了嘴脸的问题。嘴脸总是一个带有贬义的评价吧。特别是将它与官场、道德、人品什么的结合起来时,尤其使人产生这种强烈的感觉,这是一种做人的直觉,是一种文化的评判,没有人会去推翻几千年的文明定论。

3

但是除此之外,我们谁又没有嘴脸变换的经历和"本能"呢?我说的是那些无碍大局的事情:出门时我们一般都会板着一张脸,因为我们不知道在外面见到的将是一些什么样的人或事,而回到家中我们又立刻就能开始说学逗唱;见到那些我们尊崇的人物时,我们不由自主就有点专心或失态,对于有些来找我们办事的无关的人,我们又打心底里有点烦;在商场里碰到的人,我们大都漠然无视,而同事的一个学生的表亲介绍来的人,我们却可能请他好好地吃一顿午饭……

4

这样说,嘴脸的变化也是必须的和自然的了。谁不会对在会场上穿拖鞋、背心和进了舞厅还正襟危坐的人有某种感觉呢?这其实也就是我们面对的相互背离的嘴脸文化:在大事上,我们要求别人定要始终如一、守身如玉;而在细节上,我们又要求别人得体、随和——我们在观念上似乎也是"变脸"的。

所谓的"大事"和"细节",在各人看来,自然又都是不一样的了,这就构成了我们这个社会、我们这个世界的所谓"好、坏、良、莠"以及"各不相同"。

1996 年 9 月 21 日

给我一条山沟

这是肥东山王的一条山沟。从合肥坐车到撮镇,再从撮镇坐小三轮到枣树蒋,再从枣树蒋走过新山王、老山王、山王小学,上一个山坡,就看见这一条长着植物的山沟了。

山坡也都是极缓极缓的,放眼望过去,山影辽远,牛童半粒,更加上居高临下,天地像是愈加大得不得了。砂石多的地方,长着铺地的野草,砂石少的地方呢,就长着不死的庄稼。这一天,天上出着秋天的太阳,太阳照在山梁上迎风站立的一个衣着尚算规整的白上衣的城里人的身上。我问着我自己的身体:风从哪里来吹你?风吹在你的哪里?我左绕右转地从山坡上下来,下了坡,就走入这一条淌着细水的山沟里了。

山沟里的植物和动物真是极茂旺的:一脉 5 岁的孩子就能跨过去的溪水,水边长满了翠青的野草,红翅膀的蜻蜓停在水中的水草的叶尖上,青蛙咯咯地叫着,蚂蚱在草地上跳来跳去,斗大的高高低低的地块里,黄豆、芝麻、水稻、花生、山芋、扁豆、高粱、棉花、绿豆,什么庄稼都有,一整条的山沟里都透露着繁荣的蓊郁的气息。

山沟就山沟呗,并不是什么罕见的物品。我却隐入山沟,隐入青绿的一色里,坐在一曲似动又非动,若静又不静的流水边,吸着一根烟,感念着时间、空间和我自己给我的这一种机缘:我怎么会到这个不相识的地方来?我怎么会今天来?我怎么会一个人来?我想:给我这一条山沟吧!我未必能在这里长住的,因为我确实已经离不开有声有色的城市了；我也并不想把它当成我的一个可以"下乡上山"的别墅，那样也许会成为我的一种负担；我只要这一条山沟的印象，只要这一天来时小三轮上那一个难忘的面孔，只要这一天我心头一片浓郁的旧里重返的感觉，只要这一天清晰的山影、中等的风速、略温的太阳以及家户人家锁门时的那种刻骨铭心的温情暖意……

我下山了，就在细小的山梁的那边，一群人正在一块地里安静地起着花生。我走过他们身边，暗暗地细听他们的呼吸、品察他们的气息。太阳还在升上去。此时，我的神志，有七分已经融合在这不知名的山梁、山坡和山沟里了。

1996 年 9 月 21 日

长 临 河

　　长临镇在合肥南,离合肥有 5 块钱的车程,1991 年发大水的时候去,我是乘着小船进去的,水浪滔天,人的心情,天的心绪,都不怎样平静、平常,事情办完了,人也就走了,除了混汤浊水,并没能留下太多的印记。

　　这次再往巢湖岸边去,不知怎么的,又走到了长临河,是想寻觅一种不再的时光或者别的吗?那在哪里不能寻呢?我一点都说不清楚。

　　长临河的地物形式大体依然,虽然旧物仍在,但看在眼里,感觉上却与上一次完全不一样了。我是想看水的,进了镇,一直往西走,却走到了一条老街上。老街的街名好像就叫"老街",两壁高墙耸峙,中央一条石板小道,高墙上长着青蒿和嫩桐,石板小道却是打扫得干干净净,与正在兴建的新街那边的脏乱差成了两样。街边的院门大都是洞开的,从门外偷窥,原来人家都是前堂后屋,几进院子,当门的丛丛美人蕉,大红大艳,与乡镇人家的直爽气氛正好契合。一个人在街上走过一个来回,其值已时,似乎正当美女出门的钟点,在街头、街中和街尾,我各看见一位出门浣衣的漂亮女孩子或者少妇,她们都是红裙飘曳、云丝垂腰、臂挽青篮的,我心里吃惊,但却未敢多看她们,径直出街西行,入了镇西的万胡村。

　　万胡村就在巢湖岸畔,村似乎不大,才走了几步,眼前蓦地一亮,就出村走到了巢湖边上。

这就是我想亲近的那一泓水吗？好像孟秋和巢湖，还有天和地、物、人、灵，现在都笼罩在一种大而无边的情致里了。说是"大而无边"，我也不知道是在指什么，只觉得自己的心情里重新恢复了一种稳定的大而无边的感觉，这也许正是我所要寻找的东西。我的心里有点踏实。我在石砌的湖岸边有一步没一步东张西望地走。小的码头边泊着的小船们独自地随着波浪起伏个不停。岸边的人家也真是有无限的情致的：藤架下的小摇车里孩子睡得真香；猪舍的墙上用毛笔工工整整写着"猪"字，我觉得，这与其说是为了实用，倒不如说显示了主人的一种压抑不住的诙谐；一台老式的收音机夹在里屋的木柱上，收音机里大声且不喘气地唱着美声的歌剧，那种越洋而来的激扬歌声回响在巢湖岸边这个朴实无华的小村里，而在我目能所及的周围，却又长时间并没有一个人在附近收听——它就是这样子自娱自乐地大声地响着、喧哗着。

到了中午，我就离开了长临河。

1996 年 9 月 21 日

晓　　天

晓天是大别山里的一个小镇。其实山到了这里,已经是余兴了。山不很大,但依然清秀。我第一次来,是1991年的秋天,那时正逢阴雨,山色迷蒙,细雨霏霏,山里的苔藓都长得青嫩水旺,我还从没见过这样盛长的苔藓呢,临走时用塑料袋带了好多,回家去装饰了我的盆景。

晓天是个老镇,有一条古街,街两边都是铺面。许是因为雨的缘故,许是历来如此,街面以及人家,都干干净净,呈了一种南方的玲珑素雅来。

蒙蒙细雨中我在老街上漫步。老街只有三五米宽,左右顾盼,渐就沉入那种古朴的意境中去了。街巷清寂,因了雨,赶街的人甚少,但每家铺面里,都有一两个人:或少妇,织着红线的毛衣;或老妇,拾弄着零活,脚畔静静地蹲一只干净的白猫;或竟是一个清面白脸的年轻男人,自捧了一本书,独个儿在铺面里,相对了黑白分明的围棋打谱,那副全神贯注、物我皆忘的形态,真正是一种古典文学名著的氛围。街两侧还有些甚老的屋、墙,树的枝丫从墙洞里伸出来,展示在古镇沉静宁祥的空气中。老屋里的天井也真深,里头又摆满了犁、锄、盆、罐等千百年前就有的东西,更引人往深一些的地方去想。但想来想去,也只能想一两个简单的层面出来。

晓天河就从镇外交汇了往外、往下流去。往外,是往山外,往下,也就是往山下了。河水都极清,哗哗地流,一刻半晌都不停。河滩上的石头也极多,大大小小的圆、椭圆,以及别的流线的形状。看见这些石头,脚便走不动了,孩子一样的,在河滩上流连忘返,捡石头。捡着捡着,便忘了来晓天的"正事"了,也忘记天色的早晚了。捡了一小袋石头回到旅店,一晚上都翻来覆去地看,翻来覆去地摸,翻来覆去地想。

想这些石头原先的模样:或许就是山里一块几吨重的大岩石,棱角分明。下着大雨了。山松了。岩石从高崖上滚下来了,滚动到低洼的地方,破碎成几块。也都还挺大的,都还有成百上千斤呢。又下着大雨了,山洪从山顶冲下来,把石冲进了河里。石又碎成了几块,每块也还有几十斤、上百斤呢。水冲刷它们,把它们一点一滴地往下推……过了好些个春、夏、秋、冬了,石头被推在了这块地方。这地方渐渐便有了人了。人渐把这块地方呼为"晓天"了。人渐渐便多了,渐又聚合成一个小街铺了。天又下着雨了,街面上来了个捡石头的闲逛的人……圆石就是这么来的吧?

第二天,从镇铺里买了个大尼龙袋,又去河滩里捡。捡那些更大、更圆、更奇的。一袋一袋,奇怪而沉重地背回旅店里去,在房间里堆着。人,抽着烟,坐在石堆边,翻来覆去地看,翻来覆去地摸,翻来覆去地想。真是的,人和石头都算什么呢?时间的耐力才最深刻呢。渐就想成了个无底洞。

这次再来时,也是秋日,天却是大晴。来时天已经晚了,吃过饭,径直便往河滩上去了。天地间,一轮明月,呀呀地升起来。坐在河滩的卵石上,望着巨大的河滩和巨大的山体,听着哗哗哗哗不绝于耳的山水奔流声,一时间,心里什么都想不起来了,什么都想不起来了。脑际里一片空白,就如石雕般铸坐着。

秋夜是渐凉了,但心绪却是毫不波动。只想,就这样坐着吧!就这样坐着吧!坐成个永久、永远、永恒吧!这也就是人们常说,却又都说不清道不明的,那个最高和最后的境界吧?

1996 年 11 月 3 日发表

山王附近的高坡

我沿着山王附近的高坡往上走,到处都是草地,草地里还开着秋天的最后一茬晚花。红白泅杂的,干净而且利索,零落于各处的,那无疑是天生野成;而聚集为片的呢?那是哪一个人,或一些人,在春深的时候,阳光斜升又牛哞哎哎的时刻,摇耧挥手间种下的吗?

真是,在这起伏绵展的高坡拱陵间,阒静如薄蜜,哪儿有人呢?

确是有的:远地坡梁上低了头啃草的水牛背上就有一个点火吸烟的人,那个人吸着了烟,便心无碍涯地望天地望日月时辰去了,像是有一种天运在揉抚、熏迷着他,召唤不回!

还是有的:坡深风水间的那几块草、树、碑、陵,字刻久远,那是一些在这里的高坡上种过地、饲过鸡猪、吃过酬柿子的人吗?

再有就是我的身形了:我卧在秋草地上,秋草干爽,阳光在坡脊上充足,花生和山芋的气味从略为干裂的地里扩散出来,弥漫在空广灵透里。

秋天总是这样晴朗不错的呵!过了很大一会儿,我从地上爬起来,我看见我的卧形印在秋草地上,清楚而且明确。那个真是我吗?地上的那个?与山和高坡在一起的那个?跟牛屎养活的野草在一起的那个?

后来,我就下了山和高坡,走回家了吗?

1996 年 10 月 1 日

寻访龙泉寺

1996.10.18 多云转阴

在铜陵时,我与一位朋友住在一室。我发言时谈到去肥东山王的事,回房他说他老家就是山王的。我们谈起了山王。他说山里还有一眼泉,叫龙泉,龙泉附近有一座寺,叫龙泉寺,以前香火很盛,后来败了,现在,又有一些僧人从远处赶来,不知那里会不会重新兴盛起来。他说,那里的山左、山右,都出过一些名人。我说这和我的感觉是一样的,虽然我对山王的过去和历史一点都不熟悉,但我去了一次之后,立刻就迷上了它,也才因此有了第二次再去,第三次带着女儿一起去的经历,在整个9月份,我已经接连到那里去过三次了。我对山王那附近的山形地势的感觉是甚好的,听了他的许多介绍,我想我什么时候还得再去一趟,上山,看看山里的龙泉、龙泉寺,也再看看那里的地物风水。我的心情正在逐渐地平静下来,这种状态真舒服,真充实,真实在而又愉快。我知道我不可能永远保持这种状态,但现在我正在享用它。

只要天一晴,就非常暖和,特别是在太阳底下。我年复一年地感觉到季节正在推迟,春推迟到了以往夏的季节,而夏正推迟到秋,秋又推迟到冬的领地,冬当然只能把春往后挤。

1996.10.20 多云

今天是多云的天气,现在,窗外出着太阳,但风也很大,有点凉意。我想,我等一会可能会动身去龙泉山、鸡笼山。快到 10 点了,如果去龙泉山,中午就赶不回来吃饭了。

我决定了要去龙泉山找龙泉寺,许尔茜也要去,她的作业还没写完,下午还要去莫若伟老师家学琴,但是我同意了,这样跑跑对她也很好。给董静打过电话以后,我们先坐车到撮镇,又乘三轮车到枣树蒋,然后下车走到那个不知名的村子(可能是下方包),再过鸡笼山苗圃,然后就开始爬山。

爬到山顶,四面都看得很清楚了,在山下时问过几个人,都说过了山就到。我们在山顶的避风处歇了一会,山上很安静,许尔茜休息,我抽了一支烟,然后我们看到山下林子里有个房子顶,就往那个方向去。树林里真难走,树较矮、较密,里面荆棘密布,我们被扎得很厉害,我在前头开路,女儿在后面走,好不容易走到那个地方,却并不是龙泉寺,是一座护林或者可供瞭望之类的建筑。我们又披荆斩棘往山下走,走出很远,一直到山下,问一个采石场食堂里的人,她也说不很清楚,但人非常热情。回来的时候我对许尔茜说,这正应了那一句话,重要的不是找到,而是找的过程。我和许尔茜约定,下一次再来找龙泉寺,一定要找到。

回到家,已经快 3 点了,吃了两碗羊肉汤,许尔茜等一会去学琴,然后我们打算先去天都洗个澡,再找一家饭店吃晚饭。

今天是九九重阳节,正是登高望远、思亲忆故的日子,我们的登高,倒是与此吻合。才 5 点多一点,天就黑了。天空晴朗,一弯月牙浮在南方的天空上。天可能要转凉了,真正的秋、冬的日子要来了。

1996.11.13 少云

早上一睁眼,哇,天晴得真好,满屋都是光辉灿烂的阳光,其实昨晚天上就有许多星星了。董静已经去上班了,许尔茜在那屋的床上说,老爸,找个地方去玩玩吧。她的意思是要去爬山找龙泉寺,龙泉寺的悬念还在对她起着作用,但我觉得再过一两天天晴好了再去比较合适。我想带她到一个叫井湾的地方,这是我前些时候在一个公交车站牌上看到的地名。井湾在哪里? 我也不知道。我们决定吃过早饭就出去。

许尔茜的秋假放到星期五,星期五她们统一行动去大蜀山。星期六和星期天又可以休息了。

时不时有一朵云彩飘来把太阳遮住。我们真不喜欢这些云彩,更不希望它们增多。上午剩下的这点时间,我打算继续看法国都德的《磨坊书简》,昨晚我已经看了几篇。

1996.11.23 晴转多云

天气终于有了转变,看起来天亮了许多,风略有些寒,这也许是晴天的预兆。我昨晚看了一会纳波科夫的《普宁》,又看了一会《蝇王》,我现在每天都还在写《读与思》,我想我会把它写下去的。

今天准备去爬龙泉山,找龙泉寺。早上我和许尔茜起得就晚,现在都已经11点多钟了。天晴得还不错,明天因为莫老师有事,许尔茜不学琴,她的时间也多一些。好了,我们马上就要去了。回头见。

1996.11.24 多云转晴

昨天11点多去龙泉山找龙泉寺,我和许尔茜还是先坐车到撮镇,然后包了个三轮(8块钱)到唐家岗,再往山上走。到了山脚下那个石料场的食堂,我们开始问路,正问着,上次我们问过的那个女炊事员十分热情地从屋里出来,告诉我们顺一条山路一直往上走,再翻过一座山头,就到了。

山里一个人都没有。我们顺山路一直往山里走,走到路的尽头,再一看,原来已经翻越了一整个山脉了,山的那一边就是山的另一侧。四处看不到一点寺庙的影子。正在这时,我们听到山顶上有羊在叫,我们判断,有羊就有放羊的人,我们拨开荆棘,走近羊群,却只见羊不见人。正无可奈何时,下边传来小四轮拖拉机的声音,我们赶忙迎过去,原来真是一辆来山上拉石料的小四轮。我好不容易才赶上去,驾驶员说,翻过那个山头就是。我们有一种得救的感觉。

我们按照他指点的路翻上山头,但那边就是山外的平地了,山脚下有一些普通的房子,可哪儿有寺庙的影子呢?我们很沮丧,后来我决定往另一个山顶爬,那上面有一个瞭望塔样式的建筑。我们正要往上爬,忽然看见山下有两个女的,扛着扁担和绳索往山上来,我快步跑过去,从侧面拦住她们,问她们龙泉寺在哪里。她们指着山脚下那片普通的平房说:那个红房子就是。我和许尔茜都很吃惊,那哪像个寺庙呀!

我们到了龙泉寺。这里有些令人失望,原来这里是个林场,后来败了,其中的一些房子做了寺房。这里的房子都很老,墙上水泥平面上铸着一些毛主席语录。有一个在这里捡塑料瓶的小年轻告诉我们不少这里的情况,还要问时,他说那边锅正在烧着,不能再说话了。确实,那边林场的房顶上烟囱在冒着烟。

我们终于找到了龙泉寺。

下个星期天,我们到哪里去,去找什么呢?

大别山被追记

刚上大学那会,因为见识少,我对许多事情都还不理解。1980年暑假,我去大别山采集民歌,在霍山县城看到宣传栏里介绍有山民怎样犯罪,又怎样被抓获,心里很不明白:偌大的深山野岭,你不认得我,我不认得你,相隔遥远,案件怎么破?人怎样抓?心中稀里糊涂,就带着这样一些疑问,一个人进了山。

先跑了白莲崖、大化坪、青枫岭等一些地方,我跑到哪里就在哪里的大小队干部家吃住,走时给他块把两块钱或者一分钱不给都行,一切都很顺利。后来有一天往胡家河方向去,走到一处山岭,望见下面山坡上有几间房子,两丛翠竹,时间已是正午,是吃饭的时候了,我就径直朝那几间房子走去。到了房前门口,看见屋里一屋子人,我的脚蹬在门槛上,一屋人都用一种不信任的目光看我。其中一个用硬邦邦审问般的口气问道:你是干什么的?我听了心里就不舒服,嘴里说:不干什么。说完,掉转脸就走。走过厨房时,看见两个妇女正在做饭,饭菜喷香,但我不好再留下来,就择路一直往山里走去。

过了一道石溪,登上一座山头,又下了一片平地,心里想,前面也不知道多远才有人家。正走着,突然身后响起了一片吆喝声:哎,那个人,你站住!那个人,你站住!我回头一看,原来是刚才屋里的那一拨人,他们已经翻上了我适才走过的山头,正往我这边紧追过来。我立刻一步不停地继续往前快走,一方面,我不想买他们的账;另一方面,这里人烟稀少,我怕有什么麻烦。

我脚下越走越快,后边的人也越追越快。不知道过了几座山头、几道山溪了,前面的山谷里现出几户人家,家家的烟囱都在冒烟。这时那伙人追近了,我也放心了,就停下来,等那伙边喊边追的人过来。村里的人听见响动,也都出来看。

那伙人追上来,立刻堵住我的去路,把我团团围在中间,其中还有两个持枪的,把枪握得铁紧,对准我。一个人厉声问我:你是干什么的?有没有证件?我也气势汹汹地反问他:你们凭什么要看我的证件?那伙人声色俱厉地说:他是我们公社书记,你是干什么的?听他们这么一说,我既放了心,又有些不买账,我生硬地说:我是来大别山采访的。说着,我就拿出了学生证和省作协的介绍信。那位书记接过去,仔细看了半天,脸色缓和下来,把证件还给我,说:现在山里形势有点紧张,我们怕有坏人搞破坏,这样吧,晚上你到我们公社招待所住吧。我说:公社还有多远?他说,翻过两个山头就到了。

那天晚上,我没在公社招待所住,而是住到街外的一家旅社里了。到了夜里,不知道公社书记他们是怎么想的,也许是怕失去一次宣传采访的机会(那时候山里很少有外人,特别是省城的人进去),也许是不知道我的来头,或者别的什么原因,他们又专门到旅社来请了我一次。我很拿劲,在房间里谈了半天,双方不欢而散。

我在山里转了一二十天,才离去。从那以后,我就知道了,山里所有的人,也都是组织起来的,疏而不漏。

1996 年 11 月 25 日凌晨

周日的补偿

　　许多个星期以来,我们都是过着这样一种有规律的生活的:从周一到周五,我们各自为战,董静每天上班中午不回家,许尔茜上初中在学校吃午饭,一天所有的时间里,只有我留守空房,中午吃一盒快餐,操作、照料自己的事情,晚上三人才能相会。而在不算少的时日里,我往往中午就出门办事,直到深夜才能回来,我回来时,她们早已睡熟,并且把我排挤到另一间屋里的单人床上,我稍事洗漱,看看书报,然后上床休息。第二天早上她们起得较早,我只能隐约听到她们的一点响动,待我真正醒来时,室内已经空无一人,如此再三,她们早出晚归,而我则晚出早归,有时甚至连续几天与她们不相谋面,听不到她们的话语(董静的电话除外),感受不到她们的气息,女儿也会因此而略失平衡,抱怨好几天见不到爸爸了,家庭生活会顿时使人稍感一些倾斜的不安。

　　家庭生活确实是一种微妙、细致而又充满了磕绊的什物。家庭里的每一个成员都需要别人的认真对待、关心和触及。比如女儿,她当然最喜欢攀附和缠闹妈妈,但爸爸的爱对她来说也是不可或缺的,如果傍晚她放学回来而我在家,她就会围着我喋喋不休地谈论很多关于她、关于学校里的事情,直到她不得不去写作业或弹琴;如果我出差一段时间回到家,却又没能和她多说话或对她做出到位的关心的表示,她的情绪就会不好,她可能会在当时、当晚或第二天、第三天找个理由生气或发泄出来,那时董静就会提醒我:孩子没跟你亲够,我就赶紧去跟她说话,喊她宝宝,或者关心她,她的情绪立刻就会好转;晚上睡觉以前,女儿也需要家人的触摸和关心,比如给她掖掖被,摸摸她的小脸,道一声"晚安",她就能睡得很香,一夜都不醒来,一直睡到第二天早晨。

在这种情况下,几天不相触及的生活自然是蕴含着一些相对不稳定的因素的。也许是作为一种补偿,周末我们会付出共同的时间和注意力来调整有些混乱的生活:周六我会带许尔茜去攀登龙泉山、寻访龙泉寺,下午回家时董静已经把家里的事收拾好了;周日我们一定会去找一个新鲜的地方大吃一顿,当然是我(用自己的私房钱)埋单——这是一种有意味的形式:就我来说,我会感觉到我已经具体地为她们做了一些事,我会因此而减少一些歉疚感;而对她们来说,她们会兴高采烈放心大胆地大吃一顿,因为花的不是"自己"的钱,是"别人"的钱,不必心疼和酌量,吃起来自然是有滋有味、轻松愉快和开心的。这种形式,同时也为我们提供了家庭生活必不可少的交谈、交流和理解的机会。

我至今还记得一个周日我们在一家酒店吃自助火锅的情景。也许就因为是自助,我吃得略多了些,回来胃难受了一夜。在过后的好几个星期,她们对那家酒店念念不忘,但我却拒绝再踏进那里的门槛一步。吃饭是次要的,我们是希望我们的家庭生活能够在一系列不可避免的震荡和磕绊之中,经常达到又一次和再一次的和谐与融通。周六和周日的补偿,是有关的一种手段。

1996 年 12 月 6 日

1997 年

4月6日的笔记

　　本来今天是不打算出去的,昨天下午有一个电话邀我出去玩,结果回来时已经是今天凌晨2点半了。我回到家,打开小房间的灯,看到写字台上女儿留给我的一个字条:本人作业已经完成(有一定目的),望父下午带出去玩,拭目以待！茜茜。女儿要我带她游玩或下乡已经好多次、好长时间了,但我这段时间一直在外面,没能满足她的要求,这次看了她的字条,我也仍未太往心里去,心想天亮以后找个理由推托过去就算了。我这段时间东跑西颠,腰酸身乏,回来的这几天也没能完全恢复过来,我想待在家里。

　　草草睡了几个小时,天一亮,她们都上班的上班,上学的上学去了。今天是清明节,又是连续几天的阴雨之后的一个大好晴天。上午10点,外甥女石金珠从学校来了,她一个人在这里上学,远离父母,又是吃的食堂,我们一定得对她格外关心和照顾些。我跑到菜市买了一大兜菜,又买了不少平时吃的酱菜和零食来,中午,4个人美美地吃了一顿。饭后,给金珠带了一袋吃食,我、金珠、许尔茜,我们3人一齐下楼去公交车站,金珠回学校,我和许尔茜去游玩。对许尔茜来说,石金珠来了还真是一件好事,因为我很高兴,因此才有兴致下决心放弃休息,陪她出去玩。

　　天气晴得真好。我们先乘车去新火车站,闲逛一会,又乘车去新华书店,那里有个音像专柜,我想买两盒磁带,因为出门的时候,我把许尔茜的随身听带来了,听听音乐,好打发时间。磁带没买成,倒把我的困乏劲买上来了,我对继续出门游玩打起了退堂鼓,但看着许尔茜兴致勃勃的面孔,我又实在对孩子说不出口。于是我拿定主意:好事做到底,我只是陪着女儿去而已,不必有什么感情和精力上的投入。

于是我们乘 25 路市郊车,到了长丰县的三十头。三十头,顾名思义,就是离城三十里的地方,头,我的理解,即尽头、终点的意思,也就是说:三十里到头了。这地方我以前就和许尔茜一起来过,而且不止一次。下了车,从一个集贸市场穿过,就进入了田野。因为有了不做精力和精神投入的准备,我变得悠闲和轻松起来。我打开随身听,把耳机塞进耳朵,跟在许尔茜后面,寻着路眼,一路往田野里走了进去。

我委实想不到天气会晴得这样好!我们先在一个水塘边和一群孩子钓了一会虾,然后又在细瘦的田塍上漫步了一会。三十头是江淮地区的一部分,这里既不是平原,也不是山区,地势起起伏伏,也很有些特点。

走着、听着、看着,我一直都很漫不经心。但突然在一个定神的瞬间,我发现我正站在田野的一个高点上,而田野里所有的景物都向我展开了,就像一幅画卷哗啦啦地展开了一样:麦田青葱,油菜花一块块、一片片,与青麦田衬映、烘托,起伏无序,绵展远方;最触动我心灵的却是那些高低不等、弯曲无致的田埂小路上无数走动的人,他们三五结集,相连成线,你往南,我往北,你去东,我到西,甚至相邻甚近的两道田塍上,也有相向和反向的不同。他们都不知道是从哪里走出来的,接连不断,犹如匆匆过客,急急地要往一个向往已久的地方去;他们走着走着就消失不见了,但后面无数的人又紧跟上来了,接踵而至,无见中止。

这真是一个激动人心的大场面。我呆呆地看了很长时间，然后和许尔茜也走到高处下面的弯曲田塍上了。我们交会了一些匆匆而过的行走着的人。不知不觉间，前方现出了一片高地。高地上有许多绿相尚未见浓郁的树，那像是一个村子，最高的树枝上还蓬着几个黑黑的老鸹窝。田野里极明媚、悦目，油菜花香也是一阵浓似一阵。我们往那村子的方向走去，七转八磨的，到了一条路的尽头，也是到了整个田野的一个尽高处。路头原来是一道深水，壁陡岸峭，远去水面的两堤间搭着两片水泥板，算是沟通两地的桥。我站在水的这边，看从水那边的高处走过来的人，过来一个人，又过来两个人，又过来五个人，他们都像是负着特别角色的演员，相跟着，都是不吭不噎的，匆匆地过来，又忙忙地走去，近了，走了，远了，直到看不见了。

　　我真想对着天空，对着大地，对着极空旷的地方，大吼大叫！这种活灵灵的、带有原状味的大场面，真太刺痛我的心了！我想大叫、大吼、大号三声！但是碍于一些情面，我不能大喊，我不能狂吼，也不能嘶号，我只能呆呆地看。我看见一个挂小包、穿体面西服的女孩子走过来，又走过去了。虽然看不真切她的脸，但我心里仍很激动。我看着她一会走高了，一会又走低了，最终消失在斜阳的光辉里了。我觉得她的出现那么合适和适时，我觉得我的心里充满了一种野蛮原始的推动力，强烈、明显、犷悍！

　　很长很长很长时间，我都没有这种体验了！活生生的体验了！

1997年4月6日

珠　　海

到珠海几天了,我对珠海还没有什么特别的印象。我们住在珠海香洲的望海楼里,每天上午在宾馆的会议室里开会,下午乘车出游。乘车出游自然都是集体活动,空调大巴掠过珠海的使陌生人一时半会还摸不着北的街道,一路驰去,并不能使我们这种类型的外来人得到更深切的城市体验。毫无疑问,珠海是令人神往、富裕、比较适合于居住的城市,它濒临大海,气候温热(这样就更适宜举行多种户外活动),到处洋溢着富足的优雅气氛。我们去了远郊的一个温泉浴场,享受到一些打上了深深南国印记的但是能够接受的玩尽了噱头的服务,我们也去了一个新造的文化主题的大型公园——圆明新园,晚间在徐徐吹来的南方的秋风中欣赏了一台水平并不低的广场大型舞剧,我们还去了一家保龄球场举行了一次令人精神振奋的保龄球赛……但尽管如此,像所有的会议出差常有的情形一样,我没能对珠海留下稍微深刻的特别印象。珠海,它也像那些不可计数的平淡日子一样,似乎正无声无息地从我的身边流走,并且一去不复返。

三五天后散会了。曲终人去之后,熟悉的面孔已经寥寥无几,我从一种喧闹的情境中遗落下来,慢慢地感觉到了自己的存在。隔日的清晨,在早餐前有限的时间里,我浑身轻松地举步走出宾馆,穿过宾馆门前宽敞的马路,一直往前走去。原来珠海的这一部分是开山建成的,马路一层层递落,路与路之间是修造得很好的大块大块的绿化带。一眨眼间,我发现自己来到了大海边。我的惊喜是难以形容的。我径直沿着石阶下到海边的沙滩上,在我的行程中,湿漉漉的石阶上成群结队的多足虫和小螃蟹因受到了惊动而群起迁徙,我蹲下身用无限快意的目光寻找和追踪它们。最后我跑到了沙滩上。沙滩上都是粗沙。海浪一浪一浪地扑上来,又退下去。较远的海面上,有一艘船正在驶过。

南国的秋意也是宜人和迷人的。这时,我才像是找到了我自己,也找到了我对珠海的感觉。我长时间地站在风不算小的沙滩上,呼吸着珠海令人心醉的空气。对我来说,从现在开始,珠海已经不是一座匆匆而过的堆积着大同小异的建筑物的地方了。它使我放松下来,并且使我的脑海中充满了足够多的最令我感到慰藉的往事。它的抚慰,与北方也是完全异样的。

1997 年

1999年

晃

在合肥"斗地主"的术语里,有一个词,叫"晃",意思是"不要",也相当于"看不见(要不起)"。这个词在这种环境中的表现力实在是太强了,它彻底地表达出了"斗地主"的状态、"斗地主"者的神态,以及与此有关的种种气氛。

"晃"是什么呢?"晃"似乎就是"游手好闲",一种冬天晒太阳的感觉——这不是一个贬义的词,在这里,对退休和奋力工作了以后的人来说就更是如此,要么称它为"休闲"也行。

我是一个爱"晃"的人,特别是这段时间获得了较为充分的"自由"以后。我仿佛又回到了过往的时光里,远离了那些使人诧异的人和事。我去了一次山王和三站,从那里沿着沙堤一直步行到西山驿;我去了一次四顶山,在大雾弥漫的山林里"晃"了许久,直到碰上一个到远离村庄的菜地里铲菜的农民;我去了一次浮槎山,那一次的旅行更有许多故事,我想我会有机会详细地写下它们的;我还去了一次湖滨,但才下车就被中医学院的一位朋友的电话召回来了;……"晃"真是一种荡气回肠的事情,想想吧,首先你得把所有的不快都置诸脑后,你游手好闲,做一个睿智的踏青者,更不用绞尽脑汁,编一些老而昏庸的糊涂话,造一些朝疯暮癫的荒唐事;在能够创制新鲜空气的树林、高阜、草地和潺溪边,人的确能够益加清醒,也似乎能够倍加睿智,对于肉体的健康,也是毋庸置疑的。

我想去"斗地主"了,当然不是久陷于此,也不宜久陷于此,我们之间的事情都是那么多,也那么繁复。我只是想再去体验一下那种"晃"的感觉,轻松的、悠闲的、大度的、陶醉的、只不过如此的感觉,体验一下深广无垠的汉文化所必然提供给我们的那种成竹在握的气氛:一个人将永远只是一个人,无所谓大失,更无可能大得。永恒的只可能是我们所倚身的纵横无边的社会。

1999 年 3 月 10 日

游肥西紫蓬山记

早就想去一趟肥西的紫蓬山了,却一直未能成行。先是俗务锁身,后又杂事丛生,前者牵扯到人生的一些烦恼事,后者却是自个儿对寻山的一些与人迥异的所谓"外界条件":必得有一个合适的天候,必得避开双休日,人烟能较少些,又必得在一天中的早些时候出门,因为我想那山怕是略有些邈远,去得迟了,晚上赶不回来。其实这都是一些不入源流的理由,皆因为自己的懒散和懈怠。人要真是想去做什么事情,结果先不去评论,开头总还是能够的吧!

不阴不晴的这一天去了紫蓬山。正好不是双休日,又正好不是出门较迟的时间。花两块五毛钱坐车到上派,又花两块五毛钱坐车到农兴镇,再花两块钱乘当地人叫作"马自达"的三轮车即到达紫蓬山的山脚下。想不到紫蓬山这样近的。按那位"马自达"三轮车驾驶员指点给我的一条路,就往山里去了。未料刚转过一座山脚,才经过一片蜂箱,那小伙儿却已然抄近道走在我的前头了。他手拎一小袋在农兴镇肉铺买下的五花肉,站在路边等我,嘴里说,原本是想让你搭我的车(从山脚)上山的,你却连价都没问就自个儿走了。我说,我就是想一个人单独逛逛,起始就没有乘车上山的意思。他点点头。我说,从山脚乘车到西庐寺,要多少钱?他说,都是7块钱。我说,你这是往哪里去的?他说,到中午了,回家吃饭。原来他的家就在前面山谷的村子里。正晌午时分,山间真是一个游人都没有的。我们结伴而行,说一些可说可不说的闲话,不觉间他就和我道别,走进村边烟囱冒着烟的一户人家里去了。

我独自又往山里走。山深谷静,鸟啼有声,渐进了意味暧昧的林子。说意味暧昧,其实是说我那时的心境有些暧昧。我的意思是说我的心境在遭遇了一些事情之后,竟然那样平静,平静得叫我惊奇,甚至平静得叫我自己都有些愤怒了。但,平静难道就一定不是好事吗?这大概就是我感觉到了山林暧昧的缘由。也许是为了真正弄清自己的所思所想,有片刻时间我甚至停下脚步,在鸟鸣声声的山林坡谷间,细细辨听我的来自胸腔里的那种声音——心脏的声音。其实也不求有什么答案的。

思想间就上了山。山顶上是一处叫作"西庐寺"的庙宇。我购票进了寺,在寺里走了一遭,看见"地藏王"三个金字,不觉心里一动,就要靠近去站一会,去去浊气,其实也就是一种"拱而立",表示我的一种愿意与地气、灵气和天意相接连的意愿。才要挪步,一直在院中一隅闲处的一位穿拉链衫的平和男子,却在这当口走过来,同我说话,说,这里不错的,到处都是树,在城里住的时间长了,不如到山里走一走,空气也好。他又拉我到一个高处,往东南方指点着说,你看,这四面都是树,早上在这里走几个山头,最好了,我也是合肥人,在工厂里退休了,没什么牵挂了,就到这里来住了。我说,那是的。

跟他说了一会话,由他领着在寺里转了一圈,我就出了西庐寺,径往山下去。我晃晃悠悠地从另一条大路往山下走,一边走一边我突然想,此山无闲客,独步我一人,我怎么可以不疯跑一二呢!遂啸嗷一声,往山下狂奔而去。这举动对我的人性可真是一种大宣泄!气喘吁吁跑到一个可以临渊而立山风又极大的陡崖上,我叫停了自己。我喘吁着想,这一天没有白过。这一天绝对没有白过！虽然我并不明确地知道我到底收获了什么。我临风、临渊而立，仿佛获得了一种什么庄严的承诺。好了，我似乎可以乘风而去了。我似乎可以在一大群紫蓬山蜜蜂的团团萦绕之下凌风而去，适九万里而不归了。这么想着，我真觉得我已经驾风而去。粉团般的蜜蜂嗡嗡地抬举着我，而所有的香酥，都拥簇在我身边。

1999 年 5 月 5 日

游肥东浮槎山记

上一年的暮秋,经店埠、西山峄、王铁,去浮槎山。

秋是极深了,身上的皮肤收得紧紧的;天却晴得好,好到绝佳,天蓝地青,人气升腾。我走在路上,像又回到了20世纪70年代末在农村插队的日子——是那种感觉,却已不是那种心情。

本来只是满世界瞎逛悠的,没什么目的,是山脚下一位从大卡车上卸石头的妇女告诉我说,山上有一座"大山庙",于是不知不觉间,我就上了山。

其时已在正午,晴日当空,山深林密。我一直是没打算有功而返的,攀了半个多小时,我想往回走时,顶头碰见两位担柴的少妇。山径狭窄,看见我上来,她两个便半就半歇地靠在路边巨石上,拿眼望我。我总得说一两句话的,就说:"大山庙不远了呗?""不远了,拐两个弯就到了。"我连连感谢几声,从她俩汗味香浓的身边过去。这时哪能回返?我鼓起勇气再攀。

攀了二三十分钟,浑身汗闷,又打起了退堂鼓。正犹豫不定,脚下的石路却湿滑起来,朝前走了几步,山弯一转,眼前豁然一亮,原来山峪里有一片沼地。我不能想象在高山上还能有低地的生态,因为出乎意料,也因为我是喜欢水润的,心里不由得激动起来。沼地水草肥美,细流如蚓,黄葩红英,粉蝶腰蜂,真是一派仙境。

在沼边傻坐一会,起身再往上攀登。获得了沼地的境界后,我似乎更无所求了,一路上也确实稍显平淡,不知是由于沼地的对比呢,还是沼地后的路果然如此。行了冗长的半个多小时,前程寂寂,只见干石、瘦林、枯风、哑鸟。

此番我决意要回了。心里正踯躅着,透过疏林,却望见前方山梁上,有一角青灰瓦的老屋。这样的发现使我不能不继续前行。几步走了过去,见是几排瓦屋围成的一个院落,还有那种单声道的电视在响。我进了院子,看见一个面孔黝黑的山民在院里的一间小房子边洗菜,就走过去问:"请问,这是什么地方?"那人抬头看看我,见多不怪的样子,说:"茶林场。"我又不分青红皂白地问:"这里是丘陵岗地,槎是木头筏子,这里怎么叫浮槎山呢?"他翻眼看了我一眼,说:"这里先前是海呗。"我再问:"听说山里有个大山庙,找来找去找不到,不知在什么地?"他淡淡地说:"就在茶林场后头,一两百步。"

真是不该再问了,该谁都烦了。偏我忍不住,问他最后一个问题,道:"这井怎么挖在屋里?(这井)这样金贵?"他头也不抬地说:"这井一掌相隔,一个清,一个混。"我说:"我能进去看看呗?"他不冷不热地说:"别弄脏了,吃的。"我赶忙进去看。小屋清凉爽人,果然一边一泉井,由中间一道石坎隔开,一个清,一个浊,水里还有人扔的一些白花花的硬币。我想认真再看看,外头那人说话了,"出来吧,锁门了。"我只好从小屋出来,谢了他,东张西望走出院落,往后山去。不怪人家,我问的那些废话,叫谁都耐不住烦了。

下午1点多钟,我走进了浮槎山的大山庙。

庙是新修的,大白墙,很是醒目。庙修在一个高处,庙里的住持原是蹲在庙前的台子上的,居高临下,远远地看见我来了,他就退回到庙门里去了。我到的时候,他已经安排好一位做杂务的妇女替我打好了洗脸水,也沏好了绿茶。寺门空寂,了无人踪。这里真是太荒僻了,一般人怎能摸得着、上得来？说起来却是奇怪,进了庙门,我不像个初来乍到的,倒像是进了自己的家门,也没客气一声,就净了面,吃了茶,而后把身上所有零钱都掏出来,求一把香,插在香坛里。住持忙去香案边坐定,敲响木鱼,我双掌合十,默念片刻,就退出佛境,重入了山林。

再往山下走时,觉得路途极短,才一眨眼工夫,就下山走到了王铁镇。

王铁只是路途上的一处小站,北有阚集,南有枣巷。其时,我呆头呆脑地站在王铁镇的大路边,傻等着过路客车的到来。在别人眼里,我一定十足的可笑：灰头土脸,不城不乡,来路也不明白。我却是浑然不觉,只在心里想,车来了,我就上车,不管他车好车孬,回家洗个澡,吃一顿大餐,我还有什么奢求呢？

我在王铁镇的大路边呆成了一根木桩。

1999 年 5 月 17 日

听女儿弹钢琴

早晨我一直在床上听女儿弹奏一首仿古曲《送别》。女儿弹这首曲子,是因为学校下个星期要举办文化节,这是她的节目之一。

她是在她的房间里弹的。我靠在床上,呼吸着清晨新鲜的空气,想起了许多不容怀疑的我亲历过的事。我的脑子里一直在想着这样一句话:在另外一些地方,那里的某人是怎样生活的呢?我想到在乡村的某个地方,他们中所有的人,和我们都别无二致。我说的是七情六欲。比如现在,他们要吃早饭,太阳已经升起来了,一个男人,蹲在木制的门槛上,手里捧着饭碗,他在吃早饭,他身后屋里的桌边,是他的家人——妻儿以及晚辈,他们也在吃早饭。他边吃边看着门外的菜园,菜园前方的麦地,麦地更远处的一条两边长着灌木的土路。太阳已经升起来而且比几分钟前升得更高些了——上升的太阳总是升得很快的,他一边吃饭,一边用眼睛往远处看,一边头脑里想着许多事,许多今天和今后该办的事。放下饭碗,他就背着粪箕,经过一片大蒜地,一片大麦地,往村西一个大些的人工河边去了,那里长满了刺槐和各种灌木,并且经常有返家或下地的女孩子三五成群地在清清的河水边洗手和脚——她们丰满的胳膊和小腿都早已被太阳浆黑了。

这也许就是别人的一种生活。我在想,我们每个人的生活会有什么根本的区别呢?我觉得没有。区别只是我们的感觉而已。或者说,区别只是我们生活的背景的变化而已,没有别的。

闹 着 玩

我想起许多年前的一件事。

我在野地里闲逛,渐就进了一个庄子。我并不知道这是个什么庄、什么村、大户姓甚、村主任是谁,却就想:闹个玩儿呗,这是在乡野间呢——便就进去问庄外田地里一个翻地的妇女,问道:"尿罐子可在家?"妇女直起腰讲:"俺望见尿罐今早上城了。"我谢了她,离去了,往前走,又望见一个庄子,庄外有个拉草的中年汉子,便上前问道:"癞狗子可在家?""癞狗子下西湖地了。"谢了,离了,走出老远,兀自捂着嘴笑,前头又望见一个庄子,庄外有个背粪箕的老头,便上去问道:"粪耙子今天弄啥去啦?"老头道:"粪耙子上官桥瞧他对象去了。"谢了,走了,走出老远又捂住嘴笑。还没笑完,前头又现出个生分的庄子,庄外有几个娘们正扒沟放水,浇灌旱地,便上前问道:"猫丫可出嫁没有?"几个娘们一齐都看住一个年轻的娘们,讲:"猫丫没出嫁。猫丫找了个倒插门的。"正谢了要走,背后那年轻的娘们说:"你是哪个?你找俺做啥?"我知道这次玩漏了,忙改口说:"俺是问的官桥的猫丫。你这可是官桥?"猫丫说:"俺这不是官桥。官桥的猫丫跟广东蛮子走了,你来得晚了。"我听了一愣怔,忙匆匆地辞了。这次我笑不出来了,我的闹着玩的情绪,全倒了。

池　河

池河既是一条河的名字,也是池河畔一个镇的名字。池河在肥东县境内还很瘦,到了定远县的池河镇,就浩浩然有君王之慨了。到池河边的池河镇来,我早有此意,但因为情感焦枯,久久未能如愿。这次能来,也属偶然,转车到定远县城后,有几个小时的余暇,心花一闪,登车也就来了。天是即将麦收的时节,天象曝人。我走完池河镇的新街,猛一顿脚,原来这就是池河镇的老池河桥。我还从未见过这样高峻的古桥,桥墩古砖缜厚,帝王之风毕现。从桥面上往下望去,如临深渊,人有飘飘欲坠之虞,心里惊惧,不由得就后退了三步。此后在黄山开会,定远县朋友告诉我,那桥是宋朝造的,叫杯桁桥,还有一副天下的绝联呢:池河无水也可,杯桁去木不行。真是令人叹为观止。

池河再往下游去,就流入了明光市(嘉山县)的女山湖。9年前我在女山湖镇写小说的时候,也是麦收的季节,有一个淮北的村姑,日日来旅舍里陪我,她面相黑红,健美有力,乡风卓绝。有时候,你自己也不知会把心落在何处,会把家安在何方——当然,这都是我笔下的世界,纸墨的依托。在现实生活里,我们看到的,还是沙滩绵软、蜿蜒流淌的池河。它在千百年的沉淀中,也定是孕育了惊世骇俗的风气的,只是我们未及细细品味罢了。

1999 年 5 月 28 日

荒废园记

荒废园,距茶壶山7块钱车程,距丰乐8块钱车程,距湖滨6块钱车程,距双墩2块钱车程。

荒废园居庐州城中。前三年,园主尚勤勉耕作,日出而作,日暮不息:左,垦半亩生地,右,植两畦葱茄;南,点几丛苦椒,北,栽数藤涩瓜。虽不值几文大钱,却也属劳动所得,自赏自乐,亦其乐融融。后一年,园主渐荒其本,与市人口角,与俚道纠缠,溺于四人之乐,耽于"阶级斗争(斗地主)",襟臆塞堵,面滞目呆,眉眼渐有些可憎,一副打手相。

园主之妻,董氏,贤淑,看在眼里,记在心间,数训于园主,无效,苦口婆心规劝,无效,又威胁以毒攻毒,亦无效,遂投其所好,发予盘缠,嘱其闲散时去方圆左近转转,权当锻炼身体了。园主确是喜好山乡野铺的,于8日内,游了庐州城外四处地方。

这四处都是好地。茶壶山有古人炼山遗石,石色暗紫,悬空而立,石下坡上,花鲜草馨,石是飞的,坡是静的,花如艳腮,一动一静一醉,引人无限遐思。丰乐却是一古镇,镇南有丰乐河长流而过,镇上人家,凡开了店的,尽张灯结彩于门廊之中,灯笼上大书"张"、"王"、"李"、"赵"等字,这都是中华古文俗的遗风呢,在他处,也真是鲜见;湖滨有一个镇湖塔,孤绝地矗立于巢湖之滨,除附近村民外,镇湖塔人迹罕至,登塔临湖,湖光山色,胸襟顿开,一个人在塔顶勾留,要是不产生一些思绪,那就怪了。双墩呢,是有一种双墩面条,皖地庐州的人们常食常用,都是称道的,据说远地的人们,南蛮北佤,也渐热于此物,双墩区区一粒郊镇,能有这等出物,又够那些玩笔杆子和耍贫嘴的议论一阵子了。

园主踯躅于山荒野地,沐风栉露,8日后若有所得。所得者四,其一为犟,犟可炼山成石,化平夷为崛奇;其二为憨,憨能深沉积厚,足迹铿锵;其三为攀,攀高而致远,极目而穷千里;其四为诚,诚可褪天愚为伶俐,舍偏陋成豪阔。

园主遂赴菜场购鸡鸭回,斩爪为誓,与妻女盟:从今往后,剪草除杂,勤耕细作,勿使园荒圃废。

园主者,许辉,皖人也。

1999年6月21日—6月22日　合肥金大塘2号楼荒废园

微 缩 田 野

这一天,我坐在家里的沙发上,听到电视里股市开盘的音乐声时,我起身捧起沙发边的一个西瓜,往厨房走去。

在很短的时间里,我发现我的思想有点走神,我看见西瓜的瓜壁上有一些刻出来的图形,有鱼,有飞翔的鸟,还有一些看不出名目的动物。我捧着西瓜站在厨房的门边沉思。其实也不是什么沉思,只是默默地面对这种异常的状况罢了。

图形的刻画肯定是在西瓜生长的早期,因为刻痕已经深入了瓜皮的内部,个别地方还因西瓜的成长而显出了裂迹。说实在的,我想象不出是什么地方的一个什么样的人,在什么情况下、什么心情下,完成了这次艺术的创作。是出于兴致还是因为无聊?是一个看瓜的人?还是一个来这个西瓜的生长地闲串的他村的人?许多人都有这样的体会:夏季的瓜园从人工小河的堤坡上开始,一直延伸到一条小路的旁边;瓜田里开着一些浅沟,那是排水和灌溉用的;青嫩的野草总是不厌其烦地长出来,当然它们的消失也更加迅捷,因为瓜园里的人总是十分勤快的,不会让它们放任长去,不过,败园后的情况又另当别论了;暴雨后乡村的天空像翠绿的瓜皮一样鲜亮、洁净,一个穿无袖衫的男人从低矮的瓜棚里钻出来,在空无二人的田野里这边站站,那边看看,完全是没有那回事的样子,在他的眼里,田野一定是那样的旷大,并且本该如此。

瓜园里所有的东西(时间、空间、内容),都凝聚成这个刻有动物图形的翠皮西瓜。它在盛夏的某天上午蹲在我的手中。在一瞬间,我的视界充满了湿漉漉的青红两色,并伴随一阵欢快的铃声。我回过神来,从餐台上抓起黑色的无绳电话。是忙音。我拉过一把椅子坐下,看着满地西瓜跌碎的残局。我想,它的下一轮分解—合成—再分解—再合成的过程又开始了。

我能做些什么呢?

1999 年夏

合肥中菜市的故事

　　季节对中菜市来说确实无关紧要,每一个时日它都是万头攒动、人声鼎沸的。较早的时候有一些小槎从巢湖水上来,银鱼在阳光下闪耀着光斑,那时物价还没有涨上来,主妇们也并不十分在意那些水中精品族的存在,她们偶尔抛出几张不动感情的小票,便可携回数顿丰盛的晚餐。但昔日不在,鱼群已经迁徙,瓦虾和淝水红尾鲤也已难觅其踪,剩下的倒也还有肥西陆路来的黄鳝、长丰的野鲫和肥东人工育殖的青混,它们以批发般的大姿态一字儿排开。冻带鱼、巢湖草虾、古巴牛蛙、杂交鲶鱼、土著龟鳖、成盆的泥鳅以及别样时鲜水货,"只要你能掏出老人像来……"购买是一种欲望,但即便只在那些腥味摊前徘徊徘徊,顺理成章地也就有冲了一次浪的良好感觉。

　　猪肉以里脊的好,牛肉自然还是腱子和肚腰。若夫妻两人,便需特大方便袋三五个,妇唱夫随,正在烟花三月里,或当秋高气爽,一路遛将过去,便有:卖整羊的,卖驴肉、熟牛肉、猪肚心腰肝肺头蹄的,卖良种鸡、土鸡、火鸡、老母鸡的,卖活蛇、水鸭子、野兔、肉鸽、刺猬、螺蛳、白鳝、螃蟹、红壳虾、花生米的,卖绿豆、黄豆、红小豆、豌豆、黑米、血糯米、粳米、籼米、泰国圆头米(其他粮杂一应俱全)、电磨麻油、丸子、大馍、切片面包、饺子皮儿的,卖笋干、笋皮、黄花菜、木耳、海蜇、鱿鱼、鲍鱼、章鱼、墨鱼、海参、蹄筋、鸡爪、鸭蹼以及其他所有两栖类发货的,卖萧县葡萄、砀山酥梨、海南香蕉、美国蛇果、广东荔枝、北京柿子、新疆哈密瓜、长丰红草莓、黄岩蜜橘、怀远青萝卜、符离集烧鸡、无为板鸭、庐州咸鸭、温州酱鸭、六安咸鹅、宿县大白菜、灵璧大葱、杏花村香菜、桥头集假山、舒城板栗、霍山香菇、三河甜米酒、固镇烧饼、泗县布鞋、滨湖酒酿、李记杂碎汤、秦姓芝麻辣椒面的,卖千张、素鸡、鹌鹑蛋、粉丝、凉粉、凉粉皮、塘藕、扶手、烤山芋、白豆干、臭豆干、油炸干、胡萝卜、青萝卜、白萝卜、红萝卜的,卖桂皮、胡椒、榨菜片、花椒、八哥、酱黄瓜、小菜、酱豆、玫瑰菜、蛇皮丝瓜、糖炒栗子、香豆腐卤、臭豆腐卤、卤猪头肉耳肚爪心肝尾、瓷器碗碟、酒盅汤盆、铁丝铁钉、纽扣针线、砧板煤球、地砖墙纸、冰糖葫芦、大小脚盆的,卖西短裤、夹克衫、丝袜、皮鞋、太阳帽、胸罩、草纸、红头绳、瓦刀钢精锅、马桶刷子笔竹筒、朝鲜菜、麻绳苘绳尼龙绳、木梳木炭罗汉竹、文竹、棕竹、橡皮树、字画、笔砚、蚯蚓、小米、兰花肥、油、盐、酱、醋、脑黄金的……

　　日将正午,夫妻俩还是转回到了爱调包的白肉案前。到底兜里羞答,还是买两斤猪肉实在。猪肉是百搭,既沾了荤气,又得了基本的营养。瞅准秤星,重申校秤,再翻查了肉的里里外外。菜事已毕,拎着疲疲沓沓一袋儿半袋儿菜回家。这时候,对那什么中菜市、西菜市的,再也没有了兴趣——那是张兄、李嫂、刘阿姨,别家夫妻的中菜市了。

1999 年

笛

离最近的城市约百里之遥,是一片重叠的大山,大山里终年生长着比平地坦原多出 30 倍的雾气。雾气略淡的时候,山坡上的大片竹林便显露出来,那是在一户山民的园子后面。

山民家的一个孩子呀呀地往山下扔着石子,练习他的臂力;山风在竹梢上咯咯地跳动……一天、两月……30 年后,山民的孩子长成个山人,手节骨突,眼眶皴裂。旱年的秋月,山人别一柄短刃上山,在山棱上斫满把涩竹,归家,蹴于烟熏火燎的灶间,静静地通了竹心,钻成竹眼,贴上竹膜,嘘出了瘦水抱着皱石的声响来——一杆竹笛便做得了。

我的想象委实是很拙劣的,笛都是这样得来、这样出产的吗?据说,以单音节来表示的乐器都是汉文化的遗传,比如琴、瑟、筝、笛、箫等等,而双音节或多音节的,就大都是外族或舶来的了,比如小提琴、萨克斯、手风琴、吉他,等等。但无论有无例外,笛的声音我们听起来都像是一种乡音在缭绕,笛是中国的传统乐器,这是没有疑问的。

对中国的孩子,特别是几十年以前的中国孩子来说,笛音颇能挠出他们心底间的一些迷情来。我记得我上小学时有一段日子,脖颈上总悬着一杆竹笛,课间,三三两两竹笛的爱好者,便麇集面阳墙角,"吱吱呀呀"把笛音抛向校园的天空。30 年后的有一天下午,我和梁君应约到王君家聚会,在等人的当儿,梁君和王君突然谈论起音乐来,并且摸出一支笛子,两人各生涩地吹将起来,又一边吹,一边说起上小学、初中时对笛子的爱好和痴迷。我坐在一边静静地聆听,虽然他们的即兴演奏十分一般,多数的片断听起来既刺耳又生硬,但我却在一刹那间回到了童年和过去。

笛声早已消失。但现在,在这夜深人静的夜晚,我面对窗外漆黑的浓春,笛音却是不断地绕来,任怎样止歇,都止歇它不住。

天气凉爽下来了

天气凉爽下来了,秋天的气氛更浓了。

妻子的心情很好,妻子对我说:你也算是半个闲人了,今天先看看股市,暴涨时电话委托把股票抛掉;再去开发公司,问问贷款买房的事办得怎么样了;9点找人来换煤气罐,10点到隔壁公司抄电表,11点开始做午饭,下午买几份证券报,傍晚准时去菜市,买鲫鱼、乌鸡、青虾和冬瓜……

女儿的心情也很好,女儿对我说:老爸乖乖,今天帮我买《肖邦钢琴曲集》、英语辅导教材、新鲜葡萄、汉堡包,最后是一碗凉皮……

我的心情也很好。我一一应允,但一大早我就离家出门,坐车到了长丰三十头的乡野里。三十头镇北二里有一座村庄,村外有一道深水,水上有一线高桥,桥墩被大水冲歪了,桥板高翘斜搭,摇摇欲坠。

我站在桥这头,桥那头是一对老夫妻。老头白发飘飘,挂着拐杖,站在桥外高处,嘴里念叨着:慢毫子,慢毫子,想帮又帮不上的样子。老太婆把肩上的担子放下来,从担子的一头取一个小包袱,一步一挪地爬上高险的危桥,想先把小包运到桥这边来。

我赶忙跑上去接她的包袱,又过桥去把她担子两头的东西分次搬运过来。老婆子一嘴连声地谢过我,和桥那边的老头打一声招呼,挑上担子,往三十头去了;桥那边的老头跟我打一声招呼,也拄着拐杖,一摇一晃地进村里去了。

　　我一个人站在险瘦的桥板上,看看桥下湍急的流水,看看河对面高地上的村庄和树木,看看河岸边葱绿的稻田。再也没有人从桥上过来,我站了很久很久,心里充满了一种相依为命的感觉,直到一阵雨从天上掉下来,落在我的头上、脸上、身上,落在高险的板桥上以及水面上、稻叶上和树枝上,我才返身回家。

　　这一天,我的心情一直很好很好。

1996—1999年读书随笔

(美国)纳波科夫:《洛丽塔》(长篇小说)

看有关这本书的某种介绍时,对纳波科夫和他写的这本书感到恶心:一个成年的男人(四十多岁的老浑蛋),同一个十来岁的小女孩同居(带着她东跑西颠),确实够不正常的。但看完了这本书就基本上没有这种感觉了。有时候,我们道听途说,总是会产生许多误解,即使是听看过这本书的人的说道,也会跟我们自己读不完全一样。纳波科夫把这本书写成了一本成人小说,他甚至把女主人公也处理成了成人——我读时的感觉就是这样。洛丽塔并不给我一个孩子的感觉,她的行为是主动、配合和合理的,这就消除了读者的阅读负罪感。是纳波科夫的技巧使然吗?我毫不怀疑纳波科夫的语言和能力。他是一流的。但我怀疑纳波科夫的"生活",他肯定是杜撰的这个洛丽塔,他对此没有多少"生活基础",他只能"较远地"写出洛丽塔,但我们觉得这是极真实的。《洛丽塔》是一本才华横溢的书。

纳波科夫是那种真正成熟的作家,如果他很急躁(当然这并不是说他不焦虑),他的品位很可能会下降。当然,这也是天性和生活的逻辑使然,他像艾巴·辛格等美国作家一样,都是真正第一流的。

"四十多岁的老浑蛋"这句话给人以很大的刺激,这倒不完全是因为我也接近了这个年龄。这是带有极大的诬蔑性的句子,说明说这句话的人对年龄有着深刻的切身感受。从实际生活的角度来看,这句话还有着极强的对抗性。

《洛丽塔》的与众不同是全方位的。从题材开始,纳波拉夫就在制造一种世界上没有的东西。它的语言讥诮。对纳波拉夫这样逐渐成熟,也可以说大器晚成的作家来说,他的文学准备(不管他愿意不愿意)是非常充分的;特别是语言上、思想上和心理上的准备。《洛丽塔》只是纳波科夫绚烂成熟的语言和思索的一种载体。当然,他对这种载体的选择令人赞叹。

(《洛丽塔》,纳波科夫著,黄建人译,桂林:漓江出版社,1989年5月第1版)

(美国)杰克·凯鲁亚克:《在路上》(长篇小说)

《在路上》怎么了?现在看起来,它已经完全不合时宜了,它似乎已经失去了它原本拥有的声誉了。

难道它的声誉只是因为它开辟了一个文学的新的领域?它的出现和品味只是因为那个社会的有些事物出现得比我们略早?或者,这还不够吗?

真的,《在路上》已经激不起我一点创作的欲望、思考的欲望和欲罢不能的感情了。它变得真差劲,甚至都很难读下去了。或者,我应该换一种心情、一种情绪、一种环境来读它。也许我对它真是太不公道了。

读书确实是需要一种与之相配合的读书的心态和环境的。但我们总应该有这样的区分吧:如果我们不想读书,那么我们基本上就会拒绝所有的(或大部分)图书;而如果我们正在读书,那么一本无法吸引我们的书就很难称之为称职的书了。难道不是这样吗?

现在,读书是一种高雅的活动,哪怕我们读的是一本并不高雅的书。这种情况更多地发生在没有电视和夜间娱乐的地方,我们称那些地方为"落后"。

但我想有一种间歇性的"落后"的状态不时来光顾我。

书在陪伴我。虽然我在不同的场合、不同的心态下都曾经拒绝过它。

它显然是一本没有什么逻辑性的书。我的准确的意思是:书中的人物显然是一群几乎丧失了理智、没有逻辑约束的人物。它的可爱之处也许也在这里。与《在路上》相比,欧洲人(他们与美国人应该是最相近的了)和他们的书就老实多了。这或许正是这本书的有限的价值,虽然它平淡得要命。20世纪40年代和50年代的美国和美国人的心境(透过这本书我们感觉到)真是极其混乱,但美国的繁荣也许正是从这种混乱中成长起来的。

另外,谁又能说"在路上"不是城里人对祖辈"在野外、在丛林里"游荡秉性的一种认同和继承?

许多事物都可以归纳为一种"在路上"的感觉,这种没有根或者要挣脱根的束缚的感觉和愿望,形成一种文化的趋向。《在路上》内容的"大胆"和"超越",在今天已经没有多少意义并且已经陈旧了,我敢说,如果不是社会的限制,中国当代的年轻人会做出比"狄恩"们更大胆和创新的事来。文学,确实有一个"先来后到"的问题。

(《在路上》,杰克·凯鲁亚克著,陶跃庆、何晓丽译,桂林:漓江出版社,1990年12月第1版)

(美国)约翰·巴思:《路的尽头》(长篇小说)

《路的尽头》真使人失望。是不是翻译的问题?我觉得它简直就是没有文化,一个很一般的故事,一点光彩都没有,一直是那么勉强,唯一的一点"思想"还要通过作品中人物的嘴说出来。作者的才华简直在这本书里丧失殆尽。我不知道原文阅读是什么滋味,但通过这个译本读起来真是太糟糕了。约翰·巴思,他是这样的吗?他是"专业"的吗?毫无疑问,我认为,从整体上说,专业的才能达到较高的和最高的水准。这就是文学这一行当的规则。其实所有的行当也差不多都是这样子的。这其中应该有许多微妙的原因。

我期望读到约翰·巴思其他的作品。
(《路的尽头》,约翰·巴思著,王艾、修云译,关慎果校,北京:中国社会科学出版社,1992年8月第1版)

(美国)纳波科夫:《黑暗中的笑声》(长篇小说)

这是纳波科夫较早期的长篇小说。虽然,和《洛丽塔》相比,你一眼就能看出它的不成熟,但使人惊异的是,纳波科夫能如此轻易地说完这个故事,我们甚至不觉得自己是在读一部长篇小说。

纳波科夫的叙事是简明有效的,虽然他的这个故事也没有太多的新意,但我们会有一种全新的感觉,这种感觉是语言带来的。其实如果说我们在读新的小说,倒不如说我们是在读新的语言,哪怕是一个重复的故事,新的语言也会给我们带来新的阅读风景。

我现在闭上眼睛就能看见纳波科夫的人物在诡笑。多么怪异的人物呀!纳波科夫当然是在捉弄我们:他的人物都缺乏起码的生活智力,行为单纯,一厢情愿。但这确实就是小说。这种东西是难以灭亡的。它会较长久地存在于我们的头脑之中。

像《洛丽塔》一样,玛戈也给人留下了深深的印象。纳波科夫笔下的女人都那么性感,那么会挑逗,能勾起男人的欲望。我怀疑纳波科夫对女人总有着那种不太正当的欲望和感觉。当然这种没有根据的臆测并非贬义和有关道德的。他的玛戈或者洛丽塔都是骚动不宁的。这是作者附加给她们的特性。纳波科夫是成功的,他抓住了要点,事物的要点。谁能说他的人物是不真实的呢?

一个人的性格和气质显然会影响和左右他的作品。纳波科夫就是这样。他的感情和情绪在一个深深的池子里搅动,这种深池里出来的东西跟一池清水里出来的东西绝对不会一样。

(《黑暗中的笑声》,弗·纳波科夫著,龚文庠译,桂林:漓江出版社,1987年3月第1版)

(英国)威廉·戈尔丁:《蝇王》(长篇小说)

真的,我真的要下决心不再看翻译过来的小说了,因为我对据说是戈尔丁最好的这部小说也充满了失望的感觉。这就使我又一次对翻译产生了怀疑。

但,谁又能说这并不就是《蝇王》的本来面目呢?获得了诺贝尔文学奖的英国作家戈尔丁的《蝇王》。

我几乎是用半天的时间就读完《蝇王》的。读过纳波科夫的一些作品之后再读《蝇王》,就感觉是一种休息。它几乎是可以一目十行地读的。《蝇王》的所有不同之处在于,他写了一种恶的社会现实(人性)终于会占上风的似乎可以理解的现象。如果不是说它在对社会进行批判的话,那么倒可以说(不管在道德管束下的人们同意不同意):非善也是有力量的,在某种情况下甚至是必须和必要的,并且也是能推动社会前进和发展的。

作为文学作品,《蝇王》粗糙得令人难以置信。戈尔丁其他的小说也是这样的吗?也许真是译者消解了他的意义。

很显然,光凭题材是写不好小说的。干这一行的人得有文化。

与《神秘岛》或其他一些以知识或善恶做主题的同类荒岛小说相比,《蝇王》并没有产生新的震撼。它没能动摇人们的善恶观。这就不是它的成功。

(《蝇王》,威廉·戈尔丁著,龚志成译,上海:上海文艺出版社,1985年6月第1版)

(法国)都德:《磨坊书简》(随笔集)

我不知道这是不是阿尔方斯·都德最好的散文随笔集,但它显然是有特点的,这种特点就是遥远的地点和遥远的时间带给我们的一种感觉上的不同。法国文化很明显还是一种陆地的文化,在现代(我说的是更近的时空)文化还没有强烈地替代松散的浪漫文化之前,都德的《磨坊书简》能够充分地体现那种浓郁的法国文人精神:一种近乎凝止的平静和另一种骚动与悠远。真的,不管你写了什么内容,你的心境将永远主宰着你的作品,字里行间都会散发着那种心境的气味,直到永远的将来。

我能嗅到磨坊和草场的气息。

所有正在生活着的人都会对自己的生活有所不满,而所有的回忆和聆听又都会是引人入胜的。小说(或散文、随笔)

的意义也许正在这里。

(《磨坊书简》,都德著,龚灿光译,北京:生活·读书·新知三联书店,1989年3月第1版)

(美国)纳波科夫:《普宁》(长篇小说)

《普宁》肯定只是写给少数人看的一本书。当我们没有耐心,或者心情过于急躁不平静的时候,我们必定会错过这本书。即便我们想要耐心读完它,我们也未必就能读完,而即便我们读完了,我们也未必就能了解(这真有些荒谬)。但是毫无疑问,《普宁》蕴含着很多东西:怎样写作和怎样表达。这是一本纳波科夫在50岁以后写的书,内容又是写枯乏无味的知识分子的生活的,但是纳波科夫的文学敏锐性还是较好地保存在里面了。它绝对不是一览无余的,就像它绝对不会使你产生一般的阅读快感一样。我得说,这样的书只有在《洛丽塔》之后,作者才会有信心把它写出来,才会公之于众,才会让我们从耐心的阅读中获得文化积累的浓厚感。

文化的精华经常就是这样产生的,它需要许多种运转着的因素的恰巧组合,这种组合的方式我们无法明晰它或者给予"准确而科学的"引导。它会在较为自然的状态中产生。因此对于文学,有"能力"的人最好不去干预它。

"至于他对母亲的态度,孩提时代那股热烈的感情早已换成微妙的迁就。"这是《普宁》里的一个句子,这当然不是人们随便就能写出来的,它需要锋利的生活和文学感觉。好的文学是什么?也许仅仅是把许多人想到了而无法组织和表达出来的感觉组织并准确表达出来的一种能力和艺术。我想起小时候夏天我们游泳回来待在公园后墙沟坡边的树林里的一次对话,当时说了些什么我已经忘记,但我们谈到了"说出别人心里话"这样一种话题。我们还哈哈大笑,而且还得意。夏日树林里的那种气氛我至今还历历在目。

"她丈夫合上书,把大拇指夹在刚读到的页数那里,用它慢慢晃了几下,向普宁表示他所能表示的最深切友好的致意。"这是《普宁》里的又一个句子。太酸腐了不是吗？但它传达给我们的信息却是极有个性、生动和准确的。没有一个作家不想用这样(我指的是准确、个性和生动)的句子来表达他对生活的感受和了解,不想达到一种鲜活的程度。可如果我们心地不纯静,我们就无法这样写。我们甚至会背道而驰。

(《普宁》,弗·纳波科夫著,梅绍武译,上海:上海译文出版社,1981年6月第1版)

金满慈著,南怀瑾批:《参禅日记》(宗教随笔集)

禅并不神秘,但也并不浅显。禅是因为一些心地静默的人的需求而产生和延展出来的。禅意的延展当然继续需要心地稳静的人的不断参与和推动。禅是一类人的某种性格的聚合和形式化。我们所有人的性格里都有着禅的因素。但禅是什么呢？

禅当然不是某个人或某些人说出来的那种理论和阐释。禅萦绕在所有那些心态趋静的人的周边,也进入他们的体内,调整他们的神态和心态,赋予他们一种新的境界。但禅究竟是什么呢？

我对这本书和这本书作者的背景一点都不了解,但我觉得金满慈与其说是在说禅、想禅、做一件理想的事,倒不如说她是强烈地沉浸在一种自然的俗世的生活中。她与"小妞"的关系成为这本书的一个支撑点,这才是最让人感觉亲近的一种"禅":一种亲情和母爱(祖母辈的),一种烟火的人生。从这个角度说,禅也不神秘。当然,禅也不因此而浅显。禅,实际上是存在于我们日常生活中的一种状态。禅是具备某种性格因素的人的一种生活及生命趋势。禅不是去做就能得到和进入的。

(《参禅日记》,金满慈著,南怀瑾批,北京:中国世界语出版社,1994年)

(英国)哈·麦金德:《历史的地理枢纽》(历史地理)

对这篇1904年宣读的论文,我们虽然会有一些别的看法,但它所站立的高度,我们现在在阅读时仍然能够感觉到。

差不多已经有一个世纪横亘在我们与这篇论文产生的年代之间了。生活在亚洲东部的中国人会怎样看待这篇论文所讨论的那种内容呢?非常明显,我们依然会时时感受到来自所谓"枢纽地带"的压力。但是我们也占有这种"枢纽地带"的一部分,比如新疆(我的理解未必是对的,而且很可能还是错的)。这是我们有某种生存保障感的一种原因。当然,当今的地理格局,已经为更多的其他的人为因素所冲淡,地理因素只是起着一种基础的作用。

(《历史的地理枢纽》,哈·麦金德著,林尔蔚、陈江译,北京:商务印书馆,1985年10月第1版)

(英国)笛福:《鲁滨孙漂流记》(长篇小说)

这纯粹是以一个西方人的角度和心态写成的小说。但小说的基调符合最一般的人性特点,会对人起一种激发的作用。为什么过去了几百年我们还会认真、兴致勃勃地去读它,去感受它的一种真实的情感力量？我觉得那是因为它既有"不虚构"的细节内容又具备压缩了的快节奏,这两点对现在的人来说都并没有失去意义。它的内容和设计我觉得也是永恒的:我们会永远面对某种未知和探求,我们也会永远都有漂流的愿望和感觉,虽然形式会多种多样。

（《鲁滨孙漂流记》,笛福著,徐霞村译,北京:人民文学出版社,1959年9月第1版,1995年8月北京第5次印刷）

（美国）E. L. 多特罗克:《拉格泰姆时代》（长篇小说）

我是越来越用一种新奇的目光来看这本书的。对这种链索式的写法我们已不再惊讶,但它的句与句之间的机制对我们仍然有着不大不小的冲击。作者的感觉也让我们惊奇:"在古堡的第一夜他就扒下了她的睡袍,将她扔到床上,用一根打狗鞭抽她的屁股和大腿。她的尖叫声响遍了整个走廊和石楼梯井。德国仆人在他们自己房里听着,被激起阵阵情欲。"多么准确而到位的叙述——这是一种与我们完全不同的民族心理处境,也是我们现在正在增加和流露出来的东西,虽然我不完全知道它是好或坏。被虐待的狂热和刺激也是文化组合的一部分吗？这该是没有疑问的吧。

它是那种带有某种煽动性的作品吗？

我现在越来越对翻译的东西充满戒心了。无论如何,《拉格泰姆时代》的前半部分是十分吸引人的,而后半部分则十分乏味,甚至时时叫人有放弃的想法。没有疑问,作者在前半部分已经把激动人心和才气用尽了。但我又总觉得它的表现与那支译笔有关。看到作品的最后一页,我已经知道我很难再一次全面地阅读它了。与纳波科夫、艾巴·辛格、索尔·贝娄不一样,从我们现在读到的中文译本来看,它们才是"文化"和"智慧"的。

(《拉格泰姆时代》,E.L.多特罗克著,常涛、刘奚译,南京:译林出版社,1996年9月第1版)

(美国)玛丽·斯维克:《厄尔巴岛》(短篇小说)

我不明白我为什么会陷入玛丽·斯维克的这个短篇故事里。"厄尔巴岛",首先这种地理概念极强的名称就强烈地吸引了我。我们可以闭上眼睛享受某种遥远孤处的地域——地理本身就具备了一种深邃的思想。

确实,我们都在经历着一些感情上的等待、犹豫和组合。我感觉我现在在现实生活中陷得越来越深——我惊讶而真实地感觉到了我自己的现状和生活的过程。

附上我对《厄尔巴岛》故事的笨拙叙述:

我和母亲两人住在厄尔巴岛上的一幢房子里,已经几十年了。我16岁时因为私情而怀了孕,父亲非常愤怒,因此我们离开了他。几十年来,我们的生活充满了波折,但也有它独到的意义。在我40岁的时候,一封署名琳达·罗斯的来信彻底打乱了我和母亲表面上很平静的生活和内心世界。琳达,她是我的女儿——24年前我抛弃的女婴——她告诉我我已经做了祖母了。我40岁就做了祖母了,我不能接受这样的事实,也不想接受琳达·罗斯和她的女儿。在此后的日子里,我和母亲一直生活在一种备受精神折磨和紧张的气氛中。年迈多病的母亲和我的想法完全相反,她需要亲人的团聚和抚慰,她哭了起来。"我对自己的身体没有信心。"她说,"时间不会太长了。"她闭上眼,像是在品尝死的滋味,这让我害怕极了。

但是,有一天晚上,外面响起了敲门声,是几十年不见的父亲来了。他小心翼翼地希望我们能允许他进来坐一会,并说是一位叫琳达·罗斯的人委托他来的。我们没有大喊大叫,哭哭啼啼,也没有互诉衷肠,我们喝着冰茶,像三个已失去联系的老朋友一样交谈着。"我累了,"父亲说,"你们两位女士知道附近有什么不错的旅馆吗?""你可以住在备用房间里。"我说。

那天晚上,父母都睡了以后,我坐下来给琳达·罗斯写信,我告诉她,她和她的女儿的来访,对母亲和我都非常重要。我在那一夜第一次感觉到了什么,某种东西在我的心中深深地涌动着。

(澳大利亚)简·坎皮恩:《钢琴课》(电影文学剧本)

我想起来我看的《钢琴课》是盗版的,那是在一家单位的大礼堂改装成的录像厅里,效果也许并不好,但它仍然给人以震撼。大厅里人非常少,我可以把腿和脚都放到前面的椅背上去。我为我能无意中看到这样的好影片而激动。

剧本向我们展示了另外一种力量:它是简洁而生动的,我们看不到多余的文字。当然,这也许正是电影文学剧本(甚至是电影本身)无法代替小说的存在的最重要的原因之一:它没有更丰富的文字补充我们的感官。但《钢琴课》可能是个例外。

这种简洁有力的故事其实应该存在于我们周围和身边

的每一个角落的,但我们却往往疏于发现,或者无法表述。这就是我们时常被启发的原因。我们真需要上一堂《钢琴课》。我们可以借此而强化我们的感觉。

我回想起我在黑暗的镭射厅里看电影的那种场景和感受。那是一个并不富丽堂皇的地方,但那是一个充满了向前进的活力的地方。时代是在前进着的,我能活生生地感觉到。

附上我对故事的笨拙叙述:

艾达带着女儿和她心爱的钢琴远嫁大洋彼岸的斯图尔特。她因为一次意外事故而失去了丈夫,也失去了自己的语言能力。在异地他乡,艾达和斯图尔特生活在一种沉闷的气氛里,而没有文化但却朴实有力的单身汉贝恩斯却被艾达所吸引,提出用土地换钢琴并且艾达为他上钢琴课的要求。艾达的丈夫斯图尔特大喜过望地同意了贝恩斯的这一提议,艾达为了丈夫,也为了能同自己心爱的钢琴接触,她默许了。

在教授钢琴课的过程中,艾达和贝恩思由不知到较为相知,由排斥到逐渐靠拢,最后迸出了爱欲的火花。斯图尔特获知了内情,狂怒地用利斧砍去了艾达的一节手指,并把她关在用木板钉死的黑房间里,但这一切都未能改变艾达的决定。斯图尔特绝望地来到贝恩思的木屋,对他说:"我爱她,但有什么用呢?她对我不感兴趣。我希望她走。我希望你走。我希望我能清醒,并明白这是一场梦。我想找回我自己,找回以前的那个我。"

艾达带着女儿弗洛拉,和贝恩思一起离开了。在独木舟上,艾达打着手势,坚决要把钢琴推入大海去。在钢琴被推入大海中时,艾达被捆扎钢琴的绳索带入了大海深处。她极力挣扎,浮到了水面,并且开口说话,道出了自己的心声:"有时候我看到我自己飘浮在钢琴上,下面,万籁俱寂,这给我以安慰,使我入睡,这是一首奇怪的摇篮曲。不过,正因为如此,这是我的摇篮曲。"

(《钢琴课》,电影文学剧本,简·坎皮恩编剧,《当代电影》,1996年第3期)

(英国)尼尔·乔丹:《哭泣游戏》(电影及电影文学剧本)

我们可以从电影中看到情节和故事的强大力量。故事会转化成一种思考,转化成一种思想,这也是小说需要汲取的。

当我们看到这一段时,我们为它的强烈的抒情性和迷幻状态所打动,甚至不能自已:

"黛儿站在自动电唱机旁,轻轻摆动身体。她看上去略带醉态,随歌曲做着动作。她咬字很准,而演唱者的声音非常女性化,以致分不出究竟谁在唱。她做着各种奇怪的动作,仿佛用双手描绘着月亮的光线。在场的人似乎都理解这种表演,他们欢呼着,不知是出于赞扬还是嘲弄。歌曲过门时,她将一只拳头放进另一只手中,然后把手指张开。两只蝴蝶从她的手指缝中飞出来,在屋子里盘旋。"

这是一种真正的都市生活的感觉。

附上我对故事的笨拙叙述:

这是一个关于政治和性的电影文学剧本。军官乔迪与爱尔兰共和军派来引诱他的琼在麦田里寻欢作乐时,被爱尔兰共和军绑架,此后几天,乔迪与看管他的弗格斯进行了数次交谈,并且委托弗格斯在自己死后去看望自己心爱的姑娘黛儿,弗格斯答应了。

处决乔迪的时候到了,弗格斯带着乔迪向树林走去,乔迪突然狂奔起来,弗格斯在背后追赶,乔迪跑上公路,但正巧被前来营救他的装甲车撞死。政府军同爱尔兰共和军展开了激战,弗格斯隐姓埋名来到了伦敦,并且在一家发廊找到了身材苗条、面容姣好的黑人姑娘黛儿。弗格斯开始给黛儿送花,黛儿"爱"上了弗格斯,在黛儿的房间里,黛儿四肢张开伏在弗格斯身上,她的双腿分开,看上去很淫猥。

但是很快,弗格斯发现黛儿是个男的,原来黛儿是个同性恋者,乔迪在死前并没有告诉他这一点。弗格斯一脚踢开"她",冲进浴室,大口大口地呕吐起来。当天晚上,琼来找他,让他去刺杀一个法官,否则就对那个黑皮肤的姑娘黛儿下手。弗格斯陷入了极大的矛盾心理之中,他既希望摆脱黛儿,但又不愿意看到黛儿的不幸,他答应了琼的要求。

一天晚上,黛儿找到弗格斯,并且晕倒在他的胳膊弯里,弗格斯送他到房间里,黛儿身体虚弱,弗格斯放心不下,就在他的房间里睡着了。黛儿醒来后,从弗格斯的口袋里拿到了手枪,并且把弗格斯绑在了床上,正在这时,琼闯了进来,黛儿大叫着:"是你用奶头和屁股勾引了乔迪的吗?"他连开数枪,琼倒在血泊中。

弗格斯进了监狱,一位衣着讲究、超凡脱俗的姑娘来看他,这位姑娘就是黛儿。他咿咿呀呀地说个不停,他塞给弗格斯一本书,是弗洛伊德的《梦的解析》。

(《哭泣游戏》,电影及电影文学剧本,尼尔·乔丹编导,《当代电影》,1996年第6期)

(加拿大)迈克尔·翁达杰:《英国病人》(长篇小说及电影)

我们与西方人的观念的巨大区别还表现在这样一种地方:西方人崇尚的刺激、躁动(性与暴力)、不安分,在我们总是少而又少的。我们总是趋向于淡泊和宁静。自然,淡泊和宁静是从生活中提炼出来的一种极高的精神的品质,但我们在生命的过程中,在生活中,也需要表现出适合我们生理和心理的某种张狂的追求,需要追求我们生命中最原始的生命动力。我们与西方的观念正在互相接近和调和起来。这也需要资金作为有力的支撑。

现在的小说应该向粗粝的方向发展:没有多余的东西,看起来很健康;有冲动和不理智,有千奇百怪的各种想法……但却绝不能粗糙,绝不能丧失其品味。

(《英国病人》,迈克尔·翁达杰著,章欣、庆信译,北京:作家出版社,1997年5月第1版)

丰子恺:《丰子恺随笔集》

实在地静下心来,一个人就真能把所有的散文和随笔写好。在太平洋西海岸的这块土地上,我们相信,它确实存在着与东岸和其他地域所完全不同的出产以及文化精神。到底是什么因素使我们能有这种与他人完全不同的思维和观念的共识呢?这真是一个难以言说却又吸引着一代又一代人的神秘命题。我们读所有这些中国文人的文字,都有一种家门口隔壁邻居谈天说地的现场感觉。它们总是那么清淡、无所求、清醒、娴雅和恋家。在别的地方,我们不能说没有这些东西,但它们绝不会这么纯粹。

所有的,我觉得过往中国文人的随笔,都是秋渐深的时候操笔的,这符合散文、随笔这些文体的诞生以及命运,它们就是这样"应运而生"的,这也符合生命时钟的独特节奏:秋季的那种高远、散漫(慢板)、际会和缘分感,会令我们产生物有所值的信心。我们在秋天里读这些文字,会提升我们生命的品质。当然这是季节赋予我们的。

没有完美的观念和形态,没有完美的民族,更没有永久的楷模。

(《丰子恺随笔集》,丰子恺著,丰一吟编,杭州:浙江文艺出版社,1983年5月第1版,1996年12月第6次印刷)

(英国)弗吉尼亚·伍尔夫:《一间自己的屋子》(长篇随笔)

中午,我躺在床上,手里一直拿着这本书。

虽然我当时没有翻开来接着上次读断的地方继续读它,但我一直拿着它,陷入一种恍惚的境界中。我想起近20年前我读伍尔夫《墙上的斑点》的情形,她的语势那么让我认同,以致有一段时间我几乎完全跌入一种长长的、连贯的但又是大幅跳跃的语句中去。那种欧化的大嘴薄唇的性感的句式也许不完全适合于我们这些被汉语和汉文化哺养起来的读者,但毫无疑问,它能激发我们潜在的那一部分思路和语感,它的流畅的、有些放肆的叙述方式,具有它自己的独特魅力,年轻些的人都容易被吸引并且俯身于其暖怀之中。伍尔夫当然也是独特的。

她的文字也正像是她的"那一间"屋子。我们一般都较容易认出来。

"在春天薄暮的暗光里……园地就在我眼前展开,荒芜而开阔……房子的窗子像船上的窗子一样变成弧形,衬着漫漫的海波似的红砖。"我还能记起伍尔夫的那些特别的句子。那些句子有一种田园风光的境地,也像是一种在口里不住咀嚼而又仍然能够伸拉的零嘴食物,它是那样有味,无法舍弃,也无法忘记。

(《一间自己的屋子》,弗吉尼亚·伍尔夫著,北京:生活·读书·新知三联书店,1989年2月第1版)

蒋松源:《历代小品山水》(随笔集)

这是一部历代中国文人写山写水的随笔集。一般来说,这种选材最能体现中国文人冲淡而又向往某种理想境界的性格。山水的品格是多种多样而又利于人的幻想和思考的。在较少人类往来的时代更是如此。这恰好为中国文人提供了一种合适的精神逃避的现实和理由。从这种情况看,中国文人的生活品格是脆弱的,当然这并不是一种是非的判断或评价,相反,这种不现实的、脆弱的、逃避的文化性格,倒成全和产生了光辉灿烂的历代文人山水小品以及少数规模庞大的叙事作品。对于山水的依恋和钟情,也成为中国文人及知识分子文化个性的一个重要组成部分,成为中华民族文化素质的一部分。

(俄罗斯)阿·阿里耶夫等:《高加索俘虏》(电影文学剧本)

这部电影讲述的是车臣冲突的故事。我们能很明显地看出来经济并不十分景气的俄罗斯(以及车臣)与我们仍然有着巨大的观念上的不同,这也包括一些性的枝节。人与人之间的关系永远都可能是残酷、不信任和失控的,这使我们从对剧本文字的发掘中感到震惊,也使我们认识到人为的民族间的鸿沟的深险。但是,我们也能非常明显地看到,剧本的观念是生涩的,结构也显得琐屑。对了,剧本的观念是生涩的。这使我想到物质生活对艺术创造的极端的也是基础性的重要性。在一种人未能过上数十年甚至数百年相对丰衣足食和(因物质的充裕而带来的)悠然独立的精神生活的时候,要他创造一种饱满、自然和高级的文化,那的确是十分困难的事情。

也许翻译过来的东西(包括《高加索俘虏》)都是要变形的——我总是这么想。

(美国)艾巴·辛格:《市场街的斯宾诺莎》(中篇小说)

像纳波科夫一样,艾巴·辛格是当代美国最有"文化"的人之一。我的意思是他们极深刻地发掘和发挥了人类文化的某种精髓。《市场街的斯宾诺莎》代表了一个民族的思考和感觉。它的诙谐和幽默背后的心颤,使人受到极大的震撼。这不是文字的游戏,绝不是文字的游戏。我能感觉到一个民族在都市生活中心灵流浪的孤单的脚步声,我们,至少是我,没有这种切身的感受和某种相似的背景。让我们欢笑和拥抱吧!但欢笑是有前提和限定的,因为拥抱和欢笑是一种依赖,它大于肉体的感觉。这种小说真正是一种文学的瑰宝。

(《辛格短篇小说选》,艾巴·辛格著,北京:外国文学出版社,1980年9月第1版)

（美国）梭罗：《湖滨散记》（又译《瓦尔登湖》）（长篇散文）

我觉得上一世纪的梭罗的这部作品只能归于散文而不能归于小说。现在读来，它的那种啰唆、絮叨和说教简直叫人无法忍受。这也许就是当代性和逝去的岁月之间的区别：几十年前生活着的人们津津乐道的东西，现在的人已经几乎完全不能接受了。但它还是能在某些方面吸引我。它吸引我的是它的作者的行为方式：一个人到湖边、林里，建房子、种地、养活自己、远离城市，这是我们每一个人都梦想过的事情，也是我们当中绝大部分人都不会去亲历的事情。在城市里，我们的文明的脚步会前进得更快一些——而且这是唯一的途径。

关于"湖"的那一章真不错。湖带给我们无尽的东西，柔韧而且富有想象。湖是一种对我们的身体进行抚慰的象征。湖的力量也显而易见是巨大的。

还有一些准确得让人激动的句子："我瞥见一只山拨鼠偷偷地横过我的小径，就感到一阵狂喜，并强烈地想把它抓住，把它生吞下肚；这倒不是因为我饿，而是因为它所代表的是野性。"是的，野性，非常准确的字眼。我们确实有许多野性勃发的时刻，那种深切的力量，在某种特定的情境和场合。那真是一种剧烈的快感。

（德国）卡尔·冯·弗里施：《动物的建筑艺术》（自然科学）

在钢琴的乐曲声中读德国人的这本书，心里真是充满了一种丰盈的感动。虽然我们已经从动物界脱颖而出，但我们的周身仍不免萦绕着动物的各种行为的气味。我读到了这样一段话："当我们站在大教堂、庙宇、金字塔和其他几百年前(如果不是几千年前的话)修建的建筑物面前时,我们心里充满了敬畏的赞美之情。而在它们之前的几百万年,就已经有了'建筑大师',这些'大师'作品的出现,是由于生命本身无意识的而又从不松懈的活动的结果……它们利用外部的材料或者其体内产生的物质……真正地建造它们变幻迷离的结构。其中有些作为捕食器,而大部分是用来保护动物本身或其幼儿。"我的心里更加充满了一种复杂的感情。是的,我们被某种力量推送到这个让我们既爱又烦的世界上,我们可以亲历那么多我们从未体验的事物,同时,在我们的周围,纷繁的生物世界也在陪伴着我们,它们之中隐藏着无数感人的秘密——这也是我们生活的动力之一。

(法国)亨利－皮埃尔·罗什:《儒尔和吉姆》(长篇小说)

从中国人的角度看,这真是一种不寻常的关系:两个男人之间的一种有特点的却又是令人费解、使人生疑的友谊。这种友谊主要表现在对女友和情人的推荐与谦让上。法国人的男女观念,我觉得一直是健康和掺有乡下人的纯朴成分的,这本书也向我们透露了这种信息。但这本书中的男人的心理依我们来看又在某种程度上(很大的程度上)是"变态"的。细细思量,他们的行为和方式真是非同寻常的,虽然作者的写作那么平淡和憨厚。对了,你想要写出某种东西,真的应该用与内容完全不同的另一种形式去写它,它们之间会产生新的、全新的和谐。能在70岁以后写出这种书来,我觉得真是一种莫大的享受。

我还是觉得法国人的男女观念是健康和有生命活力的,包括"变态"的儒尔和吉姆。那种生活对另外的人是一种吸引。

(《儒尔和吉姆》,亨利-皮埃尔·罗什著,王殿忠译,南京:译林出版社,1996年9月第1版)

(伊朗)志费尼:《世界征服者史》(历史)

这是一本写13至14世纪蒙古族的兴起与强盛时期的历史书籍。我是1984年通过邮购从内蒙古人民出版社获得这本书的。厚厚的两大本,40万字,定价人民币3.75元。出版社发行科邮回来的单据上写着:你的汇款3.85元已收到……挂号费0.12元……书邮去。现在看起来,我惊异的倒不完全是1984年的那种购书服务和低廉的物价,我是为我以十分有限的资金获得了一个门类的财富而自喜。书的力量总是强大的,特别是当我们处于某种特殊的物质环境和心理环境中的时候。我曾经为这本书中的代表了一种神秘的命运感的不可言说的事件的叙说而暗自激动不已。确实,历史的和命运的选择比人(特别是单个的人)的能力更加宽泛和有规定力。看到那些似乎遥远的与地理有牵涉的地名、河流和对地物的描摹,我就产生一种强烈的想法。这些想法也许是不现实的(确实,我们太缺乏幻觉和想象了),但毫无疑问它们能创造新的现实。我缅怀那些我并未亲历的岁月和历史,并期望用另一种形式来重现它。

(《世界征服者史》,志费尼著,呼和浩特:内蒙古人民出版社,1980年5月第1版)

（美国）艾温·威·蒂尔:《春满北国》《夏游记趣》《秋野拾零》《冬日漫游》(长篇游记散文)

女儿对这四本书的兴趣远低于小说类书籍。这是三联书店以"美国文化丛书"为总题出版的一套美国山川风物读物中的一种(是否还有其他选题尚不得而知)。美国严肃文化的宽泛由此可见一斑。这四本书在一个特别的领域内当然是独树一帜、丰厚,并且富有地缘的文化意味的。知识的贯彻在美国人的精神生活中,我觉得是占有重要位置的,这种表现在山川风物中的知识精神,鲜活、灵便而且富有视野感。它们也是面向我们所处的自然环境和未来环境的,具有强烈的现实性、实用性和针对性,具有浓厚的自然科学的意蕴。这也许正是美国人与我们的区别和不同。

这是一套可以放在枕边慢慢品味的书。不能一蹴而就。

(《春满北国》等,艾温·威·蒂尔著,北京:生活·读书·新知三联书店,1988年10月第1版)

（英国）托马斯·哈代:《德伯家的苔丝》(长篇小说)

哈代的中短篇小说散发着一股陈腐的气味,经常是不可卒读的。但他的乡土气息的长篇小说真是创造了文学作品的一种高峰。有一段时间我对哈代的长篇达到了痴迷的程度(现在也并未走向相反),我搜集了他的(在中国已被译介的)几乎所有的长篇:《德伯家的苔丝》《还乡》《无名的裘德》《远离尘嚣》等。在"乡土文学"这个领域里,哈代的长篇小说,特别是《德伯家的苔丝》和《还乡》,我觉得是达到了前所未有的(也是有史以来的)某种高峰。那种(英国)乡间梦幻似的纯憨纯朴,通过张谷若的缘分般的译笔,达到了一种命运般的境地。哈代的乡土是极其独特的,有着罕见的虚构力量。它的这一高峰,也是很难企及和被征服的。

我又重读了一遍《德伯家的苔丝》。下个星期我会读《还乡》。

(《德伯家的苔丝》,哈代著,张谷若译,北京:人民文学出版社,1957年10月第1版)

(意大利)达里奥·福、弗兰卡·拉梅:《只有一个女人》(剧本)

达里奥·福1997年获得了诺贝尔文学奖,但他的剧本,至少是《只有一个女人》,我觉得恐怕在中国不会赢得更多的读者(和观众),这也许不仅仅是因为《只有一个女人》未能突破中国读者的阅读视野,也是因为话剧这种文艺的形式并不十分适合中国的读者(和观众)。

但剧本的因素我觉得仍是适合于小说的,特别是它的十分人为的手段:集中、概括、"典型化"和更加摆脱生活。小说需要汲取话剧的虽然有些不对口味的营养,来使自己变得更加杂食因而也就更加有生命力、现场感和新颖独到。话剧在某种情况下应该是十分激动人心和淋漓尽致的,就像《只有一个女人》一样:虽然我们无法从中获得形式和观念的快意,但我们能够看见有声有色的人物,能够品尝到突出的戏剧性——真实,而且可靠。

(英国)乔纳森·斯威夫特:《格列弗游记》(长篇小说)

这真是一道痛快淋漓的精神快餐。它使我们放松、奔驰和轻松。读这本书,人变成了儿童,沿着快感的路一直走下去就行了,不用费太多的心思去理解、消化和猜度。

但这并不是说轻松的东西就失去了价值或者成不了"名著"。《格列弗游记》唤起了我很久就有的想象和幻想。在人的天性中,想象和探求的欲望永远是没有穷尽的,我们及我们身边的事物也依赖想象和幻想的推动而不断前进,直到进入一个我们无法想象和幻想的境界。那将是一个什么样的境界呢?也许,失去了想象和幻想,(当我们未及适应时)我们真的就索然无味了。

政治的观念和习惯给了斯威夫特多么大的创作的动机!我想像乔纳森·斯威夫特的许多(长期的和文学的)想象和幻想怎样被他的政治理念的线条串联起来,形成了奇特而令人快活的《格列弗游记》。但是文学真又是独特的和挑剔的:斯威夫特的政治理念在作品中形成了障目的文学糟粕,令人生厌。斯威夫特太对立了——观念的和文学的——在这部作品中;它的优和劣都是那么明显、明确,我在另外的一部小说作品中还未曾看到过。

我们能经常有畅通无阻的想象和幻想多么好!在《鲁滨孙漂流记》和《格列弗游记中》,我们能看到岛屿式的英国人的想象和幻想,那都是有着鲜明的民族特征的。那么我的想象和幻想将有什么特征呢?我的想象和幻想是干旱的,是水淋淋的,还是荆棘遍地的?

我们的想象和幻想又会是什么样子的?

(《格列弗游记》,乔纳森·斯威夫特著,杨昊成译,南京:译林出版社,1995年10月第1版)

(荷兰)博戈米拉·韦尔什-奥夫沙罗夫编:《凡·高论》(论文集)

这是我最喜欢的书之一,它中间有那么多"思想""观念"和"形式",使人永远都能汲取到创作的营养和永不褪色的形象。

凡·高以他的生活和生命为代价,为我们点亮了一盏永不熄灭的灯,使我们可以随时找到某种我们需要的方向。我朦朦胧胧地觉得我能理解凡·高的某种生活状态:一种自虐的激情和渴望,一种自绝于他人、社会和身边的历史的迫切愿望。凡·高并没有损失自己的生活,他的生活鲜明而有个性,与别的绝大部分人的生活都不相同,就这一点来说,他也是了不起的,独一无二的。我看见他在晕黄颠倒的田园里疯狂地种植着自己的植物:鸢尾花、向日葵和别的什么东西。他的耕作方式和收获方式都是那么奇特,那么"不堪入目",那么容易使观看的人战栗。他真是"不正常"的。当然,他也是"不寻常"的。

(《凡·高论》,博戈米拉·韦尔什-奥夫沙罗夫编,刘明毅译,上海:上海人民美术出版社,1987年5月第1版)

(美国)艾巴·辛格:《康尼岛的一天》(短篇小说)

这是艾巴·辛格最能启发人的短篇小说之一。辛格的风格是那样的干净、憨厚,它甚至显得有点傻气,有点笨拙。谁会喜欢不灵性的东西呢?但是《康尼岛的一天》一如既往地能吸引人反复地读它,揣摩它内中看似平静的秘密。还是民族和文化的要素在起作用吗?要不就是辛格的性格决定了这些:它似乎有一种类似不朽的力量。

家园的背景真是刻骨铭心的(我这里指的仍是艾巴·辛

格身心的"流浪"),在每一行文字里,它都会流露出来:哀婉、凄美、深远。时代造就人的力量真是无与伦比的!

(《辛格短篇小说集》,北京:外国文学出版社,1980年9月第1版)

(美国)《龙卷风》(电影)

我们目瞪口呆的是技术,而不是故事和人物。

这是一种新的先例;如果我们觉得"不过如此"的话,那么我们就错了,因为我们总是带着挑剔的心理去看待一种新物品的,等我们从我们的心理状态中挣脱出来时,新物品已经过时、陈旧,其实是事物已经发展,而我们已经滞后,这是我们最容易犯的一般的"错误"。

去看事物的正面,哪怕它只是个锥尖?

当然,美国人是最商业性的了,但他们因此而创造了一种全新的美国式的文明和习俗。

(印度)奥修:《生命、爱与欢笑》(哲理、箴言集)

必定有人喜欢这样的书,甚至是非常喜欢。这是一种哲学通俗化的方式。对于成长中的男女来说,这种方式似乎更为必要。

我想起了上大学时读泰戈尔的情景。印度的思考者总是用这种方式来表达他们对生命、爱、欢乐的理解吗?你能想象在那块较热的土地上人们怎样生活,并且从那种生活中生长出一些哲理的语言和句子。但它仍是给人一种落后于时代的迷惘感觉,因为仅仅用爱,用欢乐,用类似的愿望,已经完全无法倒回那种我们不愿倒回的以精神为主、物质为辅的历史生活中去了。所以,生命、爱与欢乐,对我们而言是表面和不够的。但是我们偶尔阅读它,也能使我们经常覆盖着泡沫的生活产生一些有益的晃动。

(《生命、爱与欢笑》,奥修著,陶稀译,上海:生活·读书·新知三联书店,1995年9月第1版)

刘维德、孙仲康等:《少年昆虫学家》(科普读物)

相信现在已经很少有人还拥有这本书了,因为作为一本少年的科普读物,在少年读者短暂地拥有并喜爱它之后,它一般是避免不了被冷落和"处理"的命运的。我女儿对它的态度就是再典型不过的了:虽然我数次向女儿推荐这本书,但她的态度一直十分暧昧——她并未干脆拒绝,但她的勉强也是十分明显的。

一本书的命运也许真是难以预料的。但无论怎么说,这本书已经成为我的必备书目了。像少数一些书那样,只要一看见或翻开它,我就立刻回到几十年前的那种虚幻的梦一般的感觉中去了,草地、树丛、泥地和芦苇丛都像虚拟的背景一样出现在我的眼前。一本书确实能影响一个人的一生的一个方面,有时甚至是一个主要的方面,能影响一个人品格的形成。也许能这么说吧:我们现在处理事务的每一种方式,都来源于童年、少年和青年刚开始时我们"偶尔"得到的那些观念。我们在过去的时光中已经"定型"了。

少年昆虫学家的梦想仍然在我的脑海中延伸。

(《少年昆虫学家》,刘维德、孙仲康等编著,上海:少年儿童出版社,1963年5月第1版)

(荷兰)凡·高:《麦田上的鸦群》《橄榄树:有太阳的黄天空》(绘画)

凡·高的绘画充满了纯粹生理性的、自然的战栗。人类将从这些绘画中读出些什么?人类的命运,抑或一切未知?凡·高以及他的画本身就是未知的。

《麦田上的鸦群》:麦田在欧洲和在淮北我想有着共同的精神特点,那就是旺盛、昂扬和充盈了生命的饱满。小麦流露出来的关于土地的、季节的、气候的和生物的信息真是太丰富了。有一年的春夏我为了描述小麦的生长和成熟,在淮北农村跑了近两个月,骑自行车或步行。小麦和广袤的麦田的语言是无与伦比的,深邃和睿智的,它们代表了一种最古老的东西,随着生命和时光的延续,它们的深奥的含义将不断地、更进一步地显露出来,永无完结的时刻。

鸦群飞过似乎成熟了的麦田的上空,像一种不寻常的气候现象的来临——这是在传达一种什么样的讯号?鸦群就是乌鸦组合成的某种群体吗?这种生物通常是组合成群体来展示自己的吗?那种颤抖着的动感是那样强烈!

《橄榄树:有太阳的黄天空》:这又是一种关于气候的生物的诠释。气候总是影响到我们的所有举动,并且形成我们的性格。我不敢说气候将形成我们每一个人的具体的性格和品格,但它造就了不同的人群,这就是远在50亿年前发生在我们身边的传奇。有太阳的黄天空,我们都经历过并且留下了一定的印象。那是一种天气的现象,说明有一种不太明朗的天气的到来。那种天气能影响和改变我们的心情,会让我们说出这句话而不说出那句话,会让我们做出这件事而不是做出另外一件事,会让我们做出这样的决定而不做出另一种或者相反的决定。这就是有着橄榄树的、出着太阳的黄色天空的日子带给我们的一种选择或者结果。

这种天气也会让我们产生我们意想不到的脾气、机缘和性情。

(法国)莫奈:《日出印象》(绘画)

画家总是令人激动的——我现在指的是法国画家莫奈的《日出印象》(《印象·日出》)。我相信有无数当时的和以后的人都曾为或将为莫奈的这幅画和这幅画的标题而激动。对我们许多人来说,印象是神秘的,而且也是我们所知甚少的。莫奈说:"我想在最容易消逝的效果之前表达我的印象。"真好,这也许就是艺术的真谛,对操持语言艺术的人来说,这句话也应该是有启发的意义的。但是,什么是印象呢?天、地、人类的建筑和工具、太阳(日出时的)、水面等都笼罩在一片迷蒙和混沌之中,毫无疑问,这是十分"印象"的,因为它们几乎连具体的几何图形都虚化了。在这样的"印象"面前,我们潜意识中的激动人心的幻象出现了,这也就是印象之美的魅力。但我现在感觉到的印象倒并非如此具体和实在。我倒是觉得印象的实质在于它首先是真实的,是非理性的和直觉的,是人类的语言所无法准确形容的,印象的力量我觉得有许多时候甚至是凌驾于某种"真实"和"具体"的不容置疑的力量之上的。

现在还是让我们再来看一眼莫奈的《日出印象》吧。橘红色的太阳出现了,这应该是一个港口,绿色的船漂浮在水面上。还有另一些船,岸上有一些东西(我想象:一个看不清面孔的丰腴少妇在窗前伸展这一天的第一个懒腰;昨晚的性生活此刻得以延续——另外一位少妇的故事)。印象所言明的事与物,还有什么不清楚的地方呢?真的没有了。

(德国)利普斯:《事物的起源》(文化人类学)

这真是一本饶有兴味的书。也许正是简洁的较为通俗的形式,使人类学走到了我们的面前。

德国人的严谨与深奥在这本书里也能反映出来,但它的题材决定了它是我们理应关注的对象:我们的(也许是所有的人的)祖先都在干什么,他们是怎样进化成我们的?具体一点说,他们挡风遮雨的东西是怎样发明的?他们使用什么样的枕头?他们对颜色的观念是怎样的?他们种什么种类的植物?他们用什么样的运输工具装运人或物?他们演什么样的戏剧以便娱乐或表述观点?他们的钱币是以什么来充当的?

从这样的书中,我们不仅可以看到"他们",我们更可以看到我们自己。我们会非常惊讶地发现,"他们"离我们并不很远,甚至就在我们身边。我有一种强烈的感觉,就是如果仅仅使用他们的方法和技术,我们也能存活下去,我们也能达到我们最基本的目的:延续自己,使物种得以存传。想到这一点,我就有了一些更加踏实甚至是轻松的感觉。也许,所有的东西(除我们自身以外),都是我们自己附加的。因此,在大多数时间和场合,我们都被这些附加的东西所吸引,从而忽略了本质。

(《事物的起源》,利普斯著,汪宁生译,成都:四川民族出版社,1982年7月第1版)

（英国）哈代:《还乡》(长篇小说)

我再也不想回到现代的社会中来了！这也许只是一种心境和环境中的愤怒的私语,是一种宽慰自己烦恼的情绪的一种方式。我们可以设想脱离我们身边的环境,但我们又并未找到有垣篱界线的理想的境界:在广大无边的、地上铺着最苍郁的灌莽,夜色已经很浓,凉意已经浸上来了,大地和长空只有轮廓,一辆老式的车子在远处叽叽地滚动,一个斫长青棘的农夫还在继续工作……我们也并未决定就此走向我们前述的那种哈代式的高原和草场。因为细想起来,那也是很让人惆怅的:多么遥远和孤独的世界。至少,我们已经习以为常的各种物质的和科技的开心果将会荡然无存。

不管怎样,《还乡》为我们提供了一幅经常能够激起我们的向往之情的理想的画卷。它是遥远的,又是近在咫尺的。哈代笔下的荒原和草场一点都不充满野性和暴力(虽然并不是没有骗局)一点都不充满野蛮、无知和肮脏,相反,它看上去似乎是安全的,似乎是慈善和绅士的,如果没有某种偏见和心灵的倾斜那就更好。

真的,哈代也许真的太理想了。

(《还乡》,哈代著,张谷若译,北京:人民文学出版社,1958年5月第1版)

（西班牙）毕加索:《酣睡的女人》(绘画)

不要告诉我这样的作品已经过时,它的表现力是永远能够震撼人心的。那时候我正在大学求学,我读到这样的作品时感觉到整个图书馆、整个校园、整个世界都在震动。我也算是来自农村的——我有几乎整整3年的时间都在农村插队和劳动,并且从那里考上了大学,那时候20刚刚出头,生命的力量几乎就要决堤而出。毕加索能够抓住各种现象中最本质的东西,他所接受的思想,我觉得又是最没有束缚、最不拘束的那一部分——这的确很重要,这可能会决定一个人要走的道路的最终的前途。生活中的、观念中的、性格中的没有束缚的一种思想的力量,发挥起来也是那样的灿烂和辉煌。"艺术本身不会演变,人们的思想在变化,表现方法也就随之而变化"。对一幅作品而言,我们也可以这么说:作品本身不会变化,观看它的人的思路和趣味不同,它也就是不同的了——毕加索的作品更容易产生这种效果。

让我们久久地凝视画面上那两个酣睡的农民,让我们进入那种热风热土的境界中去。

(西班牙)毕加索:《在海滩上奔跑的两个女人》(绘画)

总的说来,毕加索的作品我觉得都还是好懂的。毕加索没有待在书斋里,他生活得那么认真,那么实在,又那么运气,他几乎得到了他应该得到的所有东西:声誉、各种各样的爱情和感情、丰富的物质财富、好的身体和长长的寿命、艺术的创造性、家庭和后代、良好的公众形象以及活在世上的不平常的经历……像他的所有这一切一样,《在海滩上奔跑的女人》也是那样奔放,那样欢呼生命的值得、生命的有意义和有意味、生命的洒脱和健康。

还有什么比毕加索本人更值得我们学习和效法的吗?还有什么比《在海滩上奔跑的两个女人》更值得我们羡慕和

接近的吗？没有比这再直接和直观的榜样了：健康和奔放。这都是生命的楷模。

（英国）W. B. 费舍尔主编：《伊朗》（《伊朗的土地》）（地理）

我现在还不知道(看过这本书后)我将要写几句什么。我回想起了书中的一些片断的字句：马什哈德周围的坎井，由河流常年冲积而成泥质平原的胡泽斯坦低地，村庄是一个社会单位，最常见的是由一群有亲戚关系的人组成，伊朗高原以干旱和半干旱气候为主，厄尔布尔士山北坡林木茂盛、田地青葱，与山南极端干旱的荒凉景色大不相同，土壤是伊朗最有价值的自然资源……即使不从石油和石油运输的角度说，我觉得伊朗也应该是我们这个星球上重要的国家之一：它有足够大的面积，有足够的深度和复杂的地形、地貌，它有足够数量的人群，有较为一致的信仰，它的外部的出口是较为多样的，它有一些较小型的邻国，它的经济基本上能够自给自足，它也面临着广阔的海洋……

英国的费舍尔主编了这本书。作为政治、经济、军事、文化等的最基础的学科，地理学的观念，我们是太薄弱了。

(《伊朗》，W. B. 费舍尔主编，北京大学地质地理系经济地理专业译，北京：人民出版社，1977年7月第1版)

（英国）达尔文：《物种起源·地理分布》（哲学）

也许这一章是我首先感兴趣的，哲学书并不好读，特别是当我们生活在一个大体上只需要"生活哲学"而基本上不需要"精神哲学"的时代里时，哲学类的书就尤其不好读了。

但是这本书仍然能够启发我们如何去适应环境以及如

何去发展自己。以下的实例现在已经成为常识:某些淡水贝类极微小的卵会极敏捷地附着于偶尔逗留在水塘中的野鸭的脚(蹼)上,当数秒钟后野鸭起飞飞往300公里外的另一个池塘以后,贝的繁衍就在更广阔的范围内展开了。我们的大脑是十分容易"仿生"的,我们总是愿意把从生物那里看到的情节移植到我们的社会生活中来。当然这也是十分必要的。因为适者生存的法则从宏观的角度上来看从未过时过。但是在我们具体的、微观的生活实践中,我们的观念和我们眼界的限制会使我们产生精神的动摇:在生活中过于"适者生存",并不是品格的高尚者——这也许正是我们难于把握之处。

写到这里,我真的感觉到了我们只有"生活哲学"的好处,因为"抽象的哲学"总是越辩越难、越辩越复杂和烦人的,而"生活的哲学"只需我们凭直觉和经验去对付即可,那是每一个人都能做到并且很可能会带来"意外"的惊喜和收获的,生命也会得到极大的愉悦。

让学术的哲学见鬼去吧——那真是一件费脑烦神和无聊的事情!

(《物种起源》,达尔文著,周建人、叶笃庄、方宗熙译,北京:商务印书馆,1995年6月第1版)

天津人民出版社:《胸怀朝阳的人们》(报告文学集)

现在,我又坐到了写字台边。我此刻有着一种昔日重来的感觉。我的手边放着一本1972年天津人民出版社出版的报告文学集《胸怀朝阳的人们》,这是我中午偶尔从书橱里看到的。

我用了很短的时间就把这本20多年前就读过的简单易读的书又匆匆浏览了一遍。如果说到语言的价值,那么这本书是谈不到的。像那个年代的许多作品一样,这本书所收的7篇文章,没有出现一个作者的姓名,他们都被冠以"厂写作组"或"局通讯员学习班"的符号,这很容易地就流露出了一个时代或一个历史时期的某种特定的信息。文章的内容以及句子也都是十分自信、主观、固执、肯定并且经常是反科学、唯心、主题先行和程式化的:

一、会议室里气氛非常紧张、严肃、热烈。老邢仔细地、一字不漏地记着领导同志的指示。

二、怪不得同志们说,经过"文化大革命",老邢显得年青(轻)了,白头发好像比以前少了。

"一字不漏地"记着指示、"白头发好像比以前少了"——真是正式得可爱的说法。当然,我们现在已经很少再这样使用我们的语言,除非是在极个别的、范围十分有限的使用临时性只可意会的隐语的场合。这真是特定的语言势力盛衰的典型事例。

在对一个已经消逝的历史时期的文章做出各种各样的充分否定的前提下,我们也还是能够感觉到:在所有的主要方面都不甚可取的情况下,那类文章是不矫情的。这也许是我们偶尔会出现的逆反心理。

(丹麦)皮特·阿斯木森、拉尔斯·冯·特里恩:《破浪》(电影文学剧本)

看电影文学剧本的一个好处是:你不必读那些过渡性的和渲染的文字了。它绝对是简洁干净的,没有多少不必要的东西。它差不多都是"直奔"故事、"直奔"情节和主题的。

《破浪》也是这样一部电影文学剧本。我不知道欧美的多数电视连续剧(生活类的)剧本是什么样的,就我读过的这些电影文学剧本而言,我觉得欧美的电影剧本所表达的思想倾向一般是复杂的,并不简单化,它们一般倾向于从故事、情节和电影生活的多种图景中提取出一种或几种思想的来源和线索。我觉得《破浪》还不是最典型的欧美电影文学剧本的类型,而且,仅就阅读《破浪》的剧本本身而言,我还无法想象演员能把它演绎到什么样的程度——但它也仍然不是简单化的、思路单一的,它包含有多种欧洲人对历史、现实、道德观念、喧嚷与偏塞、爱情与性的思考,这也都不得不是需要我们思考的问题。

《破浪》的剧本读起来是较为沉闷和压抑的,就这一点来看,读剧本的确比看电影累多了,也乏味多了。在剧本中,稍纵即逝的"简正在尽情做爱,显然没听清贝丝在说什么"或"贝丝睁大眼睛,怀着几分恐惧与炙热的期待体味着初次做爱的欢乐"一类的话,在电影中就可以给我们带来极大的生活感受,也会使我们有全面的机会深切地体味他人的心情和处境。我们什么时候才能有这些直达人物灵魂的心灵底线的电影呢?

(《破浪》,皮特·阿斯木森、拉尔斯·冯·特里恩编剧,《当代电影》,1998年第2期)

(日本)周防正行:《我们跳舞好吗?》(电影及剧本)

琐屑和微观一直是我所认为的日本电影的一个特点。当然,这也可能是我所感觉到的日本人生活的一个特点:在一个有限的空间里,可以想象,所有的细节都被放大了,并被反复咀嚼和评述过。从我的角度看,我觉得日本人的一些行为是特别难以理解,甚至与我们的"常理"是迥异的,且不说桥本首相为叶利钦脱外套、为克林顿端立地话筒,单就《我们跳舞好吗?》一剧中昌子因丈夫晚上很晚才回来而高兴,并说出"确实应该让他畅饮后再回来,否则的话,我总觉得过意不去"这样的过分贤妻良母的让人觉得不舒服的话,我们就能体味到民族之间行为准则的差异。

但这也许正是日本民族的性格和现实(人又总是能够适应和屈从于习惯的)。日本人真是太内向了,至少从这个剧本里我们能够感受到。日本人创造了一种新型的可以给人以诸多启示的经济,这说不准正是这种集体内向的一种产物和结果。但这种内向也是会压抑人性,使人的心理产生变异的。

我现在总是想要说一些与所读的内容无关的语无伦次的一些题外话,是想掩饰自己的无知和枯竭吗?我还是就此打住了吧。

(《我们跳舞好吗?》,周防正行编导,《当代电影》,1998年第3期)

(西班牙)佩德罗·阿尔莫多瓦:《我的秘密之花》(电影文学剧本)

这显然是一部不太适合于阅读的电影文学剧本。它的结构太"复杂"了一些,甚至叫人觉得有些烦琐,整个前面的五分之三仿佛都是在做铺垫,其后的五分之一令人激动,再后的五分之一就趋向结束了。看它的时候,我们需要有很大的耐心。

它与我们看到的较好的那些美国的和一些中、西欧国家的电影文学剧本有所不同(在这个历史阶段,上述国家的电影文学剧本无疑是走在这个行列的前头的),它还没有那么明了的深刻,它也没能用简洁的笔触去表述复杂的感情和思想。它告诉我们的是一些感情方面的事情(就这一点来说,它又是走在中国电影的前头的)。所有的生活症结和生活中的不对劲,都归结到感情危机的纽带上来了。通过这部剧本,在我看来,西班牙人仍未找到他们生活的目标,也仍未最后找到他们在世界上的位置。在我们这个星球上,我感觉,美国人的思路是明晰的,他们要保持他们的领先位置,这是他们处理所有事务的出发点;英国人的心理也是明显的,他们要找回昔日的辉煌,虽然这经常看起来有些笨拙和力所不及,他们没落的悲剧因素总是时时显现;德国人的态度是明朗的,他们有着扎实的实力,并且处于欧洲的"中心",他们能够从容地对付周围的环境;中国人的目标也是确定无疑的,那就是承认并且从较低的起点出发,去争取一个合适的位置……但我感觉到西班牙并未找到,他们生活在一种不明朗的思想氛围中。

莱奥的危机并未结束。

(《我的秘密之花》,佩德罗·阿尔莫多瓦编剧,《当代电影》,1998年第1期)

陈从周:《惟有园林》(随笔集)

中国的文化真是太细腻了,从园林的意境中我们也能很明显地看出来。"平山堂是瘦西湖一带最高的据点……此堂远眺,正与隔江山平,故称平山堂。'平山'二字,一言将此处景物道破。"没有对当地地形风物的烂熟于胸,是绝得不了这样的名号的。"园林景物有仰观、俯观之别……'小红桥外小红亭,小红亭畔,高柳万蝉声'。'绿杨影里,海棠亭畔,红杏梢头'。这些词句不但写出园景层次,有空间感和声感,同时高柳、杏梢,又都把人们视线引向仰观。"这真是一种绝佳的阐释和境地,这可能也是最典型的中华文化或东方文化现象。在我们的心根处,我们受到这种文化的不断熏陶。对欧美人来说,他们确实难以体味这种意境的深奥和快乐:这种细腻是一种深入到骨髓的享乐,这种意境的出现恐怕也是以享乐的心理为基础和动力的。但是是否还存在这种可能,即这种意境的出现亦与中华大地上一直人峰拥簇相左。即便今天看来,中国大地不宜人居处仍是广袤的。

陈从周先生是我国著名的古建筑专家和园林艺术专家,他这本有关园林的随笔集,角度新颖,观念奇崛,比大量随笔专家的随笔更有意味,也更有"文化"。

(《惟有园林》,陈从周著,天津:百花文艺出版社,1997年12月第1版)

张孟伦:《汉魏人名考》(文化类)

现在我们起名(或者给儿女起名)都不太考究了,比如我的名"辉",是我上中学时自取的,那是因为看了一部越南的电影(那时只能看到越南、朝鲜、阿尔巴尼亚等国的少数电影),觉得影片里的抗美战士"辉"很勇敢,又加上同学的"怂恿",就改了名。不光是我,就是我们之中的大部分人,起名都没有多少讲究、多少文化,女子一般命以莉、曼、芹、梅、兰,男子一般命以华、强、国、峰、军。自然,名对一个人来说,只是区别于社会上他人的一种符号,名起得好不好,并不解决问题,也并不说明问题,起名主席,未必就是当主席的料;取名小平,也不是不可能成为某一时期平天下的大人物。但中国的语言文字,毕竟是越来越有表现力了,起一个有"含义"的名字,一般来说,至少对自己不是个什么损失。比如我父亲的名字,也是他自己后来改的,他原是"铎"字辈,家里上辈是私塾先生,到他出来参加革命时,就改成了"许旺熙",旺和熙都是兴旺吉祥的意思,看起来,既有益于他所投身的革命,又有益于自身,同时也有了文化的内涵。我以为,这种取名,是应该给高分的。

诚如这本《汉魏人名考》所言、所述,从历史上看,中国人的人名是很丰富的,"假万物之名而名之",言其范围广泛,这种"万物",引申了说开去,又包含了抽象意义的万物,也包含了社会内容的万物,那就更加广泛,广泛得不得了了。可以纪念生地,纪念一处贤地,可以信因果、显才能,可以古朝代之名为名(安徽教育出版社就有位朋友叫唐元明),可以古圣之名命名,可以天干、地支为名,可以牲、畜、禽、兽、虫、鱼为名(野生为兽,家养为畜;养之为畜,用之为牲),可以福为名,以禄为名,以寿为名,以喜为名,可以避祸、避世、避地、避不祥,还可以避讳。

当然,起什么样的名,都有它的背景和原因,比如,以畜、牲为名的,大约是一种质朴的风俗,是希望后代能够好养;以伯、仲、叔、季来命名,是兄弟长幼的一种排列;以福命名的,当是盼望福星高照;而以寿为名呢,自然是不愿意早早死掉。

不管怎么说,名字起得有"文化",有内含,大巧若拙者,毕竟只在少数,大部分人的名字,都脱不出一般、雷同、相似的窠巢。这其实也没有什么,自己的事自己清楚,姓名也是缘分,该怎么样,也都会怎么样的。

(《汉魏人名考》,张孟伦著,兰州:兰州大学出版社,1988年9月第1版)

陈乃乾编,丁宁、何文广、雷梦水补编:《室名别号索引》(工具书)

这真是一本新颖别致的书。室名别号是中国文人乃至中国一般读书人所独具的,我觉得,这是中国读书人自恋倾向的最典型的表达形式。这也真是一种令人陶醉的境界:以世界上独一无二的书法艺术,题写室名别号于门楣、书扉,中国人对精神极境的追求达到了无以复加的地步。

我不知道中国文化人室名别号的风习起于何时,但从这本书里,我们能够感觉到,至明清岁月,室名别号已经十分盛行了。室名别号一般以妙物美意为首选,白云草庐、花香留饮、听秋山馆、芳润轩、梅竹山庄、翠微山人等等,都是适例,表现中国书人、艺人追寻恬静淡泊意境的顽强心态。中国文人又是智慧、有创意、狂想不羁和不拘泥的,从室名别号里能考察出无数人性和生态的端倪。煮瀑庵、烟雨楼边钓鳌客、寒山梁鸿墓下凡夫、退一步想山房、花也怜侬、憨叟、耐冷山房、耶溪拙女、有何不可室、二百八十峰樵者、钢琴铁笛斋、煮雪道人、煮糙米铛(烙饼或做菜用的平底浅锅)居、三家村芭蕉林中散人、西畴桑者、上下三千年纵横二万里之轩……都是不拘一格、能够传诵几时的佳构。

要是我也给自己起个"室名别号",我想过,那是较为俗气的:别号,"淮北佬"。那室名呢,自然也就是"淮北佬斋"或"淮北佬轩"了。

(《室名别号索引》,陈乃乾等编,北京:中华书局,1982年8月第2版)

许葭村:《秋水轩尺牍》(书信集)

当然,从浩繁文海中筛选出来的都有一定的长处,葭村的这本《秋水轩尺牍》就是如此。它的长处在于文辞的绚烂和文史的广博。许葭村,浙江山阴(今浙江省绍兴市)人,他一生穷愁潦倒。官既未能做大,文亦未有盖世,独书信的事他特别"用心"。我觉得,他是把书信的事当成一门功课来做的,务求做好、做精。对他来说,这也该是一种快乐的补偿和享受吧。

《秋水轩尺牍》言简意赅,这当然不全是文言文的特点。再小的事,也能有发挥的余地,所以事无大小,关键看我们用怎样的言辞去烘托它。例如这一则"复胡筠坡查信":朵云垂贲;而祥符一函,求之不得。遗我双鲤,仅获一鳞,不知浮沉何处?祈详查之。有人从祥符写了一封信来,久无回音,又写了一封信来,问上信收到否。怎么复他,该是极简单的吧,说没收到就是了,但这种复信也极是有学问,既可流露出文化礼仪种种,亦可考验人的处事品性于一时。许葭村是复得好的。

还有一例,"邀孙位三饮酒":良友难逢,菊花依旧,满城风雨,我怀何如!足下既不肯命驾而来,弟等窃欲作造庐之请。刻即扁舟访戴,幸沽黄娇,以当白衣之送。如获同舟而返,尚疑笑把茱萸,重醉郎吟楼也。话怎么说,各人各有不同,就像我们常说的,一样的话,从人家嘴里说出来好听,从你嘴里说出来,事情就办坏了,就得罪了人。看样子,语言并不是词与词之间的简单组合和搭配,语言确实是一门艺术。且把封建的观念当作可研究的历史陈迹,有一则"贺左宇眉纳妾"：值此绣帷凉月，正好睡稳鸳鸯。而杨柳蛮腰，樱桃樊口，自必大如所愿。风便略寄数行，不仅志喜，且卜宜男也。虽然，许葭村的这类话里亦夹杂着大量的烦恼与无奈，但足见语言之艺术。

（《秋水轩尺牍》，许葭村著，长沙：湖南文艺出版社，1987年7月第1版）

（法国）玛格丽特·杜拉斯：《广岛之恋》（电影文学剧本）

作为有才华的女作家，玛格丽特·杜拉斯有她的文学性格，而且她的创作冲动也都由她自己来实现了。《广岛之恋》是这位法国人战后的创作冲动之一，现在我们看起来它是那样简单和容易，并且，我想别人临摹起来也并不十分困难，特别对时下更多地接受过高等教育的灵性充足的作家来说更是如此。《广岛之恋》有什么特别的东西呢？当你读到一半甚至读到故事快要结束时，你会很深地感觉到玛格丽特·杜拉斯的构思已经严重过时。但是让人松一口气的是，在剧本结束时，杜拉斯没有给我们一个（男女主人公恋情的）明确的结果，这就使我们暂时无法把《广岛之恋》完全归于那些逝去的岁月和时代。

在这种阅读中，我们似乎还不能彻底体味杜拉斯的横溢的才情，这是她较早的（也许是第一部）电影文学剧本，她的另一种文学生命很可能就是从此开始的。

（《广岛之恋》，玛格丽特·杜拉斯著，陈景亮、谭立德译，桂林：漓江出版社，1986年10月第1版）

(法国)玛格丽特·杜拉斯:《长别离》(电影文学剧本)

杜拉斯对电影文学剧本的感觉到《长别离》时似乎已经膨胀起来了,虽然情节和故事还是那么简单(情节的淡化?),人物和背景之间的关系仍有"贴"的痕迹,但杜拉斯的"关于画面"的冲动已经较为合理了。电影与文学毕竟不同。电影文学剧本完全可以通过拍摄来对人物、情节和形象进行维护和修补。我们总是感觉遗憾,因为我们无法看到我们需要阅读的活生生的电影画面,如果能够,我们就更容易体会我们所不熟知的技术和概念,就更容易进行比较,我们的观念就更容易"复杂",新的"物种"也就更容易在我们的思想和机体里孕育生长。

"长别离",这个译名更像一种中国作品的题名,它似乎难以体现欧陆文化的韵味。

(《广岛之恋》,玛格丽特·杜拉斯著,陈景亮、谭立德译,桂林:漓江出版社,1986年10月第1版)

(法国)阿尔贝·加缪:《来客》(短篇小说)

在小说的开头部分,我们觉得它就是一篇中国式的乡村教师的故事:也是那么孤单,也牵扯到了粮食和待遇……当然,这完全不是一回事。加缪的"存在主义"是明确无误的,但存在主义并不仅仅是一种生存的处境。我觉得,人的心理的反应反而是更重要和关键的。每个人都在"生存"着,人们经常碰到、谈到类似的处境、环境和问题,但每一个人的反应和应付都不会相同。我们往往不是选择了过激,就是选择了不及,很难有恰如其分的选择,因为我们无法平衡与此有关的所有因素,但我们又必须做出决定。在这里,我们可能不禁要说:达罗想得太多了,通常的做法是,他把阿拉伯犯人送交警察局即可。对他来说,这只是一次公事的完成,没有人(除了"阿拉伯兄弟")会提出特别的异议的。但小说中的"事情"显然要比这种判断来得复杂。我们能够理解达罗的心理处境。而我们在穷尽了我们能想到的各种可能的选择之后,我们也未必不会生出这种结论性的念头:"人们在这里生活,或彼此敬爱、和睦亲善,或互相仇恨、争斗不已,然而最终都是在坟墓里找到归宿。"

(瑞典)英格玛·伯格曼:《野草莓》(电影文学剧本)

这是许多年以前(1957年)的一部新浪潮派的电影文学剧本,但我们之中的大部分人读到它,却只是在十几年以前。1957年,这是我出生前后的时间,在我被酝酿、成形并且降临人世的前后,世界的另一个地方发生了不多不少的一件事——某一部电影文学剧本或电影诞生了,这件事对某些人很重要,就像我的诞生对某些人很重要一样——我想到此就有一种十分别致和留恋的感觉。

印行《野草莓》的纸张已经有些发黄,长期的搁置也使书籍本身有了一些书籍久置所特有的味道,但在盛夏的空气中的翻动下,它很快就自然而且正常了(不是指书籍的颜色,而是我的感觉)。像欧洲许多有"文化"或"知识"的作家一样,伯格曼的文笔散发着一股浓烈的成熟(有时候是过分的成熟)的气味,定语和状语的使用都完美无缺,较少有句子主要成分的省略。《野草莓》读起来更像是一种文学(小说)作品,而不像是一部电影的较直接的前身。我对英格玛·伯格曼的文学倾向很认同。我对《野草莓》背后的北欧地理也倾注了极大的关注和热情。许多作品都过时了,特别是那些当时过于关注形式的作品,但是《野草莓》还没有过时,它让人感觉到,在略带凉意的空气中,它依然呈现饱满鲜艳的亮红色。当然,那是北欧的空气,在我的身边,暑热还正在盛时。

(《野草莓》,英格玛·伯格曼著,伍蒇卿译,见骆嘉珊编《欧美现代派作品选》,昆明:云南人民出版社,1982年3月第1版)

(法国)法布尔:《昆虫记》(昆虫学著作)

到一家新开张的书店去,书店较大,但一本合适的书都没发现,快离店时,发现了这本《昆虫记》,一下子兴奋起来,把它紧紧捏在手里,觉得此行真是不虚。

《昆虫记》是法国人法布尔的昆虫学著作,我上小学和中学的时候,读过一些介绍昆虫的少儿书,那时就开始了对法布尔和他的《昆虫记》的想象。上大学时,印象里是好不容易借到过一本《昆虫记》,是较早的一种译本,不厚,又是竖排,读起来效果很不好,以致我现在都不能确认我那时读的是不是《昆虫记》了。

《昆虫记》的原著想必十分厚重。现在我买到的仍是选译本。撇开翻译不论,选译与全译当然会有很大的,有时是决定性的区别。因为选译的根据是译者(或出版部门)的判断,而选择本身就是有倾向性的,无法全面传达原作的天然平衡的信息。

法布尔是用随笔的笔法写《昆虫记》的,这对普通读者了解这一庞大的生物世界提供了平易、良好的通道和阶梯。《昆虫记》的基础是观察(而非解剖),这也符合最一般人众对昆虫、动物和生物世界的探索本能。但《昆虫记》又非一日半载的兴趣性记录,它是作者几十年研究积累的结晶,它的作者同时还有着广泛的,也许是深刻的动物学、植物学、物理、化学知识,因而这本书(我说的不是我手头的这个选译本)又具备了深厚的哲学和生物学的价值。

(《昆虫记》,J. H. 法布尔著,王光译,北京:作家出版社,1998年2月第1版)

(瑞典)英格玛·伯格曼:《面对面》(电影文学剧本)

我觉得与其说《面对面》体现了这位电影艺术大师的典型风格,倒不如说《面对面》体现了那一时期世界电影的某种有力的倾向和潮流。在此后的电影发展过程中,我们能看到大量的表达心理孤独、苦闷和精神分崩离析的作品。我们至今还无法完整体会这种社会文化生活的现实和心理,因为我们大家还都在为生计而奋斗,还都在兴致勃勃地赚钱、争夺和取得我们渴望已久的社会地位。要是这么看起来,被生活的烦恼和愤怒所缠绕倒真是要比被精神的空虚和烦恼所缠绕健康得多,虽然前者远没有到达后者的阶段和所处的位置。

伯格曼的隔膜看上去那么真实,真实得使人战栗和害怕。他笔下的人物(包括少年)都那么(过分)礼貌和(过分)理性。我喜欢那种理性的社会。冲突在自己的内心,并不影响别人的生活,也不打乱社会的秩序。但那种家庭中的"理性"是能接受得了的吗?我的耐心实在是很有限的,但我仍喜欢那种理性的社会和理性的生活。

(英国)弗吉尼亚·伍尔夫:《邱园纪事》(短篇小说)

真是一段华丽的乐章!我现在所说的"华丽乐章"并非指空泛和辞藻的堆砌,其实《邱园纪事》一点都不空泛,也不堆砌,连华丽都不是,冷静下来看,它甚至都有点质朴了。这是伍尔夫的天性与风格。从另外一种体系来衡量,《邱园纪事》甚至不能算作小说,没有完整的故事,时间和地点又是那么不成一回事,人物也没有性格,他们的来龙去脉也很可疑——但这是真正令人倾心的作品。你怎么想象和联想都不过分,你能想象出英国的那种人文氛围。如果说我们正感觉到英国的衰落的话,那么伍尔夫的作品使我们对过去的英国、英国的过去产生了一些兴趣,使我们对英国的文化产生了一些怀恋的情绪,这难道不是文人,难道不是一部作品所应该起到的作用吗?

在不同的土地上和不同的人群中会产生不同的性格和不同的文学,也会产生相似的性格和相似的文学。伍尔夫以及《邱园纪事》是一个恰当的实例。

(法国)玛格丽特·杜拉斯:《印度之歌》(电影剧本)

杜拉斯的作品确是容易使人着迷的,虽然过后你可能什么都记不起来,什么都没有得到(除了感觉以外),但杜拉斯仍然使你着迷,甚至是深深地着迷。

使人着迷的也许是杜拉斯本人,18岁少女时期的杜拉斯年轻貌美,漂亮非凡,"这个正当青春期的小小白种女人……"(年岁大了以后她完全变了样了)。也许正是这些混合的因素使我们更容易对杜拉斯的作品着迷(我说的这都是事实,没有一丝一毫性别上的歧视)。

杜拉斯把强烈的诗意引进了电影(特别在《印度之歌》中),如果把《印度之歌》看成一种从形式到内容都成其为诗的作品的话,那是一点都不过分的。在商业性操作的社会里,这种独特的形式才能够出现,也才能够容许失败和成功。

杜拉斯的画面感也是与生俱来的,或者说,她把自己的画面感(通过某种形式)较为成功地表现出来了。杜拉斯的能力是能够把不存在、不重要或非实体的东西强烈地、激动人心地表现出来,就像我们前面所说的,她可能什么都没有给你,但她让你强烈地感觉到了。杜拉斯是让人叹为观止的。

《印度之歌》的形式又是那么特别,也许只有杜拉斯能给我们这些。

杜拉斯还能成功地使你脱离别的境界而进入文学的境界,她的文学环境那么强烈,能使你忘记一切。现在重要的倒不是把作品弄得越来越复杂,而是怎样使它能最恰当和彻底地体现你的形象感。

(法国)玛格丽特·杜拉斯:《情人》(中篇小说)

虽然这部小说在写到"情人"时,在写到"情人"与她的家庭时,让人起一种反感的心态,但杜拉斯的这部小说仍然是才情横溢和独特非常的。

杜拉斯有时候想要解释什么,想要说明什么,又想表达、说出来什么,那时候的杜拉斯像一个虚荣心很强、带有惯常的女性弱点的女人。在其余的时候,杜拉斯用那么流畅和机敏的方式写这部名为"情人"的小说。"情人"只是杜拉斯要开口说话的一个由头,它引出了关于杜拉斯的许多生命的源流,这些源流汇聚到"情人"的范围内,汇聚成了一片奇异的,也是浩渺的人类情感历程的大海,这就是我们看到的《情人》。

我总觉得《情人》是杜拉斯的口述作品。口述与笔录是不相同的,它们会呈现不同的形态。我觉得,年岁渐增的杜拉斯比年岁较轻时的杜拉斯写得更好。有一些人就是这样,这也许与生活有关,与生活的距离有关,不是指的生活的积累,与生活的积累无关。有些深厚的东西只能在作家与之隔开了相应的时空距离后才能解脱,才能脱颖而出。

一点故事都没有,但杜拉斯能把它写得丰厚汪润,这表明杜拉斯是高超的。杜拉斯的随笔风格已经十分到位了。

(法国)玛格丽特·杜拉斯:《琴声如诉》(中篇小说)

现在的读者恐怕已经完全不能体验《琴声如诉》创作和发表的那个年代的文化气氛了,因此我们会惊讶《琴声如诉》如何能在那个文学年代里占据一个比较明显的位置,并且最后导致了玛格丽特·杜拉斯的成功。读《琴声如诉》的读者都不会用惯常的小说观念去衡量它,但即便如此,它仍是难以破译的,也难以"深入人心"。与完全成名了的杜拉斯后期的那些愈来愈丰润的作品相比,《琴声如诉》有着明显的生鲜味道,富于带露采摘的色泽。成名前后的心理变化对催生作品起着截然不同的作用。在《琴声如诉》里,我们看到的那些欲言又止、模棱两可的句子是大量的,并且是构成作品的主要部件,它们都"俨然"是那么回事。其实,它们也许都并不是那么回事,或者都完全不是那么回事。这就是20世纪50

年代末曾经轰动某文坛的,玛格丽特·杜拉斯的《琴声如诉》。

(英国)弗吉尼亚·伍尔夫:《墙上的斑点》(短篇小说)、《达罗卫夫人》(中篇小说)

意识流也许真是不适合写较长的作品的,《墙上的斑点》和《达罗卫夫人》是这种论点的一个佐证。《墙上的斑点》是伍尔夫的第一个意识流风格的作品,它的光彩令人着迷,它也体现了意识流浪漫的、诗的特性,流畅而且意象丰富,不由得使人对人的存在产生无限的幻想和憧憬(也许更多的是幻觉)。但《达罗卫夫人》(专家们说它更好一些),好像超出了意识流这种形式的生理范围和某种长度界限(其实是没有这种界限的),它使人感觉"难懂"和没有必要。你可以惊奇、惊喜于它的形式,但你仍然感觉"难懂"。

难懂和好懂并不是判断一部作品的标准和尺度,但它会影响我们的阅读。

(《墙上的斑点》、《达罗卫夫人》,弗吉尼亚·伍尔夫著,文美惠、郭旭译,见袁可嘉等编《外国现代派作品选》,上海:上海文艺出版社,1981年7月第1版)

(尼日利亚)沃·索因卡:《沼泽地居民》(戏剧剧本)

这是索因卡二十几岁时创作并上演的剧本,虽然简单,但很朴实和实在。这也是一个陌生人走进一块新领域时通常都会有的状态。尼日利亚在非洲的北部偏西,西邻几内亚湾,在地理上是一个与我们相背离的方向。尼日尔河应该是尼日利亚最重要的人文源泉了,从地图上看,它从距海不远的地方发源,然后向大陆的腹地转流,最后又折向海洋的方向,并从尼日利亚海岸线的中南部入海。《沼泽地居民》写的大约就是尼日尔河三角洲的故事。那是一个我们仍比较陌生的地方,尼日利亚是一个有着1.2亿人口的非洲大国(也是非洲的一个经济大国),也许就是这些吸引了我。不过你仍能感觉到一些共同的心态和经验:蛙声、略带"迷信"色彩的人物、老年人的生活和依赖、女人的永恒的母爱、贫穷带来的愤怒和怨恨、理想、憧憬以及使用自己双手的愿望、欺骗的人性和即将来临的无助的夜晚。

索因卡当然不是一直和永远生活在他的故乡的作家,他受到的教育也有不少欧式的成分,这使他能够以新的视角审视他的背景和记忆。我在写这些汉字的时候,外面雷声隆隆,我坐在室内却汗流浃背,汗珠不断从我的脸上滴到我的腿上,天气酷热,这使我从某种意义上感受到了《沼泽地居民》的某种日常生活(当然这只是我感觉到的)。遥远的文化和题材本身也会引发我们的联想。这是我今天的收获之一。

(尼日利亚)沃·索因卡:《路》(戏剧剧本)

读这个剧本对我来说真是个漫长的、难熬的过程,但我终于把它读完了。我觉得我好像做成了一件什么事,达到了一个什么目的,身心也有了一些松弛的感觉。我以上的感觉都是那么强烈。

如果仅仅读剧本的话,我觉得我对它的理解还是那么少。非洲的历史、民族、文化、现状,我们还了解得那么少,这会妨碍我们对索因卡戏剧人物的理解。《路》似乎在探讨许多东西:非洲、非洲的人、民族、生活的情境、人的具有某种普遍意义的性格、欺骗与侮辱、纷至沓来的困境和困扰、人的原始性、生存、职业的角色、真面与假面(面具)、宗教以及信仰的对立与冲突、外来势力与本土困惑、下层人物、精神的与物欲的、死亡与再生……

许多地方我们读起来不知所云,就像这个暑热的天气一样,在一般的情况下,我们也许不会愿意再次光临了。

(美国)罗伯特·库弗:《帽子魔术》(短篇小说)

后现代主义是一个非常笼统、没有特点或基本等于没说的文学概念。文学理论家们未能就现代主义文学以后的各种文学现象提炼出一个(或一些)贴切的术语来,它是大而化之的,这使文学领域里的理性信号在我们这个时代发生了某些混乱和不讲究,使我们的文学生活的质量在实际上受到了下降的损害。

《帽子魔术》的实验性质是明显的,但它也还不足以使我们真的感到晦涩和难懂,仔细看去,其实它的文学精神的指向是那么显而易见,甚至一点都不脱离现实生活的窠白。像威廉·福克纳的《喧哗与骚动》一样,我觉得它完全是在美国生活的土壤里正常地生长起来的。美国日常生活给人的印象是包罗万象的,它不仅有严肃的声明、高度秩序化的政策演讲,更有玩世不恭、百无聊赖、毫不掩饰的性欲和色情、极度的喜新厌旧以及大量无聊的琐碎噱头。当然,我们不能不说这是美国精神的一部分,至少这是美国现实的一部分。对各种不同的人和人的各种不同的需求来说,这在某种程度上也都是必须的,不可缺少的。美国社会的一个明显的特点就是,它容纳着人间的大部分纯洁与秽垢,这些东西在美国的土壤里"自由"竞争生长,并且"自由"淘汰。这种获取价值的方式比以人工为主的剔除法也许更加省心和合适,因为以人工为主的甄选毕竟要以人的智力为囿,而且更无法预料的是要以具体的人的智力为囿,这就使这项关系到每一个人的社会发展工程变得极为扑朔迷离了。

对了,我们仍回到罗伯特·库弗的短篇《帽子魔术》上来。我觉得,《帽子魔术》不仅限于作家、作品与读者之间的某种关系的表述,它是美国的通俗易懂的现实,它一点都不"现代"。

(美国)威廉·格斯:《乡村中心的中心》(短篇小说)

我对文学评论的某种能力产生了很大的怀疑。也许文学评论的一些正经的部分纯粹是瞎扯淡,它把简单的事物弄得面目全非、十分复杂,并且完全是以评论家的自我意识为立足点的。譬如这篇《乡村中心的中心》,作者未必就会有意识地去反讽和倡导什么,更可能的是,作者只是采取了一种他认为是合适的文学表达形式把他的日常感受用文字固定下来。有时候,我们知道,大部分时候,作家的写作仅仅是为了释放某种冲动的情绪和感受,至于作品的内容和思想,他未必感兴趣。

(西班牙)佚名:《小癞子》(中篇小说)

经历史的淘汰而留存下来的这本书充满了生活中的形象。这就更使我信任和依赖历史的眼光了。虽然我们无法知道这其中的任何规律和秘密。

生活中诞生的——也许我们只能这样说、这样评论。我们能够从这本书的只言片语中看出许多思想和技巧的源头（例如关于"饥饿"），能够看出某种社会阶层（在任何时代和任何社会中都有）人们的活动特点、思路和思路的趋向。更重要的是，它能表达得那么简洁有力，那么简繁适度，甚至那么从容、潇洒。现在谁也写不出来这种作品了（它的写作年代早已过去了）。

按照另外的译法，书名《托尔梅斯河上的小拉萨罗》更具有文化的和地域的光泽，也更激动人心，但却恐怕难以（在中国）流传，这本书已经深深地附着了中国的版本色彩。

（《小癞子》，桂林：漓江出版社，1997年5月第1版）

（英国）刘易斯·卡罗尔：《爱丽丝漫游奇境记》（儿童文学）

爱丽丝的境界充满了真实的天真无邪的儿童韵味，它那么逼真，一点都不做作，你能从一些最细微的地方品味出来。小小的爱丽丝像我们身边某个可爱的小宝宝那样：幻想、天真，喜欢说个不停（小女孩都是喜欢说个不停的）。她们也是"不切实际"的，思绪又是那么感性、跳跃、前后不一致。爱丽丝就在我们身边，一个活生生的讨人喜欢的小姑娘。

"在河堤上，爱丽丝就坐在姐姐旁边，由于没有事做，开始不耐烦了。"这真是一个惊人的美妙开头，令人自叹弗如而又心向往之。刘易斯·卡罗尔的笔是奇妙的，又是极其准确的，这与我们平常编造某种故事不一样，20年或者50年后的人都还会读它，还会感受它的那种完全变形却又合乎逻辑的人物、事物和韵律。

（《爱丽丝漫游奇境记》，刘易斯·卡罗尔著，容向前、古里平、罗丹丹译，南京：译林出版社，1995年5月第1版）

(美)弗·纳波科夫:《洛丽塔》(长篇小说)

我再一次接触到了《洛丽塔》,一位借我这本书的朋友把它还到了我的办公室,我在空闲时随手翻读起来。我立刻又被它吸引了。我还会说:纳波科夫真是了不起的,时空都限制不了他。他的感觉和对自己感觉的复制都是那么到位,对龌龊和混沌的社会把握得那么准确,学者式的甚至是学究式的然而又是精明的纳波科夫令人着迷。

《洛丽塔》确实不仅仅是能够激起人的某种性欲和情欲的书,它有点百科全书的味道,它绘制了宇宙中这个社会的一些完全不做是非评判的真实情况,它还雕塑了一种男人的真实,把男人的某种深入骨髓的欲望赤裸裸地展示出来。纳波科夫是写男人的高手。当然,他更是写女人的高手。

(《洛丽塔》,纳波科夫著,桂林:漓江出版社,1989年5月第1版)

《美国独立检察官关于克林顿绯闻调查报告摘要》(法律文件)

对任何人来说,这都是一个相当有吸引力的话题。虽然它的内容和形式看起来都还是严肃的,但它也具备了除暴力外小报卖点的大部分要素:年轻貌美的小姐、婚外恋、性、名人以及名人的生活及隐私、某种胁迫、背叛、走后门和利用职权……特别是那些法律般准确的细节:赠送的领带、太阳镜、小雕像、衬衣、胸针、书籍、别人都下班后的约会、要求找工作单位的清单、在专机上进行的(有关情人的)工作安排等,都与一部梦幻般的煽情小说无异。

看来,美国人就是以这种方式生活的,从好的方面说,这是美国的透明性的一部分,是美国激情、创新和"平等"思想的基础和具体体现,甚至也是美国经济产生新增长点的一种动力。

但是大部分美国人仍然是实际和严肃的,尽管他们不会不感觉到克林顿玩世不恭的一面,但经济在他们的身边增长,这似乎比政治和绯闻更重要,也许正是这种根深蒂固的个人利益的观念支撑了美国200多年的历史,并且使美国达到了它目前在世界舞台上孤单的和令许多人眼花缭乱的高度。

(《美国独立检察官关于克林顿绯闻调查报告摘要》,《参考消息》,1998年9月20日 21日)

(英国)彼得·梅尔:《山居岁月》(散文)

这是一个英国人写的一部法国山区生活的著作。由此我们可以更加肯定,在世界各地,都有向往乡村生活并且付诸了行动的人。彼得·梅尔是最近介绍到中国来的一个实例。

虽然法国乡村的物质条件远优于我们,但乡村的实质仍然是相似的:心态、与自然界和活跃的植物及动物的亲近、季节影响生活的痕迹、单纯与简单、生活的节奏、带倾向性的"大餐"型的粗犷食谱、宏观的视界等等。我们也可以感觉到乡村仍然是每个社会的基础,因为乡村的生存与发展首先是自力更生的,除了收成的丰歉外,没有什么能摧毁乡村的存在;乡村也是最接近于人类生存底链的一环,虽然它很土,但它也最安全,所有的精华都只可能从这种牢固的基础上逐渐积累和成长起来。

让我们想想这种诱人的情景吧:你有足够的钱在风光明

媚的(另一个国家的)山区买一栋属于自己的坚不可摧的石屋,屋后有游泳池,不远处有高速公路通往社会的心脏地带(但整个地区人仍较少),出门肯定是开私家车去,家里有自来水并且随时可洗热水澡,报纸和信件会按时送到家里(这也很重要),自家地里有大片葡萄和别的作物,电话能打到每一个乡村角落………这才是真正有吸引力的乡村生活吧?有时候你下农村并不是要去同那种物质条件搏斗,你只是为了减缓城市的压力,亲近使身心恢复平衡的自然,获得休息的机会。但在我们的周围和身边,我们仍得面临种种问题,面临犹豫和选择。这是我们与彼得·梅尔的不同。

(《山居岁月》,彼得·梅尔著,尹萍译,北京:新世界出版社,1998年9月第1版)

(英国)达尔文:《物种起源》(哲学)

再一次把《物种起源》捧在手里,并没有读它,只是长久地捧着,但我的心里已经涌上了许许多多不同平常的感触。这种捧着书不读只感受它的存在的状态,我觉得最能净化我的心灵。

我感觉读不懂它,但我需要它。读不懂它并不是每一个字、每一句话、每一个段落或每一章都读不懂,恰恰相反,它的每一个部分都很好读,也都易懂,但你仍然感觉读不懂它,也许是无法相信自己能读懂它,读懂作者的真实想法,读懂文字的真实含义。在宏观上,我感觉无法有把握地把握它。

但我也感觉我确实需要它在我视觉及触觉可及的地方存在,因为由此我可以感觉到人类的某种存在——这是一种转化,即人类智慧转化成一种具体的实物,这种具体的实物就能给我带来智慧(不管这本书的内容和结论会不会过时)。

我现在仍然怀抱着它而没有读它。我房子较远的地方有偶尔的秋天的虫鸣。只是偶尔的,因为是在城市里。

(《物种起源》,达尔文著,周建人、叶笃庄、方宗熙译,北京:商务印书馆,1995年6月第1版)

(法国)儒勒·凡尔纳:《海底两万里》(长篇小说)

儒勒·凡尔纳的这些小说弥散着独特的魅力。这么多年过去了,他的小说在情节和故事上仍能吸引人。令人惊奇的是,他的科学幻想也仍然不过时,仍能激励人去投身科学的目标,去创造儒勒·凡尔纳式的科学图景。

像他的另外一些名著一样,《海底两万里》也充满了自然知识和科学发现,这是凡尔纳作品的显著特色。虽然从纯粹文学作品的角度来看,这些知识有时与小说整体架构并不十分协调,但它的知识性弥补了这种不足。再说,知识本身也形成悬念。这是我们爱不释手的一个原因。

凡尔纳的小说充满了法国人(也是欧洲人)的科学和探索精神。这种精神的欠缺使中国人在较晚近的几个世纪里吃了大亏。欧洲是理性的,而中国则是感性和艺术气质的——这没能使中国人的人文精神达到一种能够产生压倒性精神和物质力量的境地。在已经过去的岁月里,欧洲人追逐着鲸鱼的踪迹(主要是为了捕获它们),开始了地理大发现,这种追逐带来了欧洲全方位的进步和扩展,制造业的、航海业的、食品加工业的、气象学的、物理和化学的、兵器火力的、视界和观念的、地理学以及地质学的、全球概念以及空间科学的、财富以及领地等等。中国其实也一直面临着广阔的海洋。

今天的中国人依然不习惯于地理基础上的知识发掘与探索,在中国人的观念领域里,这是一种极度委顿的价值。

也许真该有更多的人去读读20世纪的凡尔纳。

(土耳其)萨伊特·法伊克:《紫罗兰谷地》(短篇小说)

在一种特殊的心情里读这篇小说,就觉得它蕴含了许多东西。首先是城市与乡村的某种关系,在《紫罗兰谷地》里,这种关系是以一个男人在城市里的无度投入和返回故乡后的平静淡泊的悖性方式来表述的。对一个离开故乡(乡村)的人来说,他在异地(城市)中的经验终究是一种失败的体验,随着时间的推移,远离故乡的主角们会陆续体会到这种无情的生活概率和结论。平淡甚至是平庸的生活虽然看起来缺少价值,但较为符合传统生活的法则。这是我们无法不面对的结果。

城市和乡村都涵盖着死亡、新生、成长、衰老这样一些永恒的主题,但在乡村里,这些东西的回声尤其悠远而绵长,尤其动人心弦,继而令人潸然泪下。

(法国)热·拉波特:《画布上的泪滴》(回忆录)

女人的无限复杂的感情在这本书里(其实也就是在这本书所描述的关系里)显露无遗:幸福、欢愉、忍耐、痛苦、无奈、依赖于男人的声名、青春及岁月的无情流逝,等等。拉波特是毕加索无数的朋友、女友、情人和需要交往的人中的一员,她也是兼处毕加索朋友、女友和情人诸种不同关系中的唯一一人。在这本书里,我们除了能看到经过修正的拉波特眼中和心中的毕加索之外,还能看到处于极度无奈状态中的拉波特以及拉波特与毕加索的角度完全不同的关系。作为男人,我在某种意义上能够理解同样作为男性的毕加索对待拉波特的"前后一致的态度"。而拉波特所持有的,其实是自始至终都不存在结果的期望与希冀。女人的爱看上去总是真实的,至少在爱时是完全真实的。当然,她们在不爱时,也完全是真实和合情合理的。对我们大部分人来说,我们完全不了解异性,虽然我们感觉我们了解他们(她们)。我们处理与异性的关系时所依赖的经验也很难靠得住,因为我们的每一种经验都基本上基于个体的特殊性之上,这其实是一种悖论,即不针对具体的个体行不通,而(依经验)针对了个体亦行不通。因为每个个体之间,实在是存在了太多太多的差异。